ローレンス・スターンの世界

坂本　武　編

開文社出版

目次

はしがき

ローレンス・スターンは英国の小説家。一七一三年十一月二十四日、アイルランド、クロンメルに生まれ、一七六八年三月十八日、ロンドンにて死す。代表作として『トリストラム・シャンディ』と『センチメンタル・ジャーニー』を著わした。

本書は、この作家の生誕三百年を祝って、二〇一三年五月二十七日、日本ジョンソン協会第四十六回大会（於・仙台ガーデンパレス）におけるシンポジウム「ローレンス・スターン生誕三百年記念――三百年後にスターンを読む」を基にした論集である。シンポジウムの司会・講師は坂本武。講師は、それぞれ優れたスターン研究で知られる井石哲也・内田勝・木戸好信の各氏であった。討論の主題は、スターンを同時代の出版文化・作品群の中に置いてその特質を考えると同時に、今日のわが国の大衆文化現象と比較することで、スターン文学研究の新しい視点の可能性を探るというものであった。

このシンポジウムを機縁として他の十八世紀イギリス文学の専門家にも呼び掛けて、スターン論集をまとめ、この不世出のイギリス作家の面白さを世に伝えたいと考えた。その思いに応えて鈴木雅之、原田範行、武田将明、久野陽一という、わが国の十八世紀英文学研究のリーダーたち、そして落合一樹、加藤正人という若く可能性に満ちた研究者たちが参加して下さった。各位の意欲的な論考によって、テクストの難解さゆえに従来は敬遠されがちであったスターン文学――ふたを開けてみれば実のところはウイットとユーモアにあふれた豊かな物語世界――への理解の道がより広く示されたと思う。

ところで本書を編む心得として私の頭の中に常に響いていたのは、司馬遼太郎のいう「割符」という考え方である。司馬は、「私事のみを」という短文の中でこう言う。

「まことに情けないことだが、作家は割符を書く。他の片方の割符は読者に想像してもらうしかないのである。どんなすぐれた作品でも五〇パーセント以上書かれることはない。小説は、いわば作り手と読み手が割符を出し合ったときにのみ成立するもので、しかも割符が一致することはまずなく、だから作家はつねに不安でいるのである。（中略）割符の全き一致など（中略）本来ありえないことにちかい。」（『以下、無用のことながら』）

ローレンス・スターンという作家の「割符」は、英文学史上もっとも複雑怪奇な形をしているに違いない。読者・研究者であるわれわれが差し出す割符も、作家のそれと一致することは期待できないかも知れない。にもかかわらず、割符を差し出す行為そのものに人文学上の意義があると信じたい。

さてここに、スターンと同国の作家がスターン文学をどのように消化したかを語る興味深いエピソードがある。『ヘンリー・ライクロフトの私記』で知られるジョージ・ギッシング（一八五七―一九〇三）のことである。同書「秋」の項（2）に次の一節がある。

「無性に本が読みたくなって、その衝動が何によるものかわからないこともあれば、ほんのささいなきっかけで起きることもある。昨日、夕方の散歩で古い農家の前を通った。庭の木戸口に、かかりつけの医者の二輪馬車が停まっていた。行きすぎてふり返ると、残照が煙突の向こうの空を淡く染め、上階の窓に灯が瞬いた。『『トリストラム・シャンディ』だ」

われしらず声が出て、家に飛んで帰り、二十年ぶりかでロレンス・スターンを貪り読んだ。」（池央耿訳、光文社文庫）

ギッシングは、『トリストラム・シャンディ』を再読していかなる感想を抱いたか、何も言わない。この衝動が何によるものか、本人にも分からない。こちらは取り付く島もない。しかし著者はこの話の直後に、ある朝目覚めると同時に「ゲーテとシラーの往復書簡」が気になって、いつもより一時間前に床を出た、と言ってつぎの感想を述べる。

「早起きするだけのことはある本だ。サミュエル・ジョンソンをベッドから引きずり出したロバート・バートンの古めかしい一書よりはるかに読む甲斐がある。世の中いたるところで交わされている空疎な、もしくは毒のある雑話を忘れさせ、「そういう人種もいる世界」に希望を抱かせてくれる。」

ロバート・バートンの「古めかしい一書」というのは、『憂鬱の解剖』（一六二一年）のことである。（『サミュエル・ジョンソン伝』「一七七〇年」の項）それだけではない。バートンは、スターン文学の特質である「博学の機智」の伝統に連なる重要な作家の一人であって、ギッシングは図らずも前節の『トリストラム・シャンディ』の世界の主題につないでいるのである。

それ以上に意味があるのは、世のなかの「空疎な」、「毒のある」雑音の中にあって抱くべき「希望」を連続する二つの挿話の中に見出していることだ。取り付く島もなかった話が、ここへきて希望のテーマに連結されたのだ。このことによってギッシングの主題は、時空を超えて現代のわれわれの世界の理解の仕方にもつながっているのだ。

ギッシングの右の挿話は、私の中では再び司馬遼太郎の短い感想を思い起こさせる。井伏鱒二のために書いた一文にこうある。

「素朴なことをいうようだが、文学という言語の秩序体系は、つづめてしまえば作者における心の高さに帰してしまう。私ども読者はその自然な高さについ魅きいられて読み進むものらしい。」(『以下、無用のことながら』、「井伏さんのこと」)

これに続けて「ただし、井伏さんの作品の厄介さは、ご自身にとって本然の高さが、不用意に出てしまうことを怖れて、たんねんに消しゴムで消し込まれていることである」とあるのは、興味深い。

スターンのなかに井伏鱒二のような「自然の高さ」があるかどうかは、検証を要するだろう。しかしながら、ギッシングが『トリストラム・シャンディ』を「二十年ぶりか」で貪り読みたいと思わせた作品の魅力と、司馬のいう「(文学の)自然な高さについ魅きいれてしまう力」とは無縁のものとは思えない。

本書が、スターン文学の魅力の解明に資するところ少なからぬものがあって、このイギリス十八世紀の稀代のユーモア作家がこれによりわが読書界にかつてより広く知られることを願う。

本書の企画が実現するまでには多くの紆余曲折があったが、この間開文社の安居洋一氏には辛抱強く推移を見守って頂いた。この度氏の理解と協力を得て本書が日の目を見ることになり、感謝に堪えない。有難うございました。

(編集代表　坂本　武)

平成三〇年三月三十一日

スターン略年譜

一七一三年　十一月二十四日、アイルランド、ティペラリ州クロンメルに、父ロジャー・スターンと母アグネスの長男として生まれる。父は陸軍歩兵連隊の旗手、母は連隊とともに移動する従軍商人の娘だった。ローレンスの懐胎は、一七一三年二月のダンケルクにおいてだったと推測される。

一七二三年　または二四年。（十歳または十一歳）ヨークシャー、ウッドハウスの裕福な伯父リチャードの庇護を受けて、ハリファクス近郊の文法学校に通い始める。

一七三一年　十八歳。七月、父ロジャー、マラリアのために任地のジャマイカにて死去。

一七三三年　二十歳。十一月、ケンブリッジ大学ジーザス学寮（曾祖父リチャードは一六三四―四四年、ここの学寮長を務める）に特待免費生（他の学生の下僕を務める義務があった）として入学。

一七三四年　二十一歳。曾祖父リチャードの創設した奨学金の給費生となる。

一七三五年　二十二歳。終生の親交を結んだジョン・ホール＝スティヴンソンが同学寮に入学。他にジョン・ファウンテンと知り合う。後のヨーク主席司祭、『ポリティカル・ロマンス』に描かれる因縁の相手。ラブレー他のフランス滑稽文学に親しむ。大学卒業のころ初めての喀血（肺出血）をみる。

一七三七年　二十四歳。一月、B・Aの学位を得て卒業。三月、「執事」の資格を認められて、ハンティンドン州セント・アイヴズの副牧師補佐となる。

一七三八年　二十五歳。二月、ヨークシャー、カットンの副牧師補佐に。八月、サトン・オン・ザ・フォレストの教区牧師に任ぜられる。

一七三九年　二十六歳。エリザベス・ラムレーと恋愛関係に。エリザベスは、「ブルーストッキング（青踏派）」の女王、モンタギュ夫人とはいとこ同士だった。

一七四〇年　二十七歳。七月、M・Aの学位を受ける。
一七四一年　二十八歳。ヨーク大聖堂の参事会員に。ギヴンデールの聖職禄を受ける。三月、エリザベスと結婚。
一七四二年　二十九歳。一月、ノース・ニューボルドの聖職禄を受ける。スティリントンの教区牧師を兼任。
一七四三年　三十歳。七月、『ジェントルマンズ・マガジン』にスターンの詩、「未知の世界」（"The Unknown World"）が掲載される。「弔鐘を聞いて、死と死後の世界の不可知なること」を想う、という内容の詩。
一七四五年　三十二歳。ヨークでジャコバイトおよびカトリック排斥運動が盛んになる。十月一日、長女リディアが生まれるが、翌日死去。
一七四七年　三十四歳。ヨーク市長らの前で「エリアと寡婦ザレパテの場合」と題して慈善説教を行う。次女リディアが生まれる。
一七五〇年　三十七歳。七月、「良心の濫用」と題して巡回裁判説教を行う。
一七五九年　四十六歳。一月、諷刺的小冊子、『ポリティカル・ロマンス』刊行されるが、焚書に付される。この頃「ラブレー風断章」を書く。十二月、『トリストラム・シャンディ』一、二巻が最初ヨークにて刊行される。
一七六〇年　四十七歳。『トリストラム・シャンディ』一、二巻、ロンドンで発売。一躍、人気作家に。チェスターフィールド卿、画家レノルズ、ボズウェル、ギャリック等を知る。五月、『ヨリック氏説教集』一、二巻刊行される。
一七六一年　四十八歳。一月、『トリストラム・シャンディ』三、四巻刊行。青踏派のヴィージー夫人を知る。レノルズ邸でジョンソンと会う。十二月、『トリストラム・シャンディ』五、六巻刊行。
一七六二年　四十九歳。転地療養のためフランスへ。パリでディドロらと会う。六月、大喀血。

一七六三年　五十歳。健康回復せず。十一月、モンペリエでスモレットに会う。

一七六四年　五十一歳。パリでデイヴィッド・ヒュームと会う。九月、イングランドに戻る。

一七六五年　五十二歳。一月、『トリストラム・シャンディ』七、八巻刊行。三月、温泉地バースで療養、画家ゲインズバラと知り合う。十月、フランス、イタリアに向けて出発。

一七六六年　五十三歳。一月、『ヨリック氏説教集』三、四巻刊行。六月、帰国。

一七六七年　五十四歳。一月、『トリストラム・シャンディ』最終、九巻を刊行。上京中、エリザベス・ドレイパーを知る。四月から十一月、『イライザへの日記』を書く。

一七六八年　五十五歳。二月、『センチメンタル・ジャーニー』一、二巻を刊行。三月十八日、ボンドストリートの宿にて死去。同月二十二日、ハノーヴァー・スクエアの聖ジョージ教会墓地に埋葬される。

序章　ローレンス・スターン研究を展望する

――内田　勝

1　『トリストラム・シャンディ』の作者ローレンス・スターン

イングランド北部の地方都市ヨークの近郊にある村の教区牧師に過ぎなかった四十六歳の中年男スターンは、一七五九年の末にヨークで刊行した滑稽な二巻本『トリストラム・シャンディ』の成功によって一躍全国的な有名人になる。『トリストラム・シャンディ』（以後は『シャンディ』と表記）は一七六七年の第九巻まで続巻が書き継がれ、その他の作品『ヨリック氏説教集』や『センチメンタル・ジャーニー』も人気となった。作者の名声は英語圏のみならず、急速にヨーロッパ全土へと広まっていくことになる。

本章では、スターン作品がどのように評価され、研究されてきたかを、スターン受容史・研究史を扱った数篇の文献を参考にして駆け足でたどってみる。(1)

2　同時代から二十世紀前半までの毀誉褒貶

『シャンディ』の最初の二巻はヨーク版刊行後直ちにロンドンの書評誌『マンスリー・レヴュー』や『クリティカル・レヴュー』に取り上げられ、高評価を得る（Howes 五―七、四六―五三）。しかし作者が聖職者であることが発覚すると、特に『マンスリー・レヴュー』は態度を一変させ、『ヨリック氏説教集』や『シャンディ』第三巻以降の書評ではスターン叩きに回る。一七六八年の『センチメンタル・ジャーニー』は好評だったが、刊行直後にスターンは世を去った。数年後の一七七六年にサミュエル・ジョンソンが、「珍奇なものは長続きしない。トリストラム・シャンディも長くは持たなかった」と語ったのは有名な逸話である（Boswell 五〇四）。一七八〇年には初の全集が出るが、むしろスターンの文章は、全作品中から卑猥さのない安全な箇所だけを抜き出してまとめた『スターン美文集』（一七八二年）を通じて読み継がれることになる。『スターン美文集』は何度も版を重ね、後の版では感傷的な面がより強調された（Newbould 一三九―四六）。

スターンはつねにイギリス本国よりヨーロッパ大陸で人気があった（Voogd 一一八六）。ディドロの小説『運命論者ジャックとその主人』（一七九六年）は、ジャックの恋物語がさまざまな脱線によって寸断されるという、明らかに『シャンディ』を模倣した形式で書かれている。ある場面では、作者が『シャンディ』からの盗用であることを認めたうえで、トリム伍長がベギン派の修道尼に膝をさすってもらう場面（八巻二二章）が、人物をジャックとその恋人にすげ替えてそのまま再現されている（ディドロ 三三五）。ゲーテもスターンを高く評価しており、彼の人間観についてこう書いている。「ヨリック―スターンは最も鋭敏な人間性の観察者だが、彼は人間の行動の風変わりな個性を表わす魅力的な用語を作り出した。彼はそれを『支配的情熱』（ruling passion）と呼んでいる。確かにそれは個人をある方向に駆り立てるもので、人はそのせいで単一の軌道に沿って突っ走り、生気にあふれ活動的になり、省察も信念も目的も意志も必要としないのだ」(Goethe 一七五)。スターンに対するディドロやゲーテの高い評価を受け、ニーチェはスターンのことを「最も自由な著作家」と呼んでいる(ニーチェ 九一)。

しかし本国イギリスでのスターン評価は下がる一方だった。文学愛好家の医師ジョン・フェリアが一七九八年に刊行した『スターン例解』は、スターンが過去の文人から盗用した文章の出典を細かく指摘し、彼の博学が借り物に過ぎないことを暴露した(Howes 一三一―一四、二八三―九二)。また小説家W・M・サッカレーは、『十八世紀英国のユーモア作家たち』(一八五三年)において、作品の卑猥さや嘘臭い感傷趣味に加え、妻子がありながら人妻に恋をしたスターンの人格をも攻撃した(Howes 二七―二八、Thackeray 八九―九七)。

二十世紀に入ると、スターンはソビエト連邦時代のロシアで評価される。批評家シクロフスキーは『散文の理論』(一九二五年)で、小説を構成する方法自体を前景化させる『シャンディ』のことを「世界の文学のなかでもっとも典型的な長篇小説」と呼んだ(シクロフスキー 四一一)。文芸学者ミハイル・バフチンは一九六五年に刊行された著書で、フランソワ・ラブレーの作品で描かれたルネサンス期の民衆の笑いの文化が持つ、飲み食い、排泄、性生活といった物質的・肉体的な力を肯定的に捉え、笑う自らをも笑うという特徴を「グロテスク・リアリズム」と呼んでいたが、ロマン派の時代の直前に出現した『シャンディ』について「新しい主観的グロテスクの最初の重要な現われ」と述べている(バフチーン 三八)。

モダニズム文学隆盛の時代となった一九二〇年代には、イギリス本国での評価も上昇する。小説家ヴァージニア・ウルフが一九二八年に発表し、同年にワールズ・クラシックス版『センチメンタル・ジャーニー』の序文としても使われたエッセイは、この作品およびスターンという作家の資質に関する最上の批評の一つだろう。ウルフの次の言葉は、スターンが何よりも自己愛と自己言及の作家であることを示している。「例えばトルストイのような作家は、登場人物を作ったら後は私たちと二人きりにしてくれるが、スターンは私たちと登場人物との交流を、常に自らその場で手助けせずにはいられないのだ。『センチメンタル・ジャーニー』から私たちがスターン自身と呼ぶ要素を取り去ったら、後にはほとんど、あるいは何も残らないだろう」(Woolf 八〇)。

3　文学理論とスターン研究

スターン作品を愛好する人々には、敢えて時代錯誤的に自分の時代に引き寄せたスターン像を作り上げて楽しむ「妄想スターン派」と、細かい歴史的データをマニアックに積み上げてスターンを過去の伝統や同時代の文学史の中に位置づける作業に喜びを見出す「スターンおたく派」がいると見ていいだろう。独り善がりの自由な妄想と、おたく的な細かいデータへのこだわりは、それぞれ『センチメンタル・ジャーニー』と『シャンディ』という作品の主要な特徴でもあるのが面白い。

一九三一年には『シャンディ』をウルフやジェイムズ・ジョイスの作品で使われる「意識の流れ」の技法の先駆けとして捉えた批評が現れる(Hartley 参照)。ここでモダニズムに引き寄せて捉えられたスターンは、その後も常に最新の実験的な小説技法の先駆けと見なされてきた。一九八〇年代には、パトリシア・ウォーが『シャンディ』を「現代のメタフィクション的な小説の原型」と呼んだ(Waugh 七〇)。一九九〇年代には、読者が文章の断片のネットワークを作者と双方向的コミュニケーションを取りながら読み進めるハイパーテキストの原型の一つとして、『シャンディ』が想定された(Bolter 一三一—三五)。物語の内と外の境界を軽々と乗り越える『シャンディ』は、ホルヘ・ルイス・ボルヘス、イタロ・カルヴィーノ、ミラン・クンデラ、サルマン・ラシュディらのポストモダン小説と並べて論じられることも多く、二〇一六年のケンブリッジ版ポストモダン文学史でも先駆者の一人として扱われている（Bray 参照）。このように『シャンディ』は「妄想スターン派」たちによって、現代の現象を説明するための便利な起源として使われてきた。

しかしスターン研究の主流となったのは、スターンを実証的に歴史的文脈に位置づける「スターンおたく派」である。一九五一年にはD・W・ジェファソンが「『トリストラム・シャンディ』と博学の機知の伝統」を発表する。この論文は『シャンディ』を過去の伝統に接続し、ラブレー、モンテーニュ、ロバート・バートンなどの文人から連なる、博学を駆使して衒学者を嗤う自己言及的な綺想の文学の系譜に位置づけた。ジェファソンはそのジャンルを仮に「博学の機知」（learned wit）と名付けている（Jefferson 参照）。もともと『シャンディ』の語り手トリストラムは自らの先達としてこれらの文人の名を挙げていたが、ジェファソンの論文はトリストラムの主張の正しさを裏付けることになった。しかもここで「博学の機知」と呼ばれているのは、のちにロザリー・L・コリーの『パラドクシア・エピデミカ』（一九六六年）が「パラドックス」と呼んだジャンルにほかならない（Colie 参照）。『シャンディ』の徹底した自己言及性は、観念史上でパラドックスの系譜に連なることが明らかになったのだ。

一方ジョン・トローゴットの『「トリストラム・シャンディ」の世界――スターンの哲学的修辞』（一九五四年）は、『シャンディ』とジョン・ロックの哲学との関連を整理し、「スターンの地位をついに『名作』の正典の中、すなわち大学の教育課程の中に確立させた論考」である（Traugott および New, *New* 一を参照）。しかしトローゴットのスターン像は二十世紀の実存主義の思想に引き寄せられすぎていたため、さらにマニアックな「スターンおたく派」であるメルヴィン・ニューによって批判された。そのニューの『諷刺家としてのローレンス・スターン』（一九六九年）では、イングランド国教会の正統的な倫理観に基づいて登場人物や語り手の愚行を批判する

『シャンディ』は、小説（novel）ではなく諷刺（satire）のジャンルに属するとされた（New, *Laurence* 参照）。さかのぼってノースロップ・フライの『批評の解剖』（一九五七年）でも、『シャンディ』はペトロニウス、ルキアノス、アプレイウス、ラブレー、バートン、ジョナサン・スウィフトに連なる「メニッポス的諷刺」（Menippean satire）と小説とを合体させた例として取り上げられていた（Frye 三〇八―一二）。ちなみにフライの「メニッポス的諷刺」もまたコリーの「パラドックス」と重なり合うジャンルである。

『シャンディ』が小説であるか否かは、小説という語の定義次第である。小説が「散文による物語」（prose fiction）全般を指すなら、『シャンディ』はもちろん小説だ。しかし英語圏では小説（novel）という語が、十八世紀ごろのヨーロッパで成立したとされる「近代リアリズム小説」という特殊な意味で使われることも多い。こちらの意味ではサミュエル・リチャードソンの『パミラ』（一七四〇年）は小説だが、古いパラドックス文学の伝統に連なる『シャンディ』は小説ではないことになる。当然ながら、小説の範疇には「散文による物語」全般を含めるべきだという考え方は英語圏にもあり、その観点で書かれた小説史では、『シャンディ』は十八世紀イギリス小説の代表作の一つとして現れる（Doody および Moore 参照）。

メルヴィン・ニューはスターン研究の中心的人物となり、一九七八年から二〇一四年にかけて刊行されたフロリダ版スターン全集（Sterne, *Florida*）の編集主幹を務めた。「スターンおたく派」のもう一人の雄として、在野の書誌学者ケネス・モンクマンが果たした功績を忘れてはならない。スターン作品に魅了されて独学で先行研究を読み漁り、貴重な関連古書を収集し続けた彼は、晩年のスターンが暮らした牧師館シャンディ・ホール（Shandy Hall）に夫人とともに移り住む（Barker 参照）。モンクマンの綿密な書誌学的研究は、フロリダ版スターン全集の本文校訂の基盤となった。シャンディ・ホールを本拠地としてスターン研究を促進すべく設立されたローレンス・スターン・トラストは、実証的スターン研究の拠点となる学術誌『シャンディアン』（*The Shandean*）を一九八九年に創刊した。

一九八〇年代以降、さまざまな批評理論を踏まえたスターン研究が登場する。フェミニズム批評ではルース・ペリーの一九八八年の論文が、『シャンディ』の世界においては現実の女が交流の対象として存在せず、女を排除した戦争ごっこや衒学的な会話によって男同士の絆のみが深められていくことを指摘した（Perry 参照）。クィア批評では、イヴ・K・セジウィックの『男同士の絆』（一九八五年）が、『センチメンタル・ジャーニー』の視点の独善性と他者を自分好みの枠にはめて眺める暴力性を、「赤ん坊の顔をした帝国主義」（imperialism with a baby face）という言葉で批判した（Sedgwick 六七）。ポストコロニアル批評では、リン・フェスタの二〇〇六年の著書が、スターン作品などに見られる十八世紀ヨーロッパの文学思潮「センチメンタリズム」（sentimentalism）を、後の時代にまで受け継がれる「センチメンタリティ」（sentimentality）として捉え直し、勝手にヨーロッパ以外の他者に共感して要らぬお節介を押しつけるセンチメンタリティの系譜に、ポストコロニアル批評自体までを含める自己言及的な批評を展開した（Festa 参照）。

今世紀に入って、スターンを実証的に研究する「スターンおたく派」に新たな展開があった。トマス・キーマーの『スターン・近代人・小説』（二〇〇二年）が、『シャンディ』を同時代の自己言及的な流行小説の文脈に据えたのだ（Keymer, *Sterne* 参照）。すでに一九五二年には、のちに『フィクションの修辞学』（一九六一年）で知られるようになるウェイン・C・ブースが、『シャンディ』以前の自己言及的な小説の系譜をたどった論文を発表していたが（Booth 参照）、キーマーは久しく途絶えていたこの方面の研究を発展させたのだ。一七五〇—六〇年代に大量に消費され忘れ去られた流行小説にも研究者の目が向けられるようになり、人間以外の物や動物を主人公として都市の人間を諷刺的に描く「モノ語り」（it-narratives）と呼ばれる自己言及的な作品群を、スターン作品と絡めて論じた文献も登場する（Blackwell 参照）。さらに『シャンディ』をはじめとする商品としての流行小説が持つ自己言及性と、ゲームの中の人物が聞くカーラジオからゲーム批判の言葉が流れる「グランド・セフト・オートⅢ」(Grand Theft Auto III) などのビデオゲームが持つ自虐的な自己言及性との類似性を指摘した論文も現れた (Lupton and McDonald 参照)。そのほか、「気が散ること」自体をテーマにした十八世紀イギリス小説論でも『シャンディ』は大きく取り上げられている (Phillips 参照)。同時代の中流階級の男たちの備忘録を手がかりに、トリストラムが自伝を書く現場を追体験しようとする実証的研究も出ている (Harvey 参照)。多種多様な先行研究を受け継いで、現在も新たなスターン研究が行われているのだ。

二〇一三年にはスターン生誕三百年を記念して、国際ローレンス・スターン協会 (International Laurence Sterne Foundation) が発足した。学術誌『シャンディアン』の編集長でもあるユトレヒト大学のピーター・デ・ヴォークトを会長とするこの協会は、ローレンス・スターン・トラストから『シャンディアン』の発行を引き継ぎ、隔年で国際学会を開催している。

4 次に何を読むか

スターン作品を研究するには、本書の次に何を読めばいいだろうか。主要作品である『シャンディ』と『センチメンタル・ジャーニー』の注釈版の例は、本章の「参考文献」の Sterne の項に一つずつ挙げておいた。注釈版で実際に作品に触れながら、並行して英文での入門書『ケンブリッジ版ローレンス・スターン必携』(Keymer, *Cambridge* 参照) に進み、同時にさまざまな既刊論文から選り抜かれた論文アンソロジーで、優れた先行研究に触れていただきたい。[2] スターンの伝記については、伊藤誓による略伝 (伊藤 二八九—三一九) のほか、本格的な評伝がある (Cash および Ross 参照)。『オックスフォード版十八世紀小説ハンドブック』などの文献によって、文学史上のスターンの位置づけを確認することも重要だ（Downie 参照）。こうした作業の過程で出会う文献を通じて知った別の文献を芋づる式にたどっていけば、いつしかあなたは築城術を研究するトウビー・シャンディ大尉のように、道楽馬に導かれるまま果てしない探求欲に駆られ続ける、いっぱしのマニアになっているだろう。

高山宏によれば、『シャンディ』は「すべてに知的な意味での『意味』を求める性急な感覚の人に、もう少し人間の広い、そしてルースな肉体に即しながらゆっくり世間や言葉をみつめましょうや、といっている」のであり、「答だ、結論だということに意味を求める型の頭人間が文化の中心を占めだした十八世紀中葉期に、それを病として斥けようとした悠々たる作品」である（高山 七七）。そういう作品を生み出したスターンの世界を、本書を最初の手がかりにして、あちこち道草を食いながら、のんびり、ゆっくり旅していただければ幸いである。

注

（1）Howes, Molesworth, Voogd. 伊藤、坂本を参照。なお、日本での受容史については「第十二章スターンと日本」に譲り、本章では扱わない。邦訳文献以外からの引用はすべて私が翻訳したものである。

（2）Keymer, *Laurence*; New, *Critical*; New, *New*; Walsh を参照。

参考文献

Barker, Nicolas. "Obituary: Kenneth Monkman." *The Independent Online*, 26 Mar. 1998, www.independent.co.uk/news/obituaries/obituary-kenneth-monkman-1152510.html.

Blackwell, Mark. "The It-Narrative in Eighteenth-Century England: Animals and Objects in Circulation." *Literature Compass*, vol. 1, no. 1, 2004. *Wiley Online Library*, doi:10.1111/j.1741-4113.2004.00004.x.

Bolter, Jay David. *Writing Space: The Computer, Hypertext, and the History of Writing*. Laurence Erlbaum Associates,

1991.『ライティング スペース――電子テキスト時代のエクリチュール』黒崎政男・下野正俊・伊古田理訳、産業図書、一九九四年。

Booth, Wayne C. “The Self-Conscious Narrator in Comic Fiction Before *Tristram Shandy*.” *PMLA*, vol. 67, 1952, pp. 163–85. *JSTOR*, doi:10.2307/460093.

Boswell, James. *The Life of Samuel Johnson*. Edited by David Womersley, Penguin Books, 2008.

Bray, Joe. “Postmodernism and Its Precursors.” *The Cambridge History of Postmodern Literature*, edited by Brian McHale and Len Platt, Cambridge UP, 2016, pp. 15–24.

Cash, Arthur H. *Laurence Sterne: The Early and Middle Years*. Methuen, 1975.

——. *Laurence Sterne: The Later Years*. Methuen, 1986.

Colie, Rosalie L. *Paradoxia Epidemica: The Renaissance Tradition of Paradox*. Princeton UP, 1966.『パラドクシア・エピデミカ――ルネサンスにおけるパラドックスの伝統』高山宏訳、白水社、二〇一一年。

Doody, Margaret Anne. *The True Story of the Novel*. Kindle ed., Harper Collins Publishers, 1997.

Downie, J. A., editor. *The Oxford Handbook of the Eighteenth-Century Novel*. Oxford UP, 2016.

Festa, Lynn. *Sentimental Figures of Empire in Eighteenth-Century Britain and France*. The Johns Hopkins UP, 2006.

Frye, Northrop. *Anatomy of Criticism: Four Essays*. Princeton UP, 1957.『批評の解剖』海老根宏・中村健二・出淵博・山内久明訳、法政大学出版局、一九八〇年。

Goethe, Johann Wolfgang von. “Laurence Sterne.” 1827. *Essays on Art and Literature*, edited by John Gearey, translated by Ellen von Nardroff and Ernest H. von Nardroff, Princeton UP, 1994, pp. 174–75.

Hartley, L. C. “The Sacred River: Stream of Consciousness: The Evolution of a Method.” *The Sewanee Review*, vol. 39, no. 1, 1931, pp. 80–89. *JSTOR*, www.jstor.org/stable/27534611.

Harvey, Karen. “The Manuscript History of *Tristram Shandy*.” *The Review of English Studies*, new series, vol. 65, no. 269, April 2014, pp. 281–301.

Howes, Alan B., editor. *Sterne: The Critical Heritage.* Routledge & Kegan Paul, 1974.

Jefferson, D. W. "*Tristram Shandy*and the Tradition of Learned Wit." *Essays in Criticism*, vol. 1, no. 3, 1951, pp. 225–48. New, *New*, pp. 17–35.

Keymer, Thomas, editor. *The Cambridge Companion to Laurence Sterne.* Cambridge UP, 2009.

——, editor. *Laurence Sterne's Tristram Shandy: A Casebook.* Oxford UP, 2006.

——. *Sterne, the Moderns, and the Novel.* Oxford UP, 2002.

Lupton, Christina and Peter McDonald. "Reflexivity as Entertainment: Early Novels and Recent Video Games." *Mosaic*, vol. 43, no. 4, 2010, pp. 157–73.

Molesworth, Jesse. "Sterne Studies on the Eve of the Tercentenary." *Literature Compass*, vol. 9, no. 7, July 2012, pp. 453–63. *Wiley Online Library*, doi:10.1111/j.1741-4113.2012.00897.x.

Moore, Steven. *The Novel: An Alternative History 1600 to 1800.* Bloomsbury, 2013.

New, Melvyn, editor. *Critical Essays on Laurence Sterne.* G. K. Hall, 1998.

——. *Laurence Sterne as Satirist: A Reading of "Tristram Shandy."* U of Florida P, 1969.

——, editor. *New Casebooks: The Life and Opinions of Tristram Shandy, Gentleman.* Macmillan, 1992.

Newbould, M-C. "Wit and Humour for the Heart of Sensibility: The Beauties of Fielding and Sterne." *The Afterlives of Eighteenth-Century Fiction*, edited by Daniel Cook and Nicholas Seager, Cambridge UP, 2015, pp. 133–52.

Perry, Ruth. "Words for Sex: The Verbal-Sexual Continuum in 'Tristram Shandy.'" *Studies in the Novel*, vol. 20, no. 1, Spring 1988, pp. 27–42. Walsh, pp. 51–68.

Phillips, Natalie M. *Distraction: Problems of Attention in Eighteenth-Century Literature.* Kindle ed., Johns Hopkins UP, 2016.

Ross, Ian Campbell. *Laurence Sterne: A Life.* Oxford UP, 2001.

Sedgwick, Eve Kosofsky. *Between Men: English Literature and Male Homosocial Desire.* Columbia UP, 1985. 『男同士の

絆――イギリス文学とホモソーシャルな欲望』上原早苗・亀澤美由紀訳、名古屋大学出版会、二〇〇一年。

Sterne, Laurence. *The Florida Edition of the Works of Laurence Sterne.* General Editor, Melvyn New, U of Florida P, 1978-2014. 9 vols.

――. *A Sentimental Journey and Other Writings.* Edited by Ian Jack and Tim Parnell, Oxford UP, 2003.

――. *The Life and Opinions of Tristram Shandy, Gentleman.* Edited by Melvyn New and Joan New, Penguin Books, 2003.

Thackeray, William Makepeace. *The English Humourists of the Eighteenth Century and Charity and Humour.* Edited by Edgar F. Harden, U of Michigan P, 2007.

Traugott, John. *Tristram Shandy's World: Sterne's Philosophical Rhetoric.* U of California P, 1954.

Voogd, Peter de. "Laurence Sterne." *The Encyclopedia of British Literature 1660-1789*, vol. 3, edited by Gary Day and Jack Lynch, Wiley Blackwell, 2015, pp. 1186-92.

Walsh, Marcus, editor. *Laurence Sterne.* Pearson Education, 2002.

Waugh, Patricia. *Metafiction: The Theory and Practice of Self-Conscious Fiction.* 1984. Routledge, 2013.

Woolf, Virginia. "The 'Sentimental Journey.'" *The Common Reader: Second Series*, Hogarth Press, 1932, pp. 78-85.

伊藤誓『スターン文学のコンテクスト』法政大学出版局、一九九五年。

坂本武「ローレンス・スターン研究の現在――序に代えて」『ローレンス・スターン論集――創作原理としての感情』関西大学出版部、二〇〇〇年、v-xviii頁。

シクロフスキー、ヴィクトル『散文の理論』水野忠夫訳、せりか書房、一九八三年。

高山宏「もう結構な話――ロレンス・スターン『トリストラム・シャンディ』」『新人文感覚 一 風神の袋』羽鳥書店、二〇一一年、七四―七七頁。

ディドロ、ドニ『運命論者ジャックとその主人』王寺賢太・田口卓臣訳、白水社、二〇〇六年。

ニーチェ、フリードリッヒ『人間的、あまりに人間的II』中島義生訳、筑摩書房、一九九四年。

バフチーン、ミハイール『フランソワ・ラブレーの作品と中世・ルネッサンスの民衆文化』川端香男里訳、せりか書房、一九八五年。

第I部

スターンの主要作品世界を概観する

第1章　『ポリティカル・ロマンス』
――スターンの生涯、一七五九年の変

坂本　武

一七五九年までの教区牧師スターン

スターンの初期作品として寓意物語『ポリティカル・ロマンス』[1]（以降『ロマンス』と略記）と「ラブレー風断章」[2]があるというのはスターンの伝記的事実であるが、これらの作品と主著『トリストラム・シャンディ』の間に習作から主著へというような時間的経過が、一定の成熟への期間としてあったわけではない。スターンのばあい『ロマンス』を出版しようと企図したとき、彼はすでに『トリストラム・シャンディ』の世界に入っていたであろう。それほどにこの物語は、すでにしてスウィフトやポープ式の「機智」と諷刺の文体に倣って展開する。スターン文学の特質としてよく知られる「博学の機智の伝統」の要素は、この寓意と諷刺に満ちた小冊子にちりばめられている。

『ロマンス』の内容に入る前に、スターンの聖職者としてのキャリアをたどってみよう。その始まりは、ケンブリッジ大学のジーザス・カレッジを一七三七年に出て（スターン、二十四歳）任ぜられたハンティンドン州セント・アイヴズの副牧師補佐である。翌年にはヨークシャー、カットンで同じ勤めを果たした後、聖職按手式

(ordination)を経てサットン・オン・ザ・フォレストの「教区牧師」(vicar)となった。一七四一年にはヨーク主教座聖堂参事会に列し、ギヴンデールの聖職禄を受け、三月エリザベス・ラムレと結婚した。翌年一七四二年にはノース・ニューボールドの聖職禄を得て、その二年後一七四四年にはスティリントンの教区牧師となっている。

翌年の一七四五年は、いわゆる「ジャコバイトの反乱」が起こった年だが、ヨークでも反乱軍の南下の動きに対して防衛のための募金活動やカトリック教徒排斥運動が連動して起こり、スターンも協力した。スターンのカトリック批判は、『トリストラム・シャンディ』の医師スロップの造形に象徴的に見られるところである。

一七四七年には「エリヤと寡婦ザレパテ」を主題とした慈善説教を行い、印刷刊行した。この年ヨーク大主教に就任したマシュー・ハットン(在任は五七年まで)と、同時期に主席司祭に就任したファウンテン[3]との間で牧師の権益をめぐる勢力争いが生じた。(『ロマンス』の中では「ジョンの机の高さ」をめぐる教会内の騒動として描かれる。)スターンは、ケンブリッジ大学時代の友人であったファウンテンの側に立ったが、このことは大主教派の参謀格だった叔父ジェイクイズ[4]との関係を危うくした。この叔父は自らのヨークの宗教界での昇進のために甥のローレンスを利用するようなところがあり、不仲であった。ファウンテンにとってスターンは、彼の曾祖父リチャード・スターン(一五九六頃—一六八三年)がヨーク大主教まで上り詰めた(在任、一六六四—八三年)特別な存在であり、その彼が同じ宗教人の叔父と対立して自分の側に立ってくれたことへの負い目があったかも知れない。一七五一年にスターンを「ピカリング・ポクリントン特殊法廷主教代理[5]」に指名したのはファウンテンである。このことが、『ロマンス』に描かれるヨーク宗教界の騒動の一因となった。

前年の一七五〇年にはヨーク大聖堂で「良心の濫用」と題した巡回裁判説教を行い、刊行した。これは後に『トリストラム・シャンディ』第二巻第十七章で再現されている。十二月にはフォーコンバーグ卿の好意で「アルン・トラートン特殊法廷主教代理」を認可されている。

一七五一年から五九年までの間でスターンの身辺には大きな変化はないように見える。平凡な田舎牧師の生活が続く中でサットン共有地の「囲い込み」計画を進めたり、大学時代の友人ジョン・ホール＝スティヴンソンの「スケルトン城」での「デモニアックス（悪魔連盟）」と名付けた文芸クラブで社交を楽しんだり、ホール＝スティヴンソン所蔵のラブレーその他の滑稽文学に親しんだりした。社交の相手の中には変わり者の軍人も混じっていて、その人物が『トリストラム・シャンディ』の「叔父トウビー」の造形にヒントを与えたかも知れないという。（Cash, *EMY* 一九〇）

しかしヨークの宗教界では一七五一年から六年後、大きな変化があった。一七五七年、ヨーク大主教が前述のマシュー・ハットンからジョン・ギルバート[6]（在任、一七五七―六一年）へと代わったことである。

ここで『ロマンス』が世に出るきっかけを作った人物、フランシス・トパム[7]という野心家の事務弁護士（attorney）に登場してもらわねばならない。時間も六年前に戻ってみなければならない。

トパムは、いわゆる多くの肩書を誇る威張り屋、「プーバー」'Pooh Bah'[8]で、手に入るものなら何でも狙うという人物である。六年前、一七五一年の時点で彼が狙っていたポストは、次の三つであった。分かりやすいようにＡＢＣで示す。

【Ａ】「ピカリング・ポクリントン特殊法廷主教代理」（物語では「黒いプラシ天の半ズボン」）

この職の付与の権限はファウンテン主席司祭が持っていた。

【Ｂ】「ヨーク大聖堂主席司祭および参事会会員代理」[9]（物語では「緑の説教壇用の布とビロードのクッション」）

これは【Ａ】より実入りの多い職分で主席司祭配下の参事会に権限があった。

【C】「財務裁判所および大主教特権裁判所判事代理」[10]（物語では「古い夜番外套」）

三つのポストの中で最も有利なもので、これを与える権利は大主教にあった。しかしこれには参事会の承認を得る手続きが必要であった。

ところでこれらのパテントの内実がどういうものであったかについてここで確認しておこう。当時の宗教裁判所判事の仕事の内容は、例えば遺言書の検認、各種の免許状の認可、教会の十分の一税等の財政上の管理、そして性犯罪に対する刑罰の執行があった。殊に貧困層の間での性犯罪は結果的に教区全体の財政を圧迫する問題であった。性犯罪の結果としての、未婚の母とその子供たちの扶養の負担が教区にかかるという制度であったからである。スターンもこうした罪を犯したジェイン・ハーボトルという女性に対して公平で寛大な審判を下したという話がある。（Cash, *EMY* 二五五）

『ロマンス』が暴くヨーク宗教界の権限争いを理解する上で大事なポイントは、右に述べた判事としての義務を負う資格が、「牧師」職の者にも「弁護士」職の者にも共通してあったという点である。（そして、牧師たちには、より難しい事例に対するばあい「宗教裁判所判事代理」（surrogates）の者を雇用することが認められていた。）従ってトパムのような事務弁護士にも「判事代理」を引き受ける権利は認められていたのである。

ところで野心家のトパムには弁護士のウィリアム・ウォード[11]という格好の相手がいた。この人物が持っていたのが先の【A】【B】【C】の三つのパテントだった。スターンがファウンテンから【A】の権利を貰う以前の状況である。トパムはまずファウンテンを上手に口説いて、ウォード博士が死んだら（この人はこの時期その死期は遠くないと見られていたようだ）直ちに【A】と【B】の両方とも自分が貰うという約束を得ていた。次にトパムは、大主教のところへ出向いて、自分が法律的に正しい立場にいることを主張した。そのさい大主教は、

【C】の権利もトパムに約束したという形になった。

ファウンテン主席司祭は、右の噂を聞いたとき、自分がトパムと約束したことを考え直すことにした。彼は、当時困窮して病身でもあったマーク・ブレイスウェイト博士[12]という、もう一人の弁護士に、ウォード氏が亡くなるまでの措置として【A】と【B】のパテントをチャリティとしてあげてよいと考えたのである。この意向を知ったトパムは約束が破棄されたと、内心怒りに駆られたが、【C】の権利はまだ残っているだろう、【A】と【B】の権利もウォード博士が亡くなれば自分のものになる筈だと考え直した。

しかしファウンテンの考えは違っていた。彼は、トパムが【A】と【B】のいずれに対しても要求を放棄したと考えたのである。

一七五〇年にブレイスウェイトが死んだ。翌一七五一年にはウォード博士も死んだ。トパムは、大主教から【C】の権利を得ることになったが、遺憾なことにファウンテンは【A】の権利をスターンに与えた。そして、【B】の方はウィリアム・ステイブルズ[13]という人物に渡るよう図ったのである。この措置を恨んだトパムは、ファウンテンが約束を破ったと非難の声をあげた。そして定期の宗教裁判の開廷期間中の晩餐会の席上、当事者たちの間で激しい口論が起こった。スターンも同席していた。このときトパムは、相当に面目をつぶされる結果となった。その後、一七五七年に至るまでの間トパムは、その憤りの気持を忘れることがなかった。

一七五七年にヨーク大主教が、マシュー・ハットンからジョン・ギルバートに代わった時、トパムの野心がよみがえった。彼は、これを自分の境遇を向上させる好機ととらえたのである。新参のギルバート博士の人の好さと病気がちの身に付け込むようにして、彼は大主教をたびたび見舞っておべっかを使い、(自分と敵対する)参事会の連中が扱い難い相手であるから用心して下さいと、穏やかに警告した。そして彼は、新しい計画に乗り出した。

それは教会戸籍簿（Parish Register）を調べなおすことだった。そしてその結果、【C】のパテントが一人の人物に終生与えられるものではなく、二人の人間が順々に相続できるという慣例になっていることを発見した。

この戸籍簿の中の「覚え書き」（Memorandum）の部分は、いわゆるゴシック体（ブラック体）のひげ文字で書かれているが、同じ文字が『トリストラム・シャンディ』第一巻第十五章にも現れる。トリストラムの母エリザベスの「結婚契約書」を引用する場面である。こういうところも『ロマンス』と『トリストラム・シャンディ』の不可分の関係を示唆するものである。さらに、この後に言及される「ディディウス」という人物は、「あらゆる種類の法律文書を（中略）新しく書き直すことに特別な才能を持っている者」と紹介される。これは、ディディウスがトパムをモデルにしたキャラクターであることを暗示する。というのも、トパムをモデルにした「寺男のトリム」は、「古い夜番外套」を「ジャケツとペチコート」に「裁断しなおす」ことを試みる。このトリムの行為が、ディディウスの「公文書改変」のアイデアとパラレルに置かれるからである。

教会戸籍簿を調べて分かった相続の慣例に関する文言を根拠に、トパムは大主教に、自らが亡くなった後は自分の息子に相続させることを認めてほしいと要求する。彼の息子は当時七歳に過ぎなかったので、息子が成年に達するまでの間、彼の妻がそのパテントを持てるよう調整されることを示唆した。大主教は、最初この申し出に賛成の意向を示したが、参事会から正式の同意が得られるかどうか疑問に感じた。トパムの方は、ファウンテン主席司祭に長文のおもねった形の手紙を書いて自分への支援を頼んだ。その結果、一七五八年の十一月当事者たちの間で会合が持たれ、その場で「【C】のパテントを拡大解釈するのは馬鹿げたことだ」と拒絶され、トパムは、再びその野望をくじかれた。

トパムがその後に打った手は、翌十二月、六ペンスの小冊子を刊行して世間に自分の悲運を訴えることだった。このときから、三種類のパンフレット合戦が引き起こされることになった。非難の応酬となった三つの冊子の夕イトルを番号を付して次にかかげる。

【一】〈トパムの第一書簡〉[14]（一七五八年十二月十一日）「ヨーク教会主席司祭尊師宛ての書簡——尊師のトパム博士への約束を反故にした一件につき、尊師の示した多少の異常な態度を詳述する」

【二】〈ファウンテン主席司祭の返書〉[15]（一七五八年十二月二十九日）「トパム博士の名においてヨーク教会主席司祭に宛てた書簡に答える」

【三】〈トパムの第二書簡〉[16]（一七五九年一月半ば）「最近ヨーク教会主席司祭に宛てた書簡への返書に対する回答」

【一】は、十年前の「ピカリング・ポクリントン特殊法廷主教代理」の権限に関するファウンテンの手紙などを引用して、それがギフトとして約束されたことをるるとして主張する内容である。これに対してファウンテンは時を置かずに【二】の書簡を出版して、不名誉かつ道理をわきまえないトパムの態度を批判的に示唆した。ことにトパムが新任の大主教ギルバート博士に働きかけて、参事会との関係を悪化させるように仕向けたことを暴く。またこの書簡の中には、七年前の一七五一年の裁判開廷中の「晩餐会」での議論の内容に関する三者の証言が入っている。そのうちの一人がスターンであって、「彼は、ファウンテン主席司祭がトパムに約束したようなうわさを世間に広めたのはトパム自身であることを白状させた」という一節がある。また、トパムが、外科医のアイザック・ニュートンなる人物をワナにかけて、【一】の書簡で自分が主張したことの正当性を認めるよう「脅迫」

したという証言まで付けている。

【三】のトパムの応酬では、ファウンテンの返書には「多くの親たちの子供や子孫が加わって、訂正・修正・外見の飾り・文章の装飾などのパフォーマンスを見せている」と、ファウンテンが、ヨークの内部事情をまだよく知らない自信の無さを揶揄する。これは、ファウンテンがヨーク教会主席司祭に就任したのが、大主教の交代の年とおなじく一七四七年で（その前は、ウインザーの聖ジョージ礼拝堂の参事会員）ヨークの宗教界のそれまでの事情に関してはトパムほど承知していたわけではなかったことを示す部分である。この点についてトパムは、そこにスターンの入れ知恵があっただろうと推測する。また、ニュートン氏を「脅迫」したわけではないことを別の証言者の手紙で証明させたりしている。

ところで、スターンは実は、【二】のファウンテンの返書が出た後の一七五八年十二月二十五日から【三】のトパムの反論が出る翌一七五九年一月十三日までの間に『ロマンス』の「主筋」に当たる最初の二十四頁分を書いて（頁の最後に「終わり」を示す"FINIS"が付いている）、印刷業者ウォードに原稿を送っていたことが明らかになっている。（フロリダ版第九巻『ロマンス』解題、九〇―九一[17]）

ところがこの主筋の部分を校正・再考しているうちにトパムの【三】の反論が世に出てしまったのである。自分の名も世間にさらされてしまっている、事ここに至っては「主筋」の部分だけでは諷刺の効き目がないと判断したスターンは、恐らく二週間も経たないうちに新しく「追伸」の部、「鍵の章」、ウォード宛書簡、そして騒動の主犯トパム宛ての書簡までを追加して、「一七五九年一月下旬」に『ロマンス』を刊行したのである。以上がこの冊子の出版までの複雑かつ長期にわたる経緯である。

しかしながらこれはトパムの書簡以上に教会関係者には厄介な書き物だった。アレゴリーの形を取ってはいるが、モデルは上から下まで誰であるかを皆が知っている。ヨーク宗教界の内部のスキャンダルがこれ以上世間に広まれば万事収拾がつかなくなるだろうと（スターンを除いて皆が）心配して、この冊子は焚書の刑に処されることが決定したのである。スターンもこれを受け入れざるを得なかった。こうして「一七五九年の変」は終息した。

しかし焚書を生き延びた数冊があったためにわれわれは、この作家が如何なる牧師として暮らしていたか、如何なる友人関係の中で生きていたか、また如何にして『トリストラム・シャンディ』の世界の構築へと進んで行ったかを実感することが出来る。

ともあれわれわれは、ようやくこの寓意物語の扉の前に立ったことになる。

『ポリティカル・ロマンス』の構成

物語の構成の全体は次の五部に分かれている。

【Ⅰ】「ポリティカル・ロマンス」
【Ⅱ】「追伸」
【Ⅲ】「鍵の章」
【Ⅳ】「ヨークのX氏宛て書簡」
【Ⅴ】「トパム博士宛て書簡」

先述したように【Ⅱ】～【Ⅴ】は、トパムの第二書簡（【三】）の刊行を受けて急いで付け加えた部分である。物語の主筋（【Ⅰ】）は、本来はトパムを指弾攻撃するのが目的の書き物であるから、現実のスターン周辺の人物関係、および時間軸に沿って進行する。そして、ヨーク宗教界の騒動のプロセスを人も組織もすべて「格下げ」した形でアレゴリーの世界に移し替えられている。スターンは当初この物語が展開する場所を「コックスブル」(Cocksbull)[18]という名の村に設定していたらしいが、印刷業者ウォードに渡す前にこの名前を削除したという。しかしこの村の名前は、『トリストラム・シャンディ』最終第九巻（一七六七年）の最後のページに'a cock and a bull (story)'という形で蘇っている。スターンの中では、自らの虚構の世界の基本的性格をこの言葉で表したかったということであろう。この喜劇的感覚は、この寓意物語の始めに付したホラーティウス『諷刺詩』からの警句、「笑いは、大事を円満に解決するにあたり、風刺の辛らつなるに優る」に象徴的に表されている。ここに『ロマンス』全体の主題も集約されていると言ってよい。スターンの意図は、現実の宗教界の騒動を喜劇的に見る視点を関係者に提示することにあったのだ。

物語【I】の形式は、語り手がある人物に宛てた書簡である。ストーリーラインを大きくまとめれば、次のような四段階に分かれる。時系列が一貫している訳ではない点がこのテキストを多少読みにくくしていることは否定できないだろう。

①《夜番外套》の物語（パテント【C】のアレゴリー）
②《プラシ天の半ズボン》をめぐる話（パテント【A】のアレゴリー）
③《ジョンの机》の高さをめぐる争い（説教の代役その他をめぐる大主教と主席司祭の権力争いのアレゴリー）時系列的に一番古い一七四七年ころの話。
④《緑の説教壇用の布とビロードのクッション》の話（パテント【B】のアレゴリー）

①の話では、「最近私たちの小さな村で起こった〈黒いプラシ天の半ズボン〉をめぐる騒動についてはすでに

『ポリティカル・ロマンス』の人物関係図

《『ロマンス』中の人物》	《モデルとなった実在の人物》
「寺男兼犬追い役のトリム」	フランシス・トパム弁護士 (1713–1770)
「庶務役員のジョン」	ジョン・ファウンテン主席司祭 (1714–1802)
「今は故人の教区牧師」	マシュー・ハットン大主教 (1693–1758)
「教区牧師」	ジョン・ギルバート大主教 (1693–1761)
ウィリアム・ドウ	ウィリアム・ステイブルズ弁護士
マーク・スレンダー	マーク・ブレイスウェイト博士 (d. 1750)
ロリー・スリム	ローレンス・スターン (1713–1768)

貴殿もご承知でしょうが」と手紙の書き手が語り始める。半ズボンの話は「十年前」に起こったトラブルであるが、今（一七五九年、この寓意物語を書いている現在）新たにこの事件を想起させようというのである。十年前の騒動の中心人物は、「寺男にして犬追い役」'Sexton and Dog-Whipper' の「トリム」（すなわち事務弁護士フランシス・トパム）と「庶務役員のジョン」（すなわち主席司祭のジョン・ファウンテン）で、「半ズボン」を貰う約束をめぐって騒動が起こったのであった。そして今の新たな問題は、「トリム」が「教区牧師」（大主教ジョン・ギルバートがモデル）に「夜番外套」を要求した事件である。その事情は次のように語られる。

トリムは、この古い夜番外套を冬用に仕立て直して、細君のために〈あったかいペチコート〉に、自分のためには〈ジャケット〉を作ろうと思っていました。トリムは、教区牧師殿に対し最大限の卑下を示してこのことを懇願したのでした。寛大な心の持ち主である教区牧師殿は、最近その地位についたばかりでもあり、トリムが日ごろ教区の細かな仕事を色々とやってくれているので、そのお返しをしてやろうと思って、トリムの言い分を受け入れました。

しかしこの新参の牧師は、念のため十日ほどの余裕を貰って教会戸籍簿を調べてみようと思いました。ある夕刻、教区牧師は書斎に座ってトリムの要求をつらつら考え直そうとしていた時、突然「町の人夫」が一人、「市民兵団所属の治安官」に連れられて入って来ました。男は、自分が法令通り市民軍に徴兵される年齢に該当しているかどうか確かめに来たのでした。

「町の人夫」の話は、その背景に七年戦争（一七五六―六三年）に係る市民軍徴兵のための法令が一七五七年に通過した問題がある。市民のうち十八歳から五十歳の間の男子が対象だった。

教区牧師は戸籍簿を引き出してくると、ひょっとしたら夜番外套のことも何かが分かるかも知れないと考えた。そこで発見したのが「覚え書き」で、そこにはこの外套が二百年以上も前に荘園領主（ヘンリ八世がモデルという）から貧しい寺男たちとその跡継ぎの者へ未来永劫にわたって与えられたもので、これを冬の夜中および終禱、弔いその他、鐘を打ち鳴らす折に使用すべし、などと書いてあることが分かる。これによりトリムの謀りごとがばれることになり、牧師はトリムに向かって厳しく言う。「あの外套をお前とお前の細君にあげてしまえば、私は次の寺男に対して違法行為をすることになるし、私自身の後継者の権限にも傷をつけることになる。」こうしてトリムの申し出を明瞭に拒絶する。

これに対してトリムは最後の手段に訴える。彼は教区牧師への数々の奉仕――牧師のための靴磨き、ナイフ研ぎ、牧師の馬の毛づくろい、おまけに細君も雑役の奉仕をしたこと――を言い立てる。「牧師様が指を切ったら半マイルの道をいとわず、秘法に通じた女から教えられたとおりにクモの巣を血止めのために取ってきたし、牧師様がきつい下剤を飲んだ後始末のために室内便器を町の一番遠い所まで行って、借りてきたではありませんか」と哀調たっぷりに訴えるが、結局笑いものにされて終わる。しかもトリムが、牧師殿に「庶務役員のジョンや教区役員たちはみな〈悪党〉の一味ですよ」と告げ口をしていたことが明らかになる。事ここに至ってトリムは「扉の外へ蹴りだされて」しまう。

懲りないトリムは復讐の念に駆られて庶務のジョンに逆襲を始める。「黒いプラシ天の古い半ズボン」の約束状を引き裂き、十年間眠っていたこの「半ズボン」に関する問題をぶり返す。十年ほど前にジョンが教会の庶務役員に任命されたときには、当人のトリムはジョンのために少なからず骨を折ってやったという。ジョンは、生来ものごとを疑わない人物で、「教区牧師」が例の「夜番外套」をトリムに約束したと同様、ジョンも文句もいわずにその「半ズボン」をトリムに約束した。何故なら「半ズボン」は、ジョン自身のものだったので、自分が適当と思う人にあげても不徳義なことにはならないだろうと考えたのである。

このことがあって六ないし八週間後の事件として、「ジョンの机」のことが語られる。事件の時系列が、一七四七年から一七五一年頃の話に飛んでいることに注意しなければならない。

「今は故人となった教区牧師」(一七四七年就任の大主教マシュー・ハットンのこと)と「庶務役員のジョン」(同年就任のファウンテン主席司祭)のあいだで何回かにわたって騒動が持ち上がる。一七四五年のヨーク地方のジャコバイト騒乱が沈静化すると、教会人のあいだの問題が再燃したのである。紛争の原因は、一方が他方の権限、特権に対して行った侵害であった。これが、「ジョンの机の高さ」についての争いとして語られる。

大主教の側に付いたのはローレンスの叔父ジェイクイズとトパムであり、主席司祭ファウンテンの側にはリベラルな参事会会員や受禄聖職者たちが付き、ローレンスもこちらに付いた。大主教ハットンは、旧式なウォルポール派でカトリックやジャコバイト派を国家に対する大きな脅威とみなす強硬派だった。一方ファウンテン側は、ウォルポール内閣（一七二一―四二年）を一年後に引き継いだペラム内閣（一七四三―五四年）を支持した。この背景には、少し複雑な事情がからんでいる。ジョン・ファウンテンの叔母という人がロンドンの大主教トマス・シャーロック（Thomas Sherlock）と結婚した。シャーロックは、ヘンリー・ペラムとその兄ニューカスル公爵と極めて親しかった。このシャーロックは、カンタベリ大主教よりも政治的に動くのが好きという人物だった。彼は、ヨークの「主席司祭」のポストが問題になったとき、トマス・ヘリング（ハットンの前任のヨーク大主教）が指名した候補者に対して拒否権を行使した。その結果、ファウンテンが主席司祭の地位を得ることになったのであった。そしてこのとき拒否権を発動されて昇進を果たせなかった候補者というのが、ローレンスの叔父ジェイクイズだったのである。（Cash, *EMY* 二二二―二二三）

ローレンスと叔父の間には、ローレンスの母親をめぐる確執があったとされるが、こうした状況はさらに関係を悪化させたであろう。しかし、この親族間の軋轢よりももっと深刻な問題としては、聖職者たちが各教会で行う「説教」が、多くはいい加減なうわべだけの、他人の説教集からの無断の借用――スターンの評価のさいによく指摘される「剽窃」の問題の根本的事情がここにある――が見られたことである。『ロマンス』が出版される以前からスターンが取り組んでいた「もう一つのプロジェクト」（Walsh 二二）である『ラブレー風断章』の主題は、まさにこの説教文の剽窃・借用の問題である。説教者になれば、毎週オリジナルな説教の原稿を書くことは難儀なことに違いない。聖職者たちは、自分が説教の順番に当たったとき、もし都合がつかなければ、その説教の仕事を自分の信頼する他の人物に任せるというようなことは長いあいだの慣例となっていた。「ヨーク大聖堂の主席司祭たちは、一世紀のあいだ説教の代役選任の仕事を支配管理していた」（Cash, *EMY* 二三一）からである。そこに人事上の問題が生じたのは見やすい道理であったろう。

ファウンテンが代理の説教者を探そうとしたとき事件が起こった。対立するジェイクイズとトパムは、法令の項目を精査して、説教の代役を選任する権限は、主席司祭ではなく、主教代理（chancellor）にあることを発見した。ファウンテンはその権限を奪われる形になったが、にもかかわらず彼は、自分の代役を最近彼自身が「聖歌詠唱助手」（vicar choral）に任命した人物、ウィリアム・ウィリアムソン師（Rev. William Williamson）に頼んだ。ウィリアムソン師が代理説教をするという当日、教会堂の世話役（verger）に命じてこの人以外に説教壇に上らせないように、入り口に鍵をかけさせた。騒ぎが大きくなったことはいうまでもない。対立者のジェイクイズとトパムたちが推薦していた、そして代役を務めるつもりだったフランシス・ウォンレイ博士（Dr. Francis Wanley）は、手に説教原稿を持って姿を現したのだった。会衆の目の前でウィリアムソンがすでに立っている説教壇の入り口の扉を押して、鍵をガチャガチャ言わせて怒りをあらわにした。それでも説教者の交代はなかったらしい。説教が済んだあとウォンレイは、すごい剣幕でファウンテンに向かって文句を言った。それからウォンレイとジェイクイズは、トパムを探して、三人でハットン大主教（当時ロンドンにいた）にファウンテンへの抗議文を送った。これを受けてハットンは、上院のヘリング大主教（ハットンの前任者）に直接会って訴えた。そのときハットンは、怒りのために両手を震わせながら、「閣下、私はヨークの教会では無き者扱いですよ！」と言ったという。

以上の一七四七年のスキャンダルは、『ロマンス』の中ではこのストーリーのままに語られる訳ではなく、「教区牧師」が、「ジョンの机」の高さをめぐって、それが「規定よりも四インチ高い」と声高に不満をぶつけるという形に変形されている。「教区牧師」（ハットン大主教）と「庶務役員」（ファウンテン主席司祭）のあいだの対立が激化するなかで、第三者の「寺男のトリム」（事務弁護士フランシス・トパム）の服装が「突然うってかわって見栄えがよくなった」こと、さらに「教区牧師」から貰った「不用になった外套と帽子とかつら」をつけてジョンの前に自慢げに現れたことが語られる。この「外套」という小道具は、一七五一年にトパム（トリム）がその権利を大主教から保証されたと主張した「財務裁判所および大主教特権裁判所判事代理」（【C】）のポストである。一七四七年から五一年の時間的径庭が短縮されて、物語に一貫した流れを作ろうとしている。

見栄えのよさを見せつけるのに夢中のトリムは、ジョンから金銭的援助をしてもらったことも忘れて、ジョンがはいている「黒いプラシ天の半ズボン」をくれるといわれても、「お前様の半ズボンなんかクソくらえだ――牧師様の家へ行けばもっといいズボンが貰えるんだ」と悪態をつく。「黒いプラシ天の半ズボン」は、先述したように、一七五一年にスターンがジョン・ファウンテンから貰った「ピカリング・ポクリントン特殊法廷主教代理」（【A】）のポストである。トリムは結局件のズボンに対するあらゆる権利、要求権を放棄する。

しかし彼が半ズボンの件をあきらめた本当の理由が、新たに「緑の説教壇用の布とビロードのクッション」（【B】）の「ヨーク大聖堂主席司祭および参事会会員代理」のポスト）を狙ってのことだったことが明らかにされる。このビロードのクッションの授与権はジョンには無くて、「教区委員」たちの側にあったが、トリムはジョンがこの地区の名士であるから、その気があれば自分を援助してくれるだろうと期待した。しかしジョンはこれを聞かず、ウィリアム・ドウ（ウィリアム・ステイブルズという人物）に譲る。マーク・スレンダーに譲られていた古い半ズボンの方は、スレンダーが間もなく亡くなったので、ロリー・スリムという「不運な男」（これがスターン）の手に渡ることになった。

このような関係が十年近く眠っていたところ、今回不運な「蹴りあい」が起こってしまったと語り手はいう。時系列的にいえば、スターンは一七四七年の前任の大主教マシュー・ハットンの時代の権力争いから、十年後の一七五七年の大主教ジョン・ギルバートへの交代に伴って起こった騒動をまとめている訳である。

最後のエピソードはこうである。つい先週のこと、トリムが町に通じる公道でジョンに会い、百人もの人々の面前でジョンを侮辱する。トリムが責めた理由には、「黒いプラシ天の半ズボン」の約束の件も、「緑の説教壇用の布とビロードのクッション」の件も入っていた。そしてこの一七五七年の時点でぶり返したのが、「夜番外套」をめぐる利権争いであった。しかしトリムは野次馬連中に取り巻かれ、町のお偉方も来て、「トリムをただちに審問にかける」ことになり、ついに彼は「再び罪あり」と宣告され、皆から笑いものにされ、恥をかかされて終わる。

「鍵の章」

物語の主筋（【Ⅰ】）は、以上に見たようにほぼ現実の成り行きをなぞった形で語られる。事件・人物関係がスターンの伝記的事実を基にしているので、読者もそれを踏まえて読まなくてはならないという事情は、この作品を一般読者から遠ざけているだろう。こうした要素は、物語のほかの構成要素（【Ⅱ】の追伸、【Ⅳ】と【Ⅴ】の個人宛て書簡）のばあいにも共通するものである。これらの部分については、それぞれの内容を短く紹介するにとどめよう。

【Ⅱ】「追伸」では「先に書いた手紙を配達人に渡す機会を失ったので一週間か十日ほど手元に残ったままだった」と語り始める。ところがその間にトリムが、「去勢専門屋のつの笛」を吹き鳴らして町の人間を呼び集め、自分が「十二人のバックラム（わら人形）みたいな連中」（『ヘンリー四世』第一部第二幕第四場のフォルスタッフの空威張りの台詞を脚色）から剣の先で突っつかれて酷い目にあわされたと訴える。「去勢専門屋のつの笛」は、トパムの第一書簡（【二】）の寓意である。ヨーク宗教界を騒動に巻き込むきっかけを作った冊子である。

トリムは「半ズボン」も「夜番外套」も貰えなかったので、その腹いせに新たに「聖書台」の件をむし返す。これは先に一七四七年の大主教と主席司祭とのあいだの権力争いの寓意として言及した「ジョンの机」をめぐる問題の更新である。教会の「机」のイメージで語られたものが、ニコラ・ボワローの『譜面台（ル・リュトラン）』（一六七二—八三年）からのアイデアを新たに取り入れて、イメージ自体が増幅している。ボワローの喜劇詩では、高位の聖職者と聖歌隊のリーダーのあいだで譜面台を教会のどこに置くかをめぐって騒動が起こる。トリムは、「半ズボン」をはいた男（これがスターン自身）の思わぬ反撃にあって敢え無く野原を敗走し、行方不明となった、というところで「追伸」が終わる。

【Ⅳ】の「ヨークのX氏宛て書簡」にいうX氏とは、印刷業者シーザー・ウォード（一七一一—一七五九年）である。スターンは、この原稿が自分の作品であることを明らかにし、それゆえ文中の一言半句も動かさないように、二羽の闘鶏の挿絵は承服できないこと、冊子の値段を一シリングにするよう要求している。

【Ⅴ】の「トパム博士宛て書簡」は、トパムの第二書簡（【三】）に対してスターンがトパム本人に宛てた手紙である。「貴殿の返書の中の下品な、キリスト教徒にふさわしからぬ揶揄表現」は、いずれ書いた本人に報いが返ってくるものであるから、やめてはどうかとスターンはトパムを懐柔してゆく。最後に追伸を付して、私のこの手紙を作品のおしりに「貼り付ける」のを許してもらいたい、実はこれは貴殿にたいして敬意がないゆえに出版するのではない、何しろ「馬車」がそこに待っているし、運賃の用意もある、ちょうど後ろに空いた席もある、そしてこれは考えつく限りの安直な「乗り物」であるから、と言って終わる。

『ロマンス』の中で作者の想像力が最も自由に解放され、読者も純粋な諷刺文学として楽しむことができるのは、何といっても【Ⅲ】の「鍵の章」である。語り手は、この物語が「どんな不運からかヨーク大聖堂の境内に落ちていたのを、この町のある小さな政治クラブの一員が拾い、会合の最後の晩に公然と読まれることになった」と話し始める。諷刺文学によく使われる「拾われた草稿」が、解釈合戦を呼び込むという仕掛けである。

まず解釈合戦に加わる全員が一致したのは、この物語がいったいどの国のどんな権力者に関するものか、容易に決着はつかないだろうという意見である。作者は、モデルが誰であるか、事件も含めて誰にも分かるだろうという計算があるが、そこを敢えて韜晦させている。

以下、登場人物とその解釈のポイントを登場順にまとめてみる。
一、当夜の議長（物語は大陸の事件を表す。トリムはフランス王、教区牧師はジョージ二世、ジョンはプロシア王、現在の戦争は「七年戦争」、古ズボンは「サクソニイ」、夜番外套は「ヨーロッパ」と解く。）
二、教区牧師（ブウルボンとオーストリア両家の忌まわしい連合だという。）
三、ある紳士（夜番外套は、ウィリアム三世がルイ十四世とのあいだに結んだスペイン分割の二度にわたる「分割条約」である。）
四、地理学者（半ズボンは「ジブラルタル」、「スペイン継承戦争」に係わる。）
五、仕立て屋（半ズボンは「シシリー島」に似ている。）
六、正直な靴屋（それは長靴に似たイタリア半島だろう。）
ここで議長と「分割条約」説の紳士との議論が間に入って、紳士が、「トリムが牧師の長靴にグリースを塗ってやった話」は、ローマ法王とイタリアの諸侯のあいだの汚職・贈賄事件をすっぱぬいたものだと解く。
七、ある弁護士（教区牧師・ジョン・寺男は三者構成体（Tripartite）を表す、また聖書台・説教壇の布・ビロードのクッションも同様である。ジョンの机についての論争は、教会の方々の「謙遜の美徳」への「見事な大賛辞」であろう。）
八、牧師（これを聞いて、「今のは弁護士の方々の正直の美徳に対するもう一つの大賛辞でありますな」と皮肉る。）
ここで、皮肉られた弁護士が今度は薬剤師に向かって、「あの蜘蛛の糸は、あんたらも病人や無知の者、正直者たちから巻き上げておる、薬屋業一般の卑しい性質に対する諷刺だよ」とかみつく。すると、一人の外科医、二人の薬店主、一人の薬種屋、一人の葬儀屋が、この乱暴な弁護士にむかって「激しい詰問」のお返しをしてやろうと一斉に立ち上がる。しかし、合戦の混乱を懸念した議長が「静粛に！」と押しとどめる。

九、ある吃音の会員（この物語は全体が先のヨーク市の選挙にたいする正当な当てこすりではないかと解く。）語り手は、全員が連想のままに〈翻訳〉した物語の中には、「かの三重にも有名なガルガンチュアとパンタグリュエルの冒険譚にみられる、変転極まりなき人物・意見・交渉、そして真実が、その寓意のヴェールの下に隠されていることが判明した」とまとめる。

最後に議長は、この物語が「即刻印刷刊行されること」、そして弁護士殿には議論をすべて書き留めておいて頂きたいと要求する。これが刊行されれば、物語を解く一つの「鍵」となるでしょう、と議長がいうと、最後まで沈黙を守っていた「錠前屋」が、「ほんとに正しい鍵が一つ見つけられさえするならば、集まったすべての〈意見〉の鍵束もいらなくなるんじゃありませんか」と捨て台詞を吐いて、「鍵の章」が終わる。

「鍵の章」におけるスターンは、ヨーク宗教界の人間関係から一時解放されて、機智による解釈合戦を楽しんでいるように見える。大事なことは、『ロマンス』の主筋においても寓意化されていた物語を基にして、この章ではさらにその上に自由な寓意的解釈が施されていることである。いわば二重の寓意物語の構造を見せていることである。こうして『ロマンス』は、『トリストラム・シャンディ』のさまざまな「意見」が飛び交う世界の先触れとなっているわけである。

『ロマンス』の手法の特徴は、『トリストラム・シャンディ』と同様、スウィフトやポープ、ラブレーその他からの引用・借用がみられることである。「夜番外套」を分割する話は、スウィフトの『桶物語』の父親が、三人の息子たち（ピーター、マーチン、ジャック）に「上衣」を分け与えるアイデアを借りたものであろう。同じく『書物戦争』の、古代派と近代派に分かれて論争がくり広げられる様子も類似した雰囲気がある。スウィフトの『書物戦争』の中で論争の中心部にわざと空白箇所を置き、「このところ原稿に大いなる空隙あり[19]」などといって作者が読者をけむに巻くところなどもスターンがスウィフトから借りた技法である。

また、ポープが『髪盗人』（一七一四年）の宣伝のために偽名で出した自作自演の注釈書、『謎解き合い鍵』（*A Key to the Lock*）（一七一五年[20]）の趣向は、まさに「鍵の章」のモデルとなったであろう。ポープがスターンにヒントを与えたと考えられるもう一つの書き物は、ロンギノス作と伝えられる『崇高論』をパロディ化した修辞論、『漸降法、あるいは詩歌の沈下術』である[21]。その第6章では、ポープの宿敵たちが「飛び魚・つばめ・ダチョウ・オウム」などの動物に「格下げ」されて分類され、イニシャルで示された文人たちの凡庸で卑俗な修辞法が皮肉られる。ダニエル・デフォーなども「ダチョウ」に分類され、「身体が重たいので、めったに大地から飛び立てない」などと揶揄される。

『ロマンス』が、かようにスウィフトやポープから「沈下術」あるいは「格下げ」といった技法上の影響を受けているということは言えるにしても、それよりもスターンがこの書き物によって説教家でもなく諷刺家でもない、自らの資質に合った世界を発見したことの方に意味があるだろう。『ロマンス』を書いたとき、『トリストラム・シャンディ』の世界はすぐそこにあった。

注

（1） *A Political Romance, Addressed to* ___ *Esq., of York. To Which is subjoined a Key.*（1759）後に“*The History of a Good Warm Watch-Coat*”とも。『ポリティカル・ロマンス』を単独で刊行したテクストには、ヨーク大聖堂図書館所

蔵の初版（焚書を免れた一部）を翻刻した次の物がある。Laurence Sterne, *A Political Romance: 1759*, edited by Kenneth Monkman. Menston, Yorkshire: The Scolar Press, 1971.

（2）'Rabelaisian Fragment'：スターンの死後、娘のリディア・メダルは、自ら編集した書簡集 *Letters to the Late Rev. Mr. Laurence Sterne, To His Most Intimate Friends*（1775）を出版した。その中に不穏当で野卑な表現を削除した形で収められた一文。『ポリティカル・ロマンス』の出版よりも前に『トリストラム・シャンディ』の原型となる諷刺作品をスターンが試みていた証拠として注目される。

（3）John Fountayne（1714–1802), the dean of York.『ポリティカル・ロマンス』では「教会庶務役員のジョン」'John, our Parish-Clerk' として描かれる。

（4）Jaques Sterne（c1695–1759）：ローレンスの父ロジャーの弟。教会聖歌隊の「前唱者」や「大執事」archdeacon などを務めていた。『トリストラム・シャンディ』（第四巻第二六―二九章）の「フュータトリアス」として戯画化されている。

（5）【A】'Commissary of the Peculiar Court of Pickering and Pocklington'：『ポリティカル・ロマンス』の中では「黒いプラシ天の半ズボン」（an old-cast-Pair-of-black-Plush-Breeches）として言及される。「半ズボン」の片脚はピカリング（北ヨークシャーの市場町）の、もう片方はポクリントン（東ヨークシャーの市場町）のための代理権のつもり。（Cash, *EMY* 245）

（6）John Gilbert（1693–1761）：『ポリティカル・ロマンス』の中では「大主教」から格下げされて「教区牧師」'Parson of the Parish' として登場。

（7）Francis Topham（1713–1770）：「寺男のトリム」として戯画的に描かれる。

（8）'Pooh Bah': Laurence Sterne, *A Sentimental Journey through France and Italy By Mr. Yorick* with *The Journal to Eliza* and *A Political Romance*, edited by Ian Jack ［The World's Classics］（OUP, 1984), p. 192.

（9）【B】'Commissary of the Dean and Chapter of York'：「説教壇の布とビロードのクッション」'the pulpit-cloth and velvet cushion' として言及される。

（10）【C】'Commissary of the Exchequer and Prerogative Court'：『ポリティカル・ロマンス』の別称である『夜番外套物

語』のタイトルにいう「夜番外套」'a great, warm Watch-Coat' として表される。

（11）William Ward：ヨークの事務弁護士。一七五一年死去。トパムにとっては一世代前の人で、教会関係の種々の代理権を所有していた。彼はトパムにとって模範的存在で、ウォードの持つポストはどれでも継承したいと願っていた。（Cash, *EMY* 246）。

（12）Mark Braithwaite：物語の中では「マーク・スレンダー」Mark Slender として登場。

（13）William Stables：物語の中では「ウィリアム・ドウ」William Doe として登場。

（14）【一】〔トパムの第一書簡〕フロリダ版スターン全集第九巻、補遺、二二四―二三三頁所収。

（15）【二】〔ファウンテン主席司祭の返書〕同右、補遺、二三四―四九頁所収。

（16）【三】〔トパムの第二書簡〕同右、補遺、二四九―七三頁所収。

（17）*The Florida Edition of the Works of Laurence Sterne*, vol. IX. University Press of Florida, 2014, pp. 88–151.

（18）'Cocksbull': Kenneth Monkman によるテクスト（注1）「前書き」（p. iii）参照。Cf. 'a cock and (a) bull story' = an idle, concocted, incredible story; a canard.（OED）OED の初例は、1795年の '*Gazette* of U.S.' から、とあってスターンの例（1767）は採用されていない。

（19）『桶物語・書物戦争　他一篇』深町弘三訳、岩波文庫（一九八八年）一八三頁。

（20）Alexander Pope, *The Rape of the Lock* and *A Key to the Lock*. Foreword by Peter Ackroyd, pp. vii–ix. Hesperus Press, 2004.

（21）"Peri Bathous: or, Martinus Scriblerus, His Treatise of the Art of Sinking in Poetry"（1732）, *The Prose Works of Alexander Pope*, vol. II: The Major Works, 1725–1744, edited by Rosemary Cowler（Shakespeare Head Press, 1986）, pp. 171–276.　鈴木善三『イギリス諷刺文学の系譜』（研究社、一九九六年）参照。

参考文献

Boileau-Despréaux, Nicolas. *Le Lutrin*（1682）. The Perfect Library, 2015.

Cash, Arthur H. *Laurence Sterne: The Early and Middle Years* [*EMY*]. Methuen, 1975.

——. *Laurence Sterne: The Later Years* [*LY*]. Methuen, 1986.

Keymer, Thomas, editor. *The Cambridge Companion to Laurence Sterne*. Cambridge UP, 2009.

Pope, Alexander. "Peri Bathous: or, Martinus Scriblerus, His Treatise of the Art of Sinking in Poetry (1728)". *The Prose Works of Alexander Pope*, edited by Rosemary Cowler. Vol. II: The Major Works, 1727-1744, The Shakespeare Head Press, 1986.

——. *The Rape of the Lock* and *A Key to the Lock*, foreword by Peter Ackroyd, Hesperus Poetry, 2004.

Sterne, Laurence. "A Political Romance". *The Florida Edition of the Works of Laurence Sterne*, vol. IX: 'The Miscellaneous Writings and Sterne's Subscribers, an Identification List', edited by Melvyn New and W. B. Gerard, University Press of Florida, 2014, pp. 88-151.

——. *A Political Romance* (1759). Edited by Kenneth Monkman. Menston, Yorkshire: Scolar Press, 1971.

——. *A Sentimental Journey* with *The Journal to Eliza* and *A Political Romance*. Edited with Introductions by Ian Jack, [The World's Classics], OUP, 1984.

——. *A Sentimental Journey and Other Writings*. Edited by Tom Keymer, Everyman, 1994.

——. *A Sentimental Journey and Other Writings*. Edited by Ian Jack and Tim Parnell, with an Introduction and Notes by Tim Parnell, [Oxford World's Classics], OUP, 2008.

Walsh, Marcus. "Scriblerian satire, *A Political Romance*, the 'Rabelaisian Fragment', and the origins of *Tristram Shandy*", *The Cambridge Companion to Laurence Sterne*, pp. 21-33.

第2章　『トリストラム・シャンディ』
――知と情と笑いあふるるファミリー・ヒストリー

坂本　武

モンテーニュ的主題

『トリストラム・シャンディ』を英国小説のジャンルの観点から見てみると、うまく当てはまるものがない。前時代のデフォーの『ロビンソン・クルーソー』、スウィフトの『ガリヴァー旅行記』や同時代のフィールディングの『トム・ジョウンズ』のような航海記や冒険譚とも違うし、リチャードソンの『パミラ』のような心理小説とも異なる。十九世紀のジェイン・オースティンの『高慢と偏見』のような結婚をめぐる恋愛ドラマやディケンズの『オリヴァ・トゥイスト』のような社会派小説とも比べられるものではない。これらの小説が、物語の構造の点で起承転結の劇的展開が結末に向かってながれるように進行して読者を飽きさせない名作たちとすれば、『トリストラム・シャンディ』の世界にはそのような構造が施されてはいない。だいいち主人公のトリストラムは、物語の始めにその懐胎と誕生が知らされる（第一巻第四、五章、以下「一・四、五」のように略記）が、第四巻になってやっと「トリスメジスタス」という名前を与えられ（四・八）、正式に洗礼を受ける（四・十四）。その間は、「命名」や「鼻」についての長々とした脱線話が続き、視覚的にも黒く塗りつぶされたページや「墨流し模様」のページ、直線・曲線が意味ありげに挟まっている、といったふうにおよそ通常の小説の概念が無視されて進行する。そもそもの始まりからしてシャンディ夫婦の寝室の場面からというエクセントリックぶりで、しかも夫婦の営みが、夫人の「あなた、時計のネジをまくのをお忘れになったのじゃなくて?」という阿呆な質問でシャンディ氏の「腰折れ」を誘ったというのであるから、話題の提示がまことに人を食っている。まさに小説の型を破った破天荒な作品である。

ではこの作風と比肩しうる形式があるかと問えば、それはモンテーニュの『エセー』の文体ではないかというのが一つの答えである。『トリストラム・シャンディ』が、通常の小説よりも随筆に近いと考えれば、ジャンル論の面倒も落ち着くかも知れない。しかも随筆だからと言って物語性が失われるわけでは決してない。この作品の各章の分量の少なさ・短さ、あるいは不規則さが端的にその随筆らしさを示している。各章は一つの主題でまとまっているが、それは後続の章の主題と連結するとは限らない。むしろ次から次へと話題が変化して「脱線」を繰り返す、というのがトリストラムの語りの特徴である。

『エセー』のばあい、多種多様な主題を扱う中心には自らの判断力を「試み」ようとするモンテーニュがいる。「私自身が私の書物の題材なのだ」(「読者に」)というとおりである[(1)]。このような姿勢はスターンにも共通すると言えるのではあるまいか。書物の「題材」が如何なる方面のものであれ、書くという行為は、書いている「自分」のアイデンティティを問う行為になるだろう。スターンもまた、『トリストラム・シャンディ』の主題が「自分の身の上話」であることを明らかにしている(一・四)[(2)]。

ところでスターンが、物語の始まりを「シャンディ夫婦の寝室」に設定する、などという発想はいったいどこから来たのだろうか。この問題へのヒントを『エセー』の次の一節に比較的に求めるとすると、何か暗示的なものが生まれてくるかも知れない。

（b）私の「エセー」がご婦人方に普通の家具や広間の家具としてしか役に立たないことは残念なことである。だが、この章は私を寝室向きにしてくれるであろう。私は彼女らと少しばかり内密の交際をしたい。公の交際は味もそっけもない。われわれはお別れに際しては、あとに残してゆく物事に対して、普通以上の愛情を燃やす。私はこの世の遊びに最後の別れを告げる。この章はわれわれの最後の抱擁である。だが、本題に戻ろう。

われわれが、あれほど自然で、あれほど必要で、あれほど正しい生殖行為を、恥ずかしがらずに思い切って口にすることをせず、真面目でまともな話から除外するというのはなぜだろうか。殺すとか、盗むとか、裏切るとかは平気で口にするのに、このことだけは歯の間でしか言わないのはなぜだろうか。口に出して言うことが少なければ少ないほど、頭の中では大きくして考えてもよいということなのだろうか。（第三巻第五章「ウェルギリウスの詩句について」）

モンテーニュのいう「あれほど自然で、あれほど必要で、あれほど正しい生殖行為を思い切って口にすること」は、スターンの背中を後押ししてくれたかも知れない。語り手トリストラムは、物語を始めるにあたってモンテーニュに言及しながら、次のように「卵のはじめから」書こうと決心する。

この私の『生涯と意見』は、世間で多少の話題にはなりましょうし、また私の推測にしてあやまりがないならば、ありとあらゆる階級、職業、宗派の人たちをひきつけ――かの『天路歴程』にも劣らず愛読されて――とどのつまりは、モンテーニュが自分の『随想録』の運命をそうなりはすまいかと怖れたもの、言いかえれば客間の窓の飾りもの、というところに落ちつきましょうから――そこで私は、すべての方のご意見を、順に少しずつうかがってまいる必要があると考え、したがってもうしばらくは今までの調子でつづけてゆくことのおゆるしを願わねばなりません。そのような理由から私は、この私の身の上話の皮切りをこのような方法ではじめたこと、また、私の身に起こったすべてを、ホラティウスの言葉を借りれば「卵のはじめから」たどってゆけることを、この上なくよろこぶものであります。（一・四）

モンテーニュ的主題は、物語の最後、第九巻に至っても反響している。ウォルターは、「情欲」というものについてシャンディ夫人に向かって、夫人には無用らしい議論を吹きかける。「なぜわれわれは人間を一人製造し種付けをする時に、蠟燭を消すのだろうか？　またそういうことに関係のある何もかもが――つまり構成部分にしても――準備行動にしても――道具類にしても、それに仕えるすべてのものが、清浄な人にむかってはどんな言葉ででも遠回しにでも、伝えてはならぬとされているのはどうしてだろうか？」（九・三十三）議論の相手がシャンディ夫人というところが、まことに笑わせる。相手は木石のごとく、哲学的理論などとは全く無縁の、そういうものを超越した存在として描かれているからである。

モンテーニュの方法論がさらにスターンに刺激を与えたに違いないと思うのは、次のような一節に遭遇するからである。

わたしは、運まかせに、とにかく手近の主題を取り上げる――どれでも同じだけ、有効なのだから。でも、それらを全部まるごと扱おうと、考えたりはしない。（c）というのも、なにごとにつけ、わたしには全体など見えはしないのだ。全部お見せしましょうなどと、われわれに約束する連中にしても、そんなはずはない。

それぞれの事物が有する百の手足や顔のうちから、ひとつだけを手にして、ただなめたり、軽くさわったり、たまには、骨に届くまでぐっとつかんだりする。それも、できるだけ広くということではなくて、できるだけ深く突いてみるのだ。それもたいていは、当てたことのない光によって、そうした部分や表情をとらえることが好きなのだ。（第一巻第五〇章「デモクリトスとヘラクレイトスについて」）

この一節は、トリストラムの次の語りを思わせる。

既知の世界のあらゆる地域を通じて現今用いられている、一巻の書物を書き始める際の数多くの方法の中で、私は私自身のやり方こそ最上なのだと信じています――同時に最も宗教的なやり方であることも、疑いをいれません――私はまず最初の一文を書きます――そしてそれにつづく第二の文章は、全能の神におまかせするのです。（八・二）

『トリストラム・シャンディ』の物語の終盤に至ってこのように「物語の始め方」についてわざわざ書くというのはいささか常軌を逸しているだろう。それほどまでに作者は、書くことへのこだわりから自由ではないということだろう。ここで第四巻に戻って、次のようなトリストラムの弁明を思い出してもよい。

第四巻でトリストラムは、この著作に取りかかって「一年」が経ったことを振り返って言う。はや一年が経ったけれど、内容からいえば「まだ誕生第一日目を越えておりません」と白状する。自らの生涯の毎日毎日をいちいち記録して「意見」までのべてゆくには、これから書かねばならぬ伝記が「三百六十四日分増えている」ことになる。つまり、「私が書き進めば書き進むほど、書かねばならぬことはそれだけふえてゆく」というのだ。

（四・十三）

スターンは、モンテーニュが「手近の主題」を「全部まるごと扱おうと、考えたりはしない」といい、「わたしには全体など見えはしないのだ」というところを敢えて逆転させるのだ。しかしその代わりスターンは、書くことの逆説あるいはアポリアをこれからも引き受けなければならない。彼にとって、書くことは生きることであるからには、それは必然である。

モンテーニュにはまた、もしかしたら「トウビー叔父とハエ」の挿話にヒントを与えたかも知れないと思わせる次の一節がある。

物を書くときには、論じつくされた問題を選ぶことには気乗りがしない。他人の借りものでその問題を扱うことになるといやだからだ。私にとってはあらゆる議題が同じように豊富な問題を含んでいる。私は一匹の蠅の上にも問題をつかまえる。どうか、いま私が手にしている問題も、同じように軽はずみな気持ちから取り上げたものでなければよいが。私は私の好きな題材から手をつけてゆこう。すべての問題は互いに関連しているからである。（第三巻第五章「ウェルギリウスの詩句について」）

スターンは、トウビー叔父の柔和な性格を表すのに「ハエ」の挿話が気に入ったためか、二度にわたって取り上げている（二・十二、および三・四）。トウビーが、食事の間じゅう鼻のまわりをうるさく飛びまわったハエに向かっていう。「行け、――可哀そうな奴だ（中略）おれがおまえを傷つける必要がどこにあろう？　この世の中にはおまえとおれを両方とも入れるだけの広さはたしかにあるはずだ」。あり得たとして、「私は一匹の蠅の上にも問題をつかまえる」というモンテーニュへのスターンの解答が、この笑うべきセンチメンタリズムであるとい

うことになる。(3)

スターンは、ラブレー、セルバンテス、エラスムス、バートンなどのお気に入りの文人たちから数多くの「借用」を行っているが、それらを各章の中で生かしながら書き進めるスタイルそのものは、モンテーニュの『エセー』の形式に一番近いだろう。『トリストラム・シャンディ』を笑いと機智と諷刺の文学として見るとき、ラブレー、セルバンテス、スウィフトなどと同類であることは疑いない。そして彼らからの影響があったということに間違いはない。しかし、物語の記述のスタイルの点から考えれば、『エセー』の人間性に対する省察の姿勢、古典知識の蘊蓄をかたむけるモラリストの姿勢にスターンがより惹かれていたというのも間違いないだろう。

物語の構造と主題

『トリストラム・シャンディ』の物語世界は、大きく分ければ二つの中心を持つ。トリストラムの父、ウォルター・シャンディと叔父トウビーの世界である。そして、ウォルター・シャンディが表す「知」的、思弁的、観念的世界に遊ぶ姿(「私の父は根っからの哲学者で——思索に耽り——学説を重んじました(一・二一)」)と、叔父トウビーという、「ミルクのような人情味を持ってこそおれ、邪険な人柄などは薬にしたくとも持っていない」(八・三十三)人間が表す「情」的、やさしい感情にあふれたセンチメンタリズムによる生活の流儀を守る姿勢は、おたがいに矛盾衝突することなく平和的に共存している。いわば「理性」と「感情」の対照的な面を二人がそれぞれに体現するかたちであるが、叔父トウビーが人情味あふれるだけの善意の人(benevolist)であるわけではない。彼の「築城術」に関する造詣の深さは、思索者・哲学者のウォルターと変わらない。文学思潮的にいえば、ウォルターは「古典派」、トウビーは「浪漫派」あるいは、後にジェイン・オースティンに代表される「センシビリティの文学」につながる先駆け的キャラクターといってよい。しかし、両者ともユーモリストであることに変わりはない。

それでは作品の題名にいうトリストラムの「生涯と意見」とはいかなる内容のものだろうかと考えると、実はトリストラム自身のものはどこにもないように見える。われわれは、トリストラム本人の性格、人物像というものをはっきりと見せられていると思われるだろうか。「意見」とは彼以外の他者の、多くは古今の文献の引用からなっている。彼の立ち位置が、語り手にして主人公であることが、この作品の大きなエニグマをなしているだろう。

ともあれ主人公の「生涯」を取り巻く人物たちを概観しておこう。

シャンディ一族の人々としては、トリストラムの母、シャンディ夫人（旧姓、エリザベス・モリヌー）、トリストラムの兄、ボビー・シャンディ、大伯母ダイナー（一・二十一）、大叔父ハモンド・シャンディ（三・十）、サー・ロウジャー・シャンディ（三・二十二）、曾祖父と曾祖母（三・三十一）たちが登場するが、名前のみというばあいもある。そして、叔父トウビーの付き人役のトリム伍長、副牧師のトリストラム（主人公と同名）、男産婆のスロップ医師、産婆の老女、ル・フィーヴァ父子、ヨリック牧師、ウォドマン未亡人、ブリジェット（ウォドマン未亡人の召使い）、オバダイア（シャンディ・ホールの召使い）、ユージニアス（スターンの友人、ジョン・ホール＝スティヴンソン）などがにぎやかに物語世界を構成する。他に、フユータトリアスとディディウスがいる。フユータトリアスは、『ポリティカル・ロマンス』の中で言及される、スターンの実の叔父、ジェイクイズのこと。本来ならシャンディ一族の中で扱われて当然だが、スターンとは確執があり、勢力争いで敵側に立ったために、第四巻第二十七章で「股間に焼き栗を放り込まれる」というグロテスク・ヒューマーの対象とされる。スターンの恐るべきユーモア感覚を思い知らされる造型である。ディディウスは、『ポリティカル・ロマンス』の騒動の中心人物、「寺男トリム」として諷刺の対象となるフランシス・トパム弁護士である。この「寺男トリム」とトウビーの付き人、「トリム伍長」が同名であることは、暗示的である。『ポリティカル・ロマンス』ではスターンの敵方に回ったトパム弁護士は、『ロマンス』の最後にはスターンに同情される存在となっている。スターンの友人で味方だったジョン・ファウンテンの方は、『トリストラム・シャンディ』の世界から外されていることも、何かスターンの友人への評価の変化を暗示している。

これらの人物たちを歴史的時系列に戻して整理してみると、多少ともこの物語の理解への早道になるだろう。ダンカン・パトリックによる物語年表[4]を参考にまとめるとつぎのようになる。

一五〇九―四七年　「シャンディ家はヘンリー八世の御代には非常に高い地位にあった。」(三・三十四)と語られる。ヘンリー八世の在位は、一五〇九―四七年。シャンディ一族の先祖について語り手は言う。「子だくさんのわが一門の中に、ここ前後四世代を通じて数えてみても、わずか大主教が一人(曾祖父リチャード・スターンのこと)にウェールズの判事が一人、それにあちこちの市参事会員が三人か四人に、いかさま師(mountebank)がたった一人、それくらいしかめぼしい人物はいません(中略)十六世紀ごろにはわれわれの一門は、錬金術師だけでも実に十二人という隆盛さだったのですが。」(八・三)

一六四四年　「サー・ロウジャー・シャンディが、マーストン・ムアの戦の時にはいていた長靴」は、一子相伝の貴重品であるという。(三・二十二)マーストン・ムアは、ヨークの西方八マイル、一六四四年七月に「ピューリタン革命」のさなか、戦場となった。クロムウェル軍の勝利だったが、この戦いでスターンの曾祖父で後にヨークの大主教となったリチャード・スターンは、王党の側に立って勇敢な戦いぶりを示した。ロウジャーは、スターンの実父の名。あえてこれを使っている。

一六五二年　村の産婆の誕生。「私の父母が住んでいたその同じ村に、やせてしゃんとした、やさしい、世帯もちの上手な、年をとった産婆が一人住んでいました。(中略)この老婆、もとは四十七歳で夫に先立たれて、三、四人の小さな子供を抱えて悲嘆にくれる後家さんであったようです。」（一・七）その教区の牧師（ヨリック）の細君（ヨリック夫人）が、この気の毒な未亡人に「産婆術」の初歩を学ばせて、法律上の開業許可を取らせる。トリストラムの母親は、この婦人に出産のとき来てもらうことを希望する。この産婆は、「二十年近くこの教区で開業している」（一・十八）とあるので、トリストラムの誕生年（一七一八年）から逆算すれば、ヨリック牧師夫妻が彼女に資格を取らせたのは一六九九年であろう。

一六六二年頃　ヨリックの誕生。（Patrick 四五）スターンがシェイクスピア（『ハムレット』第五幕第一場、墓堀人の場に登場する死んだ宮廷道化師）から借り来った自らの分身。「その骨には一オンスの肉もついておらず、馬（ロシナンテの完全な兄弟分）に劣らぬやせっこけの姿」で教区をまわり、「この頃は肺病でどんどんからだが弱りつつあるんだ」と大いに沈鬱な様子を見せる。肺病は、スターンの業病であった。語り手はヨリックの家系を調べてみたが、「デンマークの血は、ただの一滴も混じっていなかったようです」という。（一・十一）性格は、「行住坐臥にきわめて奇行に富み、（中略）きわめて豊かに活気と気まぐれと陽気な心をそなえていた」という。しかし一方では、「くそまじめの皮をかぶる奴で、くそまじめを隠れみのにして無知や愚鈍さをおおうような奴を見ると、公然と戦を宣言する」といった激しさも持っていた。それが災いして何人もの敵を作り、彼らの悪意ある不人情な仕打ちに「精魂尽きて」いのちを落とす。第一巻第十二章の終わりに真っ黒に塗りつぶされたページがヨリックの墓標のつもりである。ところが、物語の進行のあいだにヨリックは「不死の生命」を得て復活し[5]、第六巻第十一章では、ル・フィーヴァ中尉の葬儀を取り仕切り、埋葬の説教をしたりするなど、自由に彼岸と此岸の世界を行き来している。しかし、トリストラムが第一巻の話を語る一七五九年より「十年ほど前」に死んだとされる。（一・十）スターンの分身は、享年およそ八十六歳の長命であった。

一六六三年頃　父ウォルター・シャンディ、誕生。トリストラムが「懐胎」された当時の「(父は) 年も五十歳と六十歳の真ん中どころ」(一・四) である。
一六八八年　名誉革命。
一六八九年　ウィリアム3世と女王メアリの共同統治。トリム伍長、軍隊のキャリアの始め。「ここで皆さんに申し上げておかねばなりませんが、このトリムという名で通っている私の叔父トウビーの召使いは、叔父自身の中隊で伍長だった男でした。——本当の名はジェイムズ・バトラーですが、——連隊でトリムというあだ名をもらって以来、叔父トウビーは、何かでよほどこの男に腹を立てたときでもないかぎりは、この名前以外の名でよぶことは絶対にないのでした。」(二・五)
一六九〇年　八月十七—三十日にかけてリメリック (アイルランド) の包囲戦。「リメリックの包囲戦は、ウィリアム国王陛下ご自身のお手で、この私 (トリム) が軍隊に身を投じました年の翌年に始められたのでしたが、まずこのリメリックの市と申しますのは——皆様の前ですが、ものすごく湿気の多い、沼だらけの地域のど真ん中に位置しております。——つまりシャノン川に、と叔父トウビーも口をはさんで、まったく四方を取り囲まれていて、自然その地形からいってアイルランド最強の要害の地の一つというわけです。」(五・四十)
一六九五年　「ナミュールの包囲戦」。イギリス・フランス間の植民地戦争 (ウィリアム王戦争) (一六八九—九七年) に係わる。この戦でトウビーが鼠蹊部に傷を負う。(一・二十一) その二年前の一六九三年の「ランデンの戦」で、トリム伍長が銃弾を左の膝に受ける。(二・五)
一六九九年　ウォルター・シャンディ、トルコ (小アジア) 貿易の仕事に就く。(一・四) 一七一三年まで。
一七〇一年　「スペイン継承戦争」(一七一三年の「ユトレヒト条約」締結まで)。

一七〇六年　ル・フィーヴァ中尉の死。（六・六―十）ル・フィーヴァ父子は、アイルランドの出身。フランスにいる連隊に加わろうとする途中でシャンディ・ホールの客人となっていた。その臨終の場面は、満腔の同情をもって語られる。

一七〇八年　トリストラムの兄、ボビーの誕生。（五・二）

一七一二年　ウォルター、『ソクラテス伝』を書く。（八・二十六）未完に終わる。

一七一三年　四月、ユトレヒト条約締結。ダンケルクの要塞、破壊される。（三・二十四）トウビーとウォドマン未亡人の恋愛沙汰。（六・三十六―三十九、八・六―三十五、九・一―三十三）

一七一四年　トウビーとウォドマン未亡人との恋愛喜劇の終わり。『トリストラム・シャンディ』の物語の終わりの年。（九・三十三）

一七一六年　ウォルター、命名論を書く。「宇宙にありとある名前の中で、父が一番どうしようもない嫌悪を感じていたのは、トリストラムという名でした。（中略）――一七一六年、というと私の生まれた二年前ですが、父はこのトリストラムという一語のみを対象に特別に一編の論文を書いて、――率直にまた謙虚に、自分がその名を蛇蝎のごとく憎悪する根拠を天下に示そうと、営々と骨をおっていたのです。」（一・十九）

一七一七年　シャンディ夫人の「結婚契約書」の一件。（一・十五）シャンディ夫人は、契約書の一項に「本人が望むなら、ロンドンでお産をしてよい」とあったために、夫をロンドンまで引っ張ってゆくが、結局「想像妊娠」であることが分かる。

一七一八年　トリストラムの懐胎と誕生。「私が懐胎されたのは、主の紀元千七百十八という年の月は三月、第一日曜と第一月曜にはさまれた夜のことでした」（一・四）「一七一八年十一月の五日と言う日、――この日は上に推定した私の受胎の日から数えて、およそ世の夫たる者が正当に期待しうるかぎりで暦の上の九ヵ月に最も近い日数を経た時ですが——その日に私、紳士トリストラム・シャンディは、この浅ましくも禍の多い世の中に生み出されました。——私はいっそ月の世界か、そうでなければどれでもよい、どれか惑星の一つに生れたらよかったと思います（中略）この地球という星は、悪意でなく良心にかけて申しますが、ほかの星のかすやきれっぱしで出来ているのだと私は考える。（中略）私は、この地球を天下最も下劣な世界の一つと考える。——それというのも、（中略）私がこの地球ではじめて息を吸い込んだその瞬間から、フランダースで風に逆らってスケートをしたときにとっつかれた喘息のおかげでほとんど息を吸い込むことができなくなってしまった今日に至るまで、——私という人間は、世間でいわゆる運命の女神の絶えざるなぐさみものだからです」（一・五）

トリストラムは、つまり十月十日に満たない、未熟児として生まれたということであろう。その誕生を父ウォルターに知らせに来たスザナーが叫ぶ、「赤ちゃんは発作を起こしていらっしゃるんです」、そして「副牧師の方が赤ちゃんを抱いて、あちらの化粧室でお名前をお待ちです」という。ウォルターは逡巡した末に「トリスメジスタスという立派な名前」をスザナーに伝えるが、彼女は廊下を走ってゆくうちに名前を忘れる。「トリス何とかでした」とスザナー。副牧師は、「キリスト教徒の名前でトリスではじまるのは、トリストラム以外にはないぞ」という。スザナー、「では、トリストラムジスタスです」。副牧師がここで手を洗礼盤の中にひたしながらいう、「そこにジスタスなど付けちゃいかん、ばか者が！　ほかならぬ俺自身の名前だからな、——さあ、名前はトリストラムだぞ！」（四・十四）

父の失望落胆に追い打ちをかけるように、トリストラムは鉗子に鼻をぺしゃんこにされて、「この浅ましい世界に」産み落とされる。スターンの空間認識の範囲が、宇宙大に広がっていることも興味深い。また、牧師の名が「ヨリック」、副牧師の名が「トリストラム」、主人公にして語り手が同じくトリストラムということは、作者の中でこれらの名前が一種の三位一体の関係をなしているのであろう。

一七一九年（トリストラム、一歳）トリストラムの兄、ボビーの死（享年、十一歳）。（五・一、七）ボビーの死のことが初めに言及されるのは、父ウォルターがオクスムアの地所の「農場経営」の問題と、長男ボビーの教育の完成のための「大陸旅行」の問題に悩む様子を語る第四巻第三十一章である。「（広大なオクスムアの荒れ地にかこいをつけることと、私の兄ボビーをすぐにも旅に出してやることという）この選択は、そう生やさしい問題ではありませんでした。たしかに父はずいぶん前から、私の兄の教育に必要欠くべからざるこの大陸旅行というものに深く思いをひそめており、自分も投機に加わったあのミシシッピ計画の、第二回目の株式募集から金がもどって来次第、すぐにもこの旅行を実現させてやろうと、そこは思慮深い人間ですから、ちゃんと腹をきめていたことも事実ですが――一方オクスムアのほうも、これはシャンディ家の地所の一部をなす、立派な、大きな広野ですが、ハリエニシダが生い茂り、まだ排水溝もつけず、何の手も入れてなくて、これまた旅行の件に劣らぬくらい前から父としては気にかかっており、何とかこれもものにせねばと、前々から心中深く思いをひそめていたことだったのです。（四・三十一）「ミシシッピ計画」は、スコットランド人ジョン・ロー（一六七一―一七二九）が、フランスでミシシッピ沿岸の開発事業を起こして巨万の利益をあげようと、一七一七年着手した投資企画。一時はその株の高値をよんだが、やがて一七二〇年に瓦解した。そのおよそ半年後、同様の経過をたどったのが「南海泡沫事件」South Sea Bubble である。

父ウォルターをこうした禍の重圧から辛うじて救ったのは、別の禍の発生、つまり長男ボビーの死だった。彼にとっては、次男トリストラムの命名の一件も重圧だったが、嫡男の死とはそれ以上の衝撃である。トリストラムはいう、「人間の一生とは何でしょうか？　それは、ただこっちの側からあっちの側へ――悲しみから悲しみへと移動するだけのことではないでしょうか？――自分を苛立たせる一つの原因を封じ込めて

――そうしてまた別のいらだちの原因の封をあける、それだけじゃないのでしょうか。」（四・三十一）

『トリストラム・シャンディ』の物語の喜劇的な世界には、その根底にこのような人生の悲しみという旋律が流れている。

一七二〇年（トリストラム、二歳）ウォルター、『トリストラム教育方針』を書き始める。（五・十六）未完に終わる。

一七二三年（トリストラム、五歳）「窓わくの悲劇」の話。「――実際ものごとがこの世の中でどんな風に運ばれて行きつつあるかを知ると、石でさえ黙ってはいられないでしょう！――部屋つきの女中がベッドの下に尿瓶を置いておくことを忘れたのです。――今夜だけ、坊ちゃま、スザナーが片手で窓わくを上に持ち上げながら、そしてもう一方の手では窓ぎわの椅子に私をよじ登らせる手助けをしながら申しました――今夜だけお願いですから、窓からやっちゃって下さいましな。（中略）そこで窓わくがパシャンと稲妻のように二人の上に落ちてきました。」（五・十七）

一七三三年（トリストラム、十五歳）「出産前の子供の洗礼」について。「ローマカトリック教会の儀典書は、危急の際における出産前の子供の洗礼を指令しています――ただし、子供の体のいずれかの部分が授洗者の目にふれた時という条件つきです。――ところがソルボンヌの博士たちは、一七三三年四月十日、彼らの間で行われた審議の結果、産婆の権限を拡大して、たとえ子供の体のいかなる部分も外にあらわれていないときでも、注射によって（小なるカヌーレの使用により――つまり、注射器を用いて）洗礼を施すべきことを決定しました。」（一・二十）語り手による脚注。「一七三三年」は、物語の中では主人公の誕生はまだ先のことという時点で、作者が引用した書物に出ている年代。スターンがこの章を書いている「現在」は、「一七五九年三月二十六日」あたりである。（一・二十一）主人公の出産が近いという状況の中でこの時間のトリックは無視されるだろう。

一七四一年（トリストラム、二十三歳）「グランドツアー」の話。トリストラムは、この年ノディ氏の長男に家庭教師として同行し、ヨーロッパの大部分を二人してものすごいスピードでかけまわったという。（一・十一）ヨリックの出自を語る章での脱線。「ノディ」Noddyという名は、「阿呆、バカ、まぬけ」の属名。

一七四八年（トリストラム、三〇歳）四月終わりか五月初め、ヨリックの死。（一・十―十二）

一七五九年（トリストラム、四十一歳）三月九日、語り手トリストラム、自叙伝第一巻第十八章を書く。三月二十六日、第一巻第二十一章を書く。

一七六一年（トリストラム、四十三歳）八月十日、第五巻第十七章を書く。

一七六二―六四年（トリストラム、四十四から四十六歳）フランス旅行。第七巻の初めにトリストラムはいう、「いいえ――私はあのころ私を苦しめていたあの性の悪い咳、それは今に至るまで悪魔以上に私を怯えさせてもいるのですが、そのひどい咳さえゆるしてくれるなら、毎年二巻ずつを書いてゆくつもりだと申し上げました――また、それとは別の所で――（どこでだったか今は思い出せませんが）、私はこの著述を機械になぞらえ、同時にいちだんと世の信用を博するために私のペンと定規を縦横十字架の形になるように机の上において――生命の泉がそれだけの長い間私に健康と気力とをめぐんでさえくれるならば、これから四十年くらいも同じ割合でこの作品を書き続けようと宣誓もしたのでした。」（七・一）スターン自身の大陸旅行も一七六二年から六四年にかけて行われた。これをきっかけにヨリックを主人公にした旅行記、『センチメンタル・ジャーニー』を書いたのは一七六七年である。

一七六六年（トリストラム、四十八歳）語り手トリストラム、第九巻第一章を書く。失恋のため狂気に陥ったマリアの話（九・二十四）は、『センチメンタル・ジャーニー』の「マリア、ムーラン」の章で復活している。

物語の時間をこのように時系列に戻してみて分かるのは、トリストラムの語りが時の制約からいかに自由であるかということである。しかも時系列から外れた脱線的挿話も自由に割り込んでくる。例えば、「スラウケンベルギウスの鼻物語」（第四巻）は、主題的にも明確な結構を示しているが、それ以外は無数の古今の文献からの引用に引っ張られて脱線的に枝葉を広げてゆく語りであり、トリム伍長の「説教」朗読がウォルターやスロップ医師の質問で遮られて完了しない（二・十七）、またトリムがトウビーに求められて始める「ボヘミア王と七つの城の話」（八・十九）は、話し出す途端にトウビー自身の枝葉末節的質問に阻まれて、ついに読者はそのタイトルだけを知らされるだけで話が終わるといった具合である。コミュニケーションはほとんど常に不全の状態に陥っている。

このように物事の進行がことごとく途中で遮られて成就しないのは、作品全体の主題と呼応している。第五巻で父ウォルターが『トリストラム教育方針』を書こうという決心を語った後、語り手は次のように言う。「私は父にとっては最後の賭けでした――父は私の兄ボビーを完全に失って（中略）私のまるまる四分の三も失っているのでした――というのは、私のために賽を投げた最初の三つの大勝負――私の種付けと鼻と名前と――に、いずれも勝負運にめぐまれず――残るのは教育というこの一つだけでした。」（五・十六）

トリストラムの懐胎にさいしてはシャンディ夫人の無神経きわまる一言が、出産にさいしてはスロップ医師の「鉗子」が、そして洗礼名を付けるさいには「トリスメジスタス」という「立派な名」を副牧師に伝え誤った「漏れやすき器」（a leaky vessel）たるスザナーが、トリストラムの運命を決定するのである。そしてウォルターの教育方針も完成することはない。

つまり『トリストラム・シャンディ』は、人生の基本的条件がことごとく覆される人間の不運をその生の根源から問う物語なのである。作品全九巻をシャンディ一族のファミリー・ヒストリーとしてみると、要するに「シャンディ夫婦とその子トリストラムの懐胎と誕生の話」、および「叔父トウビーのホビーホース（道楽馬）と鼠蹊部の傷、ウォドマン未亡人との恋愛沙汰」の物語り群の二つに分けられる。多くの脱線話はこれらから派生してゆくものであると考えてよい。

この二つのグループと異質のものに見えるのは、シャンディ・ホールから抜け出してフランス旅行へ出かける第七巻の話である。この旅には作者自身の生命の危機意識が根底にあって、「死神」に「のど首をつかまえられながら」進めていくという命がけの旅である。「死」のテーマは実は作品の全体に及んで、物語の背景に常に潜んでいると言えるものだ。そして第七巻のトリストラムの旅が危険に満ちた旅であることは、第一巻第一―二章の「精子の小人」（ホムンクルス）の旅の危険と奇妙なパラレルな関係に立っていると見ることができる。語り手は読者に語りかける。「そのような精子の小人がただ一人道を行く途上で、何かの事故がその身をおそったとしたらどうなるでしょうか？　――（中略）わが小紳士がその旅の目的地に惨めにも消耗し切って、――その筋肉の力も男らしさも一筋の糸ほどにも萎え切った状態で――紳士自身の持つ動物精気を何ともいえぬほどかき乱されて――（中略）そのような悲しい神経錯乱の状態で、紳士が長い長い九ヶ月の始終を、突然のピクつきやら、あるいは一連の陰鬱な夢や妄想やらにさいなまれつつ、気息奄々と横たわっていたとしたらいかがでしょうか？」（一・二）

開巻冒頭の父の「動物精気」（人間の神経内を流動する微細な粒子とされる）が、夫人の一言で散り散りバラバラに分散して「精子の小人」（目には見えないが、人の姿がそのまま微小なかたちで存在するとされた）を目的の場所まで案内してゆくことが困難となったという、まさに命の根源の危うさのイメージから始められた物語は、最後の第九巻第三十三章では再び「人間の種付け」の主題に戻っている。ところがここで話は、ウォルターが教区中の仔牛の繁殖に役立たせるために飼育していた「牡牛」と、オバダイアの「牝牛」の種付けの話に替わって、しかもそれが、ウォルターの牡牛の「種なし」のせいで失敗したことが暗示される。

このように人間の種付けと牛の種付けがパラレルな関係に置かれて、不運な旅人であるトリストラムの物語は、ゆるやかな環を閉じて終わる[6]。

シャンディ・ホールの住人たちの物語は、ことにトリストラムの生涯のそれは、惨めな運命に翻弄されるばかりの話の連続である。彼の人生にはまことにろくなことがない。生まれたのが間違いだったかもしれないというほどの情けなさである。五歳のときの窓わく落下事件は、彼が去勢されたことを暗示している。その後のトリストラムの記述には、青年期の逸話がない。彼がどこで教育を受けたかの記録がとどめられていないのは、まさか父ウォルターの教育方針の論文が完成されなかったせいではあるまい。彼が結婚もしていないのは、まさか窓わく事件のせいではあるまい。時系列の中ではグランドツアーに出かけたり、フランス旅行もして中年過ぎの立派な大人になって語っているのに、その暮らしの実態がない。トリストラムの「私」の物語は、ミクロコスモスの世界の「精子の小人」の不安に満ちた物語に戻っているかのようだ。

しかしこの物語の不思議さは、その世界が笑いに満ちていることだ。死神に追い立てられても、笑いとユーモアの雰囲気はどこからか湧いてくる。シャンディ夫婦の対話(例えば第六巻第十八章)の滑稽さなど、シャンディ夫人がボケでウォルターがツッコミ役という、まるで「夫婦漫才」そのものである。第七巻第二十一―二十五章の「アンドゥイエの尼院長と新参の尼の話」なども、罰当たりな言葉を二人で分割して発話すれば罪を逃れられるだろうという、秀逸なウイットを利かせた笑い話である。E・M・フォースターは、この作品には「混沌の神」が支配しているといったが、むしろ本書の第九章、鈴木論文にいう「笑いの女神」こそが支配者である。

ウォルターは世間というもののありようについて、「この世のどんなことでも笑いの種をいっぱいに孕んでいないものはない。――同時に何事によらず機智の種、教訓の種も含んでいる――ただわれわれのほうがそれに気づかないだけなのだ」といい、「学問はまる暗記でも覚えられようが、本当の知恵はそうは行かない」（五・三十二）という。こうしたコモン・センスがあればこそのスターン・トリストラム・ヨリックの笑いの世界である。

注

（1）モンテーニュ『エセー』からの引用は、原二郎訳（岩波文庫、全6冊）による。保苅瑞穂『モンテーニュ　よく生き、よく死ぬために』（講談社学術文庫、二〇一五年）、アントワーヌ・コンパニョン『寝る前5分のモンテーニュ』山上公嗣・宮下志朗訳（白水社、二〇一四年）参照。

（2）『トリストラム・シャンディ』からの引用は、朱牟田夏雄訳（岩波文庫）を参照し、適宜修正を加えた。原書は、フロリダ版、ペンギン版、オックスフォード版を使用した。原書読解にさいしては特にフロリダ版全集第三巻の『注釈版』に拠るところが大きい。

（3）ちなみにイギリスのハエは、我が国のそれと比べてひ弱く元気がない印象がある。漱石の熊本時代の俳句に、「ゑいやっと蠅叩きけり書生部屋」（明治二十九年作。季語「蠅」は夏）があるが、これと好対照である。漱石は、同年秋にも、「秋の蠅握って而（そ）して放したり」（季語「秋の蠅」で秋）と詠んでいる。坪内稔典・あざ蓉子編『漱石・熊本百句』（創風社、二〇一五年）参照。スターンの一節は、十九世紀になって子供の教育用読本 William Chambers（1800-83）, *The Moral class-book*（1883）の中に収録された。それを福沢諭吉が『童蒙をしへ草』として明治五年（一八七二）に翻訳紹介している。「トウビー叔父とハエ」の話は、同訳書の第十五章「怒ったり、我慢したりすること」の中で「トービーおじさんとハエ」（副題に「生き物に対することで人柄がわかる」とある）として訳出されている。福沢諭吉『童蒙おしえ草　ひびのおしえ』（現代語訳）（KADOKAWA　平成二十八年）参照。

（4）Duncan Patrick, "Character and Chronology in *Tristram Shandy* (I)", pp. 39-68; "A Chronological Table for *Tristram Shandy*, with notes on the 'bed of justice'", between pp. 69-70, *The Shandean*, vol. 14 (Nov. 2003).

(5) William B. Piper, *Laurence Sterne* (Twayne Publishers, 1965): 'By describing Yorick's part in his life after he has described Yorick's death, for instance, Tristram seems to have cancelled out Yorick's mortality.' (p. 61) Cf. Duncan Patrick, p. 44.

(6) Mary Douglas, *Thinking in Circles: An Essay on Ring Composition* (Yale University Press, 2007) 参照。

参考文献

Burton, Robert. *The Anatomy of Melancholy*. Edited and with an Introduction by Holbrook Jackson; And with a new Introduction by William H. Gass. New York Review Books, 2001.

Montaigne, Michel de. *The Complete Essays*. Translated and edited with an Introduction and Notes by M. A. Screech. Penguin Books, 2003.

——. *Shakespeare's Montaigne:* The Florio Translation of the *Essays* by Michel de Montaigne. Translated from the French by John Florio. Edited and with an introduction by Stephen Greenblatt; edited modernized, and annotated by Peter G. Platt. New York Review Books, 2014.

Patrick, Duncan. "Character and Chronology in *Tristram Shandy* (I)", pp. 39-68; "A Chronological Table for *Tristram Shandy*", between pp. 69-70. *The Shandean*, vol. 14, November 2003.

Rabelais, François. *Gargantua and Pantagruel*. Translated and edited with an Introduction and Notes by M. A. Screech. Penguin Books, 2006.

Sterne, Laurence. *The Life and Opinions of Tristram Shandy, Gentleman*. Edited by Melvyn New and Joan New. Penguin Books, 2003.

——. *The Life and Opinions of Tristram Shandy, Gentleman*. Edited with an Introduction and Notes by Ian Campbell Ross. [Oxford World's Classics] Oxford UP, 2009.

——. *The Florida Edition of the Works of Laurence Sterne*. Vol. III: *Tristram Shandy*: The Notes. By Melvyn New with

Richard A. Davies and W. G. Day. University Press of Florida, 1984.

第3章　スターンと観念連合

落合一樹

『トリストラム・シャンディ』とジョン・ロックの思想、とりわけ観念連合（association of ideas）との関係については多くが論じられてきた。語り手トリストラム自身がことあるごとにロックの名前に言及しているし、語り手の気分次第で話があちこちに脱線する『シャンディ』の語りの構造が連想（アソシエーション）的であるということは間違いないだろう。とはいえ、スターンが観念連合説を本気で信じていたのか否かは解釈の分かれるところであり、彼を素朴なロック信奉者とする立場と、ロック哲学を引用しながら実はそれをからかっているとする立場があった。

冒頭のエピソードを例として見てみよう。トリストラムの両親が彼をしこんでいるとき、より正確には、父ウォルターがまさに将来トリストラムになるであろう精液を射精しようというときに、母エリザベスが場違いな質問をして父の気を殺いでしまう――「ねえ、あなた、時計を巻くのをお忘れになったのじゃなくて？」（六）。続く章でトリストラムはなぜこのような事態が発生したのかを明らかにしていく。几帳面な性格の彼の父は、毎月きまって最初の日曜の夜に、自宅の大時計のねじを巻くことと、「別のちょっとした家庭の用事」（九）を済ますことを習慣としており、その結果、母の頭のなかで「時計のねじ」と「性交」とが結合されてしまったのだ。

つまり、本来お互いに何の関係もない観念どうしの不運な結合の結果として、ついに私の母は、上述の時計の巻かれる音を聞くと、不可避的にもうひとつのことがヒョイと頭に浮かんで来ずにはいない、——その逆もまた同じ、ということになってしまったのです。——あの賢明なるロックは、明らかにこのようなことの本質を大概の人よりもよく理解していた人で、かかる不思議な観念の結合が、偏見を生み出すもとになる他のどのような原因にもまさって、多くのねじれた行為を生み出していることを確信しております。（九）

この一節は、単にロックに言及しているだけでも、また彼の思想に触れているだけでもなく、『人間知性論』（一六八九）から語彙や表現をかなりの程度にそのまま引用している（第二巻第三三章第九節）。このロックへの参照は、それでは、どれだけ本気で、どれだけパロディなのだろうか。「あの賢明なるロック」とはふざけていっているのか、それとも彼への敬意をあらわしているのか。

しかし、スターンがロックの門弟だったのか、それとも彼に批判的だったのかを論じる以前に、そもそも、どんなかたちであれ、スターンにとってロックはまったく重要でない、とする論者が存在することも確認しておきたい。たとえば、メルヴィン・ニューやJ・T・パーネルのような歴史主義的な研究者たちは、スターンは同時代の啓蒙主義的哲学とも小説ともほぼ無関係であり、キリスト教的な懐疑論の伝統のなかでのみ捉えられるべきなのだとして、ロックの重要性を否定している。宗教的な懐疑論とは、宗教への懐疑ではない。むしろ、パウロを起源とする、人間の知性や合理性への懐疑であり、その不完全な人間への懐疑は絶対的な神に至りつく。エラスムスやモンテーニュ等を経由して、ロバート・バートンやジョナサン・スウィフトといった十七・十八世紀のイングランド国教会の護教的言説に結実するこの伝統のなかにスターンは位置づけられることになり、パーネルによれば、作家にとって「ロックが『開けゴマ』の掛け声でなかったことは、ソルボンヌの博士たちやトバイアス・スモレットがそうでなかったことと同じである」(Parnell 二三九)。

スターンとロックの関係についてこれから一章を割いて考察する私としては、このようなロック排除の試みに対して、以下のように答えたい――たとえスターンはロックとは大きく異なる思想的伝統のなかにいるとしても、『シャンディ』においてロックの名がくりかえし言及され、彼の著書から多くの語彙や表現が借用されているという事実は変わらない。現にロックの痕跡が『シャンディ』のテクストに刻まれているのに、スターンの思想を根拠にそれを無視していいはずがない。だから、本章では、あらためて『シャンディ』とロック、とりわけ観念連合との関係について考察していきたいのだが、その目標はスターンのロックについての理解や評価を明らかにすることではない。本章で試みたいのは、むしろ、『シャンディ』がはたしてロック的なのか、観念連合的なのか否かを判定することでもない。また、『シャンディ』にロック的な、あるいは観念連合的な側面があるとすれば、それはどのような一面なのかを探求することであり、そうした観念連合的な一面を強調するとき『シャンディ』はどのような容貌を呈するのかを見てみることである。紙幅の関係上、本章は「観念連合的なスターン」の理論的モデルを提示するにとどまり、それをもとに『シャンディ』のテクストを具体的に分析することはできなかったということをはじめにお断りしておきたい。

スターンとロックについて論じた先行研究を概観しながら両者の関係について考察していきたいが、それらを読んでみて気づかされるのは、その議論が概してニューやパーネルのようなロック排除派の議論とよく似ている、という事実である。両者に共通して見られる議論の形式を「否定神学的」と呼んでみたい。宗教的懐疑論者としてのスターンにとって、自然は人智を超えており、人間知性の失敗をとおしてのみ――それが至らないもの、という否定的なかたちでのみ――その存在を示すことができる(スターンは人間の愚かさをくりかえし諷刺的に描くことで、愚かな人間を超えた神の領域を示している）。同じように、ロックの後継者／批判者としてのスターンは、ロックの理性主義の失敗をくりかえし描くことで、合理的な言語や分析では語りえない真実や自然といったものを示している、とされるのである。[1] どちらにおいても、何かの失敗や至らなさを証明することで――必ずしもそうなるとは限らないはずだが――別の何かの存在が実証される、という論理が働いている。

『シャンディ』に見られる連想的・脱線的な語りが、ロックの観念連合説の影響を受けているということは古くから論じられてきた（ついでに、それがモダニズム文学における「意識の流れ」にも影響を与えたということも一緒に指摘されてきた）。この単純な「影響」についての議論を複雑化したのが、ジョン・トローゴットの『トリストラム・シャンディの世界』（一九五四）である。トローゴットは、ロックにとって観念連合は人間の心理メカニズムの一般原理でもなければ知識獲得の手段でもなく、むしろ「狂気」に至りかねない、不自然で例外的な作用として言及されているという端的な事実を指摘する。たしかに、「観念の連合について」と題された『人間知性論』の第二巻第三十三章は第四版（一六九九）に新たに加えられた章であり、ロック哲学の中心の位置を占めているとはいい難く、またそこで観念連合は非理性や狂気の原因として論じられているにすぎない。ロックによれば、人びとの奇妙で無分別な意見や行動は、観念の不自然な連合によってもたらされる。

私たちの観念にはお互いに自然な対応と連結をもつものがある。そうした観念をたどって、その観念に特有のあり方を根拠とする結合と対応のままに諸観念を一緒に保持することは、私たちの理性の機能であり長所でもある。これとは別に、偶然あるいは習慣にのみ起因するもうひとつの観念連合がある。すなわち、それ自身にはまったく同類でない観念がある人びとの精神のなかで固く結合し、分離することが非常に難しいほどになる。それらの諸観念はいつも連れ立ち、なにかのおりにひとつが知性に入ってくると、その連合仲間もすぐに一緒に現れ、もしこれら諸観念が二つ以上であれば、一群全体がいつも分離されることなく、一緒になって現れるということになるのである。（三五五）

トローゴットによれば、ロックにとって非合理・狂気のメカニズムの説明という周縁的な役割しかもたなかった観念連合を認識論や心理学の理論の中心に据えたのは、デイヴィッド・ヒュームやデイヴィッド・ハートリーといったスターンと同時代の哲学者たちであり、『シャンディ』もまた、観念連合説を実際の状況・登場人物において応用・実演させることで、人びとの言動の動機を説明する理論として格上げした、ということになる（Traugott 四四―四九）。ロックとスターンはともに、観念どうしの不自然で不運な連合がもたらすコミュニケーションの困難に対してきわめて意識的であった。この困難を解決するためにロックが唱えるのは、言語を単純観念にまで還元し、理性によって厳密に分析し定義したときにのみ本当のコミュニケーションは可能になる、というきわめて理性主義的な方法である。スターンは、ロックが論じる、各個人の孤立の危機、そしてその理性的な解決を、具体的な状況において検証することで、ロックの理論が破綻するまでに極端化し、その不可能性を示している。『シャンディ』において、ロックが語るような理性的解決――トリストラムによる厳格な語義の定義やウォルターの理論づけ等々――は、ことごとく失敗する。しかし、それでもなお、シャンディたちは共感や感情を通して理解しあうことができ、コミュニケーションの困難、孤立の危機は回避される（Traugott 八―一三）。

もう少しロックの考えを詳述しながら、トローゴットの論を私なりにまとめてみたい。ロックは、現実世界と人間の観念とを完全に切断した。われわれが知りうるのはみずからのもつ対象についての観念とそれらどうしの関係のみで、世界について直接知ることはできない。とはいえ、ロックはジョージ・バークリーのように外的世界を消去して、すべてを主観化したわけではない。実体は存在するが、われわれはそれを知りえない。それでもなお、人間の理性は自己について省察することができ、それを通して世界を正しく理解できるはずだ――「船員がみずからの縄の長さを知ることは、それで大洋の深さを完全に測れるわけではなくても、非常に役に立つ」（五八）。一方で理性の限界が示されながらも、ロックは理性に頼り続ける。観念連合についても同じことがいえる。対象と観念とは根底的に切り離されているのだから、あらゆる観念、そしてあらゆる観念連合は恣意的なはずである。しかしながら、先に引用した一節でロックが述べていることは、観念連合には自然な＝理性的なものと偶然的で恣意的なものがある、ということである。彼は観念やその名前を理性によって精密に分析し定義することで、不自然で恣意的な要素を排除できるとした――両者には程度の違いしかないはずだが。ロックは、主観が外的世界と、そして他の主観と完全に切り離され孤立している寂寥たる光景を描き出した。みずからの経験論的認識論が導き出したこの事態に対して、ロックは哲学的・原理的な解決策を打ち出すことはせず、至らないながらも理性でもって日々努力するしかないという苦しい――論理的整合性において苦しいというよりは、過大な努力を人びとに強いるという意味で苦しい――結論しかもたない。それでいながら、ロックは人間の理性の力に対して楽観的だともいえる。われわれは努力すれば、恣意的な観念連合を排除でき、合理的なコミュニケーションをとれるはずだ、という楽観が彼にはある。机上の空論にすぎないロックの説を、具体的な状況で実演してみせることで、この楽観が打ち砕かれ、ロックの理性主義が滑稽な失敗に至ることを示すのが『シャンディ』だ。とはいえ、理性の失敗を描くスターンは、ロックが理性の働きによって避けようとした、各々の主観が孤立したアナーキーな世界を描いているわけではない。「理性の働きといってもその半分は感覚の作用にほかなりません」（四四四）と述べるトリストラム＝スターンは、理性にではなく、感覚や感情にもとづく思考やコミュニケーションのあり方を描いているのである。両者の態度の違いは、それぞれの判断力と機知（ウィット）の扱いを比較したときに鮮明になるだろう。ロックは、機知（ウィット）を「観念の寄せ集め、少しでも類似や相同を見出すことのできる観念をすばやくかつ多様に並べ、それによって気持ちよく快い像を想像力のうちに作り出す」（一五三）能力として、つまり不自然な観念連合を次々と生み出してしまう力として定義するとともに、一方の判断力を厳密に諸観念を分離する能力として評価する。それに対して、トリストラム＝スターンは「機知（ウィット）と判断力とは、まずは両立しえないもの、この二つの働きは東と西のように遠く隔たった、まったく別々のものだ。——ロックもそう言っています。——おならとしゃっくりもまた同じ、これは私の説です」（一七四）と述べ、ロックに抗して機知（ウィット）もまた重要な能力であることを「作者自序」全体を使って主張する。つまり、スターンは、ロックが非理性的として排除しようとしたもの——感情、気まぐれ、機知（ウィット）、そして観念連合——こそが人びとの言動を支配しており、それらをとおしてのみ他者と理解しあうことも可能だとし——同じように「理性的」な人物を諷刺しながら、一方でまともな、本当に理性的な立場を保持しているスウィフトやフィールディングとは異なり——みんな多かれ少なかれ狂っているのであり、それでいいのだ、と人間の非理性的な側面を肯定しているのである。

　このトローゴットの論のように、ロックの理論の不徹底なところを突き、それを乗り越えるのが『シャンディ』だ、とする議論は多く存在する。例をあげだせばきりがないが、ヘリーン・モグレンの『ロレンス・スターンの哲学的アイロニー』（一九七五）と、ウォルフガング・イーザーの『トリストラム・シャンディ』（一九八八）という二冊の単著をとりあげてみよう。イーザーにとって、『シャンディ』は、主体という根源的に定義・言語化不可能なものを、分析するのでも模倣（ミメーシス）するのでもなく、上演（ステージ）する物語である。この議論はロックの乗り越えというかたちをとる。ロックは、観念連合の主観性・恣意性に気づきながらも、そのことについて深く考察することなく、自然で理性的な観念連合がそれらを駆逐できると考えた。それに対して、スターンは観念連合の恣意性・個人性を徹底した。観念連合の起源は理性的に説明することは不可能だが、その過程をそのまま示すことはできるし、個人にとり憑いた非合理的な観念連合——つまりは個人のホビーホース——を上演することこそが、個人の主体という窺い知れないものを可視化する唯一の方法である。「ロックにとって分析的にアクセス不可能だったものを、スターンは主体の特異性として提示する」(Iser 一八)。つまり、ロックが排除した狂気や機知(ウィット)こそが、主体の個別性の条件なのであり(二〇―二四)、その非合理性を非合理なまま示すことが主体を表象する唯一の手段なのである。モグレンの議論も似たようなものだ。スターンは、ロックによる知識の理性化・普遍化をあきらめ、むしろ知識を個人的でエキセントリックなものに、つまりはホビーホースとしてとらえた。とはいえ――ホビーホースたちが孤独に跋扈する――バークリー的な独我論は避け、ヒュームやシャフツベリーとともに、共感にもとづく他者との繋がりを『シャンディ』は描いているのである(Moglen 一二一―一二六)。

　以上の議論に共通して見られる点を整理したい。彼ら彼女らがともに述べるのは、観念連合は実は理性主義的なロックの理論において周縁にすぎず、主観的で恣意的で狂気に至りかねないものとして排除されているが、スターンはそれを中心化し、むしろ、恣意的な観念連合や機知(ウィット)、狂気こそが個人の特異な人格を形成しているのであり、それらに着目することでしか人間を正しく理解することはできない、ということである。ここで、観念連合＝ホビーホース＝人格という等号が結ばれる。このような議論について、以下の二点を指摘しておきたい。第一に、このロック批判の結果、スターンはヒュームに近づく、ということ。第二に――先に述べたように――こうした議論は、ロックの重要性を否定しスターンを懐疑的なキリスト教徒だとする論者たちの結論に似ている、つまり、否定神学的だということ。ヒュームとの関係については、とりあげた三冊でも触れられているし、『シャンディ』で直接言及されているロックよりも、実は――サロンでの交流は若干あったものの、スターンが彼の著作を読んだかは定かではない――ヒュームのほうが思想的には近い――両者とも、ロックを、とりわけ観念連合説をラディカル化した――ということはいまやスターン研究の常識ですらある。ヒュームは、ロックが周縁化・排除した観念連合をみずからの認識論哲学の中心に据えた。彼にとって、例外なく、あらゆる観念連合は主観的で恣意的なものである。自然な、客観的な関係など存在せず、あらゆる連合は人間の精神が恣意的に結びつけたものにすぎない。朝が来れば太陽が昇るという誰もが信じているであろう因果関係すら、これまでにくり返されてきた習慣からわれわれが勝手に導出した信念にすぎない。ロックのうちにあった、きわめて主観的な原理とそれに対する理性的な解決策というダブル・スタンダードは解消され、ヒュームにおいては、すべては主観的かつ感情的であり、なるほど、誰もが多かれ少なかれ狂っている『シャンディ』の世界と非常に近いものがある。しかし、ヒュームのそれとよく似たスターンの思想を明らかにした結果、ロックのことは忘れてしまっていいのだろうか。

　第二の否定神学の問題について考えてみたい。ロックにはあった理性による箍（たが）が外れた結果、すべては主観的だということになり、独我論的・相対主義的なアナーキー状態が到来してもおかしくはない。しかし、これまでとりあげた論者たちによれば、『シャンディ』においてはそのような事態は訪れず、原理的には自然や理性から乖離してどうなってもおかしくはない世界や個々人は、なんだかんだいって何らかの秩序にうまく落ち着くのである。たとえば、もしあらゆる観念連合、そしてそれに与えられた名前——つまり言語——が恣意的ならば、人は言語でコミュニケーションをとることは困難になり、現に『シャンディ』ではそのような危機が幾たびも描かれている。しかし、トローゴットらにとって、それは究極的にはコミュニケーションの危機ではなくロックの理性主義の失敗を意味するにすぎず、シャンディたちはけっきょくは非ロック的な方法——共感、ボディー・ランゲージ、修辞的言語、機知（ウィット）、等々——でコミュニケーションに成功する。私が否定神学的と呼びたいのはこのような議論だ。理性的な試みが失敗したあと、言葉や理屈では語りえない、何か人間的なもの、自然なもの——感情や肉体——が露わになる、という議論の形式である。そこでは、それが神ではないにしろ、理性による保証を失ったあとに頼るべきものとして回帰してくる何かがつねに存在し、それによって世の中なんとかうまくいくのである。

このように『シャンディ』において「なんだか知らないけどうまくいく」のはコミュニケーションだけでない。たとえば、もし観念連合が絶対的に恣意的で、何と何が結合してもかまわず、また人格とは個々人の特異な観念連合の結果にほかならないとしたら、人格の同一性（アイデンティティ）や統合を保証するものはなくなってしまうはずだ。たとえば、モグレンは、『シャンディ』の登場人物の人格が特異な観念連合＝ホビーホースによって形成されるとしたあとで、「しかし、スターンにとって、連合の過程はただの偶然的な一時的・物理的な近接以上のものを示している。完全な人格の機能として、それは態度や価値観の複雑な体系を表している」（Moglen 五一）とし、各登場人物の人格は自律しており変化しないと述べる――「彼らの現実はお互いとぶつかり、衝突し、破壊しあうが、興味深いことに無傷のままであり、というのも、各登場人物は根本的な統合（インテグレティ）を、彼らを独特で自足した存在とする確固とした自己の核をもっているからだ」（六六）。自然な連合を欠いた観念連合が人格を形成するという説に従うならば、人格とは物理的な近接にもとづいてそのつど一時的に形成される偶然的な集合にすぎないはずであり、各構成要素はいつ何と連合してしまうか定かではなく、人格は――そして世界は――もっとアナーキーなことになってもおかしくはないはずだが、『シャンディ』において連合の原理的な自由は行使されることなく、いつでも同じ組み合わせで結合され、各登場人物の個性＝ホビーホースはあいかわらずのまま保持されるのである。観念連合説とは本来的に絶対的な偶然にもとづく原理のはずだが、何らかのメカニズムによって偶然性は排除され、人格の同一性や統合は保持される。ここでも、理性的には語りえない「なんだか知らないけどうまくいく」否定神学のメカニズムが働いている。

ヒュームにも同じメカニズムを見出し、それをスターンと比較しているクリスティーナ・ラプトンの論文をここで参照したい。あらゆる観念どうしの関係が主観的で恣意的であることを明らかにしたヒュームにとって、客観的なものなど存在せず、すべては経験や習慣、信念、フィクションといった主観的なものである。この『人間本性論』(一七三九―四〇)での哲学的結論のあと、彼は議論の舞台を(彼自身の表現を借りれば)「卑俗な」(vulgar)な領域――社会的、政治的、経済的な領域――に移行する。つまり、哲学的・原理的な考察から、人びとの日常生活が現にどのようなものかを論じる方向にシフトする。客観的にそうなる理由はないけれど、現に世の中そうではないか、ということを経験的な歴史や観察から導きだそうというのである。ヒュームはここで、ロックによる現実と観念の切断に倣い、それを徹底するが、観念を客観的に現実に根づかせることで秩序を保とうとしたロックとは正反対に、むしろヒュームは主観的な印象、感情的な反応においてこそ人びとは一致することができ、社会の秩序は保たれるとした。「美や不格好といったものは、甘みや苦み以上に、対象物自体の性質ではなく、[中略]完全に感情(センチメント)に属しているが、自然とそうした気持ちを生み出すようなある性質が対象物のなかにある、と考えてもいいだろう」(Hume, "Standard" 一四一)。人間はもはや理性的な存在ではなく、勝手な思い込みや感傷的な感動、共感ばかりの情念的生物なのだが、こうした非論理的で感情的な領域においてこそ、不思議と人びとは一致し、社会が形成され維持されるのである。そうした一致が起こるのは「不思議と」としかいいようがなく、ヒュームはそこで客観的な説明は加えず、現にそうなる傾向が世の中にはある、そのような習慣や伝統を社会はもっている、という事実に頼る。ラプトンはとりわけヒュームの言語の扱いに着目している。初期ヒュームのきわめて懐疑的な哲学的考察において、言語は究極的には合理的な根拠を欠くものとされるが、後のより社会的な議論においては、言語は理性的な道具としてではなく、感情を誘発する物質として、討論や共感のような社会的一致をもたらすものとして評価されることになる(Lupton 一〇五―〇八)。しかし、『シャンディ』においては、言語は一致がもたらされる場ではなく、誤解、コミュニケーションの失敗の場にほかならない。ラプトンは、客観的な意味をもたず、ただの物質にすぎない言語が、ヒュームにおいては最終的に社会的包摂をもたらすのに対し、スターンにおいては、その効果は偶然に曝されている、と両者を対比する（一一一）。ここでは、理性的な言語の失敗のあとに感情なり肉体なりをとおして、なんだかんだで理解しあえる、という逃げ道が想定されていない。むしろ、観念連合が本来的にもっていたはずの偶然性が前景化されているといえるだろう。そして、絶対的に恣意的な観念連合というラディカルな理論のアナーキーな帰結を回避すべく社会的包摂という解決策を用意したヒュームよりも、あくまで偶然で非合理な観念連合がもたらす危機を本気で恐れていたロックにこそ、スターン的な観念連合を見出すべきなのかもしれない。(2)

破滅的な結果をもたらしかねないロック的な観念連合にもとづくスターン読解の例として、ヘザー・キーンリーサイドの『動物と他の人びと』（二〇一七）のスターンについての章をあげることができるだろう。キーンリーサイドは、『シャンディ』における『人間知性論』への言及のみならず『統治二論』（一六八九）の引用・パロディにも着目する点で、哲学者としてのロックにばかり注意を払ってきたこれまでのスターン研究に新しい視点を加えたといえるが、哲学者ロックと政治学者ロックとは無関係なわけではなく、両者に関連を見出すことができる。C・B・マクファーソンは、『統治二論』における所有論と『人間知性論』における人格論を結びつけ、ロックの思想を「所有的個人主義」として定式化した。人格とは、生得のものではなく、日々の経験のなかで獲得し所有するものだとする考えである。では、人はどのようにしてある対象を所有するのか。ロックによれば、それは労働をとおしてである。そのことを論じた『統治二論』の一節（『市民政府論』第五章第二八節）が『シャンディ』ではパロディ化されている。

人間の額の汗や脳からの滲出物が、尻に着けているズボンに劣らずその人間固有の所有物である。——問題のリンゴの場合も、それを見つけた、あるいは拾い上げたという労によって、そのような滲出物等々がリンゴの上に滴下するのだから、いやそれだけでなくそのような滲出物は、その拾い主によって、拾われた品物の上に、いや拾われただけでなく、家に持ち帰られ、焼かれ、皮をむかれ、食べられ、消化され、等々された品物の上に、分離不可能なまでに乗っかり、これまた分離不可能なまでに附加されるのだから、――したがってそのリンゴを手にとった者は、その手にとったことによって、自己の所有物だったあるものを自己の所有ではなかったリンゴと混在させたことになる、つまりそのような手段によってその男がひとつの所有物を獲得したことになるのはきわめて明白なこと――言い換えれば、そのリンゴはジョンのリンゴだということだ。(二〇〇―〇一)

ロックによれば、身体は個人に固有の所有物であり、その身体による労働の成果もまたその人物の所有物になるのだが、この論理をより唯物論化したのがスターンによるパロディということになるだろう。そして、キーンリーサイドによれば、この論理はたんにここで披露されるだけでなく、ウォルター・シャンディの自説となっている。「彼は、自然状態にある人間がひとつのリンゴを拾うかのように、ひとつの意見を拾い上げ――そしてそれは彼の意見となるのでした」(二〇〇)。これまで見てきた観念連合＝ホビーホース＝人格という等式に従っていえば、ウォルターは何であろうと目の前にある観念を拾い上げ、それがすぐに彼自身の意見となり、ついには彼の特異な人格を形成する一部となるのだ。キーンリーサイドはこの論理を「人格のピックアップ・モデル」と名づける。「ウォルターは、ロックのものとされる人格の所有論モデルを支持する機械論的・連合説的な論理を、精神と身体が、ただの物質のように、くっついたり離れたりする単純な実体――観念やリンゴ――からなるとする論理を表明している。生物であることについて特別な意味を考慮することなく、ウォルターの人格のピックアップ・モデルは、あらゆる関係を連合あるいは解体の、分離された――もしくは分離可能な――諸部分の足し算や引き算の効果だと解釈している」(Keenleyside 一四〇)。注意すべきなのは、彼女はこの人格のピックアップ・モデルを『シャンディ』全体を支配する原理だと考えているのではなく、(ロック信者である) ウォルターのみが信奉する論理だとしており、このあまりに唯物論的で機械論的な論理は生命や身体を損傷する危険なモデルなので、代わりにスターンは「動物的生命」を基にした別のモデルを打ち出した、と主張していることだ。彼女が提示するこの別のモデルについて詳述することはできないが、簡潔にまとめれば、『シャンディ』において「私」(I) は個人を超えて、さらには種を超えて動物までも包含する、生命=人生 (life) の一般的形式を示している、ということになる。このように、「生命」のような何か心温まるもの (今回はもはや人間的なものを超えて動物までも含んでいる) を持ち出してきて、ロックの理論が帰結する理性主義的・唯物論的な殺伐とした世界を回避する議論の展開は、これまで見てきたスターン論と同じ否定神学的な流れだといえる。しかし、『シャンディ』におけるロック的な契機を探し求めている私としては、キーンリーサイドが提示しながらもウォルターの狂説として退けた「ピックアップ・モデル」についてもう少し考えてみたい。というのも、本来何の関係もないもの同士が偶然に結合してしまうという観念連合の論理を、いかなる保留条件やセーフティーネットもなしに貫徹しているのは、この理論モデルであるように思われるからである。

絶対的に偶然的な観念連合という原理を徹底しているピックアップ・モデル。それが魅力的で素晴らしいものだから注目するわけではなく、ただ私は、観念連合の論理を突き詰めていくとどうなるのかを見てみたいのだ。なるほど、キーンリーサイドがいうように、それは危険なものだろう。このモデルにおいては、物質的な近接——たまたま近くにあった——という偶然的な原因だけを基にして、何と何とが繋がってもおかしくはない。ロックが、ヒュームが、そしてスターンがそれぞれに用意した回避策やセーフティーネットがもしうまく機能しなければ (神、理性、感情、社会、伝統、何であれ、いつもうまく機能するという保証はあるだろうか)、支離滅裂な結合の数々が生まれるだろう。そしてもうひとつ、観念連合説の帰結として無視してはならないのは――「支離滅裂」という日本語がそれを適格に予期しているように思われるが――あらゆる連合は恣意的で本来的なものではないのだから、いつ分離してもおかしくはない、ということである。[3] ヒュームは「観念どうしのこの統合原理は、分離不可能な結合力と見なされるべきではない」(Hume, *Treatise* 一二) とはっきり述べているし、ロックにとっては観念連合とは知識獲得の方法ではなく妄信を産み出す過ちであり、それゆえ、観念の分離こそが問題であった。しかし、「なんだかんだでうまくいく」メカニズムによって、他者とのコミュニケーションは達成され、人格の同一性も再生産されることが保証されているとする『シャンディ』読解においては、観念連合における結合・接続の側面ばかりが強調され、分離・切断の側面は論じられていないように思われる。はたして、『シャンディ』において、コミュニケーションは最終的に達成されているのか、それともその困難と個々人の孤立が描かれているのか。『シャンディ』において、人格の同一性を確立することは成功しているのか失敗しているのか――たとえば、トリストラムは自伝の試みを失敗し続けているともいえるし、その失敗をとおしてそのような人物としてのトリストラムをけっきょくは描けている、ともいえる。本章では、結合と分離、どちらか一方が『シャンディ』の支配的な原理であるかについて判定を下すつもりはない。むしろ、観念連合とは結合と分離をともに内包する論理などであり、『シャンディ』が観念連合的な作品であるとすれば、その二つの契機をともにもっていてしかるべきだろう。

この観念連合の二つの側面についての考察の補助線として、ロックが観念連合の例として「共感」を論じていることに着目したい（三五六)。ロックは、共感もまた「偶然の結合」にもとづくとはっきりと述べている。観念連合説と同じように、「共感」も後のヒュームやアダム・スミスといった十八世紀の哲学者たちによって理論化され、また世紀後半にはセンチメンタリズム文学が興隆し、スターンもとりわけ『センチメンタル・ジャーニー』の作者としてこの文学潮流のなかに位置づけられる。スターンのセンチメンタリズムに対する態度もまた単純なものではなく、まじだったのか、それともアイロニカルだったのかについて、両者の立場からの論争があった。しかし、結合と分離という観念連合の二面性を考えるならば、センチメンタルに何とでも繋がってしまう傾向と、アイロニカルに何からも切断され、孤絶してしまう傾向がスターンのうちに共存していることは自然なことだろう。本来的な関係を欠いた赤の他人や動物とさえ共感することもありうる一方で、本来的な関係を伴った——そのようなものがあるとして——家族や友人とさえ没交渉になることもまたありうる（この二面性は、彼の作品のみならず、スターンの伝記的事実についても当てはまるだろう。彼は誰とでも繋がってしまう傾向があったが——たとえば女中や娼婦との性的関係だが、イグネイシャス・サンチョとの手紙をとおしての交流もこの文脈で考えていいだろう——一方で実の母や妻との心理的な隔絶も有名だった）。そして、十八世紀のセンチメンタリズムや感受性（センシビリティ）についての研究が明らかにしたように、感受性とは一方で共感・社交による社会形成を可能とするものだが、その病的で繊細すぎる感性が他者からの孤絶や社会の解体をもたらすこともありえるのであり、接続と切断という正反対の契機を内在しているのは、スターンに限らず十八世紀的な感受性（センシビリティ）一般の性質だといえる。

　キーンリーサイドの著書もその一環だが、この十八世紀の感受性（センシビリティ）という歴史的文脈のなかで動物について考察する研究がさかんである。そこでは、理性や言語を媒介しない、動物との共感やコミュニケーションの実践が謳われているが、観念連合・感受性の二面性を考えたとき、たんに動物と繋がる方向だけでなく、むしろ動物と切り離される方向が存在してもいいはずである。つまり、「スターンと動物」という主題について語るときに、必ずしもそこに人間と動物との美しい繋がりが見出されるとは限らないのではないか、ということだ。たとえば、『シャンディ』の蠅のエピソードを考えてみよう。蠅を逃がすトウビーの寛容さはたやすくセンチメンタルな姿勢と結びつけられ、ここに蠅という他者との実り豊かなコミュニケーションを見てとることもできるかもしれない。しかし、実際にはトウビーは蠅と共感しあったり理解しあっているわけではまったくなく、ただ、自身と蠅とが共存しうる空間(スペース)を見出しただけのことである――「この世の中にはお前と俺を両方とも入れるだけの広さはたしかにあるはずだ」(一〇〇)。トウビーと蠅はここでいかなる意味においても繋がりあってはいない。ここで示されているのは、むしろ関係の切断であり、そこでは、けっきょくはうまくいくだろう、最後には理解しあえるだろう、という予断はない。

注

(1)人智を超えた自然について語る以下の一節――「それがなぜなのか、われわれにはわかりません。――しかし、奥さま、われわれの周囲は謎と神秘に満ちています――われわれの遭遇するもっとも明白に思える事柄でも、やはり暗黒の面はもっているもので、そっちのほうはどんなに機敏な眼力の持ち主にも見抜けません。われわれのなかのもっとも明断でもっとも高級な頭脳といえども、自然の産物に見える小さな隙間のほとんど一つひとつに、面食らったり立往生したりすることが少なくないのです」(二六三)――がキリスト教的なのか、ロックからの影響なのか、あるいはヒュームとの類似なのか、といったことが論じられてきたが、本章で強調したいのは、それらがけっきょくのところよく似た議論の形式をもっており、それを本章では「否定神学的」と呼んでおきたい、ということである。

(2)この点でロックのほうがヒュームよりもスターンに近いかもしれないというのは私の解釈であり、ラプトンはヒュームとスターンを差異化したあとに、社会的包摂のないスターンのラディカルさを称賛するという方向には向かわず、むしろヒューム以上に保守的なスターンによるキリスト教的な包摂を認めている。

(3)ヒュームにおける関係の外在性、その切断可能性については、千葉雅也のドゥルーズ論に多くを負っている。千葉、八六―一二六を参照。

参考文献

Hume, David. “Of the Standard of Taste.” *Selected Essays*. Oxford UP, 1998.

——. *A Treatise of Human Nature*. Oxford UP, 2000.

Iser, Wolfgang. *Laurence Sterne: Tristram Shandy*. Trans. David Henry Wilson. Cambridge UP, 1988.

Keenleyside, Heather. *Animals and Other People: Literary Forms and Living Beings in the Long Eighteenth Century*. U of Pennsylvania P, 2017.

Locke, John. *An Essay Concerning Human Understanding*. Penguin, 2004.

Lupton, Christina. “Tristram Shandy, David Hume and Epistemological Fiction.” *Philosophy and Literature* 27 (2003): 98–115.

Moglen, Helene. *The Philosophical Irony of Laurence Sterne*. UP of Florida, 1975.

Parnell, J. T. “Swift, Sterne, and the Skeptical Tradition.” *Studies in Eighteenth-Century Culture* 23 (1994): 220–42.

Sterne, Laurence. *The Life and Opinions of Tristram Shandy, Gentleman*. Penguin, 2003.

Traugott, John. *Tristram Shandy's World: Sterne's Philosophical Rhetoric*. U of California P, 1954.

千葉雅也『動きすぎてはいけない：ジル・ドゥルーズと生成変化の哲学』河出書房新社、２０１３年。

第4章　『ヨリック氏説教集』の技法

内田　勝

1　『ヨリック氏説教集』か『ローレンス・スターン説教集』か

イングランド国教会の聖職者でもあったスターンが書いた説教をまとめた本は、生前に四冊、没後に三冊が刊行されている。生前のスターンは、自らの説教を、『トリストラム・シャンディ』（以後『シャンディ』と表記）や『センチメンタル・ジャーニー』の登場人物である聖職者ヨリック（Yorick）が書いたという体裁で出版した。この『ヨリック氏説教集』（*The Sermons of Mr. Yorick*）は、第一巻・第二巻が『シャンディ』がベストセラーになった直後の一七六〇年五月に刊行され、第三巻・第四巻が一七六六年一月に刊行されている。この四巻に加え、スターンの死の翌年（一七六九年）に娘リディアがスターンの友人の協力を得て編纂した『故スターン師説教集』（*Sermons by the Late Rev. Mr. Sterne*）の三巻を加えた計七巻が、スターンが遺した説教のすべてである。二十世紀前半に出た二種類の版ではこの七冊分の説教をひっくるめて『ヨリック氏説教集』と呼んでいたが、一九九六年にフロリダ版スターン全集の一部として刊行された版（Sterne, *Sermons* 参照）では、七冊の説教集に収められた計四十五篇の説教に対して通し番号が振られ、タイトルは『ローレンス・スターン説教集』（*The Sermons of Laurence Sterne*）に変更された。本章で用いるのはこの版である。

呼び名の変更は、スターンの説教に対する研究者たちの見方が大きく変わったことを示している。この作品を文学テキストと捉える見方から、宗教的なテキストとして捉える方向への転換が起こったのだ。スターン自身が命名した『ヨリック氏説教集』という名前には、この説教集が『シャンディ』の言わばスピンオフ作品であるという含みがある。そのため後世の研究者たちも、この説教集をスターンの小説のテキストを補足する文学作品として捉えようとする傾向があった。しかしフロリダ版説教集の編者メルヴィン・ニューは、生前出版の『ヨリック氏説教集』と没後出版の『故スターン師説教集』の間に本質的な差はないとし、十七〜十八世紀の他の聖職者からの影響を指摘する膨大な注釈を通して、宗教的テキストとしてのスターン説教集をイングランド説教史の中に位置づけた。

私自身は、生前のスターンが自分の説教を、卑猥な滑稽小説に登場する虚構の教区牧師の名で出版した事実を無視すべきではないと考えている。そのため本章の表題では敢えて『ヨリック氏説教集』という題名を用いているが、以下の文章では主にフロリダ版刊行以降の研究を踏まえ、それぞれの説教に言及する際には、フロリダ版が採用した通し番号を用いることにする。聖書からの引用はすべて新共同訳からのものである。邦訳文献以外からの引用はすべて私が翻訳したものである。

2　スターンの説教の実例――「悪口について」

スターンの説教の一例として、『ヨリック氏説教集』第二巻に収められた説教十一「悪口について」("Evil-Speaking") を見てみよう。スターンは彼の説教を、当時の説教の典型的な構成に則って進めていく。普遍言語の創案でも知られる十七世紀イングランド国教会の聖職者ジョン・ウィルキンズは、説教指南書『伝道者の書、あるいは説教の才能に関する論考』(一六四六年) において、「聖句の解説 (explication)」「教義の確認 (confirmation)」「実践的応用 (application)」という三部構成を提唱している (Edwards 十六章および Wilkins 五―七を参照)。まず冒頭に掲げた聖句の意味を分かりやすく解説し、その聖句の背景にある教義の正しさを論証した後、その教義から日常生活に役立つ教訓を引き出すのである。

スターンの説教「悪口について」が冒頭に掲げるのは、新約聖書「ヤコブの手紙」から引いた以下の聖句だ。「自分は信心深い者だと思っても、舌を制することができず、自分の心を欺くならば、そのような人の信心は無意味です」(一章二十六節)。三部構成の第一部「聖句の解説」にあたる箇所で、説教者ヨリック氏あるいはスターンは、「ヤコブの手紙」の筆者の言わんとするところを敷衍しながら解説していく。なおスターンは筆者ヤコブを十二使徒の一人である小ヤコブと想定しているらしく、筆者のことを一貫して「使徒」と呼んでいる。

私たちには神と隣人に果たすべき多くの義務がありますが、それらの義務を何一つ果たさないほどの悪人はまずいない一方で、すべての義務を果たす善人もほとんどいないんじゃないでしょうか。厄介なことに、人は誰しも教えの体系の中から、自分の主要な支配的情熱を妨げることがもっとも少ない部分だけを採用して、より強い抵抗を感じる部分については、厳しいお説教として捉え、そうした苦役に耐えられる天性を自分以上に備えた他の誰かに、教えの実践を委ねてしまいます。（中略）こうして人々は一般に自らを裏切り、使徒ヤコブが言うように、自分の心を欺くのです。（Sterne, *Sermons* 一〇三）

ここでスターンが「支配的情熱」（ruling passion）というフレーズを使っていることの重要性については後で触れるが、おのれの支配的情熱が許す限りでしかキリスト教の教えに従わない人々は、自分の心を欺き、善と悪との二面性を持つことになる。スターンはそうした二面性を持つ人々を次々と槍玉に挙げていく。聡明で勇敢な面を持ちながら、別の面では愚かな卑怯者となる人、世間に対しては善人の顔を見せながら、家族に対しては暴君となる人……。慈善に力を注ぐ一方で、他人を貶して侮辱せずにはいられない人もいる。「また別の人は貧しい人々に情けをかけますが、それ以外の世界中の人々に対して情け容赦ない非難を浴びせます。——欲望については節度を守れても、言葉についてはは節度を知らないのです」（一〇四）。こうしてこの説教の主要なテーマである悪口（evil-speaking）に焦点を当てたスターンは、使徒ヤコブが信徒たちの悪口を戒める様子を、「ヤコブの手紙」三章のあちこちから引用した言葉と彼自身の空想を自由に混ぜ合わせて演じてみせる。

使徒ヤコブは言っています。「わたしの兄弟たち、このようなことがあってはなりません。——上から出た知恵は、純真で、温和で、優しく、慈悲に満ち、従順なものです。（中略）しかしこの慣習〔悪口〕は、上から出たものではなく、地上のもの、この世のもの、悪魔から出たもので、混乱と邪悪な作為に満ちています。ちょっと考えてみてください。泉の同じ穴から、甘い水と苦い水がわき出るでしょうか。わたしの兄弟たち、いちじくの木がオリーブの実を結び、ぶどうの木がいちじくの実を結ぶことができるでしょうか。心臓に両手を当て、あなたがたの良心に語らせてごらんなさい。――ある場合にあなたがたが残酷な悪事をはたらかないよう押しとどめる正しい教えは、別の場合にもあなたがたを制止するべきではないですか？（中略）もしある人が知恵があり分別があるというなら、そのことは知恵にふさわしい柔和さをもって、優れた会話を通じて示せばいいのです。なのに――もしあなたがたのだれかが、信心深そうに見えても、――見えても、ですよ、――そんな人が本当に信心深いはずがないですからね、――舌を制することができず、自分の心を欺くならば、そのような人の信心は無意味です」（一〇五―〇六、〔　〕内は私の補足）

スターンによって演じられることで、「ヤコブの手紙」に記された遠い過去の言葉は、あたかも筆者ヤコブがスターンの教会の会衆の――そして『ヨリック氏説教集』の読者の――目の前で演説をしているかのような臨場感をもって立ち現れることになる。説教者スターンは、自分が参考にした文章を解体して自由自在に並べ替え、書き換え、空想によって細部を補足したうえで、聴衆または読者の前で芝居のように演じてみせるのである。

こうして三部構成の第一部「聖句の解説」が終わり、続いて第二部「教義の確認」にあたる箇所では、悪口を戒める教えの正しさが検証される。スターンはここで、悪口が無実の人をどれほど傷つけるかを感傷的に語り、会衆および読者を煽り立てることで、悪口の有害性を論証しようとしている。

確かなのは、どんな種から生じたものであれ、悪口を言って広めるのは、文明人にとって破滅的な、自らに不似合いな行為だということです。わざとやったのではない過失について、意地悪な酷い意見を述べるとか、根も葉もない嫌な噂をでっち上げたり、同じくらい悪質ですが、その噂を拡散させるとか。それは無実の人の評判を落とし名声を奪うことになります。彼は名声という宝石をあがなうために、空腹に耐えて働いてきたことでしょう。その宝石を守るためなら自分の命すら危険にさらすことでしょう。それと同時に悪口は、彼の幸福や心の安定も奪います。彼のパンも奪います、――それは高潔な家族のためのパンかもしれません。(一〇七)

第三部「実践的応用」にあたる箇所では、無実の人をこれほど苦しめる悪口が、現実の悪をいさめるためにはまるで役に立っていないことが語られる。世間の人々は、権力を持った悪人について陰でいくら悪口を言っていても、目の前に出れば卑屈にへつらってしまうのだ。

私たちはみんな邪悪な人々を声高に非難し、声をそろえて糾弾します。――ですから、自分の耳だけを信じる世慣れない人が聞いたら、このことは世界中で大騒ぎになっており、人類はみな一致団結して、悪を世界から完全に駆逐しようとしているのだと想像することでしょう。――ここで場面転換をして、――悪人たちが世間からどんな待遇を受けているか、彼に見てもらいましょう。――世間が悪に対して示す態度や振る舞いが、口で言うこととはまるで逆なのを彼は見て取るはずです。――聞くと見るとではあまりに違っているので、彼は自分の聴覚と視覚のどちらを信じればいいのか見当がつかず、――人々が本気なのはどちらの場合か、分からなくなってしまうでしょう。(一一〇―一一一)

最後にスターンは、無益な悪口は意地悪な世間に任せ、自分たちは互いに赦し合おうと説き、第三部「実践的応用」および説教全体を締めくくる。

悪口が悪事を成す人たちへの抑止力になっているとまだ信じている人には、ある偉大な人物にならって、こう答えておけばいいでしょう。――悪口などやめましょうと私たちがいくら戒めたところで、――この世から罪人を懲らしめる悪口が足らなくなる心配などないのです。――悪人は意地悪な世間に委ねておけば大丈夫、この点に関しては正義が行われないことなどあり得ません。――人の感情はきわめて厳格な執行人です。嫌な仕事はこの執行人たちに任せておいて、――私たちは使徒パウロが薦める、もっと心地よい仕事に携わりましょう。――辛辣さや怒りや糾弾や悪口はどこかに片付けて、――互いに親切にし、――互いに憐れみの心で接し、神がキリストによってあなたがたを赦してくださったように、赦し合いなさい。アーメン。（一一一―一一二）

ネット上で悪口が飛び交う現代にも通じる含蓄を持った説教ではあるが、右の引用が興味深いのは、それがスターン自身の言葉に聖書の言葉や先人の説教の言葉を混ぜ合わせて作られている点だ。最後の一文は、「エフェソの信徒への手紙」四章三十一―三十二節にある使徒パウロの言葉「無慈悲、憤り、怒り、わめき、そしりなどすべてを、一切の悪意と一緒に捨てなさい。互いに親切にし、憐れみの心で接し、神がキリストによってあなたがたを赦してくださったように、赦し合いなさい」の引用もしくは言い換えである。その直前で「ある偉大な人物」と呼ばれているのは、十七世紀イングランド国教会の聖職者ジョン・ティロットソンであり、ここでスターンが用いているのは、ティロットソンが一六九四年に行なった説教「悪口を戒める」（"Against Evil-Speaking"）の中にある次の言葉だ。「私が言えることをすべて言ったところで、残念ながらこの世には、悪事を成す人を懲らしめるための悪口が十分に残っていることでしょう。（中略）ですから善良な人々はこんな嫌な仕事に関わる必要などまったくないのです。この先いつも十分な数の無礼者や悪人が、この刑罰を互いに課し合う執行人となることでしょう。（中略）意地悪な世間に任せておけば、この手の正義が行われないことなどあり得ません」（Tillotson 二一五）。

スターンの説教に感銘を受けた読者は、その中の言葉の大部分がスターン自身の言葉というより、他の説教者の言葉の受け売りや、時には文字通りの盗用であることを知って憮然とするだろう。スターンの説教は、現代の学生がネット上の言葉をコピーして自分のレポートの中にペーストする「コピペ作文」に近い方法で書かれているのだ。

3　スターンの説教の特徴——ドラマチックなごちゃ混ぜコピペ作文

前節で指摘したように、スターンの説教は「自分が参考にした文章を解体して自由自在に並べ替え、書き換え、空想によって細部を補足したうえで、聴衆または読者の前で芝居のように演じてみせる」という方法で書かれている。その方法を「ドラマチックなごちゃ混ぜコピペ作文」と読んでもいいかもしれない。

彼の説教にはドラマチックな演出が随所に見られる。その一例として、『ヨリック氏説教集』第一巻（一七六〇年）に収められた説教三「博愛のすすめ」（"Philanthropy Recommended"）を見てみよう。「善きサマリア人（びと）」の挿話を扱った説教である。強盗に襲われ半殺しにされたユダヤ人の男を、敵対していたサマリア人の男が介抱する場面は、「ルカによる福音書」ではごく簡潔に記されている。「ところが、旅をしていたあるサマリア人は、そばに来ると、その人を見て憐れに思い、近寄って傷に油とぶどう酒を注ぎ、包帯をして、自分のろばに乗せ、宿屋に連れて行って介抱した」（十章三十三―三十四節）。スターンはこの文中の「その人を見て憐れに思い」という箇所を、まるで演劇または小説の一場面であるかのように詳細に具体化していく。

彼が不幸な男が横たわっている場所に近づき、その男を見た瞬間、きっと彼の心には、こんな想念が次々に浮かんだことでしょう。「これはひどい！　私はなんと悲惨な光景を目にしているのか——一人の男が衣服を奪われ——怪我をして——やつれ果てて私の前の地面に横たわり、今にも息絶えようとしている——末期の苦しみを優しく支えてくれる友もなく、その苦しみが終わった後に目を閉ざしてくれる手さえ望めない。だが私たち相互の関係を考慮すれば、これほど心配しなくてもよいのかもしれない——彼はユダヤ人で、私はサマリア人だ。——しかし私たちは同じ人間ではないのか？（中略）もし私が彼の知り合いなら、私はもっと彼を愛し、憐れむべき理由があっただろう——ひょっとしたら彼は、並外れた美徳を備えた人物なのかもしれない。もし彼の一身に、他の人々の人生や幸福がかかっているのだとしたら、その命はさらに貴重なものになるだろう。もしかしたら、彼がこうして見捨てられ、惨めに横たわっているこの瞬間にも、高潔な家族の全員が、彼の帰宅を楽しみにして、帰りの遅い彼を今か今かと待ちかねているのかもしれない。ああ！　もしも彼らが、どれほどの不幸が彼を襲ったかを知ったなら——彼らはすぐにでも彼を救いに行きたいと思うだろう。——さあ、急いで丁重に務めを果たそうではないか。私は彼の傷に包帯を巻き、安全な場所に連れて行こう——たとえすでに手遅れでも、せめて最期を迎える彼を慰めてあげよう——そして、他には何もできなくても、——憐れみの涙を流して彼の不幸を和らげてあげるのだ」(Sterne, *Sermons* 二七—二八)

言わばサマリア人の「意識の流れ」を描いたこの箇所は、小説家スターンの本領発揮と言いたくなる文章である。しかしこうしたドラマチックな具体化は、同時代の説教ではよく使われるありふれた手法であった。フロリダ版説教集の編者メルヴィン・ニューによれば、イングランド国教会のすべての説教者は、まず聖書の言葉を提示した後に、そこで描かれる場面をドラマチックに膨らませる説教を行なっており、その膨らませ方はしばしば、スターン以上に長く大胆であるという（New 九七）。この説教に関してもニューの注釈は、スターンと同時代の聖職者でヨーク大主教とカンタベリー大主教を歴任したトマス・ヘリングが、同じ挿話を扱った説教を並べてみせる（八一）。『ヨリック氏説教集』が出版される前に死んだヘリングがスターンの説教を読んだとは考えにくいが、彼は同じ場面をこのように語り出す。「旅をしていた彼は、哀れな旅人が身ぐるみ剝がれ、怪我をして死にそうになっているのを見つけました——彼は直ちにこの対象に心を痛め、その男に同情し、男のそばに行きました。（中略）もし彼がこれほど気立ての良い人でなければ、その男を目にした時、無視して通り過ぎ、さっさと旅を続けるもっともらしい理由を見つけていたでしょう」（Herring 一三八）。ヘリングはこの後サマリア人の「意識の流れ」を四ページにわたって書き連ねている（一三八—四一）。三人称で語っている点を除けば、スターンの語り方にそっくりだ。

スターンの小説に惹かれて彼の説教を読む文学研究者は、いかにもスターンらしいドラマチックで感情過多な語り方が、彼の説教だけに見られる個性的な特徴ではなく、当時のありふれた手法であることを知ってがっかりするかもしれない。フロリダ版の注釈が明らかにしたように、スターンの説教においては、一見オリジナルの発想や言い回しと思われる箇所にも、イングランド国教会の他の説教者たちからの影響が濃厚に見られるのだ。それどころか彼の説教の文章には、先人の説教から抜き出した言葉を出典を明示しないまま埋め込んだ箇所が多々あり、古くから盗用の批判にさらされてきた。

スターン自身も当時の説教者の「コピペ作文」を諷刺している。初期作品「ラブレー風断章」では、『シャンディ』四巻二五章にも登場するオムナス（Homenas）という説教者が、自分の説教が書けずに苦しみ、本棚で見つけた十七世紀イングランド国教会の聖職者サミュエル・クラークの説教集から文章を盗用する。だがオムナスは盗作がばれたときのことを空想する。空想の中で彼は信用を失い、高い説教壇から墜落して、二度と説教ができなくなる。現実に戻った彼は、さめざめと泣きながら説教を書く。罪悪感と改悛が彼の文章に不思議な力を与え、結果的にオムナスは感動的な説教を書いてしまうのだった（Sterne, "Rabelaisian" 一六六—六八）。先人から盗んだコピーに過ぎないという罪悪感がオリジナルの感動を呼ぶ——この物語はスターンの説教が持つ魅力の秘密を、的確に言い当てているのかもしれない。

出典を明記しない引用を自分の言葉であるかのように見せかけて発表する行為は、現代の感覚では盗用にほかならないし、そうした不正な引用を含む説教を書物として公刊してしまったことは、当時の感覚でも問題である。しかしそもそも当時のイングランド国教会の教区牧師にとって、公刊されるはずもない現場での説教に先人の文章を混ぜ込んだり、場合によっては先人の説教をそのまま読み上げることは、決して非難されるべき行為ではなく、むしろ奨励されたほどであった（New xvi および Gow 一二四を参照）。説教者を目指す学生たちは、読んだり聞いたりした言葉の抜粋を書き溜めておく備忘録（commonplace book）を作るよう指導された（Deconinck-Brossard 九八）。スターンの説教は、そうした備忘録から生み出されたものだろう。彼は先人のテキストの断片を掻き集め、断片を織り合わせて自分のテキストを作り上げる。それは単なるコピペではなく、「ごちゃ混ぜコピペ作文」なのだ。

スターンの盗用をこう弁護する研究者もいる。「スターンが彼の引用元の文章を合成し、元は違うページにあった断章をまとめて一つの文にしたり、文を分割してその断章をそれぞれ異なる文脈で使ったり、二〜三人の著者の言葉を組み合わせて、それぞれの原文より優れた文章を作ったりする時、われわれは彼を盗用のかどで非難することはできない。原文を再構成し再び命を吹き込む編集能力をこれほどまでに備えた作家は、元の文献に依存しているとは言えないのだ」(Gow 一二六)。別の研究者はこうしたスターンの作文技法を「借り物をオリジナルに変化させる神秘的な錬金術」と呼んでいる (Terry 一六八)。もちろんこんな弁護で盗用の罪が消えるわけではないが、説教に限らずスターン作品の魅力が、独自の文章を無から生み出す能力ではなく、既存の文章を解体して組み合わせる編集者としての能力の高さに由来するのは確かだろう。

4 スターンの説教と小説との関連——「支配的情熱」から「道楽馬」へ

スターンの説教には「支配的情熱」(ruling passion) というフレーズがしばしば現れる。各人の行動原理を規定する主要な欲望を意味するこの言葉は、スターン以前に詩人アレグザンダー・ポープが『道徳論集』(一七三一—三五年) や『人間論』(一七三三—三四年) で用いていた語句である。すでに引用したスターンの説教十一「悪口について」では、人々がキリスト教の教えに全面的に従うことを妨げる要因として「支配的情熱」という概念が使われている。説教九「ヘロデの性格」("The Character of Herod") でのスターンは、ヘロデ王の幼児虐殺を取り上げ、複雑で多面性を持つヘロデの性格の本質を探る方法は、「その性格を導く主要な支配的情熱をしかと見定め——それを他の部分から分離して、——彼のその他の性質が、良い部分も悪い部分も、どれほど支配的情熱に奉仕するために引き出されているかに気づくこと」であると言い、ヘロデの支配的情熱が権力欲であると断定する (Sterne, *Sermons* 八六)。

説教十九「フェリクスのパウロに対する振る舞いについて」("Felix's Behaviour towards Paul, Examined") では、金銭欲という支配的情熱に突き動かされたユダヤ総督フェリクスが、ユダヤ人に逮捕された使徒パウロを無実と知りつつ、釈放と引き換えに金銭を搾り取る目的で監禁し続けた挿話が取り上げられる。この説教でスターンは「テモテへの手紙一」六章十節を引き合いに出してこう述べる。「使徒パウロはテモテへの手紙の中でも、これと同じ支配的情熱〔金銭欲〕について語り、それがすべての悪の根だと言っています」(一七九—八〇、〔 〕内は私の補足)。

いずれの例でも「支配的情熱」はその人間の本質的な欲望を表しており、人は己の支配的情熱のみに突き動かされていると道を誤ってしまう。こうしたスターンの人間観は、彼の小説『シャンディ』にも引き継がれる。フロリダ版の注釈が示すように(New 一三三)、『シャンディ』二巻五章では、この小説の鍵となる概念「道楽馬」(hobby-horse)が「支配的情熱」(ruling passion)とほぼ同じ意味であることが明かされる。「人間が何か主導的情熱〔ruling passion〕の支配に身をゆだねるとき——言葉をかえて言いますと人間の道楽〔HOBBY-HORSE〕が向う見ずに強くなるとき——冷静な理性や公正な分別はもうおさらばです」(スターン 一八三、Sterne, *Life* 八五、〔 〕内は私の補足)。道楽馬に振り回されて愚行に駆り立てられる『シャンディ』の人物たちは、己の支配的情熱のみに囚われて残虐行為に向かう聖書の登場人物たちの変形であると言えるかもしれない。このようにスターンの説教と小説には、通底するテーマがいくつも見られる。『シャンディ』とイングランド国教会の神学とのつながりを論じた文献(Stewart 参照)などを手掛りに、スターンの説教と小説との関係を探ってみるのは有益な作業になるだろう。

今のところスターンの説教で日本語訳が読めるのは、『シャンディ』二巻十七章にまるごと挿入された説教二十七「良心の濫用」(“The Abuses of Conscience Considered”)だけである。これからスターンの説教を研究してみようという人には、まず二〇〇三年以降のオックスフォード・ワールズ・クラシックス版『センチメンタル・ジャーニー』(Sterne, *Sentimental* 参照)に収録された五篇の説教から読んでみることをお勧めする。その他の説教をとりあえず読むためには、グーグル・ブックスなどが提供するデジタルブックへのリンク集“Laurence

Sterne's Sermons Available as Digital Books"（http://www1.gifu-u.ac.jp/~masaru/sermons.html）を作ってみたので、活用していただきたい。もちろんそれらの説教の背景を知るには、フロリダ版の注釈（New 参照）が欠かせない。フロリダ版で興味のある説教を読んでみてから、スターンの説教を扱った論集（Gerard 参照）や、同時代の説教を扱った文献（Francis and Gibson 参照）などに進むのがいいだろう。

なお、スターンの説教に多大な影響を与えたジョン・ティロットソンなどの十七世紀イングランド国教会の聖職者は、「広教派」あるいは「ラティテューディナリアン」（Latitudinarian）と呼ばれる一派に属している。歴史学者の青柳かおりが言うように、「それは、ラティテュード（latitude, 幅広さ、自由）という言葉から派生した言葉であるが、一六五〇年代頃から熱心なピューリタンが、ケンブリッジ大学の穏健な長老派聖職者に対して、宗教に無関心だと非難する意味で使われ始めたようである」（青柳　六一）。ピューリタン革命期には長老派に属していた彼らは、王政復古後に国教会に改宗し、次第に国教会の中心的地位を占めるようになった。十八世紀イングランド国教会の神学の主流は、ささいな習慣の違いで対立することを避けて中庸を重んじる、穏健なラティテューディナリアンの思想を受け継ぐものである。スターンの説教の背景にある神学を深く知りたければ、ラティテューディナリアンを研究する必要があるだろう。

フロリダ版説教集が刊行されて以降のスターン研究は、彼を正統的な十八世紀イングランド国教会の説教者として位置づけた一方、彼の説教が難解で近づきがたいものであるかのような印象を与えてしまった。しかし近年では、スターンの説教の中に卑猥で滑稽な響きを再び捉え直す文献（Stark 参照）も現れ、説教と滑稽小説との関連を探る方向への揺り戻しが起こっている。スターンが遺した説教を、謹厳実直な説教者スターンではなく好色な田舎牧師ヨリックに語らせることで、十八世紀イングランドの説教が同時代の文学とどのように関わり合っていたのかは、より明らかになっていくのではないだろうか。最後に、神への信仰と人間的な弱さとの間で揺れ動く状態こそがスターンの宗教の本質であることを指摘した、ニューの言葉を引用しよう。「スターンと彼の会衆が教会を去る時、彼らは救われたわけではないが、来世での救いに目を向けている。彼らがいつまでエルサレムに向かう巡礼者の気分でいられるかは分からない。スターン自身の場合は、帰り道で次に美女の顔を目にする時までだろう。（中略）しかしこうした素晴らしい自己認識が、自己言及性と言ってもいいが、これこそがスターンのキリスト教信仰の神学的な核心になっているのだ。それは人類の堕落と、それゆえに必要な瞑想を通じた神への回帰との上に築かれた信仰である」（New xx）。

参考文献

Deconinck-Brossard, Françoise. "The Art of Preaching." *Preaching, Sermon and Cultural Change in the Long Eighteenth Century*, edited by Joris van Eijnatten, Brill, 2009, pp. 95–130.

Edwards, O.C., Jr. *A History of Preaching*. Kindle ed., Abingdon Press, 2004.

Francis, Keith A., and William Gibson, editors. *The Oxford Handbook of the British Sermon 1689–1901*. Oxford UP, 2012.

Gerard, W.B., editor. *Divine Rhetoric: Essays on the Sermons of Laurence Sterne*. U of Delaware P, 2010.

Gow, James S. "A Brief Account of Sterne's Homiletic Piracy." Gerard, pp. 123–48.

Herring, Thomas. *Seven Sermons on Public Occasions*. Dublin, G. Faulkner, 1763. Gale ECCO Print Editions, [2010].

New, Melvyn. *The Sermons of Laurence Sterne: The Notes*. U of Florida P, 1996.

Stark, Ryan J. "Are Laurence Sterne's Sermons Funny?" *Literature and Theology*, vol. 30, no. 4, Dec. 2016, pp. 456–70.

Sterne, Laurence. *The Life and Opinions of Tristram Shandy, Gentleman: The Text*. Vol. 1, edited by Melvyn New and Joan New, UP of Florida, 1978.

——. "The 'Rabelaisian Fragment.'" *The Miscellaneous Writings and Sterne's Subscribers, an Identification List*, edited by Melvyn New and W.B. Gerard, U of Florida P, 2014, pp. 152–75.

——. *A Sentimental Journey and Other Writings*. Edited by Ian Jack and Tim Parnell, Oxford UP, 2003.
——. *The Sermons of Laurence Sterne: The Text*. Edited by Melvyn New, U of Florida P, 1996.
Stewart, Carol. "The Anglicanism of *Tristram Shandy*: Latitudinarianism at the Limits." *Journal for Eighteenth-Century Studies*, vol. 28, no. 2, Sept. 2005, pp. 239–50. *Wiley Online Library*, doi: 10.1111/j.1754-0208.2005.tb00299.x.
Terry, Richard. "Sterne: The Plagiarist as Genius." *The Plagiarism Allegation in English Literature from Butler to Sterne*, Palgrave Macmillan, 2010, pp. 152–68.
Tillotson, John. "Against Evil-Speaking." *Sermons on Several Subjects and Occasions*, vol. 3, London, 1742, pp. 189–220. *HathiTrust*, hdl.handle.net/2027/nyp.33433087372904.
Wilkins, John. *Ecclesiastes: or, A Discourse Concerning the Gift of Preaching*. 2nd ed., London, Samuel Gellibrand, 1647. *Google Books*, books.google.com/books?id=Cu1oAAAAcAAJ.
青柳かおり『イングランド国教会――包括と寛容の時代』彩流社、二〇〇八年。
スターン、ロレンス『トリストラム・シャンディ（上）』朱牟田夏雄訳、岩波書店、二〇〇九年。
『聖書　新共同訳　旧約聖書続編つき』日本聖書協会、一九八九年。

第5章　『センチメンタル・ジャーニー』
——調和への旅

久野陽一

1　「センチメンタル」な旅行とは？

一七六八年二月に出版された『ヨリック氏のフランスとイタリアを巡るセンチメンタル・ジャーニー』は、その翌月に亡くなるローレンス・スターンの最後の著作となった。この作品はスターン自身のフランスとイタリアへの旅行を元にしながら、『トリストラム・シャンディ』に登場する、彼の分身とも言える牧師ヨリックを主人公に幾分フィクション化された旅行記の体裁を取っている。当初は四巻となるはずだったが、主にフランス滞在を描いた最初の二巻のみ出版され、イタリアでの出来事を語る残りの二巻分は作者の死によって未完となった。ただし、本作の途中にはイタリアでのエピソードも断片的に挿入されていることから、近づく死を予感していたスターンは現在残されている二巻によって一応の完結をめざしたのだとも考えられる。

十八世紀文学において感受性（sensibility）はもっとも重要な主題の一つであるが、サミュエル・ジョンソンの『英語辞典』(一七五五年)で第一に「思想、概念、見解」(Thought; notion; opinion)と定義されている「センチメント」(sentiment)という言葉を「センチメンタル」(sentimental)という形容詞形で使用することは、『センチメンタル・ジャーニー』の登場によってポピュラーになった(ちなみにジョンソンの『辞典』には"sentimental"の項目はない)。そして、この作品が出版された後の一七六〇年代から七〇年代にかけて、過剰な感受性を吐露すること、感受性を揺さぶられて涙を流すことを物語の核として、それによって読者の感受性を刺激して泣かせることを主題とする、いわゆる感傷小説(センチメンタル小説)のブームが訪れる。この作品について、ジョン・ウェズリーが一七七二年四月十一日付の日記のなかで次のように言及している。

たまたま『センチメンタル・ジャーニー』という本を手に取った。〈センチメンタル〉だって! 何だそれは? そんなの英語(English)じゃない。〈大陸の〉(*Continental*)と言うべきところだ。これでは意味をなさない。何も明確な考えを伝えていない。愚か者はたくさんの考えを思いつくものだが。そして、このナンセンスな言葉が(あろうことか)流行になっているのだ! (Wesley 一八二)

ここで、ウェズリーが「コンティネンタル」と言っているのは、『センチメンタル・ジャーニー』がフランスとイタリア旅行記だからである。しかし、これは(おそらくウェズリーが嫌っていると思われる)スターンの当初の旅の目的でもあった。「センチメンタル」であることが、「イングリッシュ」であるか、「コンティネンタル」であるかということがスターンの「センチメンタル」な旅行が始まるきっかけでもあるとも考えられるからである。『センチメンタル・ジャーニー』は、誰だか不明な相手に対するヨリックの次のようなセリフから唐突に始まる。

フランスじゃ、こういうこと(this mater)はもっとうまくやってますよ、と私は言った。するとあなたは、フランスへおいでになったことがおありなんですね? 相手はきっと私に向き直り、慇懃無礼この上ない態度で、さも得意げに言ってのけた。――こりゃ妙なこった! と、私はつくづく一人ごちた。ドーヴァーからカレーまで、たかだか二一マイルの船旅で、こんなことを言える権利が貰えるなんて。――それじゃ自分で行って調べてみようと、それっきり議論をうち切って、――まっすぐ宿へ帰っていき、シャツ六枚と絹の黒いズボン一着を鞄に詰めた。――「上着は今着ているものが間に合うさ」袖口を眺めてそう言うと――私はドーヴァー行きの馬車におさまった。そうして[カレーへの]定期船は翌朝の九時出帆――……(Sterne, *A Sentimental Journey* 三)[1]

こうしてヨリックはあわただしくフランスに旅立つのだが、ここでこのヨリックのフランス旅行のきっかけとなった、フランスでは「もっとうまく」やっているという「こういうこと」とは何か、具体的には不明である。少なくとも先を読んでもすぐには明確な解答は与えられていない。

カレーに到着したヨリックは、それ以降の旅のために馬車を購入しようと馬車置き場に出かける。すると広場のはずれにあった一台の古い一人乗りの馬車(Desobligeant)が彼の目に留まる。さっそく乗り込んでみて自分の「気分にぴったり」(一二)と感じたヨリックは、この馬車のなかで旅行記の「序文」を書き始める。あわただしい作品の冒頭から遅れてきた場所に挿入されたこの序文において、謎の「こういうこと」に対するさしあたりの解答が与えられる。ヨリックはこの序文で旅行者をいくつかの種類に分類する。「何もしない旅行者、好奇心の強い旅行者、嘘つきの旅行者、傲慢な旅行者、虚栄心の強い旅行者、癇癪持ちの旅行者」、「やむを得ない旅行者」、「罪を犯し凶悪な旅行者、不幸だが罪なき旅行者、単純な旅行者」（一五）などと続けた後、自分を次のような旅行者だと述べる。

そして、しんがりを勤めるのは（失礼してご紹介すれば）／「感じやすい旅行者（Sentimental Traveller）」（私自身がこれにあたる）であって、全種類の誰よりも「必要」に迫られて旅に出た者、つまり「やむを得ない旅行者」であり――その旅行について物語ろうと、私はいまここに座っているのである。（一五）

「センチメンタルな旅行者」として旅することがヨリックの目的であり、旅のきっかけとなった「こういうこと」とは、すなわち旅行者として「センチメンタルであること」だと考えることができる。では、なぜそのためにフランスに渡らなければならないのか。ここで、「センチメンタルであること」とはウェズリーが言う「コンティネンタル」なのかどうかを明らかにすることが、もう一つの目的として浮上する。

2 フランス流とイングランド流

『センチメンタル・ジャーニー』は普通の旅行記とはまったく異なる。ヨリックは、ドーヴァー海峡を渡ってカレーに到着すると、モンルイユ、ナンポン、アミアンを経由してパリをめざすが、その道中で名所や旧跡などを訪問することは皆無である。かわりに道中で出会う人々との関わりを通じてヨリックの繊細な心の機微が描かれる。出会う人々は言うまでもなくフランス人、すなわち「コンティネンタル」な人々である。カレーで出会った女性、L夫人に対して好意を持ったヨリックは手を取り合って「指に伝わる血管の脈動が彼女の指を圧して、自分の内部をよぎる思いを彼女に知らせた」（二五）。アミアンでヨリックはこの女性から再会を願う手紙を受け取る。彼はその返事に困って、モンルイユで従者として雇ったフランス人の若者、ラ・フルール（La Fleur）、フランス語で「花」という意味の名前を持つ若者が持っていたフランス語で書かれた手紙に目を付ける。ヨリックは「その手紙の一番良いところを選んでそれを自分なりによくかき混ぜて」（六四）返事を書き上げる。そこには次のように、同語反復によって「恋」と「感情」の不可分を述べているフランス語の一節が含まれていた。

「感情［気持ち］がないところで恋は無意味（L'amour n'est *rien* sans sentiment）。
恋がない感情はさらに無意味（Et le sentiment est encore *moins* sans amour）。」（六三）

この手紙はラ・フルールのものではなく、彼がかつて従軍していたときに同じ連隊にいた鼓手が、不倫関係にあった伍長の妻に宛てたものだった。これをヨリックは、自分の手紙に盗用しているのである。この物語内における引用の引用は、様々な引用・借用・盗用に満ちたスターン自身の創作の構造をミニチュアにしたものだと言うこともできるが、これは実は、スターン自身による自己借用でもある。『センチメンタル・ジャーニー』が書かれる二年前の手紙（一七六五年八月二三日？）で、スターンは友人に次のように書いている。

君が、恋をしていると聞いてうれしいよ。恋は（少なくとも）君の憂鬱を治してくれるだろう。男女問わず憂鬱ってものはよくないからね。私自身も、頭に誰か恋しい人を思い浮かべなくては。そうすれば魂の調和がとれる（harmonises the soul）。もし私が恋に落ちたとしたら、まず相手の女性に恋をしていると信じさせるように努力するだろう、そうでなければ、まず自分が恋していると思うようにするよ。でも、私はその恋愛を、まったくフランス流に、センチメンタルに（in the French way, sentimentally）続けることにする。彼らによると、「感情［気持ち］がなければ恋は無意味だ」（*"l'amour" ... "n'est rien sans sentiment"*）ってことになる。連中はこの恋という言葉に騒ぎ立てる割には、適当な概念をこの言葉に与えていない。愛と呼ばれる同じ主題に関してもね。（Sterne, *Letters* 二五六）

ここで使われているのと同じフランス語のフレーズが『センチメンタル・ジャーニー』で使われているわけである。そして、そのフレーズのすぐ近くにある「フランス流に、センチメンタル」であること、この作品全体はこの言葉に対する長い注釈なのではないだろうか。そうすると、それに対して「イングランド流にセンチメンタルであること」を示してみせることこそが、冒頭で議論になっていた「こういうこと」の意味するところとなる。また「センチメンタルであること」は「恋」に関連する。『センチメンタル・ジャーニー』は微妙で繊細にエロティックかつ滑稽なエピソードを数多く含んでいるが、「魂の調和」のために「適当な概念」を「この言葉」に与えることであるかのように、それをスターンは善良な心からくるセンチメントを媒介にして肯定しようとする。ラ・フルールは、特に何か取り柄があるわけではないが、つねに恋をしていることをヨリックに気に入られて従者として雇われた。引用された手紙は、そんな彼が、なぜか大事に持ち歩いていた手紙で、しかも他人の恋文である。ここにフランス人のセンチメンタルであることの「秘密」があると言おうとしているのかも知れない。

ラ・フルールが何の戦争に従軍していたかということは明らかにされていないが、このことは、『センチメンタル・ジャーニー』に時代的なコンテクストが導入されるきっかけの一つでもある。ここで想起される戦争とは七年戦争である。しかも、ヨリックは英仏間で戦争中なのにもかかわらずパスポートを持っていなかった。

私はまったくあわててロンドンを出発したので、私たちがフランスと戦争をしていることをすっかり失念していて、ドーヴァに着き、ブーローニュの向こうに見える山々を望遠鏡で眺めたとき、初めてそのことに気がつき、それと関連して旅券がなくてはそこに行けないことに気がついた始末であった。(九一)

スターン自身、初めての海外旅行でパリに行ったのは一七六二年一月のことだった。パリ条約が締結されるのが六三年二月なので、七年戦争はまだ終わっていなかった。ヨリックの方は留守中に警察が訪ねてきたと宿の主人から言われて、ことの重大さにうろたえる。ヨリックは部屋に戻ろうと廊下を歩いていると籠のなかの椋鳥が英語で「出られないよ(I can't get out)」(九五)と繰り返し鳴く声を耳にする。部屋に戻ってもこの椋鳥のことが頭から離れないヨリックは、囚われの身の苦しみを想像し始める。彼はまず「生まれつき奴隷の身分(slavery)以外には何の遺産もない多くの同胞のこと」を考え始めるが、「群れをなした数多くの哀れな人たちが心をかき乱しただけ」で失敗に終わる。続けて「具体的に一人の囚人(a single captive)を取りあげ、まず彼を牢獄のなかに閉じ込め、それから彼の姿をつかむために薄暗い鉄の格子戸をのぞきこんだ」(九七)。その囚人の様子を具体的に想像してヨリックは「思わず涙がこぼれた」(九八)。ここにはスターンの感受性の「同情」あるいは「共感」(sympathy)の働き方のパターンが現れている。大人数の囚われ人ではなく一人に焦点を当てること、大勢の「奴隷」ではなく、一人の「囚人」に対して「共感」することによって彼の想像力は力を発揮したのである。ここからトマス・キーマーは、スターンのセンチメンタルな想像力について、それが実践的な社会性を持った慈善行為につながりにくいことを指摘している(Keymer 五九七)。

パスポートを持たないために窮地に陥ったヨリックはあるつてをたどって、ヴェルサイユのB伯爵という人物に発行を頼みに行く。この伯爵は、シェイクスピアの全集を持っていたので、英国びいきと考えてのことだった。

ところが、ヨリックは戦時下に「フランスの国家情勢」(the nakedness of our land)を偵察に来たスパイなのではないか、という嫌疑を伯爵からかけられてしまう。こうして国家間の対立の可能性が色濃く出てきたところで、ヨリックは次のように応じる。

伯爵様、失礼ですが、と私は言った。――あなたのお国のありのままなさま(the nakedness of your land)について申せば、もしそれを見ましたら、私は涙をためてそれを眺めるでしょう。――そしてお国の女性に対しては(彼が私の心に引き起こした考えに赤くなって)私は非常に福音的(evangelical)なところがありますし、女性の〈弱点〉であるものには共感を覚えておりますので、やり方が分かりますれば、その上に衣服をかけてあげたいと思います。――私は続けて言った、しかしできましたら、女性の心の〈ありのままなさま〉(the *nakedness* of their hearts)は探りたいと思います。そして、習慣・気候・宗教などでさまざまに仮装したところを見すかして、自分の心の規範とするために、女性の心の立派な点を発見したいのです。――そのためにこそ私はやって来ているのです。(一一一)

ヨリックは、結局、このB伯爵の取り計らいで、パスポートを手に入れることに成功する。ただし、彼の身分は「王の道化」であると誤解されるというオチがつく。言うまでもなく、「ヨリック」というのは、シェイクスピアの『ハムレット』に頭蓋骨で登場する「王の道化」の名前でもある。

文字通りの対立である戦争をはじめ、この作品には「こういうこと」から導かれて、イングランドとフランスの間での対立のテーマがいたるところに現れる。冒頭、フランスに上陸した直後にヨリックが考えるのは、自分が死んだときのこと、この場で死んだらすぐにフランス国王によって持ち物はすべて没収されるだろうという想像である。パスポートが入手できないためにバスティーユに投獄される想像なども盛り込まれる。そして、フランス女性との出会い、すなわち「心のありのままなさま」からは、国家だけでなく、男女間の対立のテーマも見え隠れする。これらの断片的なエピソードや、そこで発揮される想像世界は、ヨリックの感受性のなせる技であると同時に、それは、センチメンタルであるためにそのような対立が彼のなかに内面化されていることも意味するのである。

3 感受性の神学的側面

前のB伯爵へのセリフでヨリックは「国のありのままなさま」に対して「心のありのままなさま」で言い返している。後者は「女性」について言っているので多分に性的な意味が裏に潜んでいるが、ここでショッキングなのは、「その上に衣服をかけてあげたい」というフレーズが聖書『創世記』の一節にもとづいていることである。ノアは箱船をおりて、農夫になり、ブドウ畑を作った。ある日、ノアは、酒に酔っぱらって、天幕のなかで裸になっていた。それを見たノアの息子のハムは、外にいた兄弟のセムとヤフェトに告げた。そこで、「セムとヤフェトは着物を取って自分たちの肩に掛け、後ろ向きに歩いて行き、父の裸（the nakedness of their father）を覆った。二人は顔を背けたままで、父の裸を見なかった」（新共同訳『創世記』九：二三）という一節である。この聖書の一節を下敷きにしているからこそ、ヨリックは「福音的」という言葉を使っているとも考えられる。この例のようにスターンの記述はいたるところで神学的言説にたどり着き、感受性の文学が持っているもう一つの側面をあぶり出してくれる。スターンの代名詞の一つにもなったセンチメンタリズムには、彼の牧師としての思想が色濃く影響しているのである。

十八世紀のいわゆる「感受性の文学」に関する先駆的かつ古典的な研究には、R・S・クレインが一九三四年に発表した「『感情の人』の系譜に関する提言」という論文がある。この論文でクレインは、十八世紀における「感情の人」(man of feeling) に対するカルトの源泉をイングランド国教会の広教派（ラティテューディナリアン）の伝統に立つ聖職者たちに結びつけている。この論文は後にドナルド・グリーンによって徹底的に批判されるのだが、ここではまず、簡単にクレイン論文の要点をまとめて、それに対するグリーンの批判をふまえて、スターンを理解する上でしばしば見過ごされがちな重要な背景として再検討しておきたい。

クレインの主張の要点を一言で言うと、「感情の人」についての文学的カルトの源泉は、これまでシャフツベリーなどに帰されてきたが、むしろそれは、十七世紀後半、特に王政復古以降のイングランド国教会、なかでも広教派の聖職者たちが説いた「慈悲心と情感のプロパガンダ」にあるということになる（Crane 二二九—三〇）。その特徴は四つの項目に要約される。

まず、「普遍的な慈悲心として徳」(virtue as universal benevolence) を考えること。そこには、ピューリタンの教義の「暗い側面」（二一〇）からの「解放」（二〇八）と、慈善行為につながる社会的側面があったと、クレインは述べる。

次に、「慈悲心は感情である」(Benevolence as feeling) ということ。広教派の聖職者たちが熱心に説いた「慈悲心」や「慈善行為」の意味するところは、「こうした行為を促し、即座にその報いをもたらす優しい心や愛情」（二一四）のことで、そこには、ストア派に帰されるような、合理性・理性に対する過信、および情念に対する不信への批判が認められる。

三つめに挙げられるのが、人間の心は「生まれながらに」良きものとする考え方 (Benevolent feeling as "natural" to man) で、この楽観的な人間性の擁護は、ホッブスに対する批判であるとされる（二一二）。

このような、アンチ＝ピューリタン、アンチ＝ストイシズム、アンチ＝ホッブス的な特徴に続く四つめの項目は「自己肯定的歓喜」（The "Self-approving Joy"）である。これは、「生まれながらに」良きものである自らの感情に耽溺する、現世的な報酬である。このフレーズは、典型的な例としてクレインが引用したデイヴィッド・フォーダイス『道徳哲学の要綱』（一七五四年）の以下のパッセージから取られた。

その喜びは、悪しき者のそれより大きい。たとえ大きくなかったとしても、より強烈である。というのは、彼は、他人の喜びを共有するからである。そして、全体のものであれ個別のものであれ幸せが増えれば、それは彼自身の幸せとなる。彼の他人に対する共感は、冷酷な者が感じることのない苦痛を彼にもたらす。それを解き放つことは、一種の好ましい放出である。彼はこのような悲しみに浸ることを好む。一種の好ましい苦痛、それは心を溶かし、最後には自己を肯定する喜び（a Self-approving Joy）となる。（Crane 二〇五に引用）

クレインはこれを「奇妙な快楽主義」とも呼んでいるが、こうした言説に代表される思想は、およそ一六六〇年頃から一七二五年頃までの期間、主にラティテューディナリアンの聖職者たちによってなされた「倫理学的かつ心理学的なプロパガンダ」がルーツだと主張している。そして、この考え方が、十八世紀研究における「常識」となった。

それに対してドナルド・グリーンは、この「常識」がまったく誤った説であることを、特に広教派に関する理解の不備から証明しようとする。要点は次のようになる。まず、クレインの挙げた最初の三つの項目というのが、それぞれ、一六六〇年以前からすでにいろいろなところで言われてきたことであるという点。そして、四つめの項目に関しても、国教会の聖職者たちは、独りよがりの自己満足のような形を取る報いのために、有徳な行為を実践すべきだと教えたことはまったくないとされる。要するに、クレインの四つの論点のうち、三つは十八世紀において特に新しいものではなく、また、四つめが仮にそうだとしても、国教会にその責任はないというわけである。

またさらに、グリーンによると、クレインが引用しているフォーダイスは聖職者ではなく、「世俗の道徳家」である。彼はアバディーンの知識人一族の出身で、一番有名な彼の兄ジェイムズは長老派（プレスビテリアン）の聖職者である。クレインが引用している『道徳哲学の要綱』という本は、タイトルからもすぐに分かるように、「道徳哲学」に分類すべき本である。つまり、このフォーダイスが我々を連れ戻してくれるのは、結局のところ、クレインの考えたラティテューディナリアンの聖職者ではなく、シャフツベリーや、おそらくはマンデヴィルなど、十八世紀初頭の世俗の道徳家の方になるのである。

このようなグリーン論文の後で、クレインの論文を「常識」として援用することは、かなり難しい。グリーンによると、ラティテューディナリアニズムとは、「教義」（creed）ではなく「気質」（temper）であり、この名で呼ばれる聖職者たちは、一六六二年以前には、国教会におけるピューリタン勢力とハイ・チャーチ勢力を仲介しようとした人たちを意味し、一六六二年以降は、国教会以外のプロテスタント（ノンコンフォーミスト）を国教会に呼び戻して、教会の再統合をはかろうとした人たちを意味する（Greene 一七六―七七）。クレインの言うラティテューディナリアニズムとは、要するに、その時代のプロテスタンティズム全般ということにすぎないことになる。（ただし、グリーンはこの論文で、広教派との関係を主張するクレインの説を反証することはしていても、それではいったい「感情の人」というタイプ、十八世紀の感受性あるいはセンチメンタリズムのルーツはどこに求められるのかという問に関しては答を明らかにせず、考察の対象から慎重に除外している。）

一方、このクレインとグリーンの論争に一つの決着をつけようとしたジョン・シェリフは、両者の主張は必ずしも矛盾しないと論じている。他にG・J・バーカー＝ベンフィールドも、これを支持し、ケンブリッジ・プラトニストとラティテューディナリアニズムに、十八世紀の感受性カルトの神学的源泉を見ている（Sheriff 一〇四―〇五：Barker-Benfield 六五―六七を参照）。

スターンのセンチメンタリズムを考える場合、このプロテスタンティズム全般、特にラティテューディナリアニズムは無視できない。というよりも、こちらの方が、より直接的な影響関係にあると言える。イングランド国教会の牧師としてのスターンは、その中道路線に連なる。アーサー・H・キャッシュやイアン・キャンベル・ロスによる定評のあるスターンの伝記を参照すると、スターンは、当時の国教会の中道路線をそのまま引き継いでおり、アンチ＝ローマン・カトリック、そして、アンチ＝メソディズムであったとされている（Cash, Ross, その他New, Parnell, Spellmanを参照）。

また、グリーンが言うように、ラティテューディナリアニズムが国教会以外のプロテスタントを再統合しようという動きでもあったとすると、その横に、リンダ・コリーが『ブリトンズ』のなかで図式化した、プロテスタントによる「イギリス」国家の統合の動きを置いてみることもできる。大きな枠組みとして、（アングリカン中心の）プロテスタントがあって、そのなかに諸派を統合する動きとしてのラティテューディナリアンがいる。これが、ローマン・カトリックあるいはフランスとの関係において、プロテスタント国家としての「ブリテン」をまとめ上げる原動力のひとつになったのではないか。さらにコリーは、プロテスタント国家のイギリスがカトリック国家のフランスより豊かであるという「自己満足」（complacency）を指摘しているが（Colley 三三）、これは「自己肯定的歓喜」と比較できる。この「自己満足」のナショナリズムを支える美意識としてセンチメンタリズムが機能する。

このような大きな枠組みからスターンの『センチメンタル・ジャーニー』における対フランス、対カトリックの態度を考える必要がある。カレーで出会った修道士との関係の意味もこの文脈で理解できるだろう。そして、この対立する異質なものとの出会いによって現れるのが、スターンのセンチメンタルなナショナリズムと言えるような、国教会の牧師としての感受性である。異質なものへの「共感」から「和解」へ至り、最終的に「天国」あるいは「自己肯定的な歓喜」につながる。これがスターンのセンチメンタリズムなのではないか。

4　調和への旅

次の引用は、そのようなスターンの「感受性の旅」のクライマックスと言ってもよい記述である。スターン流の「自己肯定的な歓喜」の例として、ヨリックは「感受性」に、次のように頓呼法（アポストロフィ）で呼びかける。

感受性よ（Dear sensibility）！　お前は私たちの喜びのなかにある貴重なもの、悲しみのなかにある高価なものすべてだが、尽きることなく湧き出る源なのだ！　お前は命を捧げる殉教者をわらの床につなぎ、――そしてその殉教者を〈天国〉に昇らせるのもお前であり、――私たち人間の感情が湧き出る永遠の泉なのだ（eternal fountain of our feelings）。――この天国へと私はお前を追い、――これこそ私のなかで働くお前の神性（divinity）であり、――何か悲しい気の重い時でも「私の魂は尻込みして破滅に恐れおののく」のではなく、――こんなのは大げさな言い方に過ぎない！――そうではなくて、私は自分自身を越えた何か豊かな喜びや大きな悩みを感じるのである。――そのすべてが偉大なお前から生まれたものである。――お前、この世の偉大な〈感覚中枢〉(SENSORIUM) よ! もし私たちの髪の毛一本が、お前の作り出した遙かな土地の砂漠で地面に落ちたとしても、お前はそれを感じて震えるのである。(一五五)

ここで、「感受性」が導いて連れていってくれるところは「天国」である。「感覚中枢」という言葉に引かれて、十八世紀の先駆的百科事典であり、同時代の科学的言説の宝庫でもある、チェンバーズの『サイクロペディア』を参照してもいいかも知れない。そこでは「感覚中枢」は、「コモン・センス中枢。感じやすい魂 (Soul) の最も近くにあると考えられる部分。すべての感覚器官から伸びた神経が交わる脳の部分」と説明されている (Chambers, "Sensory, or *Sensorium Commune*" の項目)。

スターンの「感受性」への呼びかけは、このような当時の科学的な言説だけでなく、より宗教的な要素が読みとれることにも注意すべきである。このパッセージに対するフロリダ版スターン全集の注釈は、スターンの以下の書簡を参照することを促している。

……私のセンチメンタル・ジャーニーを読んでもらえれば、あえて言わせてもらえば、私の感情 (feelings) が心 (the heart) からのものだということ、そしてその心は最悪の手本というわけではないことを確信してもらえるだろう。——感受性 (sensibility) のために、神よ、称えられよ! 心が私をみじめな気分にさせることもしばしばあるけれど、だからといって、最悪の好色家が感じるような快楽 (pleasures) とそれを交換するつもりなど、私にはないのだ。(Sterne, *Letters* 三九五—九六)

カルヴィニズムの「冷酷で専制的で厳格な暴君」(a hard-hearted, arbitrary cruel tyrant) としての「神」に対して、「慈悲深くて同情的な親」(a benevolent, sympathetic parent) としてのラティテューディナリアンの「神」(Barker-Benfield 六九) の存在がここから読み取れる。

『センチメンタル・ジャーニー』では、「感受性」に対する呼びかけに続いて、「恩恵」(The Grace) と題するセクションで、そこまでの一連のエピソードに帰結が訪れる。ヨリックへの「恩恵」は、ブールボンヌワ地方の異宗の農民からもたらされる。彼らのダンスを見たヨリックは、そこに「宗教」を感じるのである。

二度目のダンスの途中になってのことだが、彼らみんながちょっと動きをやめて空を仰ぎ見るような様子から、私はただの喜びの原因や結果であるものとは違う精神の高まりを見分けることができたと思った。――つまり、〈宗教〉(*Religion*) がその踊りのなかに混じっているのを見たと思ったのである――しかし、私は今まで宗教がそういう状況に置かれたのを見たことがなかったので、踊りが終わるとすぐに老人が話してくれなかったら、私を絶えず迷わせる想像力から出た幻影の一つと今でも思いこんでいたであろう。いつもこうやって踊るのです、夕食が終わると家族を呼び集めて踊りを楽しむのを生涯習慣にしてきました。喜びに浸って満足している心を持つことが、無学な百姓の神へ捧げることのできる最高の感謝と信じているものですから、と老人は言った。――

――それどころか、どんなに学のある偉いお坊さんでも同じことです、と私は言った。(一五九)

フロリダ版スターン全集のこの直前のパッセージへの注釈は、スターンの「放蕩息子」(prodigal son) についての説教における「愛情が優しく解き放たれたとき、歓喜 (Joy) が、宗教のもう一つの名前である」(Sterne, *Sermons* 一九〇) という一節との関連を指摘している。スターンのこのパッセージはさらにラティテューディナリアンを擁護するアングリカンであるジョン・ウィルキンズのエコーが読みとれるとされている。さらにエドワード・ヤングの説教からの「宗教的な人の歓喜（the Religious Man's Joy）は、それほど遠くにあるものではなく、手の届くところにあるものなので、いつでも感じ味わうことができるだろう」という一節も関係している（三七九）。そして、こうした注釈の行き着く先は、聖書『詩編』の「全地よ、主に向かって喜びの叫びをあげよ（Make the joyful noise unto the Lord, all ye lands）」（一〇〇：一）という一節であったりするのだが、しかし、ここで注目しておきたいのは、この「喜び」は明らかに「異宗」の踊りについて感じられていること、異宗の民を前にして受けた「恩恵」だということである。

タイトルからも分かるように、ヨリックはこの後、作者スターン自身の体験に従って、イタリアへも旅するはずだったが、スターンの死によって作品は未完に終わった。それでも、「感受性」への呼びかけから「恩恵」までのセクションを一つのクライマックスと考えると、作品の目指すものが浮かび上がる。それはすなわち、「感受性」に導かれた異質なものとの和解あるいは調和である。この背景にラティテューディナリアンの寛容を見ることもできる。作品冒頭の「こういうこと」は、議論あるいは対立から問題にされる「何か」だった。その「何か」の対立を和解や調和に持っていくことが『センチメンタル・ジャーニー』なのである。

最後に付け加えておきたいのは、この「恩恵」の前後にヨリックと女性との関係についての二つのタイプの異なるクライマックスが置かれていることである。ヨリックはこの「恩恵」のエピソードの直前にムーランに寄り道をして、『トリストラム・シャンディ』第九巻に登場していた女性マリアを訪ねる。「その正気を失った娘についてシャンディ氏の語った物語は、読んでいるうちに私をひどく感動させた」（一四九）というヨリックは、このマリアが木の下にいるのを見つけ、彼女の傍らに座る。

私は彼女の傍らに腰をおろした。そしてマリアは私がハンカチで彼女の涙をふくままにさせていた。――それから私は自分の涙でハンカチを濡らし――それから彼女の涙で濡らし――また私の涙で濡らし――それからまた彼女の涙をぬぐい――そして、そうしている間に、物質と運動（matter and motion）とのどんな組み合わせによってもけっして説明できないような、名状しがたい感動を心に覚えたのである。（一五一）

二人の反復される動作の描写に若干コミカルなニュアンスを漂わせながらも、ヨリックはこのとき「人間が魂（soul）を持っていることを確信」し、感情を「物質と運動の組み合わせ」によって理解しようとする「唯物論」に反対する（一五一）。このマリアと会った後に先ほど引用した「感受性」への呼びかけが続く。ヨリックが敵対する「唯物論」はそのなかで言及されていた「感覚中枢」と関連づけられ、「魂」の問題についてセンチメンタリズムと科学的言説の和解の可能性が示唆される。マリアについての挿話は『トリストラム・シャンディ』の後日談的なものではあるが、『センチメンタル・ジャーニー』おけるそれまでのヨリックと女性たちとの関係における心の動きについて総括する役割をしているのである。そして、この出来事の後に「恩恵」のクライマックスが来ることによって、男女間の対立にも調和をもたらせようという流れが読み取れる。

ただ、マリアから「恩恵」に至るところでうまくまとまって、作品が終わるわけではない。さらにその後、実際の作品の末尾には猥褻かつ滑稽なもう一つの結末が来る。リヨンを過ぎた後、いよいよイタリアも近づいたところで、風雨も強い夜のこと、ヨリックは道ばたの宿屋に泊まるのだが、その宿には部屋が一つしか残っていない。彼は、ピエモンテ生まれで三十歳くらいの婦人とリヨン生まれで二十歳の彼女の小間使いと同室することになる。ヨリックと婦人は夜中に間違いが起こらないように、ベッドの間をカーテンで仕切って、眠る場所から着衣、口をきかないこと等、いくつかの「条約」（treaty）を取り決める。男女の対立において、戦争関係にも似た条約の締結である。しかし、床についたはいいが夜中にヨリックと婦人の間で口論が勃発する。そして、次のような結末をむかえる。

――ところが小間使いは、私たちの間のやりとりを聞くと、これはそのうち喧嘩になりはしないかと心配して、そっと小部屋から出てきたが、真っ暗闇だったので、二人のベッドのすぐ近くまで忍びよってくると、ベッドの間の狭い場所に迷い込んでしまい、ついに彼女の主人と私の間に入って一列に並ぶ格好になっていた――

それで私が手を突き出すと、つかんでしまったのは小間使いの

第二巻終わり。(END OF VOL. II.)(一六五)

本文の末尾にピリオドがないのは意図的なものだろう。「小間使いの」の後には何が続くのか。ヨリックはそこで何をつかんだのか。一つの解釈は「小間使いの手」というもの。もう一つの解釈は、ピリオドのないこのセンテンスはそのまま最後の"END OF VOL. II"の"END"に続くとするもの。"VOL. II"の後にはピリオドが付いている。そうすると、小間使いの"END"とは彼女の身体のどこかということになるが、「手」ではなさそうだ。真面目な「恩恵」に対して、対立の結末をコミカルに描きながら、複数の解釈と書かれることのなかったイタリアに向けて開かれた、スターンらしいオチである。

注

(1) 以下、この作品からの引用は小林亨訳(朝日出版社、一九八四年)の字句を一部変更して使用する。

参考文献

Barker-Benfield, G. J. *The Culture of Sensibility: Sex and Society in Eighteenth-Century Britain.* Chicago: U of Chicago P, 1992.

Cash, Arthur H. *Laurence Sterne: The Later Years.* London: Routledge, 1992.

Chambers, Ephraim. *Cyclopaedia: or, an Universal Dictionary of Arts and Sciences.* 2 vols. London, 1728.

Colley, Linda. *Britons: Forging the Nation 1707–1837.* Revised edition. New Haven: Yale UP, 2014.（邦訳『イギリス国民の誕生』川北稔監訳、名古屋大学出版会、二〇〇〇年）

Crane, R. S. “Suggestions toward a Genealogy of the ‘Man of Feeling.’” *ELH* 1 (1934): 205–30.

Greene, Donald. “Latitudinarianism and Sensibility: The Genealogy of the ‘Man of Feeling’ Reconsidered.” *Modern Philology* 75 (1977): 159–83.

Johnson, Samuel. *A Dictionary of the English Language.* 2 vols. London, 1755.

Keymer, Thomas. “Sentimental fiction: ethics, social critique and philanthropy.” *The Cambridge History of English Literature, 1660–1780.* Ed. John Richetti. Cambridge: Cambridge UP, 2005. 572–601.

New, Melvyn. “The Odd Couple: Laurence Sterne and John Norris of Bemerton.” *Philological Quarterly* 75 (1996): 361–85.

Parnell, Tim. “A Story Painted to the Heart?: *Tristram Shandy* and Sentimentalism Reconsidered.” *The Shandean* 9 (1997): 122–35.

Ross, Ian Campbell. *Laurence Sterne: A Life.* Oxford: Oxford UP, 2001.

Sheriff, John K. *The Good-Natured Man: The Evolution of a Moral Ideal, 1660–1800.* University, Ala.: U of Alabama P, 1982.

Spellman, W. M. *The Latitudinarians and the Church of England, 1660–1700.* Athens: U of Georgia P, 1993.

Sterne, Laurence. *A Sentimental Journey through France and Italy and Continuation of the Bramine's Journal: The Text and Notes.* Eds. Melvyn New and W. G. Day. The Florida Edition of the Works of Laurence Sterne, Vol.6. Gainesville: UP of Florida, 2002.

———. *Letters of Laurence Sterne.* Ed. Lewis Perry Curtis. Oxford: Clarendon, 1935.

———. *The Sermons of Laurence Sterne: The Text.* Ed. Melvyn New. The Florida Edition of the Works of Laurence Sterne, Vol.4. Gainesville: UP of Florida, 1996.

Wesley, John. *The Journal of John Wesley: A Selection.* Ed. Elisabeth Jay. Oxford: Oxford UP, 1987.

第6章　恋する闘病記、『イライザへの日記』
――病んだ身体とエロス化される医療

木戸好信

1　はじめに

『イライザへの日記』はローレンス・スターンが東インド会社の役人ダニエル・ドレイパーの夫人エリザベス、すなわちイライザにむけて一七六七年四月から十一月の間に書いた愛の手紙であり日記である。彼らは知り合いになって以来三カ月ほど交際を続けていたが、単身インドに滞在する夫から戻ってくるように指示された際、互いに日記を付け再会の日にそれを見せ合う約束をした。スターンは妻エリザベスと娘リディアを三年前から南仏モンペリエに残した別居状態であったが離婚はしておらず、すなわち、共に伴侶を持つ同士のいわゆるW不倫の恋であった。当時五十四歳のスターンは最終巻となった『トリストラム・シャンディ』の第九巻を出版し、作家としての名声も不動のものとなっていた。不倫の恋であり老いらくの恋であり、加えてイライザは当時二十二歳、スターンとは三十以上の年齢差の恋でもあった。娘リディアとほとんど年齢のかわらない人妻を相手に、そこに娘の面影を見たなどというきれいごとでは済まされない卑猥さがひそんでいるのは間違いない。

以上が『イライザへの日記』の執筆背景だが、次に問題となるのが、この日記が文学作品であるのか、あるいは単に老作家の晩年の性欲を綴ったものであるのか、ということだ。『イライザへの日記』に付したスターン自身の前書きが事態をより複雑にしている。

　この日記は、男性はヨリック、女性はドレイパーという仮名の下に書かれているが――更に時にはブラーミンとブラミーヌ――これは出会いに恋焦がれた相手の女性から引き裂かれたひとりの男の、惨めな想いを書き綴った日記である――

　二人の本当の名は――外国人のものであり――内容はS―s氏の所有にかかるフランス語の草稿からの写しであるが――実際には当事者二人の名を伏せて書かれている――この日記に対応する女性の日記がある――それは、彼女に毎日どんな出来事が起こったか――彼女の憧れの主と別れている間に、どんな感情が彼女の心に去来したかを物語るものであり――一読に値するものである――訳者は、ヨリックのものにはあまり賛辞を呈する者ではない――これは正直さと真実性のほかにはほとんど価値がないように思えるからである。[1]――

この前書きと、さらには、出版を意図されたかのように全体にわたって抹消や行間書き込みなどの推敲の跡がおびただしくある原稿の状態からも『イライザへの日記』が出版を意図した文学作品であると捉えることは妥当であろう。しかし、その反対の解釈も可能である。例えば、フランス語の草稿の写しから翻訳された異国の恋人たちの日記であるという前書きであるが、この恋文を書いているのが、あの怪物的テクスト『トリストラム・シャンディ』を書き一躍時代の寵児となった作家であるということを忘れてはいけない。事実、イライザへもこの小説をプレゼントしている老獪な作家スターンが手の込んだ構成を持った恋文をしたためたとしてもなんら不思議なことではないだろう。また、日記の全体に抹消や行間書き込みなどの推敲の跡があるという事実であるが、ただこれをもって出版を意図していると判断するのは、この日記が愛する人への恋文であるということを失念しているに違いない。あるいは、自ら愛する人にラブレターなど書いたことのない人なのかもしれない。はたしてラブレターを推敲なしの一発で書き上げた恋する者などいまだかつて存在したことがあるのだろうか。このおびただしい書き直しの跡こそ、不在の恋人に自らの情熱をぶつけようとするその苦悶の跡であり、まさにこの日記が恋する者のラブレターの下書きであることのなによりの証左である、と解釈することもできるのではないか。むしろ重要なのは、このテクストが出版を意図されていたか、あるいは純粋に思いのたけを綴ったものなのかといったことではない。ただひとつ間違いないのは、『イライザへの日記』というテクストを構成しているのは首尾一貫して「文学」であり、そこには結核やメランコリー、狂気や痛みや梅毒に関する新しい態度、すなわち、病んだ身体やエロス化される医療といったスターンの創作原理のエッセンスが凝縮されているという事実である。

2 恋・結核・痛み

スターンのテクストには結核[2]が色濃く影を落としている。例えば『トリストラム・シャンディ』において、語り手トリストラムはフランダースで風に逆らってスケートした時に取り付かれた喘息のせいで今ではほとんど息を吸い込むことができなくなったことを語り（一巻五章、八巻六章）、ヨリックについては、「肺病で体が弱りつつある」状態で、その彼の馬についても、「息切れのする馬」であると述べている（一巻十章）。さらには、父ウォルター・シャンディが「癆咳気味」で「激しい咳の発作で呼吸困難」を起こすことについても抜かりなく言及していた（三巻二十四章）。そしてなによりも、『イライザへの日記』ではスターンは自らの結核の症状についてより詳細に報告することになる。

『イライザへの日記』は恋愛対象であるブラミーヌことイライザの不在のせいで恋愛主体たるブラーミンことヨリックが襲われる心神沮喪とその過剰なまでの惑溺振りがひたすら綴られている。いつもあなたのことを思っていること、あなたとともに過ごした日々のことを思い出すこと、あなたがいないと食欲も出ないこと、あなたからの連絡を待っていること、あなたに早く再会したいこと、要するに、私はあなたのことを愛しています、といったセンチメンタルな女性思慕の情が様々に変奏されてはいるものの、ただただ一方的に自らの思いを自慰的に排出するその表現は内容とレトリックの点からすればあまりにも凡庸な恋文だ。しかし、忘れてはならないのは、『イライザへの日記』がセンチメンタルな女性思慕の日記であると同時に死を間近にひかえたスターン自身の日々の記録ともなっていることであり、本テクストの独自性が遺憾なく発揮されるのもまさにこの闘病記としての側面であるということだ。実際、各日記の冒頭はほとんどの場合イライザへの病状報告から始まっている。そこではスターンの症状が恋によるものか結核によるものか区別することは不可能だ。むしろここまで執拗に自らの衰弱と体調不良を愛する人に報告する行為は、それ自体が一方的な愛の言葉となる。つまり、身体の具合が酷ければ酷いほどイライザへの愛がより深いことを証明するかのように。

この結核と恋煩いの合併症を診察するために我々がまず考慮すべきはロマンティシズムとの関係である。自然や風景、あるいは感情の表現におけるロマン主義者としてのスターンについての様々な側面はこれまでにも指摘されてきた。[3]しかしながら、ここでスターンとの関係において先ず注目したいのはロマン主義の芸術家たちの病に対する新しい態度、特に結核に対する態度である。十八世紀中頃までに結核は既にロマンティックな連想を獲得していた（Sontag 二六）。[4]つまり、肺病患者の過酷な闘病生活とは裏腹に、ヨーロッパでは結核にまつわる佳人薄命説や肺病天才説といった甘美なイメージがこの病に与えられ人口に膾炙していたのだ。もちろんこのような肺病のロマン化に十八世紀の医学的言説が貢献したことはいうまでもなく、中でも細菌学などまだ存在しなかった当時、多くの医者が肺病の原因として欲求不満や恋煩いや情熱の過多をその診断書に書き込んだことが結核のロマン化に加担したのは間違いないだろう。このような病のイメージ形成に拍車をかけたのはロマン派の詩人が実際結核によって斃（たお）れたことだ。それればかりか、彼らは死を美化するためにこの結核をめぐるファンタジーを積極的に利用した。だからこそ、結核に病んだシェリーは同じ病のキーツに、「この肺病というやつは、君のようにすばらしい詩を書く人間を特に好むのだ」と書き、バイロンは自らの蒼白い顔を鏡で覗き込みながら、「わたしは肺病で死にたい」と呟いたのだ（Sontag 三二―三、Dubos 五八）。かくして、結核こそ上品かつ繊細で、感受性の細やかなことの指標となり、感受性があると思いたい者はむしろこぞって結核になりたがるようになったのだ。

この感受性のあることの指標となった肺病の症状はなによりも皮膚や顔に顕れると理解されていた。肺病患者特有の症状である蒼白の顔色と透き通った肌は古代からの美しい女性の白さやひ弱さに対する憧れを反映し、美のイメージを喚起するばかりか、結核によるこれらの症状に精神の浄化や存在の神聖化の願望さえ投影されるようになったのだ。事実、イライザと再会する頃には「エーテル状の存在」に「昇華」していると述べる結核患者スターンは、自らを「わたしは何時でも透明で透かして見るのは簡単な人間です」と描写するばかりか、同じく「昇華」したイライザとの「霊的交わり」を夢想する（四月二十六日）。また別の箇所では、自身の顔色を「お産をした後の女性のように、蒼白く透き通った顔色です」（六月十九日）と述べ、優れた感受性の象徴である結核の容貌を自らに刻印するばかりか、「出産」について言及することによって肺病と創造性との関係をも召喚するのだ。

ロマン主義の芸術家たちは結核のロマン化に与しただけでなく「痛み」という個人的経験をも創造的に利用した。例えばキーツの作品では、美は恋する者を痛々しい喜びで満たし、情熱の苦悶において愛と死が一体化したロマン派的な至高の愛の死が表現されるのだが（Morris 二〇八）[5]、この「痛み」、「美」、「愛」、「死」の結びつき、言わば、痛みのロマン化とも言うべきものはそのまま『イライザへの日記』におけるスターンにもあてはまる。ロマン派と同じくスターンにおいても痛みとは病に付随する単なる負の要因ではなく自らの人生の本質でありかつ不可欠の存在であった。死の直前、とある女性への手紙に「わたしは病気です、――とてもひどい病気です――しかしわたしは自分の存在を強烈に感じています」（Curtis 四一六）と記したスターンは、『イライザへの日記』においては「わたしの苦痛を止めるということは、別の言い方をすれば、わたしの息の根を止めると言うことです」（四月二十四日）とまで断言する。必ずしもロマン派の詩人たちと同じように結核のロマン化に直接的に与したわけではないにしろ、スターンが結核やそれに伴う痛みに特別な意味を賦与したことは確かであり、そこにロマンティシズムの萌芽を看取することは不可能ではないだろう。

3　メランコリー・狂気・神経

スターンのテクストの主要登場人物たちのほとんどが結核ばかりかメランコリーの虜となっている。「あたまのてっぺんから足の爪先まで感受性そのもの」（九巻一章）のウォルターは、息子のしこみ、出産、名づけとことごとく失敗したせいで、「顔のしわ一つ一つに動かしようのない悲嘆が刻み込まれ」（三巻二十九章）、溜息ばかりつくメランコリーな日々を送っている。しかもウォルターは「癇癪持ち」（二巻十二章）で、特にひどい時は「なぜ自分は生まれてきたのか」とか「死んでしまいたい」（五巻十三章）などと口走る癖がある。トリストラムはといえば、その名前の語源からして既にメランコリーを喚起させるため（"tristis"は「もの憂い」の意）に、父ウォルターは、「ああその憂鬱な名前のひびき！」（一巻十九章）と嘆かずにはいられない。それどころか、トリストラムはまだ「精子の小人（ホムンクルス）」として母胎の中にいる時から、かき乱された動物精気のせいで「悲しい神経錯乱の状態」のまま、「突然の発作や一連のメランコリーな夢や妄想」（一巻二章）に苛まれていたではないか。

『イライザへの日記』においては結核の症状が恋の病の症状にそして恋の病が結核の症状のようにメランコリーに表現されていたがこれは単なる比喩的な一致ではない。結核と恋の病は共に当時の医学的言説ではメランコリーに密接に関連付けられていたのだ。例えば、ギデオン・ハーヴェイは『英国の病』（一六六六年）で黒胆汁（憂鬱）と黄胆汁（癇癪）が結核の唯一の原因だと述べ（Sontag 五四）、また肺に散見される結節に関する報告をしたシルヴィウスは『医学論集』（一六七九年）において、心の悩み、とりわけ悲嘆が肺病の原因であると説き（福田 一六八）、そしてリチャード・モートンは『肺癆学（はいろう）』（一六八九年、英訳一七二〇年）で、「患者は心労や憂鬱やあらゆる悩みをできるだけ避け、明るい気分でいるように努めること」（Dubos 一四一）と強調したように、多くの医者が肺病の原因のひとつとして指摘するのがこのメランコリーであったのだ。

スターンの愛読書であったロバート・バートンの『憂鬱の解剖』（一六二一年）ではメランコリーの最も典型的な形態であるラブ・メランコリーの症状、予後（プログノーシス）、治療について多くの紙幅が割かれている。博覧強記のバートンはその治療法について、仕事に打ち込む、食事、薬剤、絶食によるもの、あるいは、刺激の回避、住居の移転、新しい相手をあてがって今までの相手をくさすこと、男女の汚さ、結婚の惨めさ、情欲の末路を説いて諭す、果ては魔術に至るまで実に様々なものを列挙している。そしてこういった治療によって効果が得られない場合、「ラブ・メランコリーの最後のそして最善の治療は患者の欲望を満たしてやることだ」（Part. 3.

Sect. 2. Memb. 5. Subs. 5）というアヴィセンナ以来の王道の治療法を処方するのだ。

欲求不満あるいは抑圧の病気としてのラブ・メランコリーのこの治療法は結核にも有効とみなされるであろう。というのも、結核もまた欲求不満と抑圧の病気であり、それゆえに、たびたび結核患者にはセックスが良薬とされまたその治療法として恋愛が奨励されたのだ。『イライザへの日記』において、「あなたの許へ飛んで行って、一カ月でも医者として付き添ってあげたい」（六月一日）と自らをイライザの主治医と位置づけ、さらには「あなたに処方を作ってあげたい」（六月三日）と述べるヨリックことスターンは、自らの病の原因とその治療については次のように見立てをしていた。

イライザがいないこと、その一つのことへの執着で発熱しました——しばらく予知していた結果ですが——それを癒す冷静な判断を十分持ち合わせていませんでした——友人たちを安心させるのに医者を呼びました——ああ！　本当に！　ただひとりの医者で、わたしの生命を助ける薬を持っているのは——イライザだけです——　（四月二十一日）

ヨリックの病の原因、すなわち毒であると同時にその病を治す薬でもあるファルマコン（pharmakon はギリシャ語源の用語で、「毒」と「薬」の両義を持つ）としてのイライザ。ここでスターンが表明しているのは結核の原因としてのラブ・メランコリーとこの欲求不満あるいは抑圧の病気に対するバートン的治療法に他ならない。

メランコリーは「スプリーン」、「ヴァプール」、「ヒポコンドリー」、「ヒステリー」と様々な病名で呼ばれていた。もちろん「ヒポコンドリー」は男性が、「ヒステリー」は女性が罹るといったように医師によって区別される場合もあるが大筋の性質については同一のものと言っていいだろう。またこれらの病名の名残がそれぞれ示すようにこれまでメランコリーという病の座は、脾臓、胃、子宮に置かれ、さらに、その病気を生じさせるシステムはと言えば、ヒポクラテス以来の四体液のバランス、体内を動き回る子宮、デカルト流の動物精気と化学的蒸留器、心臓を中心とした血液の循環といったものに基づいて説明されてきた。しかし十八世紀以降、リチャード・ブラックモア、ニコラス・ロビンソン、ジョージ・チェイニー、ロバート・ホワイトといった医者たちの著作を通し、様々な名前で呼ばれたメランコリーの原因として、なににも増して「神経」というものが断然重要性を帯びてきた。当時、流行の温泉保養地バースの医師であったジェイムズ・マキトリック・アデーアはホワイトの著作が出版されてからは、それまで自分たちに神経があるとは考えてもみなかった上流社会の患者たちへの病名の説明として「マダム、あなたは神経がやられていますよ」と言うだけですべて事足り、それ以来「スプリーン、ヴァプール、ヒポコンドリーといった言葉は忘れ去られた」といささか誇張気味に述べている（Rousseau, "A Strange Pathology" 一六六）。

神経、そしてこれに付随する、振動、繊維、感覚中枢から構成される身体モデルはスターンのテクストにも隅々まで張り巡らされており、またこれまでにも既に多くの研究者たちに論じられてきているのでここで繰り返す必要はないだろう。[6] むしろここで我々が注目したいのはメランコリーと神経の周辺に紡ぎだされる社会的幻想の方である。すなわち神経が不調だと訴えればそれは繊細な感性を誇示しているだけでなく、地位の高さを示し、しかも病気になるような繊細な神経を持つ者は鋭敏な感覚と活発な頭脳に恵まれていると考えられた。[7] ここですぐに気づくのは、結核が優れた感受性の指標であるとみなされたのとまったく同じファンタジーが、神経とメランコリーをめぐる医学的言説においても繰り返されていることである。『トリストラム・シャンディ』と『センチメンタル・ジャーニー』の両方で語られる狂女マリアのエピソードでもこれら二つの幻想が見事に融合されている。

まず注目すべきは、スターンが描くマリアの狂気はヒステリックな発作や白痴的な行動とは無縁の物静かで知性を秘めたものであることだ。神経が剝きだしの状態で、全身が感受性そのものとなったマリアの容姿に関しては、肺病独特の症状が女性の蒼白さやひ弱さに対する憧れを反映して美のイメージを喚起したのと同じレトリックを使い、この上なく美しく、男性の眼が女性に求めるあらゆるものが全て備わっていた、と理想化してスターンは描写するのだ。そこには単なる憐憫の情や共感だけではなく、狂女マリアに性的欲望の対象たる魅力を感じているのは明らかであろう。しかも、『イライザへの日記』の愛しの病人イライザの名前を突然持ち出し、そのイメージをマリアと巧みに重ね合わせている。実人生において、スターンは結核を病んでいる女性に惹かれる傾向があったことをキャッシュは報告していたが（Cash, *Later Years* 一八三）、イライザと同じくマリアもまたスターン好みの「肺病質の女性」の一人として描かれているのだ。そしてマリアの狂気の原因も、失恋した若い女がメランコリーの虜となり狂気に至るというその典型的なものとして説明されている。

　トリストラムはマリアとの出会いを、「もし私がしん底からの心の痛みを強烈に感じたことがあるとすれば、それはこの、マリアを見た瞬間でした」（九巻二十四章）と述べ、自らの共感による心痛を告白していた。言うまでもなく「共感」は十八世紀の哲学者や文学者ばかりか当時の医者や生理学者たちをも完全に虜にした概念である。もちろん、十八世紀に共感という概念がこれほど共感を持って受け入れられたのは、商業と徳の両立を目指す道徳哲学が、新興特権階級と伝統的特権階級の利害関係の一致により形成された「感性の共同体」のイデオロギーを代弁していたからであるが（Eagleton 三二）、さらに再確認すべきは、肉体は基本的にお互いの痛みを分かち合うように要求しているというこの共感という概念が、こと脳と神経が特権化した当時の医学的言説によって強化されていたことだ[8]。すなわち、想像力は人間の神経構造を通して働くものであること、そしてこの想像力こそが共感という感覚を他者の中に生じさせて個々人の間で感じ取られる感情の鎖で人々を結びつけ心痛を作り出すのだと考えられたのだ（Morris 二〇七）。また、『センチメンタル・ジャーニー』では共感の働きに捕らえられたヨリックはマリアのもとを去った後も彼女を忘れることができずに、「感受性」と「世界の偉大なる感覚中枢」（二五五）に呼びかけていたが、『イライザへの日記』ではこの共感による心痛が極限まで前景化される。スターンは「わたしの親しい友よ、信じてください――わたしのいとしいブラミーヌよ、三、四日でわたしを殺すのには何の道具もいりません、ただ、今のわたしのようにあなたが苦しんでいるという確信だけで事足ります」（四月二十五日）と述べ、共感の作用によってイライザの病苦を分かち合うどころか、その感染力が自らを死に至らしめるほどのものであること示すのだ。かくして、共感というものが人間という動物の生理学的、神経学的構造に根ざしていること、さらにはこの概念が持つ感染力を考慮するならば、この共感というものが実は結核やメランコリーと同じく十八世紀の流行病の一種であったことが理解できるのではないだろうか。

4　瀉血・マッサージ・梅毒

『トリストラム・シャンディ』や『センチメンタル・ジャーニー』では人間も動物も実に様々な病に侵されている。その目録にはスターンの生涯の宿痾であった結核はもちろんのこと、喘息、風邪、消化不良、食欲不振、胆汁過多症の下痢、座骨神経痛、鼠鶏部や膝の損傷、水腫、関節硬直症、瘭疽（ひょうそ）、尿通困難、さらには、憂鬱症、ヒステリーといった神経障害が含まれている。またこういった病気や怪我に対する治療として、食事療法、乗馬療法、水療法、睡眠療法、罨法、浣腸、鼻の整形などについて頻繁に言及されている。

同様に、恋文でありかつ闘病記である『イライザへの日記』においても、スターンは自らの病状だけでなくその治療についてより詳細に記述している。言うまでもなく、医学の本分は治療行為にある。病状や体調の詳細だけでなく、瀉血はもちろんのこと、「ジェイムズの散薬」、「ヴァン・スウィーテン水銀療法」といったように、自分が今どのような治療を受けているのかをスターンはイライザに具体的に報告している。もちろんどれも治療効果はあがらない。偽医者、藪医者の暗躍した時代、いやそもそも正規の医者と偽医者、藪医者の区別さえ曖昧であり、ましてやその治療行為においてはインチキさに違いがないとなればいたしかたない。自ら医学知識が豊富なスターン自身もこれら医者たちの見立てと治療に不信感を表明することを躊躇わない。むしろ先にも見たように、「ただひとりの医者で、わたしの生命を助ける薬を持っているのは――イライザだけです」（四月二十一日）と述べ、そして、女医イライザの患者となったスターンは、「あなたの許へ飛んで行って、一カ月でも医者として付き添ってあげたい」（六月一日）と、今度はイライザの主治医たろうとし、さらには、「あなたに処方を作ってあげたい」（六月三日）とまで主張していた。イライザはスターンの医者に、そしてスターンはイライザの医者になるといったように、互いに看護と医療を贈与しあうことを夢想する。かくして恋人同士の睦言が医者と患者の間で交わされるレトリックによって表現されるのだが、忘れてはならないのは、幼少期の遊びから成人の恋人同士の戯事に至るまでの全てのいわゆる〈お医者さんごっこ〉に含まれるそのエロティックな性質だ。まさにそこで表現されるのは医療行為のエロス化とも言うべきものである。

この例の一つとして『センチメンタル・ジャーニー』において店内でヨリックが女店主の脈をとるエロティックなエピソード（七四―五）を思い出してみてもいいだろう。そこではヨリックが実際にこの女店主の脈搏をとる場面が艶かしくしかも詳細に描写されていたが、『イライザへの日記』においては、今度は瀉血という医療行為もまたエロス化されているのだ。先に引用した四月二十一日の日記の続きには次のような記述がある。

美しいベギンの尼僧がトリム伍長の頭に浮かんだ時、彼が安らかな夜を過ごせなかった話を書いたのは、一つの予言でした――というのは、わたしたちが別れて以来、毎夜それに殆んどいつもわたしがまどろむ度毎に、同じものが頭に描かれるのです――いとしのイライザよ、わたしの身体は非常に悪く、あなたの為に非常に悪いのです――でもわたしの大きな愛情の証拠を見せることはできます。わが身に残っているものを静める為に十二オンスの瀉血をしました――これは空しい試みなのです、――医者はこれが分かっていませんが、イライザにだけ分かってもらえばわたしは本望です。

イライザへの悶々とした思いを静める為の瀉血、まさにここでは血液が精液の代替であるかのように扱われている。(9) 以上の読みを裏付けしているのは、スターンが『トリストラム・シャンディ』の美しいベギンの尼僧とトリムの恋愛エピソードに抜かりなく言及し、しかもそれが「予言」によるものだと断言していることだ。このエピソードは戦闘で膝に傷を負ったトリムがベギンの尼僧から入念なマッサージによる看護を受けるというものであるが、ここにも医療行為がエロス化するその典型を看取することができる。ベギンの尼僧は相手を焦らすかのように、最初は人差し指だけで、そして次第に二本、三本、四本と進み、ついにはその真っ白で糯子のようなやわらかな手全体を使ってトリムの患部をマッサージする。トリムはこの時のことを次のように回想する。

その人がさすればさするほど、その手の動く幅が広くなれば広くなるほど――私の血管の中にはいよいよ火が燃えました――そして最後に、二、三回特にその幅が広がったと思った時――私の情熱は最高潮まで高まって――私は彼女の手を握りました――（八巻二十二章）

かくして、ベギンの尼僧のラブマッサージによって「絶頂」を迎えるこのトリムのエピソードへの言及によって、瀉血と射精が巧妙に関連付けられていることが理解できるだろう。さらには、この闘病記たる愛の日記を書き続けること自体が治療であり、「わたしは以前のように食べたり眠ったり、どのようなことでも楽しんだりできません――書くこと以外は」（四月二十六日）と告白するスターンにとって、そのペンを持つという行為もひとり孤独にペニスを握り締める行為に変わるのだ。[10] つまり「ペンを取り上げると、わたしの脈搏は高まり――わたしの蒼白い顔はほてり――イライザという名前を綴ると目に涙がたまり、紙の上にこぼれ落ちそうになります」（四月二十五日）とスターンが記す時、この紙の上にまき散らしそうになったのは涙だけではないだろう。

スターンのテクストにおいて、血液が精液の代替となり瀉血という医療行為がエロス化していること、さらにはペンとペニス、書くことと自慰行為の相同性を確認したが、『イライザへの日記』にはこれよりもさらに直接的に過剰な性的欲望を示す病である梅毒とその水銀治療についての記述がある。

――そこで今わたしにこの項の一番下までペンを走らせる力と気力とがあれば、わたしたちの家族の一人に起こった最も気まぐれで、おかしい程悲惨な話をお話しするのですが――シャンディの鼻――これが彼の名前で――これには彼の「上下開きの窓の話」など比べものになりません。少なくともあなたを楽しませるのに役立つでしょう。ジェイムズの散薬で風邪を引きましたが、それは本当にひどいものでした――人間の身体に起こり得る最も苦しい危険なものでした――そのあわやという時に、有能な外科医ともう一人有能な内科医（二人ともわたしの親友）を呼んで、わたしの苦痛を診断してもらいました――これは××の症状だ、とその二人の科学研究者たる親友たちは叫びました――馬鹿な、すくなくともこれはそんなものじゃない、とわたしは答えました――というのは、わたしは性的な交渉などここのところ全然していないからです――妻とさえもここ十五年していないよ、とわたしは付け加えて言いました――でも君はそうなんだよ、とその外科医は言うのです、でなければこのような症状は全く有り得ないもの——なんてことを言うんだ畜生め、女性とつき合ったこともないんだぞ、とわたしは言いました——理由は分からないが、とにかく水銀剤の治療を受けなければいけない、と医者は言います。(四月二十四日)

ここで、自ら医者を任じるスターンは自分に梅毒の診断をくだす医者の見立てを誤診だとして反論している。梅毒は恐ろしいだけでなく、品格を貶める病気と考えられていたことを考慮すれば汚名を着せられることに反発するのは当然の行動と言えるのだが、スターンが異議を唱えているのは梅毒そのものではなくその感染の原因であることに注目しよう。確かに、医学だけでなく道徳の範疇に大いに関係する梅毒は醜くおぞましい病気であることに違いはなく、中でも梅毒患者の破壊された鼻は人々を戦慄させたことだろう。当時の一般的な見解では欠けた鼻は社会的失敗の最も見えやすい記号であるばかりか、その人間が病んでいること、すなわち、感染した人間が生殖することが不可能であること、あるいは可能であったとしても本質的に有害であることを表象し、さらに、先天性梅毒の場合には両親の隠された性の汚染が子供の身体に畸形として書き込まれることを意味した(Gilman, *Health* 六八—九)。同じ箇所で「シャンディの鼻」について言及されているが、このトリストラムの潰れた鼻を見れば当時の読者はそれが彼の病気の目に見える記号としてすぐに理解できたことだろう。すなわち、その欠けた鼻によって出生と同時に彼の顔に刻印されているのはまさに梅毒のしるしに他ならない。

しかし注意しなければならないのはスターンの梅毒に対する態度が一貫して肯定的なものであるということだ。例えば引用では、体調不良の原因である結核(及び恋煩い)の治療として服用した「ジェイムズの散薬」のせいで風邪をひき、さらには診断の結果、医者に梅毒を宣告される経緯が述べられているのだが、注目すべきは、ここでは梅毒がロマンティックなイメージが常に付与されてきた結核という病に巧妙に関係付けられていることだ。

すなわち、性的過剰を示すことはあっても決してエロス化されることのない梅毒という病が、結核に通じる官能的な病の一つとして捉えられており、だからこそスターンはイライザに対しシャンディの鼻は「あなたを楽しませるのに役立つでしょう」と露出症的なまでに無邪気なのだ。

しかも、トリストラムの鼻の再建方法についてはスザナーのコルセットから取り出した鯨の骨で人工の鼻を作成することが提案され（三巻二十七章）、あるいは、『トリストラム・シャンディ』第四巻冒頭「スラウケンベルギウスの鼻物語」で付け鼻が町の女たちの張形（ディルド）として機能していたということからも分かるように、スターンにとって梅毒及びその表出である欠けた鼻や畸形の鼻は、社会的な去勢や汚染された性と生殖、エロスの欠如といったものを象徴するものではない。それは結核という病と同様に官能的なものを招喚するばかりではなく、さらには、「シャンディの鼻」や「スラウケンベルギウスの鼻物語」といった畸形の鼻にまつわる一連のエピソードを中心に『トリストラム・シャンディ』というテクストが饒舌なまでに増殖していくという事実に鑑みれば、まさに生殖の不可能性どころか多産性と創造性の表出でありスターンの創作原理の原動力であることは明らかだろう。

5　おわりに

スターンのテクストは身体に取り憑かれている。しかも、事故や戦争によって破損、負傷した身体、結核や梅毒によって汚染された身体、そして、生殖・出産・恋する身体、といった病んだ身体に[11]。五体満足で心身ともに健康である時、我々は自らの身体をことさら意識することはない。しかし、情念や共感の作用によって心臓の鼓動が高ぶり血管が激しく脈打つ時、あるいは怪我や病気で苦痛に身悶える時、性交・生理・妊娠・出産、さらには、恋に身を焦がす時、この身体という物理的存在を痛烈に意識することになるだろう。この病んだ身体への強迫観念は彼のテクストだけに限ったことではなく、生まれつき病弱な上に当時は不治の病であった結核に苦しみ幾度となく喀血を繰り返した作家スターン自身の強迫観念でもあった。スターンという作家は自らのテクストの登場人物の一人となり、一方トリストラムやヨリックといった登場人物たちは作家になるというように、スターンとテクストの関係においては、まさに現実がフィクション化しフィクションが現実化するのだ。これは単にスターンのテクストを実人生に還元したり、またその逆のことを意味しているのではない。我々に求められたのは、スターンという一人の作家であり患者（時に医者）が紡ぎ出すテクストに対する批評的（クリティカル）かつ臨床的（クリニカル）な眼差し、すなわち、スターンが語る疾病と治療を当時の医学的言説に照合しながら再構築するとともに、スターンの視点から医学的言説を再構築することであった。そこで我々が観察したのは宿痾である結核に苦しめられる一方でこの結核という病に魅了され続けたスターンの姿であった。また、メランコリーや狂気に対する態度が結核をめぐる幻想と同じ構造であること、さらには、瀉血やマッサージといった医療行為がエロス化する瞬間も垣間見た。そこでは梅毒や整形された鼻といった通例では決してエロス化しえないおぞましい病さえも能動的に捉えられていた。かくして、スターンのテクストに書き込まれた、そしてスターンの身体に書き込まれた病の意味を探究する者にとって、さらには、「文学」と「医学」、「虚構」と「現実」の臨界点を見極めその強度を測ろうとする者にとって、恋する闘病記である『イライザへの日記』は決して避けては通ることのできないテクストであり続けるだろう。

注

（1）スターンからの引用は特に断りのない限り *The Florida Edition of the Works of Laurence Sterne* を使用している。どの作品からの引用であるかを明確にするために『トリストラム・シャンディ』は巻号と章番号を、『センチメンタル・

ジャーニー』は頁数を、『イライザへの日記』は日付を本文中に明記する。尚、『トリストラム・シャンディ』及び『イライザへの日記』からの日本語での引用は朱牟田夏雄訳及び小林亨訳をそれぞれ用いたが、一部変更した箇所もある。

（2）結核菌によって引き起こされるすべての病気に対して用いられる"tuberculosis"という語が使用されるようになるのは医学の進歩した十九世紀になってからである。それまで最も広く使用されたのは"consumption"である。しかし、この"consumption"という病名はあくまで包括的な用語であり結核以外の身体を消耗させる病気に対しても用いられていたということにも留意しなければならない。

（3）ロマン主義とスターンについてはRead, *The Tenth Muse* 一六二―七一及び *The Country Experience* 三二三―三二、Conrad 一五四―八五、坂本武『ローレンス・スターン論集――創作原理としての感情――』第十章「〈自然〉の表象論」を参照のこと。

（4）結核のロマン化についてはSontagの他にDubos 四四―六六、Dormandy 八五―一〇〇、福田、Lawlor, *Consumption and Literatur* も参照のこと。またLawlorは"Consuming Time: Narrative and Disease in *Tristram Shandy*"の中で、結核というものが『トリストラム・シャンディ』の構成原理であること、すなわちスターンの語りのリズムが結核という"accidental"で"traumatic"な病の性質によって規定されていると指摘している。

（5）ロマン派における苦痛と快楽および美と死の融合についてはMorrisの他にMario Prazも参照のこと。

（6）Lamb, Dussinger, Saitoを参照のこと。

（7）メランコリー（あるいは狂気）と天才の創造力とのつながりは神経の時代に始まったものではない。例えば、アリストテレスの『問題集』953a10の箇所である。「哲学であれ、政治であれ、詩であれ、或いはまた技術であれ、とにかくこれらの領域において並外れたところを示した人間はすべて、明らかに憂鬱症であり、しかもそのうちの或る者に至っては、黒い胆汁が原因の病気にとりつかれるほどのひどさであるが、これは何故であろうか。例えば、英雄たちの中では、ヘラクレスに関する物語がそのように語り伝えられている。すなわち、言い伝えによると、彼はこのような素質の持主であったらしく、それなればこそ、昔の人は彼に因んで「聖なる病」と名づけたのである。」（四一三）。また同じ問題がプラトン『パイドロス』245A、およびセネカ『心の平静について』17.10でも論じられている。

(8) センチメンタリズムの医学的背景についてはRousseau, Todd, Mullan, Van Sant, Figlioを参照のこと。

(9) 瀉血のエロス化については鈴木を参照のこと。

(10) スターンのテクストにおけるペンとペニス、及び執筆行為と自慰行為の同一視についてはBradyを参照のこと。

(11) Sigurd Burckhardt以来、多くの批評家たちがスターンと身体の関係について論じてきた。Louis Landaは卵子論や精子論といった前成説をめぐる当時の発生学的言説と"Shandean Homunculus"の関係を論じ、Valerie Grosvenor Myerは動物精気に焦点を当てて『トリストラム・シャンディ』を読み解く。Judith Hawleyはスターンの医学及び産科学に関する知識の源泉をBurton, Rabelais, Smellie, Chambersに辿り、James S. Rodgersはスターンのナラティブ戦略と十八世紀の生理学の言説との類似関係を指摘している。Juliet McMasterは『トリストラム・シャンディ』の全体を支配する「精神と肉体」のモチーフと当時の医学、解剖学、産科学、そして特にロバート・バートンとジョン・ロックとの関係を探求する。Ross Kingは『トリストラム・シャンディ』における傷つき破損した身体、特に家父長的な男性身体が言語によって慰撫、補塡されようとするも常に失敗する過程、すなわち欲望と欠如の弁証法をJ・L・オースティンとショシャナ・フェルマンを参照しつつ、「行為遂行的発言」という観点から分析している。Donna LandryとGerald MacLeanはトリストラムの出産に焦点を当て十七、十八世紀の産婆術、産科学との関係を新歴史主義、唯物論的フェミニズムの立場から解読する。

参考文献

Blackmore, Richard. *A Treatise of the Spleen and Vapours: Or, Hypocondriacal and Hysterical Affections.* London: J Pemberton, 1725.

Brady, Frank. "*Tristram Shandy*: Sexuality, Morality, and Sensibility." *Eighteenth-Century Studies* 4 (1970), 41-56.

Burckhardt, Sigurd. "Tristram Shandy's Law of Gravity." *ELH* 28 (1961), 70-88.

Burton, Robert. *The Anatomy of Melancholy.* Eds. Thomas C. Faulkner, Nicolas K. Kiessling, and Rhonda L. Blair. 6 vols. Oxford: Clarendon Press, 1989-2000.

Byrd, Max. *Visits to Bedlam: Madness and Literature in the Eighteenth Century.* Columbia: U of South Carolina P, 1974.

Cash, Arthur H. *Laurence Sterne: The Early and Middle Years.* London: Methuen, 1975.

——. *Laurence Sterne: The Later Years.* London: Methuen, 1986.

Cheyne, George. *The English Malady: Or, A Treatise of Nervous Diseases of all Kinds.* London, 1733.

Conrad, Peter. *Shandyism: The Character of Romantic Irony.* Oxford: Basil Blackwell, 1978.

Curtis, Lewis Perry, ed. *Letters of Laurence Sterne.* Oxford: Clarendon Press, 1935.

Deporte, Michael V. *Nightmares and Hobbyhorses: Swift, Sterne, and Augustan Ideas of Madness.* San Marino: Huntington Library, 1974.

Dormandy, Thomas. *The White Death: A History of Tuberculosis.* New York: New York UP, 2000.

Dubos, René and Jean Dubos. *The White Plague: Tuberculosis, Man, and Society.* New Brunswick: Rutgers UP, 1987.

Dussinger, John A. “The Sensorium in the World of ‘A Sentimental Journey,’” *Ariel* 13 (1982), 3–16.

——. “Yorick and the ‘Eternal Fountain of our Feelings,’” in *Psychology and Literature in the Eighteenth Century*, ed. Christopher Fox (New York: ASM Press, 1987), 259–276.

Eagleton, Terry. *The Ideology of the Aesthetic.* Oxford: Basil Blackwell, 1990.

Figlio, Karl M. “Theories of Perception and Physiology of Mind in the Late Eighteenth Century,” *History of Science*, 12 (1975), 177–212.

Flynn, Carol Houlihan. “Running Out of Matter: The Body Exercised in Eighteenth-Century Fiction.” In *The Language of Psyche: Mind and Body in Enlightenment Thought.* Ed. G. S. Rousseau. Berkeley: U of California P, 1990, 147–85.

Gilman, Sander L. *Disease and Representation: Images of Illness from Madness to AIDS.* Ithaca: Cornell UP, 1988.

——. *Health and illness: Images of Difference.* London: Reaktion Books, 1995.

——. *Making the Body Beautiful: A Cultural History of Aesthetic Surgery.* Princeton: Princeton UP, 1999.

——. *Sexuality: An Illustrated History.* New York: Wiley, 1989.

Hawley, Judith. "The Anatomy of *Tristram Shandy*." In *Literature and Medicine During the Eighteenth Century*. Eds. Marie Mulvey Roberts and Roy Porter. London: Routledge, 1993, 84-100.

Hume, David. *A Treatise of Human Nature*. Eds. David Fate Norton and Mary J. Norton. Oxford: Oxford UP, 2000.

King, Ross. "*Tristram Shandy* and the Wound of Language." *Studies in Philology* 92 (1995), 291-310.

Lamb, Jonathan. "Language and Hartleian Associationism in *A Sentimental Journey*, *Eighteenth-Century Studies* 13 (1980), 285-312.

Landa, Louis A. "Shandean Homunculus: The Background of Sterne's 'Little Gentleman.'" *Restoration and Eighteenth-Century Literature: Essays in Honor of Alan Dugald Mckillop*. Ed. Carroll Camden. Chicago: U of Chicago P, 1964, 49-68.

Landry, Donna and Gerald MacLean. "Of Forceps, Patents, and Paternity: *Tristram Shandy*." *Eighteenth-Century Studies* 23 (1989-90), 522-43.

Lawlor, Clark. *Consumption and Literature: The Making of the Romantic Disease*. Basingstoke: Palgrave Macmillan, 2006.

——. "Consuming Time: Narrative and Disease in *Tristram Shandy*." *Yearbook of English Studies* 30 (2000), 46-59.

McMaster, Juliet. "'Uncrystalized flesh and blood': The Body in *Tristram Shandy*." *Eighteenth-Century Fiction* 2 (1990), 197-214.

Myer, Valerie Grosvenor, ed. *Laurence Sterne: Riddles and Mysteries*. London: Vision, 1984.

——. "Tristram and the Animal Spirits." Myer, *Laurence Sterne*, 99-112.

Morris, David B. *The Culture of Pain*. Berkeley: U of California P, 1991.

Morton, Richard. *Phthisiologia, or, A Treatise of Consumptions*. London, 1720.

Mullan, John. *Sentiment and Sociability: The Language of Feeling in the Eighteenth Century*. Oxford: Clarendon Press, 1988.

Porter, Roy. "Against the Spleen." Myer, *Laurence Sterne*, 84-98.

——. *A Social History of Madness: Stories of the Insane.* London: Weidenfeld and Nicolson, 1987.

——. *Madness: A Brief History.* Oxford: Oxford UP, 2002.

——. *The Greatest Benefit to Mankind: A Medical History of Humanity.* New York: Norton, 1998.

——. "'The whole secret of health': Mind, Body, and Medicine in *Tristram Shandy.*" In *Nature Transfigured: Science and Literature 1700–1900.* Eds. John Christie and Sally Shuttleworth. Manchester: Manchester UP, 1989, 61–84.

Praz, Mario. *The Romantic Agony.* Trans. Angus Davidson. London: Oxford UP, 1951.

Read, Herbert. *The Tenth Muse: Essays in Criticism.* London: Routledge & Kegan Paul, 1957.

——. *The Contrary Experience.* New York: Horizon Press, 1973.

Robinson, Nicholas. *A New System of the Spleen, Vapours, and Hypochondriack Melancholy.* London: Bettesworth, 1729.

Rodgers, James S. "'Life' in the Novel: *Tristram Shandy* and Some Aspects of Eighteenth-Century Physiology." *Eighteenth-Century Life* 6 (1980), 1–20.

Rousseau, G. S. "'A Strange Pathology': Hysteria in the Early Modern World, 1500–1800." In *Hysteria Beyond Freud.* Sander L. Gilman, et al. Berkeley: U of California P, 1993, 91–221.

——. "Discourses of the Nerve." In *Literature and Science as Modes of Expression.* Ed. Frederick Amrine. Boston: Kluwer Academic Publishers, 1989. 29–60.

——. "Towards a Semiotics of the Nerve: The Social History of Language in a New Key." In *Language, Self and Society: A Social History of Language.* Eds. Peter Burke and Roy Porter. Cambridge: Polity, 1991, 213–75.

Saito, Nobuyoshi. "A Journey Through the Heart: Mind and Space in Laurence Sterne's *A Sentimental Journey*" 『同志社大学英語英文学研究』64, 1995, 25–92.

Sontag, Susan. *Illness as Metaphor and AIDS and Its Metaphors.* New York: Picador, 2001.

Sterne, Laurence. *The Florida Edition of the Works of Laurence Sterne.* Eds. Melvyn New, Joan New, W. G. Day, Peter de Voogd and W. B. Gerard, 9 vols. Gainsville: UP of Florida, 1978–2014.

Todd, Janet. *Sensibility: An Introduction.* London: Methuen, 1986.

Van Sant, Ann Jessie. *Eighteenth-Century Sensibility and the Novel.* Cambridge: Cambridge UP, 1993.

アリストテレス『問題集』、アリストテレス全集11、戸塚七郎訳、岩波書店、一九六八年。

坂本武『ローレンス・スターン論集――創作原理としての感情――』、関西大学出版部、二〇〇〇年。

鈴木晃仁「体液のエロスと産婆書の猥褻――18世紀の医学とエロティカ」『英語青年』、二〇〇七年五月号、七五―七三頁。

ローレンス・スターン『トリストラム・シャンディ』、朱牟田夏雄訳、岩波文庫、一九六九年。

ローレンス・スターン『エライザへの日記』、小林亨訳、『外国語部論集』、駒澤大学外国語部　第二十六号―第二十八号、一九八七年―一九八八年。

セネカ『生の短さについて　他二篇』、大西英文訳、岩波文庫、二〇一〇年。

福田眞人『結核という文化――病の比較文化史』、中公新書、二〇〇一年。

プラトン『パイドロス』、藤沢令夫訳、岩波文庫、一九六七年。

第II部

スターンを同時代の文学シーンにおいて見る

第7章　ローレンス・スターンの詩学

――――武田将明

本章では、スターンの文学を十八世紀イギリスの散文フィクションの文脈から捉えることを試みる。近年、この時代の言説空間を新しい視点から論じる研究が目立つが、これに応じて、スターンという作家の位置づけも、十八世紀小説における異端児・反逆者というより、十八世紀の散文フィクションの一般的な特徴と関連づけて説明できるようになった。十八世紀の言説空間からスターンのユニークな創作原理、すなわち詩学がいかに立ち現れたのかを検証することで、スターン文学の近代イギリス小説史における意義を再考するのが、本章の目的である。なお、本章の内容の一部は、筆者による論考「小説の機能（4）――『トリストラム・シャンディ』と留保される名前」と重なっていることを、お断りしておく。

1　虚構(フィクション)と虚偽(ディセプション)

まずは「図1」をご覧いただきたい。ベッドの上で女性が出産している場面だが、赤ん坊の姿はなく、床をた

図1

くさんの兎が埋め尽くしている。周囲の人びとは驚いていたり、不安そうであったり、あるいは興味津々であったりと、さまざまな様子を見せている。これは、メアリー・トフトという一介の主婦が、人間ではなく兎の仔を産んだと主張して、イギリスの世論を賑わせた一七二六年に刷られた版画である。作者のウィリアム・ホガースは、十八世紀を代表する諷刺画家。もちろん、やがてこれは真っ赤な嘘だと判明したのだが、一時はトフトの主張が正しいと認める医師も現れ、こうした版画や新聞記事が盛んに書かれた(1)。

もう少し時代をさかのぼって、一七〇三年。ロンドンに台湾から来たという男が現れ、世間の注目を集めた。ついには、その主張の真偽を諮るため、一流科学者たちの殿堂である王立協会に呼ばれ、あのハリー(ハレー)彗星で有名なエドモンド・ハリーほかの質問を受けるに至った。王立協会は、このジョージ・サルマナザールと名乗る男が嘘をついていると判断したものの、それでも彼の評判は衰えず、翌一七〇四年には『台湾誌』という書物を出版した。「図2」は、この『台湾誌』に掲載された「台湾語」のアルファベット表である。これを見るだけで、サルマナザールが完全なるいかさま師であるのは明白だが、当時は必ずしもそう思われなかったようで、『台湾誌』はたちまち版を重ね、しかもフランス語、オランダ語、さらにはドイツ語訳まで刊行された（Keevak 一一〇、三七、Folley 一七―二一）。

このふたつの例は、十八世紀におけるさまざまないかさま事件の一部でしかない。現代でも、フェイクニュースが話題となったり、贋作・盗作で世間が騒ぐことはしばしばだが、これらの問題の背景にインターネットとSNSというメディアの発達があるのとちょうど同じように、十八世紀における虚報や贋作の流行も、新聞などのメディアの発達と無関係ではなかった。十七世紀の二度の革命を経て、イギリスで近代的な政党政治が発達した十八世紀の初頭には、さまざまな主張を唱える新聞が刊行され、コーヒー・ハウスなどの社交の場で情報が共有された[2]。情報化の進展は、確かに市民の政治・経済・文化に関する知識を高めるのに貢献したが、同時に未知の事柄への好奇心を煽り立てることにもなった。その好奇心につけこんで、トフトやサルマナザールのような人物が登場したといえる[3]。

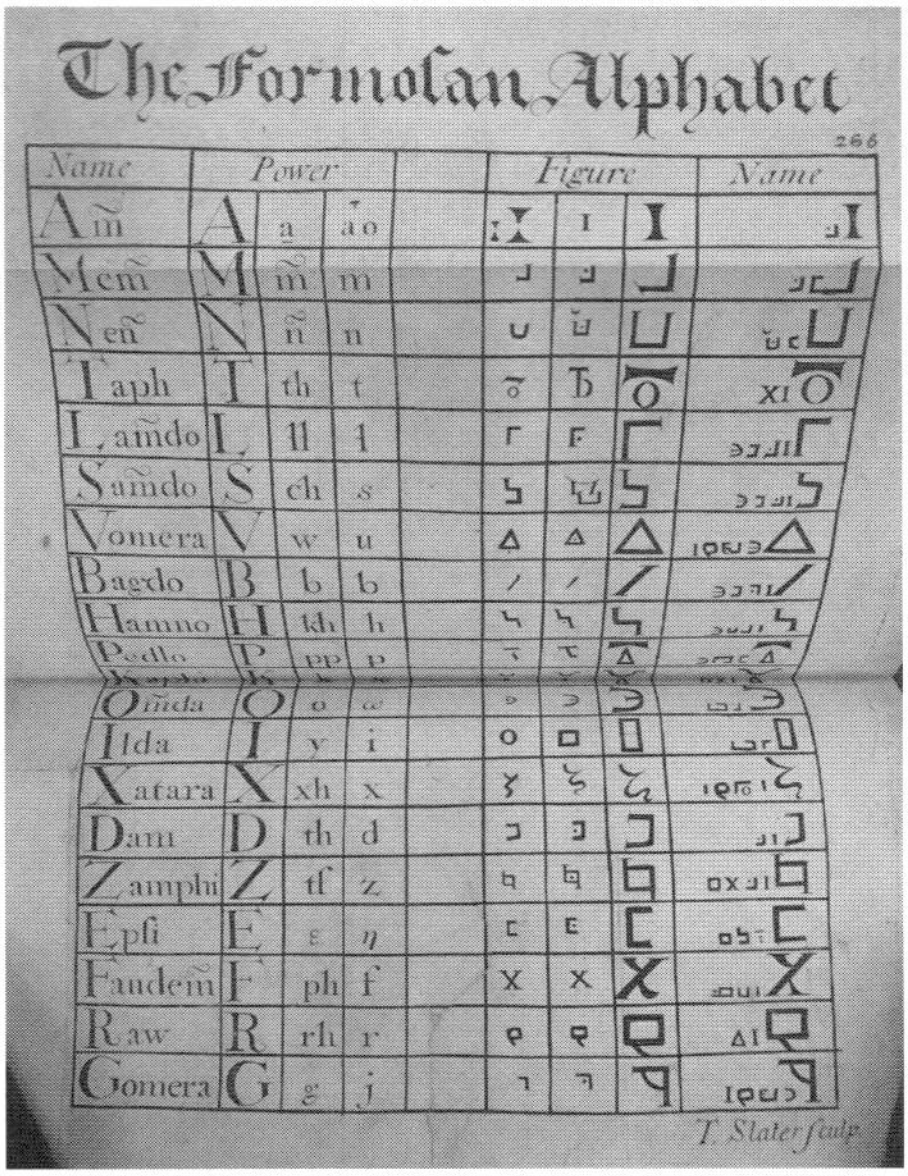

図2（Houghton Library, Harvard University）

つまり十八世紀の言説空間は、一方で啓蒙的でありながら、他方では欺瞞的で、油断のならないものだった。文学とて例外ではなく、あの『ロビンソン・クルーソー』（一七一九年）や『ガリヴァー旅行記』（一七二六年）は、出版当初、ダニエル・デフォーとジョナサン・スウィフトの創作ではなく、クルーソーとガリヴァー本人の回想録として売り出されていた。実際には、これらの作品を本物だと信じた読者はあまりいなかったという意見や（Lynch 四、六―七）、当時の読者はこうした偽装を見破る能力を養っていたという意見（Loveman 二、三三、一二七ほか）もある。[4] この点について、ここで結論を出すつもりはない。しかし、十八世紀の読者が作者の偽装・擬態にどう対処していようと、デフォーやスウィフトが、上述の欺瞞的な言説空間を十分に意識しながら創作していたことは間違いない。なにしろ、彼らが読者に罠を仕掛けたのは、一度や二度のことではなかったのだから。詳細は省くが、前者には『非国教徒への手っ取り早い対策』（一七〇二年）、後者には『ビッカースタッフ文書』（一七〇八〜〇九年）や『慎ましやかな提案』（一七二九年）といった実例があり、それぞれ非国教徒の国外追放を主張する不寛容な国教徒、うさん臭い占星術師、そして貧民の幼児を食用にする狂気の提案者の仮面を被っている。

　現代フランスのフィクション論研究者ジャン＝マリー・シェフェールは、『なぜフィクションか』のなかで、フィクションを「共有された遊技的偽り」（shared ludic feint）と定義する（Schaeffer 一二一）。逆に言えば、共有されていない偽り、すなわち読者から本物と誤解されうる偽装は、彼の呼ぶフィクションに入らない。[5] もしもこの定義を十八世紀イギリス文学に当てはめるならば、多くの作品がフィクションとは呼べなくなるだろう。『ロビンソン・クルーソー』も『ガリヴァー旅行記』も、そして（実在の人物が書いた手紙と日記のふりをした）サミュエル・リチャードソンのベストセラー小説『パミラ』（一七四〇年）と『クラリッサ』（一七四七〜四八年）も、出版当初は虚構（フィクション）と虚偽（ディセプション）の境界に位置していた。

　ただし、デフォー、スウィフト、リチャードソンのいずれも、自作をフィクションとして明示しない理由があった。そもそも十八世紀には、フィクション全般への見方が今日より批判的だった。十八世紀初頭において、ロマンス（romance）やノヴェル（novel）と呼ばれた散文フィクションは、芸術というより娯楽であり、ピューリタン的な倫理観からは有害と見なされた。デフォーもリチャードソンも倫理的な問題を重視した作家であり、自分たちの真面目な作品が世間一般のロマンスやノヴェルと一緒くたにされることは容認できなかった。つまり、彼らは意図的にフィクションを回避し、（皮肉な言い方になるが）虚偽（ディセプション）によって自作が「真実」を描いているのを強調した。スウィフトの場合は少し事情が異なり、彼は当時盛んに刊行されていた旅行記が、「真実」のふりをして出鱈目を書いているのを諷刺する意図から、『ガリヴァー旅行記』のような荒唐無稽な話を実話だと強弁したと考えられる。(6)

2　虚偽（ディセプション）の系譜とスターンの文学

ローレンス・スターンの作品もまた、こうした虚偽（ディセプション）の文学として説明できる。『ヨリック氏説教集』（一七六〇、六五年）や『センチメンタル・ジャーニー』（一七六八年）で用いられた「ヨリック」という著者（説教者）名は、もちろん『トリストラム・シャンディ』（一七五九〜六七年）に登場するヨリック牧師から取られたものだ。スターンは、意図的に作中人物と自己を重ね、さらには（『センチメンタル・ジャーニー』や『トリストラム・シャンディ』第七巻のように）自分の大陸旅行を作品に取り入れることで、実生活とフィクションとの境界も曖昧にする。スターンに関しては、同時代の人びとも進んで虚偽（ディセプション）を受け容れた節がある。たとえば、次の一節。

トリストラム・シャンディが自己紹介をした。トリストラム・シャンディは着席したと思う間もなく、自分はスペンサー卿への献辞を書いていたのだと宣（のたま）った。そして御自ら献辞をポケットから取り出し、御自ら

（というのも、誰も頼んでなどいなかったのだから）朗読を始めた。だが五、六行も読まぬうちに、わたしは我自ら「遺憾ながら」と告げていた。「遺憾ながら、それは英語ではありませんな。」（Cross 二六五）

これは、十八世紀を代表する批評家サミュエル・ジョンソンが、スターンと偶然出会った際のエピソードである（ちなみに「スペンサー卿への献辞」は『シャンディ』第五巻の冒頭に見られる。Sterne 三〇七）。ただし、ジョンソン本人が語ったように記しているが、実際は別人が記憶に基づいて書いた文章なので、やや信憑性には欠ける。とはいえ興味深いのは、この文章に一度もスターンの名前が出てこないことだ。まるでスターンの擬態にわざと欺かれているかのように、ジョンソンは彼を「トリストラム・シャンディ」と呼び続ける。

さらに、ジョンソンの若い弟子で、師匠と異なりスターンの才気に憧れていたジェイムズ・ボズウェルは、こういう詩を書いている。

流行の手で見た目も完璧
どこへ行っても大歓迎
あっちこっちと駆けまわる
伯爵邸から公爵邸へ
才子佳人に囲まれて
迷わず「イケてる男（ボー・ギャルソン）」[7]のふるまい
浮かれたラネラの界隈を
よく闊歩するトリストラム殿

噂話がざわざわ飛び交い
姿みせればみんな指差す
ウェイターまでも熱心に
過ぎゆく御仁をじっと観察
「あれってもしや、おい見ろ、トマス！
あのマジやべぇ本（damned clever book）の著者だぜ」
(Ross 一八)

これは、二十世紀にボズウェルの手稿から発見された詩で、「スターン博士、ヨリック牧師とトリストラム・シャンディへの韻文書簡」と名づけられている。このタイトル、そして「トリストラム殿」という詩中での呼びかけからは、やはりこの三者が混同されていたことが窺える。

しかし、こうしてみると、スターンはたしかに十八世紀小説の虚偽（ディセプション）の系譜に連なっているものの、そこで得られる効果はデフォーやリチャードソンとは異なるようだ。このふたりは、フィクションを「真実」らしく見せるために、あえて「作者」の存在を抹消した。しかるにスターンは、むしろ実在する自分自身をフィクションの人物に擬態させている。これは『ガリヴァー旅行記』のような、「真実」らしさを偽装することへの諷刺とも異なる。ここで何が起きているのかを理解するには、いちど『ガリヴァー旅行記』や『ロビンソン・クルーソー』よりも前の時代にさかのぼり、スウィフトの初期の傑作『桶物語』（一七〇四年）を繙（ひもと）く必要がある。

3 『桶物語』――事前パロディ？

『桶物語』は、キリスト教の歴史を寓話に置き換えた「桶物語」を本篇とし、そこにさまざまな「脱線」と名づけられた章が差し挟まれている。一見すると無関係な本篇と脱線だが、実は両者はともに批評・解釈の問題を扱っている。

「桶物語」では、ピーター、マーティン、ジャックの三兄弟が、原初のキリスト教信仰の寓意である父のコートを遺産として受け取る。父が没してしばらくすると、兄弟はコートに勝手な装飾を施すようになるが、その根拠として父の遺書を恣意的に解釈する。たとえば、肩飾り（shoulder-knot）をつけたい場合は、この単語への直接の言及がないため、遺書中のすべての音を組み合わせて「肩飾り」という単語を無理に作り出そうとし、それも駄目となると、今度は遺書で使用されている文字を寄せ集めて、どうにか「肩飾り」という語を読み込もうとする。ところが、「k」だけが見つからない。そこでさらなる詭弁を思いつき、「k」は近代に発明された、正統性のない文字で、「knot」の本来の綴りは「cnot」である、と出鱈目を主張することにより、ついに父の遺書が肩飾りの着用を許可しているとの解釈を導き出す（Swift, *A Tale of a Tub* 三八―三九）。

いま、ピーターたち兄弟は、父の遺書に対して、解釈という名の改竄をおこなっている。興味深いのは、最後に彼らが近代の産物は正統的でない、という理屈で、過去の記述を歪めていることだ。つまり、近代人が近代を批判しつつ、実は近代の都合で過去を書き換え、しかもその事実を他人にも自分にも隠蔽している。このように、後発であるはずの解釈・批評が、先行する本文より権威をもってしまうことの倒錯性を、スウィフトは巧みに物語化している。

しかし、このように解釈が本文を掻き消すならば、言葉は単に解釈者の欲望を反映するだけで、過去から現在に、あるいは現在から未来に知識を伝えられなくなってしまう。その結果、文筆家が陥る状況は、本書の「結論」で明瞭に示されている。

> 私はいまや近代作家にすっかりおなじみの、ある実験を試みている。すなわち「無について書く」（*to write upon nothing*）こと、話題が完全に尽きているのに、まだペンを走らせ続けることである。これは機智の幽霊とも呼ばれる。その肉体の死後に嬉しそうに歩きまわるからだ。そして本当のところ、「切り上げる潮時」（*when to have done*）を見極める知恵ほど、世間でないがしろにされているものはない。（Swift, *A Tale of a Tub* 一〇二）

つまり、もとから伝えるべき内容もないのに、言葉だけが空まわりするような、虚無的な状況が生じるのだ。これと同じ認識は『ガリヴァー旅行記』にも見られる。第三篇に登場する発明家の殿堂、ラガード学院で開発された書物を自動で作成する機械は、骰子（さいころ）の形をした木の欠片（かけら）を縦横にたくさん並べ、端につけたハンドルをまわして偶然出てきた単語を組み合わせて文章を作成するという代物である（Swift, *Gulliver's Travels* 一七一―七二：図3）。また、やはり第三篇でガリヴァーが出会うラグナグ島の不死人間たちは、老衰で記憶力をなくしているため文章を始めから終わりまで読むことができないし、話し言葉は時代によって大きく変化するので一般人と会話もできない（Swift, *Gulliver's Travels* 一九八―九九）。この不死人間の惨めさは、無内容な言葉を機械的に操るだけの近代人の運命を暗示するかのようだ。

言葉が本質的に無意味なものかもしれないという感覚は、多かれ少なかれ十八世紀の作家たちに共有されてい

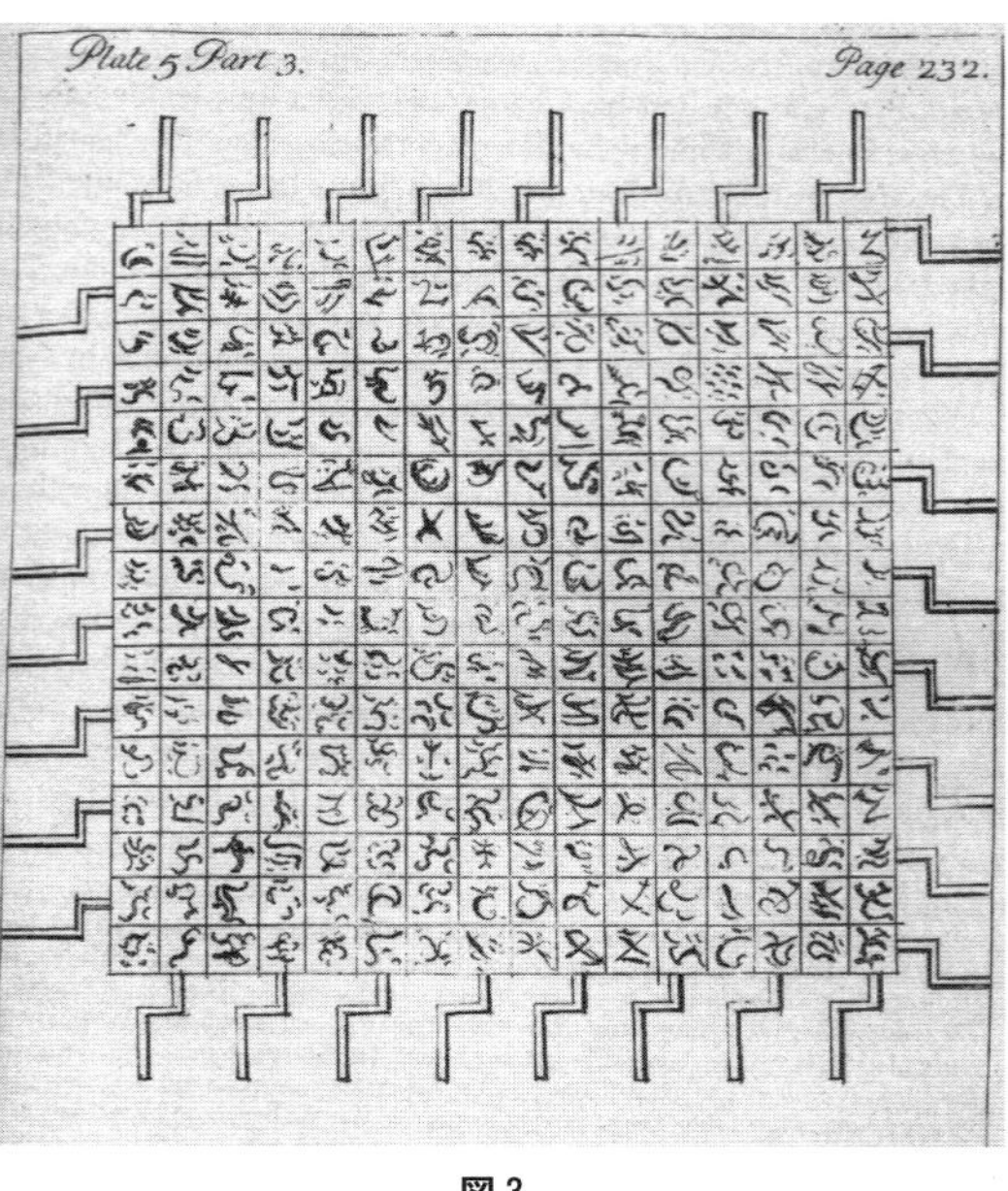

図 3

たように思われる。デフォーとリチャードソンが自作の虚構性を隠し、本当の話であるように装った根源的な理由として、言葉への信頼度の低さがあることは、すでに述べたとおりである。しかし、この問題を正面から取り上げ、行き着くところまで探究した作品は、『桶物語』を措いてほかにない。それは近代的な虚無感と結びつくだけではない。ピーターや、その弟のジャックのように、欲望に目がくらんで他人の言葉を理解しない者たちは、誇大妄想に取り憑かれ、ついには狂気に至る。本書の第九章「国家における狂気の原因、効用、活用について」によれば、征服者、哲学者、宗教家など世間で偉大と目される人びとは、すべてこうした狂気に動かされているという（Swift, *A Tale of a Tub* 七七―八二）。

近代の根源に虚無と狂気を見る『桶物語』のヴィジョンは強力である。しかも、この作品の批判は近代的な言説のあり方にも向いているため、近代文学が成立したと言われる十八世紀のはじめに書かれたにもかかわらず、すでに近代文学を痛烈に批判しているようにも読める。『桶物語』の文学史上の意義について、クロード・ローソンは、「ロマン派、モダニズム、ポストモダニズムにおける諷刺を目的としないフィクションや詩、すなわちスターン、マッケンジー、バイロンから、エリオットの『荒地』や、ナボコフ、ヴォネガット、メイラーの著作の先駆であり、規範でもある」と指摘している（Rawson 一八）[8]。このうち、ローソンが特に重視するのはスターンとの関係で、彼によれば『桶物語』は『トリストラム・シャンディ』の「事前パロディ」（advance parody）なのである（Rawson 一八）。たしかに、『シャンディ』の特徴とされるものの多く――脱線する語りや印刷を工夫して読者を驚かせる手法など――は、『桶物語』ですでに実践され、かつ諷刺されている。

だが、このように文学史的に『トリストラム・シャンディ』を要約することは、この作品の本質を取り逃してしまうのはないか。少なくとも、スターンは近代的な言説の虚しさを十分に自覚しつつ、スウィフトのような諷刺的手法とは別のやり方で、この問題と向き合っていたように思える。

4 『トリストラム・シャンディ』――両義性の詩学

スウィフトの『桶物語』も『ガリヴァー旅行記』も、近代社会に対する失望と冷笑のうちに終わっている。そこには、現実を外から観察する作者のまなざしが感じられる。しかしスターンの作品には、こうした冷徹な認識が一切見られない。代わりに彼は、作品でも実生活でも道化を装うことで、現実の嘘っぽさを明るみに出し続けた。ジョンソンの前で『シャンディ』の序文を朗読するスターン＝トリストラムの胡散臭さを思い出してほしい。彼の軽さと明るさは、虚偽的で虚無的な現実にあえて身を晒すことから生まれるものだ。ゆえにスターンの笑いは、しばしば身体の脆さに向けて発せられる。冒頭から、トリストラムの父母の性交が不意に中断される場面が描かれ（Sterne 五―六）、息子のトリストラムは出産時に鼻を潰し（Sterne 一九三）、幼少時には女中の不注意から性器が受難に遭い（Sterne 三三九）、またトウビー叔父とトリム伍長の主従は、それぞれ鼠蹊部と膝に傷を負っている（Sterne 五一六―一七ほか）。しかしこれらのどれよりも印象深いのは、第七巻の冒頭、「忌まわしい咳」に苦しめられるトリストラムが、死神の追及を逃れるためフランスに旅立つ場面だろう（Sterne 四三一―三三)。もちろんここには、後に彼の命を奪う結核の療養のためフランスに滞在した、スターン自身の体験が投影されている。つまり、スターンの世界では、虚無は人間の身体に浸透し、精神を破壊する狂気というより、文字どおり存在の消滅を暗示する。

しかし、いま述べたとおり、スターンはこうした存在の宿命的な稀薄さを、しばしば笑いに転化する。もちろん、『シャンディ』を彩る感情は笑いのみではない。ヨリック牧師、トリストラムの兄ボビー、トウビー叔父が偶然知ったル・フィーヴァー中尉といった登場人物の死は、哀れみをこめて描写される(Sterne 二八—三二、三二四—二七、三八四—八五)。これらの場面は、いずれもスターン特有の感傷趣味(センチメンタリズム)を濃厚に湛えているが、相前後する滑稽な場面と決して齟齬をきたしていない。これはおそらく、スターンの笑いも涙も、根本的には同じもの、すなわちこの世界における存在の儚さに注がれているからだろう。

もしもそうならば、スターンにとって言葉を書くことは、現実を歪める解釈・批評ではなく、遠く離れた本物らしい世界との距離を自覚しつつ、それを哀惜し、さらに贋物めいたこちら側の世界を漂う(自身も含めた)人びとを温かく見守るような、情念の運動だったのではないか。その証拠に、『シャンディ』は現実と言葉の断絶を明らかにする際、必ず書く時間に言及する。たとえば、第四巻第十三章にある、次の有名な一節。

> 私は十二ヵ月前の今ころ、つまりこの著作にとりかかった時にくらべまして、ちょうどまる一ヵ年、年をとっております。そして、今、ご覧の通り第四巻のほぼまん中近くまでさしかかっているわけですが——内容から申せば、まだ誕生第一日目を越えておりません——ということはとりもなおさず、最初に私がこの仕事にとりかかった時に比べて、今日の時点において、これから書かねばならぬ伝記が三百六十四日分ふえているということです。従って私の場合は、今までせっせと骨を折って書き進めて来たことによって、普通の著

作家のようにそれだけ仕事が進行したというのではなく——逆に、四巻書けばちょうどその四巻分だけうしろに押しもどされたことになるのです（中略）——そこで必然的に結論できることは、諸賢のおゆるしをいただいて申してしまえば、私が書き進めば書き進むほど、書かねばならぬことはそれだけふえてゆくということ——また当然諸賢のほうは、読み進めれば読み進めるほど、読まねばならぬことがそれだけふえてゆくということになります。（Sterne 二五六—五七：岩波文庫の朱牟田夏雄訳による）

言葉は永遠に現実に追いつかない。それどころか、語れば語るほど現実は遠ざかってしまう。同様の事態は、トリストラムの教育のために父ウォルターが構想した『トリストラピーディア（トリストラム教育方針）』なる書物にも生じている。この書物の執筆が息子の成長に追いつかず、結局トリストラムの教育は母の手に任されるからだ（Sterne 三三六—三八）。一見すると、いずれも言葉の無意味・無力を笑っているだけに思える。しかしここでは、むしろ追いつかないことが重要なのではないか。追いつかないかぎり、言葉はおのれの彼方にある現実を暗示できる。その結果、言葉が現実を上書きし、抹消するという、スウィフトが悲観した事態は回避されている。つまり、無力な言葉を書く行為を通じて、スターンの世界の住人は虚無や狂気を逃れている。ここにスターンの詩学の要点があるのではないか。

ならば、スターンにおいて、むしろ言葉が現実と離れていることは、作品世界が成立するための必須条件となる。言葉で現実を無理に捉えようとしても虚無に行き着くしかなく、スターン特有の情念の運動（笑いと涙）は、強迫観念（狂気）へと変貌してしまうからだ。ゆえにスターンは、言葉の意味を確定させず、常に複数の解釈のあいだを漂わせようとする。言葉の描く世界そのものを、現実とも虚偽とも取れない中間領域に起き続けるのだ。たとえば彼は、鼻についてさんざん性的な仄めかしをしておきながら、わざわざ第三巻第三十一章で、「『鼻』という言葉によって（中略）私が意味するものは、鼻そのものでこそあれ、それ以上でも以下でも決してない」と、とぼけてみせる（Sterne 一九七）。このように、いったんは性的な比喩へと誘導しながら、それを否定することで、「鼻」の意味が固定化することを回避している。

言説の両義性は、十八世紀作家を悩ませた問題だった。トマス・キーマーは、リチャードソンやフィールディングがいかに読者を意識し、「意味の自由度」（semantic openness）と対峙したかを論じている（Keymer 三六—四二）。『桶物語』以降の作家が、恣意的な解釈や批評に怯えるのは宿命ともいえる。キーマーによれば、スターンの作品には、特にリチャードソンの「正しい意味」への執拗なこだわりに対するパロディが見られるという（Keymer 四二—四五）。先ほどの鼻に関する記述も、その一例といえるだろう。ただし注意したいのは、スターンの語り手による読者への「指導」がパロディとして読めるのは、それが「正しい」読みの押しつけではなく、読みの相対化と両義性を導いているから、という点だ。ジョナサン・ラムはスターン作品における「二重原理」、すなわち相矛盾するものの両立を説いたが（Lamb, *Stern's Fiction* 二三—三〇ほか）、これもスターンの両義性の詩学がもたらした特徴である。しかしなによりも、ニーチェによる次の評言が、スターンの詩学の神髄を明らかにしている。

> 明確な形式がたえず打ち破られ、乱され、不確定なものへと移しかえられ、その結果同時に二重の意味を持つに至るような芸術様式（中略）。スターンはこういう両義性の巨匠である。或る件につきスターンがいったい何を考えているのか、彼はそのことで真剣な顔をしているのか、それとも薄ら笑いを浮かべているのかを読者が常に精確に知ろうとしてもむだである。なぜならスターンは、その顔のひとつの襞で真剣と笑いの両方を表すことを心得ているからである。（中略）したがって、彼のまっとうな読者は、いったい歩いてい

るのか、立っているのか、それとも寝ているのかはっきりしない感じ、いわば浮遊感にいちばん近い感じを抱かされるわけである。（ニーチェ　九一―九二：邦訳を一部改変）

この引用では、スターンの文章の両義性（Zweideutigkeit）が、笑いと涙を両立させ、さらには存在の不確定な世界を浮遊する感覚を読者にもたらすことが、明晰に語られている。スターンは、虚偽（ディセプション）の時代における不安を、〝書くこと〟を通じて克服したといえる。スターンの影響を受けた作品が多数書かれたのは（本書所収の内田勝による書誌［1.5］参照）、彼のテクストが〝読まれる〟だけでなく〝書かせる〟ものでもあったことの証拠となるだろう。

『シャンディ』はその書き出しから両義的である。先述のとおり、本書はトリストラムの両親の性交が中断されることから開始するのだが、そのせいでやがてトリストラムとなる精子は、母の子宮への旅で困難にみまわれ、「みじめにも消耗し切って」着床したとされる（Sterne 七）。受胎の前から、彼は本来の姿を損なわれているのだ。この冒頭部に関して、「私の身に起ったすべてを、（中略）『卵のはじめから』（*ab Ovo*）たどっ」た、とトリストラムは述べる（Sterne 八）。もちろんこれは、ホラーティウス『詩論』における、物語の筋を「卵のはじめから」時系列で語るのではなく、いきなり聞き手（読者）を「事件の核心へ」（*in medias res*）引き入れよ（ホラーティウス　一三九）、という古典的な助言を転倒したものだ。しかしこの冗談はミスリーディングであって、決して物語のはじめ方が『シャンディ』のユニークさの秘密なのではない。むしろ大事なのは、受精さえも不完全なものとすることで、決定的な「はじまり」を脱臼し、あらゆるできごとを虚実の境界に漂わせることである。つまりここでは、筋には「初めと中間と終わり」があるという、アリストテレース『詩学』の根本定理が退けられているのだ（アリストテレース　三九）。事実から虚偽へ、必然から偶然へ、存在から非在へ、前進から宙づりへ。

ゆえにスターンの詩学はアリストテレース以来の古典詩学を転倒させた、近代の詩学だといえる。そして単に近代を否定するのではなく、近代特有の詩学を打ち立てた点にこそ、スウィフトとスターンのあいだの決定的な差異が見出せるのだ。

5　むすび――スターンから近代小説史を再構成する

ジョナサン・ラムは、『ものが言うこと』において、十八世紀のフィクションには次の二種類があると指摘している。

> 第一のものは、当時勃興した小説の特徴をよく示していて、読者が安定したアイデンティティを思い描き、原因と結果の必然的なつながりをたどり、いわゆる現実（リアル）と呼ばれるものを見分けるのに役立つような、習慣的な連想を記したものである。もうひとつは、ロマンスや寓話の特徴を示すもの、すなわち、個人のアイデンティティ、因果応報、真実に関する世間の考えに囚われずに語られるフィクションのすべてである。(Lamb, *The Things* Prologue xxvii)

ラムは後者のフィクションに属するものとして、貨幣（物）や犬（動物）などを主人公とする「モノ語り」(it-narrative) というジャンルを論じている。人から人の手に渡るなかで、物も動物もアイデンティティを変容させる。商業が盛んになった時代の「流通のフィクション」(fiction of circulation) である「モノ語り」は、十八世紀に流行した。本章で言及した『桶物語』や『シャンディ』、『ジャーニー』は、このジャンルとの関連で論じられることがあるが[9]、たしかにこれらの作品は、ラムのいう「個人のアイデンティティ、因果応報、真実に関する世間の考えに囚われずに語られるフィクション」の方に属している。

しかし、本章の議論を振り返るならば、ラムのいう二種類のフィクションは、結局のところ、おなじ問題に別方向から取り組んでいるように思える。根本にあるのは、言葉の無力と、それがもたらす個人の欲望の暴走である。『シャンディ』は、あえて言葉の無力に留まることで、個人のアイデンティティを解体させたまま笑いと涙の空間を浮上させた。これに対し、十八世紀小説（ラムのいう「第一の」フィクション）の頂点と呼ぶべきリチャードソンの『クラリッサ』の場合[10]、誘惑者ラヴレイスと抵抗者クラリッサは、おたがいに自分の正統性を主張するが、永遠にふたりの言葉が交わることはない。そしてラヴレイスが言葉を捨て、欲望に身を任せたとき、ふたりの自我は崩壊する。ゆえに、『クラリッサ』も言葉による欲望の回避の物語であり、『シャンディ』の陽気さの裏にある闇を描いている。

このように、『桶物語』と『トリストラム・シャンディ』とを結ぶ線と、そこから浮上する脱古典的な詩学は、十八世紀のフィクション全般を読み返すヒントをあたえている。近代小説の意義が問い直されている現在、スターンの詩学の重要性はさらに増すことだろう。

注

（1）この「兎を産んだ主婦」をめぐる事件については、Todd 一―三七（ただし、十八世紀の文学的想像力を考察した本書の全体で、この事件は言及されている）、富山 一〇一―〇二、一二九―三二参照。

（2）コーヒー・ハウスについては、小林章夫『コーヒー・ハウス』を参照。また、この時代のイギリスにおける情報化の進展と近代市民社会との関係については、ユルゲン・ハーバーマス『公共圏の構造転換』を参照（八六―九六）。

（3）十八世紀の文化史における好奇心（Curiosity）の重要性については、バーバラ・M・ベネディクト『好奇心』が詳しい

(Benedict 参照)。

(4) 十八世紀における作品の捏造については、ケイト・ラヴマン『フィクションを読む——一六〇〇〜一七四〇』とジャック・リンチ『十八世紀イギリスにおける虚偽と看破』を参照。前者は十七世紀から十八世紀前半に捏造(hoax)がひとつの流行であったことを明らかにし(Loveman 一—二ほか)、後者は十八世紀を通じて「本物の、真正の」といった意味の単語(authentic, genuine, real)を含む作品タイトルが急増したことを示した上で、これは十八世紀にそれだけ贋物が多かったことを意味する、と述べている(Lynch 一—二)。なお、十八世紀文学における贋作者として、スコットランド・ゲール語の古い叙事詩の翻訳との触れ込みで実質的な創作を刊行したジェイムズ・マクファーソン(一七三六〜九六)や、中世の修道士の詩と偽って自作を出版したトマス・チャタトン(一七五二〜七〇)、まったくの贋作をシェイクスピアの未発見作品として上演したウィリアム・ヘンリー・アイルランド(一七七五〜一八三五)などが有名である。

(5) 実際、ヴォルフガング・ヒルデスハイマーの『マーボット』(一九七七)について、出版当時、多くの読者がこの創作をアンドルー・マーボットという十九世紀のイギリス人の伝記だと錯覚してしまったので(そのような人物は実在しない)、フィクションとして成立していない、とシェフェールは考えている(Shaeffer 一〇九—三九、特に一一二)。

(6) 『ロビンソン・クルーソー』も諷刺されている、という指摘もある(Swift, *Gulliver* 二八七と二八八の注、富山 六二—六六)。

(7) ロンドンのテムズ川沿いにあった公園のこと。当時は上流階級の社交場だった。現在はチェルシー王立廃兵院の庭園で、フラワーショーの開催地。

(8) スターンをロマン派的なフィクション作家と呼べるかどうか疑問だが、本論考の主旨とは関係がないので原文どおりに訳出した。ヘンリー・マッケンジー(一七四五〜一八三一年)はセンチメンタル小説を得意とするスコットランド作家、ジョージ・ゴードン・バイロン(一七八八〜一八二四年)はイギリス・ロマン派の詩人、T・S・エリオット(一八八八〜一九六五年)はアメリカ生まれでイギリスに帰化したモダニスト詩人、ウラジーミル・ナボコフ(一八九九〜一九七七)はロシア生まれでアメリカに帰化した作家、カート・ヴォネガット(一九二二〜二〇〇七年)とノーマン・メイラー（一九二三〜二〇〇七年）はアメリカの作家。なお、『桶物語』の『シャンディ』への影響については、『シャンディ』第九巻第八章に、本書は『桶物語』と同様に後世に残るかもしれない、という趣旨の記述があることから（Sterne 五五五）、スターン自身、両作品の類似には自覚的だったことが窺える。

（9）マーク・ブラックウェルの編纂した『ものたちの秘められた生――十八世紀イングランドにおける動物、事物、モノ語り』では、ディードリー・リンチの論考とブラックウェル自身の論考が、「モノ語り」の文脈でスターンの作品を分析している（Blackwell 六三―九一、一九四―二〇四）。ブラックウェルは、おなじ論考で『桶物語』にも言及している（Blackwell 一九三―九四）。

（10）『クラリッサ』の物語を簡単に紹介すると、家族に押しつけられた結婚相手を気に入らないクラリッサは、放蕩者のラヴレイスに誘われて家を出るが、度重なるラヴレイスの誘惑に抵抗する。しかしついに、薬物で意識を失っているときに陵辱され、その心の傷が元で彼女は亡くなる。ラヴレイスも意気阻喪し、最後にはクラリッサの縁者との決闘に敗れて絶命する。

参考文献

Blackwell, Mark, editor. *The Secret Life of Things: Animals, Objects, and It-Narratives in Eighteenth-Century England.* Bucknell UP, 2014.

Benedict, Barbara M. *Curiosity.* U of Chicago P, 2001.

Cross, Wilbur L. *The Life and Times of Laurence Sterne.* Macmillan, 1909.

Foley, Frederic J. *The Great Formosan Impostor.* Jesuit Historical Institute, 1968.

Keevak, Michael. *The Pretended Asian: George Psalmanazar's Eighteenth-Century Formosan Hoax.* Wayne State UP, 2004.

Keymer, Thomas. *Sterne, the Moderns, and the Novel.* Oxford UP, 2002.

Lamb, Jonathan. *The Things Things Say.* Princeton UP, 2011.

——. *Stern's Fiction and the Double Principle*. Cambridge UP, 1989.
Loveman, Kate. *Reading Fictions, 1600-1740*. Ashgate, 2008.
Lynch, Jack. *Deception and Detection in Eighteenth-Century Britain*. Routledge, 2008.
Rawson, Claude. *Swift and Others*. Cambridge UP, 2015.
Ross, Ian Campbell. *Laurence Sterne: A Life*. Oxford UP, 2001.
Shaeffer, Jean-Marie. *Why Fiction?* Translated by Dorrit Cohn. U of Nebraska P, 2010.
Sterne, Laurence. *The Life and Opinions of Tristram Shandy, Gentleman*. Edited by Melvyn New and Joan New. Penguin, 2003.
Swift, Jonathan. *Gulliver's Travels*. Edited by Claude Rawson and Ian Higgins. Oxford UP, 2005.
——. *A Tale of a Tub*. Edited by Angus Ross and David Woolley. Oxford UP, 1986.
Todd, Dennis. *Imagining Monsters: Miscreations of the Self in Eighteenth-Century England*. U of Chicago P, 1995.
アリストテレース『詩学』松本仁助、岡道男訳『アリストテレース「詩学」、ホラーティウス「詩論」』岩波文庫、一九九七年、七—二二二頁。
小林章夫『コーヒー・ハウス——十八世紀ロンドン、都市の生活誌』講談社学術文庫、二〇〇〇年。
武田将明「小説の機能（4）——『トリストラム・シャンディ』と留保される名前」『群像』二〇一五年十二月号、七二—一一一頁。
富山太佳夫『「ガリヴァー旅行記」を読む』岩波書店、二〇〇〇年。
ニーチェ、フリードリヒ『人間的、あまりに人間的』第二巻　中島義生訳、ちくま学芸文庫、一九九四年。
ハーバーマス、ユルゲン『公共圏の構造転換——市民社会の一カテゴリーについての探究』細谷貞雄、山田正行訳、未來社、一九七三年。
ホラーティウス『詩論』岡道男訳『アリストテレース「詩学」、ホラーティウス「詩論」』岩波文庫、一九九七年、二二三—九五頁。

第8章　ホビーホースとキホーティズム

――スターンと同時代人

加藤正人

本章では、十八世紀のイギリス小説にセルバンテスの『ドン・キホーテ』（前編一六〇五年、後編一六一五年）が与えた影響に関する議論を踏まえ、『トリストラム・シャンディ』が『ドン・キホーテ』とどのように異なる性質を持った小説であるのかを、『トリストラム・シャンディ』に頻出する「ホビーホース」という概念を手掛かりに考察してみたい[1]。

1　ホビーホースとは何か

フロリダ版スターン全集の第3巻「注釈」編の、「ホビーホース」に対する注では、スターンは『ハムレット』（第三幕第二場）の「ああ、ホビーホース（張り子の馬）は忘れられた！」（'For O, the Hobby-horse is forgot.'）の一行が頭にあったに違いないという。同様の例は、『から騒ぎ』（第三幕第一場）にもあるが、その意味は、「（英国の夏祭りのモリスダンスに登場した）馬の作り物で、男の踊り手の下半身をすっぽり覆って、馬に乗っているように見せた。卑猥な動作も入って、次第に忘れ去られるものの代名詞となった」（松岡和子訳『ハムレット』脚注）ものである。

「ああ、ホビーホースは忘れられた！」の句は、『オックスフォード英語大辞典』（ＯＥＤ）の定義（２・ｂ）の説明では、「古いバラッド起源のことわざ」ということになるが、フロリダ版注釈ではさらに、「田舎の娯楽や踊りが禁止されたことを嘆く反・ピューリタン的なポピュラー・バラッドの一行である」と歴史的・政治的解釈を加えている。

『トリストラム・シャンディ』全体での「ホビーホース」の意味合いは、「趣味・道楽」、「愛すべき弱点」、「気晴らし」、「娯楽」、「オブセッション（脅迫観念）」、「支配的情熱」、「子供の玩具（張り子の馬）」、そして「みだらな女、売春婦」という意味さえあるといった具合に実にさまざまである。（ペンギン版『トリストラム・シャンディ』注釈、六〇二頁）

しかし、スターン文学における「ホビーホース」の中心的意味を求めれば、ＯＥＤの（６）「お気に入りの気晴らしの追及」（'A favourite pursuit of pastime'）となるだろう。ちなみに『トリストラム・シャンディ』の「ホビーホース」の使用回数は、約四十回である。「ホビーホース」は、それぞれの登場人物が没頭している趣味のようなことをいうわけである。過度の執心は、他人から見れば常に愚かに見える。しかし、『トリストラム・シャンディ』は「人は誰しもそうしたホビーホースに乗っているのではないか」と問いかける。以下は、その検証である。

2 イギリス小説とキホーティズム

ジョン・バニヤンの『天路歴程』の主人公クリスチャンは、本(『聖書』)を読んで巡礼の旅に出る。しかし彼は当初家族にすら信じてもらえなかった。しかし巡礼をなしとげた彼は、理想の地へと家族を導くために家へと帰還する。すなわち、キホーテにとっての騎士道ロマンスがクリスチャンにとっての『聖書』である。

「キホーティズム(Quixotism)」の作品として、イギリス小説からはまず『天路歴程』をあげるのは自然である。この作品はデフォーの『ロビンソン・クルーソー』とスウィフトの『ガリヴァー旅行記』、そしてフィールディングの『ジョウゼフ・アンドルーズ』などの小説の主要な特徴たる「旅行」の卑近な元型である。ポールソン(Ronald Paulson)は『イングランドのドン・キホーテ(*Don Quixote in England*)』で「バニヤンのクリスチャンは一種のキホーテである」(Paulson 一五九)と書き、アーディラ(J. A. G. Ardila)は自身編集の『セルバンテスの遺産(*The Cervantean Heritage*)』の第一章でこう書いた。「『天路歴程』はイングランドにおいて初めて、人気のキホーテ的人物を用い『ドン・キホーテ』の最も顕著な特徴、すなわち、リアリズム、ユーモア、対話を借りた散文フィクションを書いた」(Ardila 七)。

一般にはあまり知られていないが、『ドン・キホーテ』前編の出版年(一六〇五年)はシェイクスピアの『ハムレット』が初演されたという一六〇一年と非常に近い。シェイクスピアが『ドン・キホーテ』を参照した可能性は実質ないにもかかわらず、ハムレット王子もキホーテ的人物でありうるだろう。しかしドン・キホーテはハムレットとはいいがたい。もし、『トリストラム・シャンディ』がその影響下にある代表作が二つあるとするなら『ドン・キホーテ』ではない側はフランソワ・ラブレーの『ガルガンチュアとパンタグリュエル』である。そして、むしろ後者の方が色濃い部分も、『トリストラム・シャンディ』には多いのだ。

『ガルガンチュアとパンタグリュエル』の五巻の内第一巻『パンタグリュエル』は、『ハムレット』と『ドン・キホーテ』に遥かに先んずる一五三二年に出版された。ラブレーの連作の二大テーマは「教育」と「戦争」であった。――『トリストラム・シャンディ』の、トリストラムの父親ウォルターとその弟(トウビー叔父)の「ホビーホース」が各々「トリストラピーディア(Tristrapaedia、『トリストラム教育方針』、我が子の『教育』書のようなもの)」と「『戦争』ごっこ」であるのはラブレー由来であろう。

『ガルガンチュアとパンタグリュエル』の『ガルガンチュア』の第十二章には『ガルガンチュアの木馬』があり、図版が付いている。そこでは、チェスのナイトのような馬面に、木の棒が付けられ、そこには子供がまたがっている。この章の冒頭はこうである。――「それからみんなは、ガルガンチュアが一生ずっと馬乗りの達人であってほしいと願って、大きくて、りっぱな木馬をつくってあげた。するとガルガンチュア、これにまたがり、ぴょんぴょんと飛びまわったり、跳ねたり、いっしょに踊ったり、ゆっくり歩いた」[2]。こういったイメージを膨らませてスターンは自作を書いたと思われる。

本来は、ラブレーかセルバンテスかで選ぶとするなら、スターンのためにはラブレーをまず選ぶべきである。――ハウズ(Alan B. Howes)編集の『批評の遺産(*The Critical Heritage*)』に収録されている、一七六〇年二月の『ロンドン・マガジン』の匿名の批評に「おお稀なるトリストラム・シャンディ(中略)お前をなんと呼べばいい? ラブレーか、セルバンテスか」(Howes 五二)とある。これに対する答えは「ラブレー」であるべきである。『オトラント城』の著者ウォルポール(Horace Walpole)は一七六〇年四月にこう書いた。「著者のスターン氏はイングランドのラブレーである」(Howes 五六)と[3]。この文句は「かくのごとき著者は前代未聞」と続く。

セルバンテス的作家はといえばまずバニヤンがいた。加えて、一七四〇年代にはヘンリー・フィールディングがいた。コヴェントリー（Francis Coventry）は一七五一年にフィールディングを「我らイングランドのセルバンテス（our *English Cervantes*）」と呼んだ。[4] フィールディングはセルバンテス的ではあるがラブレー的ではない。とすると、スターンこそが英語圏のラブレーである。以上のように、ローレンス・スターンをキホーティズムという一語に押し込めるのは必ずしも正しくない。勿論、『トリストラム・シャンディ』はキホーティズムの代表作の一つである。しかし、『トリストラム・シャンディ』はそれだけの作品ではない。この作品は裾野が広いのである。もし「キホーティズム」という名のもとに最適な例を出すとするなら、フィールディングの『ジョウゼフ・アンドルーズ』が最適であろう。しかし「ホビーホース」という単語に基づき考えるなら、やはり『トリストラム・シャンディ』である。

3　一七四〇年代と一七五〇年代のキホーティズム

サミュエル・リチャードソンの『パミラ』が出版された一七四〇年が、イギリス小説での重大なる年号であるのはたとえばウィリアムズ（Ioan Williams）編集の『ノヴェルとロマンス（*Novel and Romance* 1700–1800）』のイントロダクションの冒頭が示唆的である。

イングランドでの散文フィクションの一八世紀批評は、一七四〇年を分岐点として二つに分類される。この世紀は以前には人気であったヒロイック・ロマンスの拒絶から始まった。最初の四〇年間は大きな運動と実験の時期であったが、概して小説家側には自信が欠けていた。そして批評家達は概ね敵対的で、彼らは大概の同時代のフィクションの浅薄さと反道徳性に批判的であった。この期間が突如終わりを告げたのは、リチャードソンの『パミラ』とフィールディングの『ジョウゼフ・アンドルーズ』の出版によってであった。

一七四〇年に出版された『パミラ』は一見してキホーティズムとは異なるように見えるが、それは逆で、ヒロインたるパミラは、本を読んで自分の所作を決めた。ポールソンは『イングランドのドン・キホーテ』でパミラをキホーテ的人物であると認めた（Paulson 一四六）。レイデン（Marie-Paule Laden）は『十八世紀小説における自己模倣（*Self-Imitation in the Eighteenth-Century Novel*）』で、第二章を『パミラ』に、第三章を『トリストラム・シャンディ』に割り当て二作品を並行して論じている。ちなみに、第一章はといえば、『ジル・ブラース』に割り当てられている。この作品は『ドン・キホーテ』を一七五五年に翻訳したスモレットが『ドン・キホーテ』と一緒に好んだ作品である。レイヴン（James Raven）の『イングランドのフィクション1750—1770』によれば、一七五〇年から一七六九年の間で出された『ドン・キホーテ』の版数は十一で、『ジル・ブラース』のそれは九であり、匹敵する。

ビアスリー（Jerry C. Beasley）の『一七四〇年代の小説（*Novels of the 1740s*）』で『ドン・キホーテ』は「疑い無く最も重要な外国作品」とされている。『ドン・キホーテ』は一七〇〇年から一七五〇年までの間に、十八または十九版、が出版されている。一七四〇年代のみを見ても八版が出版されている（Beasley 一〇）。『パミラ』の次に出た重要な作品がヘンリー・フィールディングの『ジョウゼフ・アンドルーズ』（一七四二年）である。この作品は副題にキホーテの名があった。――「『ドン・キホーテ』の著者、セルバンテスの手法を模して」と。

『ジョウゼフ・アンドルーズ』が『トム・ジョウンズ』（一七四九年）へと続いたように、『パミラ』は『クラリッサ』(一七四七年)へと続いた。『クラリッサ』の悪漢ラヴレス(Robert Lovelace)もキホーテ的人物であった。この、自身を「ベルゼブブ」に譬える傲岸で短気な人物は、ドン・キホーテよろしくすぐに剣を抜く。たとえば冒頭の「ラヴレス氏はすぐに剣を抜いてしまうといわれております」(Richardson 三八〇)の部分と、ラヴレス氏が、クラリッサの両手を、彼の剣を抜いたままで握るシーンを見るべきだ(三九)。「決闘」という概念はラヴレスのホビーホースである。対してヒロインのクラリッサは美徳の持ち主である。たとえば(『クラリッサ』の)手紙110で「彼女の美徳は証明されたことがあるか?」(四二七)と問われるが、それが証明されるのが『クラリッサ』の目標なのである。この作品全体では、悪徳と美徳が対比させられるために、ラヴレスとクラリッサが対比されるのだが、両者がどこかでキホーテ的なのは興味深い。

一七五〇年代のキホーティッシュ小説の幕開けは、匿名作家の『シャーロット・サマーズ』(*The History of Charlotte Summers*)』(一七四九年頃)による。この作品に言及することが『トリストラム・シャンディ』の研究と無縁でないことは、『トリストラム・シャンディ』を一七五〇年代最後の作品として捉えた場合に一つの起点となりうるからである。現代の読者にとって縁遠い本作は、専門家達によって読まれているかすら怪しい。しかしながら、たとえばウェイン・ブース(Wayne C. Booth)は『フィクションの修辞学』でこの作品をフィールディングと関連させて言及している(Booth 二二四)。その際この作品は「フィールディングの、注意深くコントロールされた滑稽な味わいを不用意に展開させた」多くの作品の一例としている。(5)

ヘイウッド(Eliza Haywood)(一六九三頃―一七五六)とスターンの関係をいうことは難しい。文学史的に考えても男性作家たるスターンが、その時代にどれほど女性作家から影響を受けたかを問うことはそれ自体困難な問題に見える。スターンは『トリストラム・シャンディ』で主に男性キャラクターを扱った。そうした『トリストラム・シャンディ』が持つ男性的傾向について、たとえばリーヴ(Clara Reeve)は一七八五年の対話式の読み物でこう書いた。『トリストラム・シャンディ』は「女の読み物ではない」と（Howes 二六二）。この作中人物は続けてこういう。「私はこの本を半分も読み終えたことがない」。この事実は数多くの読者にとって偽らざる告白であり、現代の外国文学の専門家でもそうではないとはいいきれないだろう。つまり、『トリストラム・シャンディ』は、非常によく売れたが、全編読み通した人はあまりいなかったということだろう。もしかすると、小説というのは、我が国で初めて『トリストラム・シャンディ』を紹介した夏目漱石が『草枕』に書いたように、律儀に最初から最後まで読み通すより、ある部分だけを拾い読みするものなのかも知れない。たとえば、『トリストラム・シャンディ』の初心者は第八巻から読んだ方が面白いかも知れない。トリム伍長（Corporal Trim）が、自分の隊長（トウビー叔父）に恋愛指南をする場面は非常に感性豊かだと思えることだろう。

一七五〇年代の女性作家についていうと、ロス（Ian Campbell Ross）は『ローレンス・スターンの生涯（*Laurence Sterne: A Life*）』でこう書いた。「スターンが、ヨークシャーの文学愛好家の友人達との会話で、一七四〇年代と一七五〇年代に出始めたフィクションについて話した、ということはありうることだ」（Ross 二一六）。ロスはこう続ける。――「スターンが、ジョン・クレランド（John Cleland）の『ファニー・ヒル』（一七四九年頃）やヘイウッドの『思慮の足りないミス・ベツィ（*The History of Miss Betsy Thoughtless*）』（一七五一年）が引き起こした刺激的な道徳論争について詳しくなかったことはありえない。しかし彼がこれらの作品、あるいは同時代人作家による他の作品について語った、あるいは、そもそも気付いていたということに関しては、ほとんど証拠がないのだ」（二一六）。しかし、スターンが同時代作家を意図的に無視したわけではないことは信じられるべきであろう。スターンは『トリストラム・シャンディ』の第八巻第五章の最後で「私は自分が書いた書物以外は生きているかぎり読まないと決めている」と書いたが、これはユーモアとして受け取るべきだろう。もしくは、それ以前に全部読んだのだろう。あるいは、彼にとって、自分が読んだ全ての本は自分のものである。また、これから読もうが、全て自分のものだ、それを可能にするのが彼にとっての『トリストラム・シャンディ』なのであろう。

カーライル（Susan Carlile）編集の『市場の支配者達――1750年代のイングランドの女性作家達』のイントロダクションには、「一七五〇年代でのイングランドの小説の研究は、主に男性の作品に焦点を当てて来た」（一一）とあるが、スターン（あるいはその研究）を「ミソジニー（女性蔑視）」という深刻な批判から救うためには『トリストラム・シャンディ』の研究において女性作家に言及するのは不可欠だろう。一七四〇年から一七五九年までのキホーティズムという文脈において、レノックス（Charlotte Lennox）（一七三〇頃―一八〇四）の『女キホーテ（*Female Quixote*）』（一七五二年）は、最も分かり易い例の一つである。なぜなら「キホーテ」と題に込められているからである。この不幸な作家を読む人は今はほとんどいない。しかし当時は、非常な人気を得ていたのである(6)。

その他列挙するなら、セアラ・フィールディング（Sarah Fielding）は、友人ジェイン・コリアとの合作、『叫び（*The Cry*）』の第五部のプロローグでセルバンテスと『ドン・キホーテ』に言及している（Fielding 一一二）。またこの女性作家は『クレオパトラとオクタヴィアの生涯（*The Lives of Cleopatra and Octavia*）』（一七五七年）のイントロダクションでも『ドン・キホーテ』に言及した。それと並行して、彼女はリチャードソンの『サー・チャールズ・グランディソン』（一七五五年）にも言及している（Fielding 五四）。この作品もキホーティズムの好例である。

『クラリッサ』でのラヴレスは愛のない男であった。対して、グランディソンは道義の権化である。この点が、当初から読者を遠ざける重大な要因になった。

『ドン・キホーテ』そのものはおかしな人間を描いて反面教師となったが、あまりに真っ当な人間を描くと、読者は逆に敬遠してそこから何も受け取らなくなる。しかしまさにその点こそがグランディソンという人物の魅力ともいえる。なぜなら、『ドン・キホーテ』を読んだがゆえにまた一人のドン・キホーテになる人もいるし、同じように、グランディソンを真似ようという人もいなくはないだろうからである。これらの作品には全て、登場人物にとってのホビーホースが描かれる。美徳、ロマンス、道義などである。これらは全てアンリ・ベルクソンの『笑い』でいえば「こわばり（*raideur*）」である。「こわばり」と関連させていうと、たとえばリチャードソンの『パミラ』の最後の最後で著者が称揚するパミラの美徳は、特に現代人にとっては、いささか突飛であろう。以下は筑摩書房の世界文学大系で『トリストラム・シャンディ』とペアで収録されている『パミラ』からの引用である。

言行ばかりでなく心中の考えにまで及んでいた、処女として、また、花嫁としての清浄さ、神に捧げる著しい信頼、
感謝に満ちた心、
恩義を感じる胸、
彼女が外出するとどこででも貧しいものたちの祝福を受ける種になった、彼らにたいする惜しみない慈善、
快活で気さくな、のびのびとした物腰、
両親にたいする、夫にたいする、また、母としての義務心、
ひととまじわる上での美徳の数々、
以上はそれぞれみな彼女の心根が優れていることを示す著しい項目で、そのために、彼女の人柄は全女性の模倣を受けるにふさわしい。(7)

文と人は完璧にはなりにくい。ともするとベルクソンのいうような「機械的こわばり」により笑いも起きかねない。しかし時には嘲笑や怒号すら招きうるキホーティズムと違い、ホビーホースはその「趣味」の含意によって、より温かいものでありうる。たとえば、リチャードソンが『パミラ』で最後に称揚するような女性に関する厳格な美徳は、現代の読者または当時の読者によってすら嘲笑を招きかねないかもしれぬが、もしそうしたこだわりが、リチャードソンの「ホビーホース」であるとしたら、それを見る者はより寛容的にそれを眺められる。キホーティズムはしばしばはっきりと犯罪めくことすらある。たとえば、セルバンテスの『ドン・キホーテ』で狂気の騎士が無実の人を犯罪者扱いして乱暴する場面がそうである。あるいは、レノックスの『女キホーテ』でヒロインのアラベラは無実の人間を強盗扱いしたりする。しかしホビーホースはもっと内省的なものであるべきだ。――リチャードソンの『パミラ』の、女性に推奨されるべき道徳が本当に他者に向けられていたなら、それは暴力的ですらありうるかもしれないが、もし、それらの美徳が内省的なものであり、彼自身の心の中の理想として燃え立つなら、それは優しい力でありうるのである。

4 まとめ

本論の定立：キホーティズムは外的で暴力的であるが、ホビーホースはより内省的である。

そもそも、『トリストラム・シャンディ』はキホーテの騎士道とは縁遠いように見えるが、トリストラムという名はバートン（Robert Burton）の『憂鬱の解剖（*The Anatomy of Melancholy*）』第三部（the third partition）

では「ランスロット」と並んで貴族的な名前であった。「サー・ランスロットまたはサー・トリストラム、シーザーまたはアレグザンダー」（Burton 一七四）と。その意味では、『トリストラム・シャンディ』の登場人物が乗っているホビーホースは、いわば有閑階級のもので、実際、シャンディ家の男性陣は、平たくいえば常に「暇」そうに見えなくはない。しかし彼らの個人用の馬は、決して人々の怒号を誘発するようなものではない。強いていうなら、ちょっとした笑いを誘うほどである。

『ドン・キホーテ』という作品は、ドン・キホーテであってしまうことを戒めるためにあったが、むしろ『トリストラム・シャンディ』はドン・キホーテであってしまうことを非難するためではなく、許すためにあるといえるのである。――優しい「ホビーホース」が、暴力的なキホーティズムに勝るときこそ、ハートフルなユーモアがそこにあり続けるのだ。これぞ『トリストラム・シャンディ』である。

注

（1）「ホビーホース」についてはHelen Ostovichの「トリストラム・シャンディにおける読者としてのホビーホース（"Reader as Hobby-horse in *Tristram Shandy*"）」（Ostovich 173）も参照した。

（2）宮下志朗訳『ガルガンチュアとパンタグリュエル1』（筑摩書房、二〇〇五年）を引用した（百五頁）。

（3）ポールソン（Ronald Paulson）の『イングランドのドン・キホーテ（*Don Quixote in England*）』によればスウィフトの書斎にはシェルトン（Thomas Shelton）の翻訳による『ドン・キホーテ』があった（Paulson xix）。シェルトンの翻訳は一六一二年でありイングランド初である（xvii）。

（4）このことは、『イングランドのドン・キホーテ』の注釈において、Francis Conventryの『フィールディング氏により成された新しい種の書き物に関する試論（*An Essay on the New Species of Writing founded by Mr. Fielding*）』（一七五一年）からの引用として載せられている（Paulson 210）。また、PaulsonとThomas Lockwood編集の*Henry Fielding:*

The Critical Heritage にも載せられている。

（5）ウェイン・ブースのシカゴ大学博士論文（一九五〇年）は『トリストラム・シャンディとその先駆者——自意識的話者（*Tristram Shandy and Its Precursors: The Self-Conscious Narrator*）』であり、同著者の『フィクションの修辞学』の末尾には『トリストラム・シャンディ』に先行したself-conscious（自意識的）作品の広範な一覧がある（Booth 489-94）。

（6）Miriam Rossiter Small の *Charlotte Ramsay Lennox* によれば『女キホーテ』は十八世紀の後半を通してポピュラーで、ヒロインのアラベラは人々により知られ、キホーティズムは世間で通じる「決まり言葉（by-word）」だった（Small 85）。当然キホーティズムというのは何もこの小さな作品から発したものではなく、スモールは同著で沢山の模倣作の中でレノックスの作品が最も成功したといっている（93）。

（7）海老池俊治／朱牟田夏雄訳『筑摩世界文学大系21』（筑摩書房、一九七二年）を引用した（三一四—三一五頁）。

参考文献

Ardila, J. A. G., ed. *The Cervantean Heritage: Reception and Influence of Cervantes in Britain*. London: Legenda, 2009.

Beasley, Jerry C. *Novels of the 1740s*. Athens: University of Georgia Press, 1982.

Booth, Wayne C. *The Rhetoric of Fiction*. 2nd ed. Chicago: University of Chicago Press, 1983.

Burton, Robert. *The Anatomy of Melancholy*. New York: The New York Review Books, 2001.

Carlile, Susan, ed. *Masters of the Marketplace: British Women Novelists of the 1750s*. Bethlehem: Lehigh UP, 2011.

Colman the Elder, George, and Richard Brinsley Sheridan. Ed. David A.Brewer. *The Rivals and Polly Honeycombe*. Claremont: Broadview, 2012.

Fielding, Sarah. *The Cry*. New York: Scholars' Facsimiles & Reprints, 1986.

——. *The Lives of Cleopatra and Octavia*. London and Toronto: Associated University Presses, 1994.

Gordon, Scott Paul. *The Practice of Quixotism: Postmodern Theory and Eighteenth-Century Women's Writing*. New York:

Palgrave Macmillan, 2006.

Howes, Alan B., ed. *Sterne: The Critical Heritage.* New York: Routledge, 1995.

Laden, Marie-Paule. *Self-Imitation in the Eighteenth-Century Novel.* Princeton: Princeton UP, 1987.

Motooka, Wendy. *The Age of Reasons: Quixotism, Sentimentalism, and Political Economy in Eighteenth-Century Britain.* London: Routledge, 1998.

Naroxny, Christopher, and Diana de Armas Wilson. "Heroic Failure: Novelistic Impotence in *Don Quixote* and *Tristram Shandy.*" *The Cervantean Heritage: Reception and Influence of Cervantes in Britain.* Ed. J. A. G. Ardila. London: Legenda, 2009.

Ostovich, Helen. "Reader as Hobby-horse in *Tristram Shandy.*" *Laurence Sterne's Tristram Shandy: A Casebook.* Ed. Thomas Keymer. Oxford: Oxford UP, 2006.

Paulson, Ronald. *Don Quixote in England: The Aesthetics of Laughter.* Baltimore: Johns Hopkins UP, 1998.

Randall, Dale B. J. and Jackson C. Boswell. *Cervantes in Seventeenth-Century England: The Tapestry Turned.* Oxford: Oxford UP, 2009.

Raven, James. *British Fiction 1750–1770: A Chronological Check-List of Prose Fiction Printed in Britain and Ireland.* Newark: University of Delaware Press, 1987.

Richardson, Samuel. *Clarissa: Or the History of a Yong Lady.* London: Penguin, 1985.

Richetti, John. Introduction. *The History of Jemmy and Jenny Jessamy.* Eliza Haywood. Kentucky: The University Press of Kentucky, 2005.

Ross, Ian Campbell. *Laurence Sterne: A Life.* Oxford: Oxford UP, 2001.

Small, Miriam Rossiter. *Charlotte Ramsay Lennox: An Eighteenth-Century Lady of Letters.* Hamden: Archon Books, 1969.

Williams, Ioan. *Novel and Romance 1700–1800: A Documentary Record.* Abingdon: Routledge, 2011.

ベルクソン、アンリ『笑い』林達夫訳、岩波書店、二〇一〇年。

ラブレー、フランソワ『ガルガンチュアとパンタグリュエル1』宮下志朗訳、筑摩書房、二〇〇五年。

リチャードソン、サミュエル『筑摩世界文学大系21』海老池俊治／朱牟田夏雄訳、筑摩書房、一九七二年。

第9章　月の魔力
――ブレイクとスターン

鈴木雅之

1　共振するブレイクとスターン

ウィリアム・マイケル・ロセッティが、「多少シャンディ風」（"somewhat in the Shandean vein"）（Phillips 編 三）と評した「月の中の島」（"An Island in the Moon"）とは、一体、どんな作品だろう。ウィリアム・ブレイクの最も初期に書かれたこの未完の作品の執筆年代は、取り扱われる時事的内容から一七八四年十二月頃とされる。詩と散文による全十一章からなり挿絵はない。ロセッティ以後、『トリストラム・シャンディ』と結びつけて「月の中の島」を語ったウィリアム・バトラー・イェイツ（Yeats 編 一・一八七）またノースロップ・フライ（Frye 一九三）にしても、双方の類似性を指摘するにとどまりそれ以上論を展開することはなかった。[1] 一方、ローレンス・スターンについてブレイクには、書簡のなかで二度の言及と『センチメンタル・ジャーニー』への挿絵が一点（一七八二年）あるだけで、ブレイクが作品のなかでスターンに直接触れた形跡はない。そこで、先ず直接的影響関係とは別に、ふたつの作品には極めて類似した特徴があることを確認するために、共振するブレイクとスターンという視点で検討することから始めたいと思う。

「月の中の島」の第一章は次のように始まる。

> 月の中にある島があって、巨大な一大陸と隣り合っている。ところが、この島は、なかなかイングランドに似たところを持っているようで、さらに途方もないことには、住民たちは大変よく似ていて言葉もほとんど同じなので、ここに住めば、あなたは友人たちに囲まれている心地になるだろう。（四四九[2]）

舞台は月の中の島。しかし「巨大な一大陸と隣り合っている」島となれば、誰しもが島国イギリスを連想する。その島も島民も言語もイギリスとイギリス人と英語に酷似しているという書き出しである。イギリスを月に移動させ、そこを舞台にした出来事をこれからお見せするので、じっくりとご覧下さいという趣向である。実は、この「月」というトポスが、ブレイク作品と『トリストラム・シャンディ』の重要な接点ではないかというのが本稿の趣旨である。

「月の中の島」には十人の男と五人の女が登場する。冒頭の場面は三人の哲学者の家である。三人の哲学者とは、エピクロス学派のサクション、キニク（犬儒）学派のクウィッド、それにピュタゴラス学派のシプソップ。仰々しい哲学の流派に属する三人の名前はいずれも飲食等に関わる。つまり、サクションとは吸引・飲酒、クウィッドは（かみたばこの）ひとかみ、そしてシプソップは、（牛乳などに浸した）パン切れ（sop）をする（sip）の意味を内包する。さらにサクションはブレイクの弟ロバート、クウィッドはブレイク自身、そしてシプソップはネオ・プラトニストのトマス・テイラーではないかとも言われる。三人の哲学者は「何も考えないでただ坐っている」（四四九）。そこへ古事物愛好家のエトラスカン・コラム（エトルリアの柱）が入ってきて「なんの足しにもならない山ほどの質問」（四四九）をした後、「誰も聞いていない何かを述べる」（四四九）。さらにギムレット夫人が加わる。彼女は「腰をおろして、古事物愛好家が徳の高い猫たちについて話しているらしいその間中、大変注意して聞いていているらしかった」（四四九）が、実はそうではなく「彼女は自分の目と口の形について考えていたし、古事物愛好家が考えていたのは、彼の永遠の名声についてであった」（四四九）とブレイクはつけ加える。

このような第一章の紹介からもすでに明らかなように、「月の中の島」に登場する人物たちは、お互いに向かって言葉を発しながらも、相手の話を理解しようとするものは誰もいない。全十一章に登場する人物たちの殆どすべてが、知覚不全を起こし彼らの間に十全なコミュニケーションが成立しない空間、それが「月の中の島」である。ここでジョン・ロックの観念連合説に対する諷刺を、ブレイクと『トリストラム・シャンディ』のなかに見出すことはそう難しいことではない（Traugott 一二六―四七）。

例えば、『トリストラム・シャンディ』第一巻第四章のなかで、トリストラムは、作品の冒頭に描かれた、よく知られた自らの誕生に関わる両親とくに母親の振る舞いに触れて「わたしの不幸は、……本来お互いに何の脈絡もない観念同士の不運な結合の結果として」生まれてしまったことだと言う。そして「あの賢いロックは、明らかにこのようなことの本質を大概の人よりもよく理解していた人で、かかる不思議な観念の結合が……多くのねじれた行為を生み出した」（九）と書く。他方、ブレイクの「月の中の島」第五章における「チャタトンは数学者か」を巡ってのモロッコ司祭長アラドボと数学者オブトゥース・アングル（鈍角）の対話は、お互い自分の頭に浮かんできたことを口に出すだけで、相互に決して交わることなく、文字通り延々と続く。つまり、ロックの観念連合説が正しく実践されないと、人はここで見るようなコミュニケーション不全に陥り孤立してしまうことを、ブレイクは不条理の極みにまで戯画化してみせたのである。

ブレイクにとってロックは、ベイコン・ロック・ニュートンという十八世紀の悪魔的三位一体の一角を成す。ブレイクは、おそらく『トリストラム・シャンディ』のそこここに散種されたスターンのロックに対する諷刺的戯画的態度に深く共感するものがあったに違いない。スターン同様、ブレイクもまたロックのコミュニケーション理論の閉鎖性に気づいたひとりであった。

『トリストラム・シャンディ』の特徴のひとつが、「脱線」であることはいうまでもない。「脱線は、争う余地もなく、日光です。——読書の生命、真髄は、脱線です」（六四）とスターンはうそぶき、これを擁護する。脱線は語りの突然の中止であり、それは恣意的過ぎると思わせる「章立て」にも反映する。『トリストラム・シャンディ』の語りの線は、ずたずたに引き裂かれた「ギザギザ曲線」であることは周知の通り。これに似て、ブレイクの「月の中の島」全十一章も、哲学者の家と書斎と立法者スティールヤード邸、風気発見者インフレイマブル・ガス邸に人々が集まるという事を除いて、各章には何らの連続性もなく、脱線に次ぐ脱線で脈絡や一貫性のへったくれもない。「月の中の島」、『トリストラム・シャンディ』いずれも未完である。おまけに「月の中の島」第十一章の後半には一頁半の欠文＝ラクーナがあり、これも『トリストラム・シャンディ』に空白頁や欠けた章があるのと似ている。

『トリストラム・シャンディ』の語り手は、読者もしくは聴衆あるいは観客に向かってしばしば、「奥様」（六六）とか「あなた」（四七）と呼びかける。一方「月の中の島」でのブレイクによる読者もしくは聴衆への語りかけの態度も、例えば、第二章「もしわたしが作中人物全員をあなた（読者＝聴衆）に紹介していないなら、わたしを驢馬＝ばか＝尻（Arse ＝ ass）と呼んでくれ」（四五一）といった風である。ブレイクによる「章」の閉じ方や読者＝聴衆への対応の仕方も、スターンに大変よく似ている。

通常の意味で話が一向に「展開」しないのも、『トリストラム・シャンディ』と「月の中の島」は共通している。

「月の中の島」に登場するオブトゥース・アングルの数学やインフレイマブル・ガスの哲学へのこだわりは、『トリストラム・シャンディ』における「道楽馬」へのこだわりにそのまま重なるだろう。さらにブレイクとスターンの類似性は、カタログ、パンクチュエーションや長めのダッシュ――長短さまざまな表情のあるダッシュ――の用法にまで及ぶ。ブレイクとスターンは頁構成、印刷・活字へのこだわりをも共有する。

2 『ウィッツ・マガジン』と気球飛行実験

このように、「月の中の島」と『トリストラム・シャンディ』はどこまでも重なり合う、すくなくとも、そのような読みを誘うような要素にあふれている。こういった特徴をウィリアム・ロセッティは、ノンセンス風（non-sensical）という意味を込めて、スターン自身の言葉を用いて「シャンディ風」と呼んだのだと思う。それでは、これほど多くの共通項を持つブレイクとスターンふたりの接点は、実際、どこに見出すことができるのだろうか。「月の中の島」と『トリストラム・シャンディ』を結ぶ絆として、「月の中の島」執筆とほぼ時を同じくしてブレイクがスターンの肖像をはじめて刻んだ、一七八四年一月創刊の『ウィッツ・マガジン』（*The Wit's Magazine*）に注目したい。『ウィッツ・マガジン』は、過激思想家・劇作家・小説家として知られるトマス・ホルクロフトを初代編集長として創刊され、一七八六年六月まで続き、全十七号を出して廃刊となった。

『ウィッツ・マガジン』の副題は、「笑い、ユーモアそして娯楽の完璧な宝庫としてのモーマスの書斎」とあり、ジョン・ミルトン作「快活の人」（一六三一年？）の最終行（一五二）「笑いよ！　わたしはお前とともに生きよう」（"Mirth! With Thee I mean to Live"）が、表題頁下段に置かれてある。モーマスとはギリシャ神話のあらさがしと嘲弄の神のことであり、スターンも『トリストラム・シャンディ』の中で、人間の心の中を覗き込み人

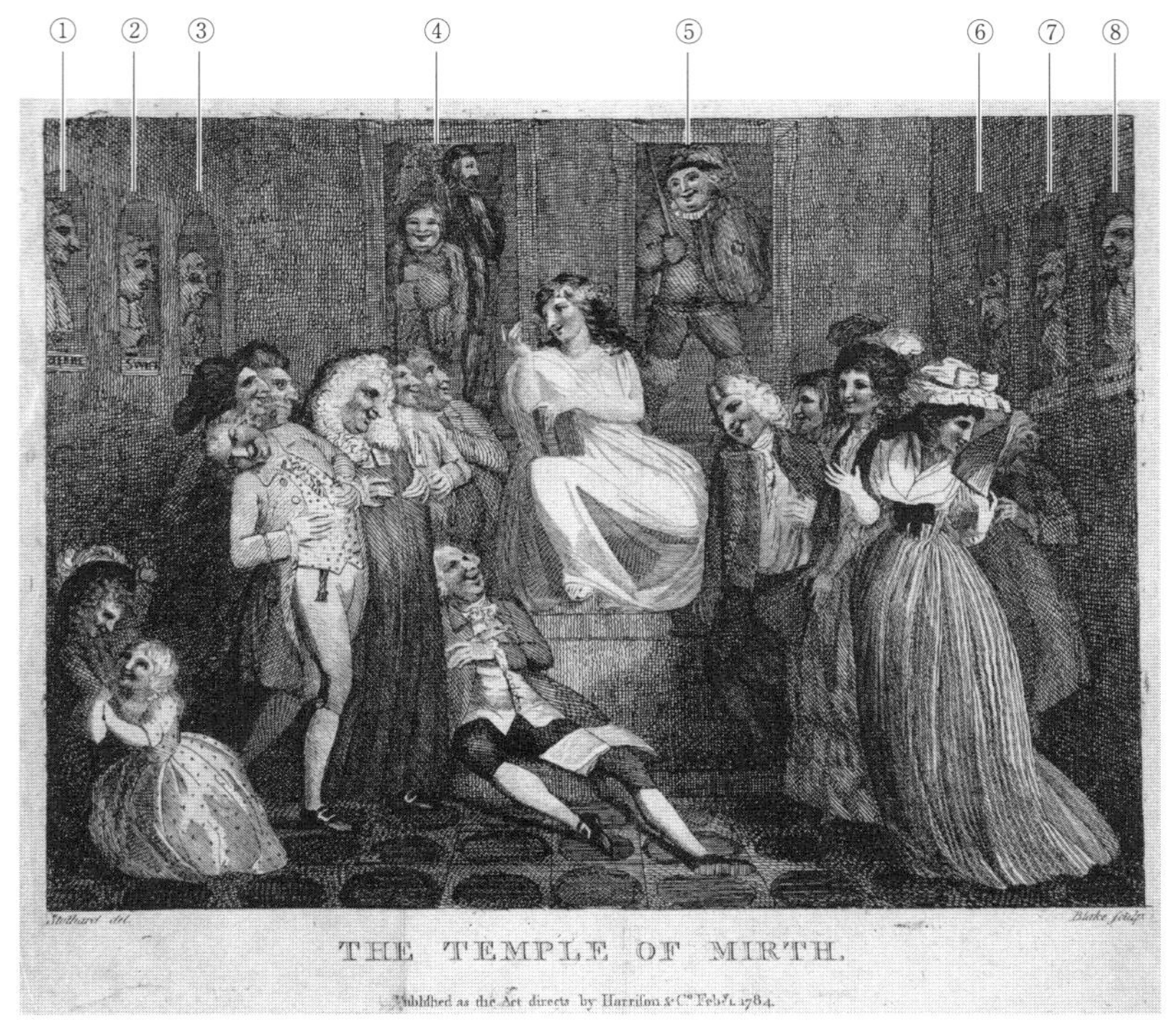

①スターン ②スウィフト ③ヴォルテール ④ドン・キホーテ、サンチョ・パンサ、ロシナンテ ⑤オルランド・フュリオーソ ⑥ポープ（?） ⑦フィールディング ⑧ラブレー

図1 ストザード画・ブレイク刻《笑いの殿堂》（1784）17.5×22.8 cm.『ウィッツ・マガジン』第1号（1784）口絵. ハンティントン図書館.

間の性格を読み取ることのできるモーマスのガラス（六五）に言及する。

『ウィッツ・マガジン』第一号口絵《笑いの殿堂》（"The Temple of Mirth" 図1）は、銅版画師ブレイクのライヴァルであったトマス・ストザードの描いた絵を、ブレイクが彫版したものである。画面左右の壁には、文人たちの半身像が描かれていて、向かって左壁には、スターン、ジョナサン・スウィフト、フランソワ＝マリー・ヴォルテールの胸像が、右壁には、フランソワ・ラブレーとヘンリー・フィールディング、三人目は不明だがアレクサンダー・ポープらしき人物の胸像が刻まれである。そして正面に坐る〈笑いの女神〉の背後の壁には、向かって左にミゲル・デ・セルバンテスのドン・キホーテとサンチョ・パンサの全身像、やせ馬のロシナンテがふたりの背後から顔を覗かせている。一方、右側には楯と剣を持つ、ルドヴィコ・アリオストの代表作『狂えるオルランド』（一五一六年）のオルランド・フュリオーソの全身像が描き込まれている。

《笑いの殿堂》中央には、月桂冠をかぶった〈笑いの女神〉。彼女の足元には、床に両足を投げ出しその左足の上には『ウィッツ・マガジン』らしき雑誌を置き上半身を起こして笑う人物や、お腹を（中には両脇を）抱えて笑い転げる男女が合わせて十三名と、さらに左手前にも母と娘の姿が描かれている。〈笑いの女神〉は右膝の上に本を立ててそれを左手で押さえながら、本の上に右肘を置く。

興味深いことには、《笑いの殿堂》に刻まれたヴォルテール、フィールディング、アリオストらは、いずれも月への旅またはそれに匹敵する驚異の旅を描いたことである。アリオスト作『狂えるオルランド』の第三十四歌では、失恋から発狂してしまったオルランドを元にもどすためにアストルフォがエリアの馬車に乗り月へ旅をするし、フィールディングの『死出の旅路』（一七八三年）は、ヘルメスに導かれるまま死者の馬車に乗って此岸から彼岸への旅に出ようとする男の話である。ヴォルテールの『ミクロメガス』（一七五二年）は、ひとりのシリウス星人が地球にやってくる話で宇宙旅行に対する壮大な諷刺作品とされる。(3)

ブレイク作品の舞台が「月の中の島」であることは、この作品の特徴を論じる上で、極めて重要である。というのも「月」というトポスは、十七世紀以来のイギリス文学のみならずヨーロッパ文学の伝統のなかに執念深く現れた「宇宙旅行」の主題の中心に位置するからである。マージョリー・ホウプ・ニコルソンが、その名著の誉れ高い『月世界への旅』（一九四八年）において、十七世紀から十八世紀後半まで、ベン・ジョンソンの『月に見出された新世界情報』（一六二一年初演）やフランシス・ゴドウィンの『月の男』（一六三八年）に始まり、ダニエル・デフォーの『統合者』（一七〇五年）を挟んで、一七八四年に出版されたイタリア人の気球飛行士ヴィンセンツォ・ルナルディによる報告書『イングランドにおける最初の宇宙旅行報告』（*An Account of the First Aërial Voyage in England*）に至る宇宙旅行文学を、ほとんど網羅的に論じ尽くしたことは周知の通りだろう（残念なことに「月の中の島」はニコルソンのリストからは漏れてしまっている）。本論に関わるルナルディという人物は、駐英ナポリ大使カラマニコ大公の私設秘書であり、ジョージ・ビギンの協力を得て気球の製作をしたのであった（Gardiner 二八—四四）。

「月の中の島」を書いたブレイクは、おそらくこうしたニコルソンが集中的かつ網羅的に取り扱った十七世紀・十八世紀の月世界旅行譚や惑星旅行譚の存在を半ば意識しつつ、「月」を舞台とする諷刺作品を書いた（とひとまず言える）のではないだろうか。十五万人を越えるロンドン市民が集まったという一七八四年九月十五日に行われたイギリス最初の気球飛行実験、その直後に書かれたと思われる「月の中の島」には、「月」という言葉と共に「気球」に関連する言葉が頻繁に出てくることは重要である。例えば、「月の中の島」第八章におけるギティピン嬢の台詞には、「気球帽」（四五七）と言う言葉が出てくる。これは、気球がロンドン上空を飛んだことによって当時流行したファッションのひとつであった。

一七八〇年代の「気球」実験が頻繁に人々の話題に登ったであろうことは、『ウィッツ・マガジン』一七八四年二月号と六月号にも、「気球」を扱った作品が掲載されていたことにも窺うことができる。

ここで改めて確認しておかなければならないことは、当時、気球を使っての空飛ぶ実験は、いつのまにか月への空想の旅物語に変容されたあるいは、月旅行と重ね合わされたことである。つまり当時の気球による旅は、先に触れた「宇宙旅行」の主題を継承していたことになる。スウィフトのいとこにして伝記作者であったディーン・スウィフト、その息子テオフィラス・スウィフトによる『痴愚神の殿堂』（*The Temple of Folly* 一七八七

図2　ヘンリー・フュゼリー画・刻《偉大なる母が空中を飛ぶ》23.3×18.8 cm. テオフィラス・スウィフト『痴愚神の殿堂』（1787）口絵. 大英博物館.

年）なる諷刺詩でも、月への旅から戻ったばかりというルナルディが、「月まで上昇したわたしは、そこで地上からは失われてしまったものを発見したのです」（四・十一―十二）と報告し、地球と比べて月の世界がいかに素晴らしいかを語る設定となっている。さらにテオフィラス・スウィフトは第四歌十行目への脚注として、ルナルディの『イングランドにおける最初の宇宙旅行報告』を「最初の月旅行の解説書」であると記している。しかしながら言うまでもなく、ルナルディの報告書には月という言葉は一度もでてこない。

『痴愚神の殿堂』の口絵《偉大なる母が空中を飛ぶ》（"The Great Mother Sails through the Air" 図2）は、ヘンリー・フュゼリーが描き自らエッチングをほどこしたものだ。胸も大きくはだけた偉大なる母・痴愚神（モリア）は、その右手に道化の杖とエリンギウムの小枝を持ち、道化師帽をかぶり、興味深いことにその帽子の上には「三日月」が載っている。フュゼリーが描く痴愚神には、アルブレヒト・デューラーの《運命神》（*Fortune* 一四九六年頃）（『デューラー』九一、一三一）からの影響が如実であり、とくに杖と愛の花エリンギウムにそれが現れている（Weinglass 八四―八五）。痴愚女神の左手には高杯が握られており、その中にエリンギウムの丸い実（種子）がこぼれ落ちて行く。しかしながらこの女道化師は、《運命神》とは異なり、球体の上ではなくルナルディの気球とおぼしき気球の上に立ち、いままさに月に向かって飛翔しようとしている。彼女もまた月に狂った人々を護る女神なのだ。この作品は、いうまでもなくデシデリウス・エラスムスの『痴愚神礼讃』（一五一一年）を意識したものであり、実際、冒頭でテオフィラス・スウィフトは、自分の作品は、エラスムス作品同様、「現代の愚行を露わにする」（v）ことを目的とすると書いている。伝統的な道化の出で立ちに「三日月」が付加されたところに、この『痴愚神の殿堂』の口絵の時事性が窺える。

3　月世界への旅とスターン

ルナルディによるイギリス最初の気球実験に先立つ一七八四年八月号の『ウィッツ・マガジン』に、ルナルディの気球と月世界への旅を論じた非常に興味深いエッセイが掲載された。「月への旅」（"Expedition to the Moon" 二九四―九五）と題されたものがそれである。イギリス的ユーモアとブレイクに見られる知的気取りへの諷刺を絡ませた文章だ。その冒頭を見てみよう。

王立協会員であるルナルディ氏は、はっきりとは言えないがイングランド人の多くがあの恐ろしい病、人呼んで月狂い病（the Malady of the Moon）にひどく悩まされていると知った。このことは彼が長い間主張してきた信念、つまりそういった月狂い病に罹っている連中は、もともとかの惑星（＝月）の住人であったという信念を保証する（支持するに十分な論拠のある仮説だ）。また、世間が、意地悪く「自分たちの住む地球という惑星の頭上にあるものを絶えず欲しがる病」と呼ぶものは、実際、優れた精神の一風変わった特徴と長らく考えられてきたあの内なる愛国心の働きに過ぎないという信念を保証する。ルナルディ氏は、膨大な労力と費用を使って、月への旅行客を乗せるための優雅で広々とした空飛ぶ機械を完成した。空飛ぶ機械によって病める彼らの精神から、「この地球といううす汚い惑星」で身につけた下卑た習慣を十分祓い清めることができるし、地球用語でいえば、彼ら月旅行客は、月への移動を正当化するに十分精神に破綻をきたした人々なのである。（二九四、傍点を付した原文は引用符つきイタリック体）

ルナルディの気球は、月に憧れる人々の心を癒し彼らを月に送り届けるための装置であるという趣旨のエッセイである。気球飛行は「宗教的にも倫理的にも大いに健全な効果をもたらす」（Lunardi 一四）ともみなされていた。ルナルディは、先に見たように『痴愚神の殿堂』では「月の旅」から戻ってきた人物とみなされ、「新曲、ルナルディを讃えて」（一七八四年）と題されたチラシでも、ルナルディは「月の男」と呼ばれ女性たちの憧れの的として描かれていた。

引用の傍点を施した箇所「自分たちの住む地球という惑星の頭上にあるものを絶えず欲しがる病」とは、おそらく、イギリス帝国主義――ここでいう「愛国心の働き」を駆り立てるもの――に対する皮肉と揶揄を込めた表現だ。イギリスが月という新世界を植民地化しようとした動きに関してニコルソンは、「いわゆる『飛行術』が十七世紀に誕生することになった大きな刺激要因は、最初に飛行の原理を見出した国家が月面に――いや惑星にさえ――旗を打ち立てる最初の国家となるだろうという信念であった」（Nicolson 三〇）と指摘する。ここで想起されるのが、ブレイクのエンブレム《欲しい！　ぼくは欲しい！》（"I want! I want!" 図3）だ。《欲しい！　ぼくは欲しい！》は、エンブレム・ブック『子供たちのために――楽園の門』（*For Children: The Gates of Paradise* 一七九三年）の第九番目にあたる。月に向かって梯子をかけ、よじ登ろうと梯子の第一段目に左足をかける若者。背後には梯子に足をかけた若者を見守る恋人たち二人がいる。ジェフリー・ケインズは、このエンブレムは「若者の野望には限界がないことを示す」（Keynes 一六）と言う。それにしても、「月」というアイテムが選択されしかも梯子を月にかけるというイメジは、一体どこからきたのだろうか。ジェイムズ・ギルレーの影響を示唆する研究者（Erdman *Art*, 一六五—七〇）もいるが、わたしはむしろ月旅行文学の系譜に属する作品、サミュエル・バトラーの諷刺詩『月の象』（*The Elephant in the Moon* 一六七〇年頃）を挙げたい。月の探索と植民地化のための道具として「光学の筒」（望遠鏡）が準備され、王立協会の学者たちがその奥を覗き込み、誰も彼もが月の植民地化という「栄光ある構想」（一六）に参加したいとはやる、と書いたバトラーは、「さて今や丈高い筒、天界そのものに／攻め入るはしごが堂々と／月へとかけられた」（二一—二三）と続ける。このバトラーによる植民地主義的な「月にはしごをかける」という比喩的表現を、おそらくブレイク的な文脈の中でリテラルに描いたのが、《欲しい！　ぼくは欲しい！》ではなかったか。[4]

「月への旅」からの引用の中でとくに注目したいのは、もう一箇所傍点を付した「この地球といううす汚い惑星」（*'this dirty planet of ours'*）という斜体に印刷されたフレーズである。月旅行の効用を強調する語句だが、一体、このエッセイの作者は、この言い回しをどこから取ってきたのだろうか。わざわざ引用符で括っているところをみると、誰しもがその出典を思いつく類の作品（著者）ではないかと思われる。ここでその可能性のひとつを『トリストラム・シャンディ』に探ってみたいと思う。

図3　ブレイク《欲しい！　ぼくは欲しい！》(Copy D)、エンブレム 9．7.1×4.8 cm.『子供たちのために——楽園の門』(1793)．ハンティントン図書館.

『トリストラム・シャンディ』第一巻と第

二巻（ヨーク版一七五九年）のロンドン版（第二版一七六〇年）は、当時国務大臣であったウィリアム・ピット（大ピット）に献呈され、なかんずく「月」に献げられていることは先ず注目に値する。『トリストラム・シャンディ』第一巻第九章を見てみよう。

（「道楽には論議の余地なし」）で始まる前章の全部と、別の章でもこの著作中の道楽馬にふれた部分の一切、それだけは閣下に献呈した文章として扱います。――その他の各章は、私は月の女神にささげます。ついでながらあの女神こそは、私の想起しうる男女すべての文芸庇護者の中で、私の書物を書きつづけさせ、また世間のひとたちを駆り立てて、狂気のようにこの書物を追い求めさせる、一番の力を持っているのです。（一六―一七、傍点筆者）[5]

そう言って語り手トリストラムは、「かがやく月の女神」に向かってインヴォケーションを捧げる。「月」という言葉は『トリストラム・シャンディ』全体で十九回ほど現れるが、そのうちの十回が第一巻と第二巻に集中していることは注目に値する。「半月堡」（half-moon）のような要塞用語も含む。われわれの文脈でもっとも重要なのは、第一巻第五章の次の一節である。

私はいっそ月の世界か、そうでなければどれでもよい、どれか惑星の一つに生まれたらよかったと思います（もっとも木星と土星は別で、寒さという奴は私にはとても堪えられません）。それらのどれに生まれたところで、この地球という下劣なうす汚い惑星に生まれ合わせたのに比べて、私の毎日がなお悪かったろうとは到底考えられないことです（まあ金星は保証のかぎりではありませんが）……重ねて断言いたしますが、私

はこの地球を天下最も下劣な世界の一つと考える。（八、傍点筆者）

引用箇所には、月をはじめとして木星、土星、金星といった惑星への言及が多いことが注目される。おそらくここには、ベルナール・フォントネルの当時非常によく読まれた『世界の複数性についての対話』（一六八六年）が濃厚な影を落としている。なにしろ、イギリスだけでも六種類の英訳版が出るほどの大ヒット作である。本書の「第二夜」は、「月は人の住む地球であること」と題されていた。

出来ることなら「月」に生まれたかったというトリストラム。この地球を「下劣なうす汚い惑星」あるいは「天下最も下劣な世界」と呪詛するトリストラム。引用箇所から、スターンが、「月」という「もうひとつの地球」（ガリレイ 二二一―二二三）のトポスに十分自覚的であったことは確かだろう。

では、トリストラムをしてこの地球を「下劣なうす汚い惑星」とまで呼ばしめた要因は、何だったのか。その要因のひとつを、例えば、先ほど言及したロンドン版第一巻に付された献辞「ピット閣下に呈す」に探ってみよう。

何ぶん、書いております場所もこの国のほんの片隅、人里はなれた草ぶきの庵ですし、そこに私は、健康の衰えやらそのほかの人の世の禍などから、何とか笑いの力で身をまもろうものと、不断の努力を重ねながら生きている身でございます。（五）

スターンが、ヨークの田舎というイギリスの周縁の地で、満たされぬ欲望を抱き鬱々として楽しまぬ日々を送っていたであろうことは、イアン・キャンベル・ロスらによるスターン伝記が伝えるところでもある（Ross 一四二—九六、Cash 二八三—八四)。スターンにはトリストラムに自らを重ねて、この世を口汚く罵るだけの理由はあった(献辞の持つ政治的戦略性を考慮するにしても)と言えないだろうか。「何とか笑いの力で」(by mirth)、自らの健康の衰えや人の世の禍から身を護りたいというスターン。『ウィッツ・マガジン』創刊号の「笑い」を主題とした口絵《笑いの殿堂》に、ブレイクが初めてスターンの胸像を刻んだことは、スターンの個人的事情は知らぬとはいえ、偶然にもスターンを元気づけるに相応しい企画であったのかも知れない。もう少し言うなら、『トリストラム・シャンディ』の中で、「月の住人」(九一)とか「(われら)月の住人たち」(三五六)に言及するスターンは、「地球上に住む人間」(三五五)と対立させて常に自らを「月の住人」側に置いていたようにも思える。

ここで先に触れた「月への旅」の中の「この地球というううす汚い惑星」という、引用符付きイタリック体のフレーズの出典という問題に戻ろう。「月への旅」への署名は「C——」とだけしか書かれてなく、このイニシャルだけでは確かな出典を見きわめることは難しい。が、しかしそれでもわたしは、本稿の読者もお気づきのように、先に見た『トリストラム・シャンディ』第一巻第五章の「この地球という下劣なうす汚い惑星」("this vile, dirty planet of ours")こそが、その出典であった可能性が高いと考える。「月への旅」における引用箇所は、「下劣な」(vile)という形容詞を除けば、そのままスターンからの借用だ。「月への旅」の作者にしてみれば——そして『ウィッツ・マガジン』の読者にとっても——、スターンもまた「月狂い病」患者のひとりとして、もうひとつの地球としての月への移住を求めてやまない人間と見なされたとしてもおかしくはなかっただろう。

ブレイクと因縁浅からぬ当代の人気挿絵画家・ストザードによる挿絵付き『トリストラム・シャンディ』が、一七八一年の『小説家の雑誌』(*The Novelist's Magazine*)第五号に掲載された直後であったことも『トリストラム・シャンディ』からの引用であれば、その出典は明記せずとも、読者ならおそらく誰にでも言い当てることのできるフレーズとみなされたであろう。『小説家の雑誌』は、雑誌というより小説のアンソロジーであり、人気ある小説を安価で入手可能なものにすることに極めて重要な役割を果たしたのであった。挿絵入りであることがこの雑誌の売りであり、中でもストザードは、挿絵の質・量ともにこの雑誌にとっては最高の画家であり、ストザードの描く「叔父トウビー」などは、その後の『トリストラム・シャンディ』挿絵の原型となったとまで言われる（Sullivan 二六一―六二）。

4 その後の月トポス

『ウィッツ・マガジン』の口絵《笑いの殿堂》にスウィフトやフィールディングらと並んでスターンの胸像が刻まれた背景には、《笑いの殿堂》に隠されたもうひとつのモチーフ――月旅行・驚異の旅・宇宙旅行――があった。『ウィッツ・マガジン』誌上で出会ったブレイクとスターンは共に、いわば月の想像力に賭けたと言っても過言ではない。ふたりの直接的相互影響関係はともかく、本論の前半で見たブレイクとスターンの共振ぶりは、双方共に月の影響下にあってそのめぐみを共有していたことを示すだろう。

月もしくは月への旅トポスに関して、ブレイクとスターンの違いは何かといえば、ブレイク作品ではすでに月が舞台となっているのに対して、スターンの場合、できることなら月に生まれたかったとトリストラムに言わせる。しかしそれがかなわぬ今、地球という「うす汚い惑星」に愛想をつかしイギリスの「ほんの片隅、人里はなれた草ぶきの庵」から、月の女神に作品を献呈することで月への憧れを告白しているように見える。ブレイクにとって月は、おそらく狂気に陥った人々に恰好の場所を提供するもうひとつの地球、そして月の世界と照応する地下の世界『不思議の国（地下の国）のアリス』（一八六五年）に似たノンセンスの横溢する《反世界》でもあった。

月トポスのその後について簡単に述べると、スターンはいざ知らず、ブレイクが月トポスを「月の中の島」と同じ形で使用することは以後なかった。ブレイク神話の中に組み込まれた月は、理想の結婚を示す「ビューラ」という三重のヴィジョンを意味するものとなる。では「月の中の島」とその後のブレイク作品との間に断絶があるのではないかと言えば、必ずしもそうとは言えない。月トポスの変容を跡づけるには「月の中の島」と同時期に書かれた作品「次に彼女は青白い欲望を生んだ」("then She bore a Pale desire") という、ブレイクの後期預言書を彷彿とさせるグノーシス主義的未完の草稿との関連で捉える必要があることを付言しておきたい。

注

＊本稿は日本英文学会第八十八回大会(二〇一六年五月十六日、京都大学)での招待研究発表に基づく。

(1) ブレイクとスターンはともにメニッポス的諷刺というジャンルで括られることがある。詳しくは Kirk *PQ*, *Scholia*、鈴木(一六九—七六、一八六—九二)、伊藤(五四—七二)参照。

(2) 本論におけるウィリアム・ブレイクからの引用はすべて Erdman 編(1982)に依り、引用箇所はカッコ内に頁数で示す。日本語訳は筆者。

(3) 他にスウィフト『ガリヴァー旅行記』(一七二六年)、ポープ『愚者列伝』(一七二八年、四二年)、ラブレー『ガルガンチュア』(一五三四年)と『パンタグリュエル』(一五三二年、四六年、五二年、六二—六四年)そしてセルバンテス『ドン・キホーテ』(一六〇五年、一五年)における月旅行・驚異の旅については、Nicolson 一八、一一九—二〇他参照。

(4) ブレイクのダンテ『神曲』挿絵(一八二四年)に関するエッセイの中でイェイツはブレイクを「余りにも字義通りの想像力の写実主義者」("a too literal realist of imagination") と呼んだ(Yeats 一一九)。ブレイクは一見奇異に映る比喩的表現をそのまま「文字どおり」視覚的表現に移し替えることがあることをイェイツは指摘しているのかも知れない。

(5) 本論における『トリストラム・シャンディ』からの引用はすべて New 編(1997)に依り、引用箇所はカッコ内に頁数で示す。訳文は朱牟田訳（一九九三年）を借用した。

引用文献

Ariosto, Lodovico. *Orlando Furioso in English heroical verse.* London, 1591.

Blake, William. *The Complete Poetry and Prose of William Blake.* Ed. David V. Erdman, Com. Harold Bloom. New and Rev. ed. Los Angeles: U of California P, 1982.

——. *An Island in the Moon: A Facsimile of the Manuscript.* Ed. and Anno. Michael Phillips with a Preface by Haven O'More. Cambridge: Cambridge UP, 1987.

—— *The Gates of Paradise. For Children・For the Sexes.* Ed. Geoffrey Keynes. London: Trianon P, 1968.

——. *The Works of William Blake: Poetic, Symbolic, and Critical.* Ed. William Butler Yeats and Edwin John Ellis. In Three Volumes. London: Bernard Quaritch, 1893.

Butler, Samuel. *The Elephant in the Moon and Miscellaneous Thoughts.* London: N. Merridew, c. 1670.

C——. "Expedition to the Moon." *The Wit's Magazine.* August, 1784. 294–95.

Erdman, David V. "Shorter Notes: William Blake's Debt to James Gillray." *Art Quarterly* XII (1941): 165–70.

Essick, Robert N. *William Blake's Commercial Book Illustrations: A Catalogue and Study of the Plates Engraved by Blake after Designs by Other Artists.* Oxford: Clarendon P, 1991.

Fielding, Henry. "A Journey from this World to the Next. By Henry Fielding, Esq.". *The Novelist's Magazine.* Vol. 12. London: printed for Harrison. 1783. 224–96.

Fontenelle, Bernard Le Bovier de. *A Conversation on the Plurality of Worlds. Translated from the French of M. de Fontenelle. To which is added, Mr. Addison's Defence of the Newtonian Philosophy.* London: Printed for Daniel Evans, 1769.

Frye, Northrop. *Fearful Symmetry: A Study of William Blake.* 1947; Princeton: Princeton UP, 1969.

Gardiner, Leslie. *Lunardi: The Story of Vincenzo Lunardi.* Shrewsbury, England: Airlife, 1963.

Cash, Arthur H. *Laurence Sterne: The Early & Middle Years.* London: Routledge, 1975.

Kirk, Eugene. "Blake's Menippean *Island.*" *PQ* 59 (1980): 194–245.

——. (Kirk, Eugene P.) "*Tristram Shandy*, Digression, and the Menippean Tradition." *Scholia Satyrica* 1.4 (1975): 3–16.

Lunardi, Vincenzo. *An Account of the First Aérial Voyage in England.* London: 1784. "New Song, In Praise of Lunardi." London: J. Murray, 1784.

Nicolson, Marjorie H. *Voyages to the Moon.* New York: Macmillan, 1960.

Ross, Ian Campbell. *Laurence Sterne: A Life.* Oxford: Oxford UP, 2001.

Sterne, Laurence. *The Life and Opinions of Tristram Shandy, Gentleman.* Ed. Melvin New and Joan New. London: Penguin Books, 1997.

Sullivan, Alvin, ed. *British Literary Magazines: The Augustan Age and the Age of Johnson, 1698–1788.* London: Greenwood P, 1983.

Swift, Theophilus. *The Temple of Folly.* London: J. Johnson, 1787.

Traugott, John. "The Shandean Comic Vision of Locke." *Laurence Sterne: A Collection of Critical Essays.* Ed. John Traugott. New Jersey: Prentice Hall, 1968. 126–47.

Voltaire, François Marie Arouet de. *Micromegas: A Comic Romance. The Works of M. de Voltaire. Translated from the French. With notes, historical and critical. By T. Smollett.* Volume 11. London: printed for J. Newbery, 1752. 256–87.

Weinglass, D. H. *Prints and Engraved Illustrations By and After Fuseli: A Catalogue Raisonne.* 1994; Aldershot, England: Scolar P, 2000.

Yeats, W. B. "William Blake and his Illustrations to *The Divine Comedy.*" *Ideas of Good and Evil* in *Essays and Introductions.* London: Macmillan, 1961. 116–145.

The Wit's Magazine: or, Library of Momus. Being a Compleat Repository of Mirth, Humour, and Entertainment. Vol.1. January to December, 1784.

伊藤誓『スターン文学のコンテクスト』法政大学出版局、一九九五年。

鈴木善三『イギリス諷刺文学の系譜』研究社、一九九六年。

『デューラー展――水彩・素描・版画』千足伸行監修、デューラー展実行委員会、一九九二年。

アリオスト、ルドヴィコ『アリオスト　狂えるオルランド』脇功訳、名古屋大学出版会、二〇〇一年。

ガリレイ、ガリレオ『星界の報告』(一六一〇年) 山田慶児・谷泰訳、岩波文庫、一九七六年。

スターン、ローレンス『トリストラム・シャンディ』(上・中・下) 朱牟田夏雄訳、岩波文庫、一九九三年。

フォントネル、ベルナール『世界の複数性についての対話』赤木昭三訳、工作舎、一九九二年。

ヴォルテール、フランソワ＝マリー『ミクロメガス』『カンディード他五篇』植田裕次訳、岩波文庫、二〇一五年。

第10章　『トリストラム・シャンディ』は「珍奇な」作品か？
——サミュエル・ジョンソンとローレンス・スターン

原田範行

1　はじめに

一七七六年三月二十日、この日、例によってサミュエル・ジョンソンとの談論を愉しんでいたジェイムズ・ボズウェルが、ジュゼッペ・バレッティの『イタリア語会話を学ぶ若い女性のための簡易語法』なる本を話題にしたときのことである。『簡易語法』は前年の一七七五年に出版されたばかりであったが、馬車を引く馬同士の会話など、その奇抜な場面設定が話題を呼んでいた。ボズウェルは、それがなんともばかげていると不満をもらすのだが、するとジョンソンがボズウェルに加勢して、次のように語ったという。「珍奇なものは長続きしない。トリストラム・シャンディも長くは持たなかった」（Boswell 二・四四九）[1]。

ジョンソンとスターン。十八世紀後半のイギリス文学に大きな影響を与えた四歳違いの二人の文人は、ジョンソンのこの断定的発言にうかがえるように、一般には「ほとんど対照的」と見なされている（Howes 一一八）。

ジョンソンがスターンに会ったのはおそらく一度だけで、その時も、自分の文章の朗読を始めたスターンに業を煮やしたジョンソンが、「英語ではないね」と言い放ったというし（Howes 一三八）、ボズウェルとは親交のあったスターンの方でも、文壇の先輩格であったジョンソンに会おうとしたこともなければ、あえて彼のことを取り上げることもなかった。『ヨリック氏説教集』をはじめ、『トリストラム・シャンディ』や『センチメンタル・ジャーニー』など、スターンの主要作品が続々と出版されていた一七五〇年代末から六〇年代後半にかけて、二人は十分に交流する機会があったにもかかわらず、あえて接触を避け、独自の作品世界を生み出していたように見える。[2]

だが、両者の作品を同時代の文脈において改めて検討してみるとき、十八世紀英文学史のこの一般論は、はたしてどこまで妥当と言えるのだろうか。ケンブリッジ大学のフレッド・パーカーは、ジョンソンとスターンをともに「懐疑主義」の文脈で論じているが、[3]現代の作家・作品研究においてはこのように、伝記的事情に端を発した従来の見方をひとまず留保して考える必要があろう。否、この二人を同じ俎上に載せて論じようとするのは、何も現代において始まったことではない。十八世紀後半の大衆音楽や演劇において一世を風靡したチャールズ・ディブディンなどは、「自ら作家と称する女はみなリチャードソンから生まれ、男はみなスターンから生まれた」と記した後、「スターンが詩人であったなら、文壇の玉座をジョンソンと争っていたかも知れない」と述べているくらいである（Howes 二八一）。[4]ディブディンは一七四五年生まれで、この文章を記したのは一七九〇年のこと。ジョンソンとスターンは、既に十八世紀イギリスの読者の間にあっても、比較考察の対象となっていたのである。本章では、この二人の文人に見られる資質や創作理念の明らかな相違を踏まえつつも、なお注目すべき共通性とその意味を、断片性、言語観、非完結性の三つの点に絞って検討することにしたい。

2 断片性

『シャンディ』の冒頭の一節は、スターン文学の最も象徴的な場面の一つだ。「わが父親もしくは母親に、いや双方同じように関係があるのだから両者に対して、私は次のように思わずにはいられない。私を生み出そうしているまさにその時、自分たちがしていることについてもう少し気を使ってくれていたら」と始まるこの作品は、性行為の最中に母が父に、「あなた、時計を巻くのをお忘れでは」とおよそ興醒めな言葉を投げかけ、それがきっかけで、「理性的存在」の誕生が阻害され、「私」、すなわち語り手トリストラム自身の体や精神に不幸がもたらされたという嘆きによって幕を開ける（『シャンディ』三五）[5]。「理性的存在」の誕生の前に立ちはだかる母の寸言。人間の誕生は、例えば、「○○の年に△△の場所で生まれた」などと表現されるのが一般的だ。「父と母が愛しあった結果」とか、「二人の無思慮な恋のために」といった描写を伴うこともないではないだろう。だが、いやしくも主人公の「人生と意見」を主題とする作品の、その主人公の不幸な人生の始まりを頓挫しかけた性行為に求め、それをことさら描出するというスターンの意匠は、やはり傑出していると言わざるをえない。日常的な行為を奇抜な視点から切断し、リアリズムの基盤となるべき常識的見解を粉砕してしまう――この断片性こそ、『シャンディ』の大きな魅力である。

もっともスターンは、常識的見解の破壊のみに関心を抱くたんなる壊し屋であったわけではない。性行為を頓挫させかけた母エリザベスの言葉は、興醒めではあるかも知れないが、だからと言って、まったく非常識で非論理的、というわけでもない。忘れてはいけない生活習慣を思い出したのだから、それはむしろ、常識的でさえある。だから、ここでスターンが描いているのは、むしろ、それを興醒めで非常識で、「いったい、この世の開闢以来、こんなばかばかしい質問で男を妨げた女がいるだろうか」(『シャンディ』三六)と嘆く父ウォルターの常識と、父のオーガズムよりも生活習慣を優先させた母の常識とが衝突し、結果として、各種の不幸を抱えたトリストラムが生まれたという事情であろう。トリストラムが不幸になったのは、スターンが常識や論理性を破壊したからではない。逸脱を許さぬ論理性とか、全体の調和や統一を重んじることに伴う束縛とか、そういったものを一蹴し、百人いれば百通りあるはずの人間の個性が、自由に、ダイナミックに展開する、その瞬間を彼が自在に描き出したためである。そういう放縦さは、アレグザンダー・ポープの「支配的な情念(ルーリング・パッション)」やトリストラム自身が後に説明する「道楽馬(ホビーホース)」とも関連する(Parker 一九二)。この意味でスターンの断片性は、自由闊達な発想そのものにほかならない。

スターンのこうした断片性には、いったいどんな意味があるのだろうか。ここでは、少なくとも次の二つの点だけは指摘しておきたい。すなわち一つには、先に触れたように、論理的とか統一的とか常識的とか、一般にそう呼ばれるものに見られる支配的な脈絡にあらゆる角度から疑問を投げかけ、そうした脈絡が持つ束縛を断ち切る力がある、ということである。断片化することで常識的な脈絡を突き崩すスターンの描写は、論理的なるものを真っ向から否定しようとするものでは必ずしもない。『シャンディ』の第三巻第十八章におけるウォルターと叔父トービーのやり取りには、ジョン・ロックの有名な時間論が顔を出す。何事も「論理的に」考えようとするウォルターが、「無知なることを正直に認めている」トービーに時間の概念を説明しようとするのだが、例えばこの場面でも、ロックの『人間知性論』を下敷きにしたパロディによって滑稽さを醸し出してはいるものの、その時間論自体が否定されているわけではない。そうではなく、ロックの論理が突き崩されるのは、「頭がこんがらがって死にそうだよ」という、トービー叔父さんがあげた悲鳴による(『シャンディ』一九九—二〇〇)。精密な条件のもとになされた論理的思考が絶対でないのは、設定された舞台が必ずしも普遍的ではないからであり、逆にそのような思考が絶対的であると信じるのは、そうした舞台設定の特異性に気づいていないからである――スターンは、こうした気づきを促し、絶対的に見える脈絡を断ち切ってしまうのである。

スターンの断片性が持つもう一つの意味は、こうした断片性が鮮やかな身体感覚を有している、という点にある。痛みにせよ快感にせよ、感覚を表現する語彙は少なからず存在する。だが身体感覚は、痛みにせよ、快楽にせよ、基本的に瞬間的で断片的なものである。ある種の感覚が長く続けば、それは日常化し、あるいは麻痺してしまう。鮮烈な感覚を言語表現にしようと思えば、それは断片的にならざるをえない。ある悲惨な光景を目のあたりにしたその刹那、その悲惨な人物を助けたいと思う――このような場面は、いわゆるセンチメンタル・ノヴェルには多いが、ヘンリー・マッケンジーの『感情の人』をはじめ、センチメンタル・ノヴェルの多くが断片をつなぎ合せた構成になっている理由の一つはここにある。[6] スターンの『ジャーニー』もそうだ。人の心を動かすセンチメントが感じられるのはあくまでも瞬間的な出来事であって、もしそれが継続するようであれば、瞬間的な情動こそが放つ輝きは失われてしまうのである。

ところでジョンソンの文学は、こうした断片性とは一見、まったく無縁に見える。『英語辞典』にせよ『イギリス詩人伝』にせよ、あるいはまた、『ランブラー』や『アイドラー』、『アドヴェンチャラー』といった定期刊行物に執筆した膨大なエッセイにせよ、ジョンソンの文筆はそれぞれが体系をなし、そこに、人生についてであれ、宗教についてであれ、あるいは政治や国際事情についてであれ、彼の典型的な思想が躍如としている、一般にはそう捉えられてきた。「珍奇なもの」は長続きしないという評言は、まさにそういう彼の安定した体系性から発せられたスターン批判にほかならない、と言えるかも知れない。

だが、ジョンソン文学の特質は、はたしてそのような安定した体系性にのみ求められるだろうか。ここで注目したいのは、断片性という視点が、実は、彼の文学にかなり広く見られるある重要な性格を浮かび上がらせるものでもある、という点だ。確かにジョンソンンの作品は、ある大きな体系をなしてはいる。だが、『英語辞典』にせよ『イギリス詩人伝』にせよ、これらは、当然のことながら、いわゆる長編小説のようなプロットと描写の展開を持つものではない。詳細にわたる個別的な記述の集積なのである。定期刊行物に寄稿したエッセイもそうだ。「頭からほとばしり出たものをゆるく結びつけた、不規則で未整理のもの。規則正しく整えられた作品ではない」とは、彼自身の『英語辞典』における「エッセイ（Essay）」の定義だが、彼が若い頃から定期刊行物への執筆を習慣としていた理由の一つは、それが、「大きな体系の中でさまざまな部分をまとめるのを難しく感じたり、複雑な体系の中で混乱したりする恐れのある作者でも、数頁であれば戸惑うことなく書ける」と考えていたからだ（*Rambler* 三・八）[7]。ジョンソンの文筆は、「文壇の大御所」といったレッテルから想起されるような体系的なものでは決してない。むしろ、集積的で断片的なのである。

この断片性は、実は、ジョンソンが生涯にわたって悩まされていた憂鬱病にも関係がある。『ラセラス』の中でイムラックに語らせているように、それは、「妄想と良心がかわるがわる心に現れ」（*Rasselas* 一六二）、その結果、無気力な怠惰に彼を陥れるものであった[8]。実際、『ラセラス』において王子ラセラスは、二十か月もの間、「次々と思い浮かぶ想念にとらわれて」（*Rasselas* 一八）、幸福の谷から抜け出す手段を考えることを怠ってしまうのである。ジョンソンが、この恐るべき判断停止の状態をかろうじて避けることができたのは、やはり『ラセラス』の中で、侍女ペクーアが誘拐されて呆然としていたラセラスの妹ネケイアに向かって、イムラックが言う次のような言葉を、ジョンソン自身が実践していたからにほかならない。すなわち、「人生を停滞させてはなりません、動きを失って濁ってしまうばかりです。また再び、世の流れにかかわってください」（*Rasselas* 一二七）。つまりジョンソンは、彼自身が「妄想と良心がかわるがわる心に現れる」といった状態、すなわち思索が断片的に寸断されてしまうような事態を強く意識し、それによる判断停止といった状況を危惧していたからこそ、断片を集積し体系化することに腐心していた、と言えるのである。「珍奇なものは長続きしない」という、いささか強引なスターン評の背景には、そういうジョンソンの恐怖と並はずれた克己心とが介在していたと見ることができるのである。

そうであるとすれば、断片性という性質は、ジョンソンとスターンというおよそ対照的に思われるそれぞれの文学に、実は深く内在するものであったと考えられよう。論理的ないしは常識的な脈絡の束縛を自由にそして積極的に断ち切るスターンと、完璧なる脈絡を志向しつつもそれを作りえなかったジョンソン。両者の断片性は、近代社会の論理や常識をめぐって、実はかなり接近していたように思われる。いずれも、強固に見える論理や安定しているかに感じられる通念に、揺さぶりをかけるものだったのである。

3　言語観

ジョンソンとスターンはともに、十八世紀イギリスにおける英語の変化に意識的な文人であった。ジョンソンについては、多言を要しないだろう。ほぼ独力で編纂した『英語辞典』が、正書法や語義の確立をはじめ、近代英語散文の確立に果たした役割は言うまでもないし、他方で彼は、ボズウェルの『ジョンソン伝』によく示されているように、十八世紀を代表する座談の名手でもあった。スターンもまた、独自の言語観を持って作品執筆を進めた文人である。『シャンディ』にせよ『ジャーニー』にせよ、彼の散文は際立って口語的である。ダッシュの使用も頻繁だ。何より、黒塗りページやマーブルページ、白紙ページの活用は、言語表現の限界を克服しようとする挑戦的な試みでもあったと言えよう。

もっとも今述べたように、言語に対する意識も、この二人はやはり対照的であった。『英語辞典』を編纂したジヨンソンは、正書法にせよ語義にせよ、あるいは文法にせよ、基本的に書き言葉の現状を追認し、それを『英語辞典』で定着させたと言ってよい。彼は座談の名手でもあったが、その言語論は、散文についてであれ、韻文についてであれ、あくまでも書き言葉を前提としていた。『アドヴェンチャラー』第一一五号で彼は、当時の状況を、物書きが溢れているという意味で諷刺的に「作者の時代」(*Adventurer* 四五七)と呼んでいるが、ここでの議論も、何をどのように書くか、書くべきか、という書くことについてのものであって、話し言葉への意識はそれほど見られない。これに対してスターンは、散文によって作品を執筆しつつも、常に口語表現を意識し、むしろ書き言葉の限界を超克する試みを続けていたと言えよう。否、彼の言語意識は、たんなる口語表現を越えて、言語の身体性、あるいは身体的コミュニケーションの言語化といった課題にも及んでいた。『ジャーニー』の「翻訳」と題された章には次のような一節がある。

人と人との交際を促すのに役立つこれほどの秘訣はありません。つまり、この速記術を身につけ、表情の変化や手足の動き、あらゆる屈折や形を平易な言葉に置き換えるのです。もう長いこと習慣になっていますので、私は反射的にそうしています。ロンドンの通りを歩いているときなど、私はいつも翻訳をしています。人々の輪の後ろに立って三語と聞かぬうちに、二十ものやり取りを私は認識し、それをきれいに書き取ったり、間違いないと断言したりすることだってできるのです。(『ジャーニー』四七―四八)(9)

スターンがここで言う翻訳とは、もちろん、ある言語から別の言語へ移しかえる通常の翻訳のことではない。言語では表現されていない内容を身体的コミュニケーションとして察知し、それを言語化しようというのである。『シャンディ』にもまた、常識的な言語表現の枠を超えた、過剰なまでの口語性や視覚性、身体性が横溢している。

例えば第二巻第十七章の一節。トリム伍長が説教をする、つまり話をする、その刹那の態勢を活写した場面だ。

トリムは三人の前に立ち、体を少し傾けていました。地面とちょうど八十五度半の角度になるように前傾していたのです。——今、私のこの話を聞いておられる健全なる雄弁家の方々はよくご存知だと思いますが、この角度こそ、真に説得力のある投射角なのです。(『シャンディ』一三八)

周知のように、原作にはこの場面を描いたウィリアム・ホガースの挿絵が添えられている。ホガースの絵は説教の中味をほとんど語らないが、他方で、トリムの説教だけを記した書き言葉は、彼のこの態勢、話しぶりをほとんど語らない。スターンはその両者を結びつけようと企てているのである。

口語表現とともに、人間の認識におけるこうした視覚性や身体性をどう書き言葉に置き換えるか。これは、スターンの重要な言語的挑戦であった。言うまでもなく近代社会は、特に書き言葉によるコミュニケーションが支配的になることをその特徴の一つとする。書き言葉が安定し、記録文書にせよ、学問的著作にせよ、ジャーナリズムによる言論にせよ、そうしたものが話し言葉とは異なって蓄積し、時間的・空間的制約を受けずに参照できることによってさまざまな社会制度が担保されなければ、近代社会は成り立たない。だからこそ、ジョンソンの『英語辞典』が果たした社会的意義は大きいのだが、そのことは他方で、言語の口語性や身体性が文書文化から抜け落ち、そういう偏りがむしろ常識化して、ついには意識されることさえなくなって行くのではないかという危惧を抱かせるものでもあった。議会や法廷での議論、説教などはもちろんのこと、最も日常的なコミュニケーションは、文字を習う前の幼児を含めて、口語的あるいは身体的な形でなされる。そういうものを小説というジャンルが掬い取ることができなければ、そこに何の意味があるのか[10]——。

『シャンディ』の第五巻第七章で、スターンは、いささか滑稽な調子で、ロックの言語論が不完全であることに言及している。曰く、「ロックが言語について記した一章がいささか不完全に終わったのはもっともですな」(『シャンディ』三五四)。ここで言わんとしているのは、シャンディ家の召使い同士のやり取りの中で、オバダイアの叫びに混乱したスザナーの脳内の様子を表現するのは実に難しい、ということであり、スターンのロック批判をことさらこの滑稽な箇所に読み込む必要はないだろう。しかしそれだからこそ、スターンの書き言葉の限界への危機感は深かったとは言えないだろうか。日常的なコミュニケーションも、身体性も、情動も、恍惚も、絶望も、人間にとって最も常識的なそういうことを、これだけ多くの散文が出版されているにもかかわらず、描き切れない、そういう忸怩たる思いである。

英語散文が確立したと言われる十八世紀イギリスだが、実は、きわめて多くの不信感や危機感が言語に対して表明されていた。ジョナサン・スウィフトは、『ガリヴァー旅行記』第三篇第五章で、バルニバービの首都ラガードのアカデミーにおける学者たちの言語研究の様子を諷刺的に描いた。言語をいちいち覚えるのは面倒だから、各単語が表すモノに言語を還元してしまえばよいというのだが、この研究がいかにも滑稽なのは、話す内容が複雑になると学者たちはモノを抱えて四苦八苦しなければならなくなった、という点にある。「モノと単語をできる限り数学的に対応させる」とは、十七世紀後半の王立協会で実際に検討された問題でもあった。スウィフトの滑稽な描写は、言葉の意味を一義的にのみ措定しようとする動きに対する現実的な危機感と、背中合わせのものだったのである。[11] もっとも、言語が多義的になりすぎて、モノと対応しなくなるという事態も避けなければならない。それはそれで、言語のコミュニケーション機能が失われてしまうからだ。物書きの過剰を指摘してその弊を説いたジョンソンの言語に対する危機感は、こうした観点によるものと言えよう。書き言葉が氾濫し、意思疎通が覚束なくなることへの危機感は、ポープなどにも見られる。[12] これに対してスターンは、書き言葉が一定の安定感を持って支配的になりつつあった十八世紀半ばにあって、言語の口語性や視覚性、身体性の観点から言語の限界への挑戦を試みたのである。

このように見てくると、ジョンソンとスターンの言語観は、きわめて対照的な形を取りつつも、実はいずれも、近代における言語表現のあり方をめぐる根源的な問いと密接にかかわっていたことが分かる。ひょっとすると彼らが発した問いや試行錯誤の多くが、その後の近代社会において、常識や通念といった形で次第に無意識化されてしまったのかも知れない。だが現代において、あるいは現代小説において、言語表現の限界に関する重要な課題が見られるとすれば、その大半はおそらく、この二人をはじめとする十八世紀イギリスの多くの文人たちによって既に意識されていたことなのではあるまいか。

4 非完結性

「珍奇なものは長続きしない」――ジョンソンの言葉には結論を断定的に述べるという口吻が常に伴う。エッセイにしても、『イギリス詩人伝』のような伝記的・批評的見解にしても、あるいは座談においても、それは共通していて、良かれ悪しかれ、彼の特徴を示すものとされてきた。年上の軍人ジェイムズ・オグルソープのことを、「あの人の話には何ら結論的なことがない」とジョンソンが言い放った時も、オグルソープの話しぶりに見られる非完結性を難じてのことである（Boswell 三・五七）。十八世紀イギリスには、結論が必ずしも判然としない作品が少なくないが、[13] それにしてもスターンの『シャンディ』や『ジャーニー』は、きわめて非完結的で、結論を拒絶しているようにさえ見える。だからジョンソンは、そういう作品に嫌気がさして、あんなものは「長くは持たなかった」と断定したのである。

だが、「何ら結論的なことがない」とオグルソープを非難するジョンソンの談論に、それではどのような「結論」があったのかと言えば、これが実は必ずしもはっきりしない。座談の場で、思い込みの強い言説に対して「いや、君」("No, sir.")と言って自説を切り出すことを常としていたジョンソンだが、ごく一部の政治信条や宗教観を除くと、むしろ、対立する意見の中庸を示すといった傾向が少なからずあったと言われる。[14] 否、座談の場だけではない。作品の真価は、それが長く読まれ尊重されるところにあるという彼の見解も、ある意味では結論を回避して、時の経過に判断を委ねてしまっているとも言えよう。[15] 人生における幸福のあり方を探求すべく「幸福の谷」を抜け出したラセラス一行が、結局は結論に達することなく、各自が思い思いの道を歩むことにした、という『ラセラス』の、「結論、何も結論されず」という最終章もまた、一般に指摘される彼の断定的口調とは裏腹に、ジョンソン文学における結論がそれほどはっきりしたものではない、ということを示している。ラセラス一行の旅の行方については、これを、ある進歩や展開であるとする解釈もないわけではないが、[16] しかしある意味では、『シャンディ』や『ジャーニー』以上に非完結的であるとさえ言えるかも知れない。スターンの登場人物たちの多くが、完結的なるものを早々に断念しているのに対して、ラセラス一行は、幸福の探求の帰結をいつまでも夢想しているからである。

『シャンディ』のことをジョンソンに「珍奇」と呼ばれたスターンだが、今述べたジョンソンの『ラセラス』の「結論」と、「幸福の探求」というスターンの説教の「結論」は、その内容が実は驚くほど重なり合っている。スターンの説教の「結論」は次のようなものだ。

幸福探求を続けたこの人ほど、熱心に、またたいへんな労力をかけて、賢者の石を探し求めた情熱的な錬金術師がかつていただろうか。彼は、最も賢明なる自然の探究者であった。自然が持つあらゆる力や潜在性を吟味し、何度もむなしい思索やつまらぬ実験を繰り返し、ついに確信に至ったことと言えば、自分が吟味したことのいずれの背後にも、自然はない、ということだった。つまり、すべてが雲散霧消してしまい、さらに悪いことには、むなしさと苛立ちばかりが後に残ったということである。結局、この男の試み全体を通じて、結論として彼が言えることは次のことだけであった。幸福を願う者は皆、神を恐れ、その掟を守ること。(『説教集』四・一一)

スターンのこの説教は、もちろん『ラセラス』のパロディではない。むしろ、「探求者よ、あら探しはやめよ、残されているのは願いの声を上げること、天はそれに耳を傾け、信仰もむなしいものではない」とするジョンソンの諷刺詩『人間の願望のむなしさ』にも似た覚悟がうかがえる。[17] 現世での執拗な幸福探求のむなしさ、その非完結性を指摘する二人の筆致は驚くほど似通っているのである。

それにもかかわらず、ジョンソンとスターンの文学が、この非完結性をめぐっても対照的に見えるのはなぜなのだろうか。ここで、ジョンソンがシェイクスピア劇について述べた評言を見てみよう。

一般的な性質 (general nature) の表現ほど、多くの人々を長く喜ばせるものはない。特異な個性などは多くの人に知られているわけではないから、どれほど正確に描写されているのかを判断できる人は少ない。突飛な思いつきを規則性もなく並べたものは、なるほど目新しさを求める人間の性向からして少しの間は楽しめるが、そういうにわか仕込みの楽しみなどはすぐに消え失せてしまう。人間の心は、真理の安定の上にこそ安らぐことができるのだ。(*Johnson on Shakespeare* 七・六二一—六二)

「珍奇なものは長続きしない」という見解と同じく、ジョンソンはここで、「一般的な性質」を作品の主題とすることを説く。シェイクスピアの描く人物像は、「個」ではなく「種」であるという有名な主張がここから生まれてくるわけだが、それではジョンソンの言う「一般的な性質」とはいったい何を指すのだろうか。「人間性が観察できるところにはどこでも、善悪の混合があり、情理の競合がある」(*A Voyage to Abyssinia* 三—四)とか、「詩人の仕事は個ではなく種をよく調べてみることです。一般的な性質とか大きな姿を捉えること。(中略)対象がどんなものなのか、その姿が誰にでもありありと浮かぶような、そういう顕著で際立った性質を示すのです」(*Rasselas* 四三)といった具合に、ジョンソンはしばしばこの、作家が描くべき「一般的な性質」に言及してはいるが、しかしそれが具体的にどのようなものであるのかは、必ずしも判然としない。かりに『ラセラス』のような彼の実作を一つのモデルとするならば、しかし、人間の「一般的な性質」は、結論のない非完結性でしかない、ということになってしまう。

確実に言えることとは、情動性や身体性、視覚性を、スターンとは逆に、ジョンソンは作家が扱うべき「一般的な性質」とは考えていなかったこと、つまり、作家が描くべき、そして読者が読むべき、そういう言語表現の範疇に、ジョンソンは理性を、スターンは感性を据え、この両者が交わることはほとんどなかった、ということである。理性を主題に据えたジョンソンが、それならば、彼自身が言うような、人間の心が安らぐ安定した「真理」を表現しえたかと言えば、もちろんそうとは言えないであろう。彼の言う「真理の安定」は、しかるべき具体性を欠き、祭り上げられて宙に浮いたまま、今日に至っていると言ってよい。「その姿が誰にでもありありと浮かぶような、そういう顕著で際立った性質を示す」ための営為は、結局のところ、個々の作家の努力にかかっているということになる。それでは他方、スターンが主眼とした感性の表現はどうか。もちろん彼の示した感性表現の可能性が、その後の文学史に大きな役割を果たしたことは言うまでもない。スターンのセンチメントに関する一節をタイトルページに掲げた実に無数の小説が十八世紀末から十九世紀初頭には登場する。だが、そうだからといってスターン的実験が、十九世紀以降の作家にそのまま継承されたわけではない。情動の描写は少なからず定式化し、時にはリアリズムという名のもとに囲い込まれ、他方でスターンは、相変わらず「珍奇な」作家として今日に至っているのである。ジョンソンとスターンは、理性と感性というそれぞれ対照的な立場から作品執筆を続け、そして両者はともに結果として、作品の非完結性に行き着いたということになる。

もっともこの結論のなさ、非完結性は、ある意味で十八世紀英文学そのものの特徴の一つと言ってもよいかも知れない。それは、散文によるフィクションという新しい言語表現のジャンルのあり方を常に模索し続けていた当時の文化的状況を映し出していると言えよう。結論を用意して作品を完結させる——それはある意味で、当時の文人の作法にはなかった。日常性を探究すること、そういう特質を当時の文学が有している限り、作品の終わりは暫定的で、非完結的なものとならざるをえないはずだからである。

5　おわりに——ジョンソンとスターンを読み比べてみる

二人の文人が、ほぼ同時期に、同じような場所で執筆活動に携わり、例えばドッズリーという同じ出版社から作品を刊行していたからといって、両者が同じような傾向を持つというわけでは必ずしもない。両者は時にまったく対照的でさえある。ジョンソンとスターンは、本章の冒頭で触れたように、まさにそうした対照的な文人の典型的な例と言えるだろう。しかしながら、やはり本章の冒頭で提起したように、両者の作品には、これを対照的とのみ考えていただけでは解明できない、どこか不思議なつながりを感じさせるものがある。まずはそれを、断片性、言語観、非完結性の三点から検討し、その共通性を確認しようというのが本章の趣旨である。描写に見られる断片性が、作品全体の主題にかかわる非完結性と容易に結びつくということは、比較的理解しやすいであろう。作品の随所に断片性が看取できるとすれば、それは自ずと作品全体の完結性を減じることになるからである。ただその言語観にうかがえるように、両者に共通したこの断片性と非完結性は、二人の言語観から見ると、むしろまったく反対の方向から、結果として導き出された同じ性質、というべきものであったように思われる。ジョンソンは、伝統的で常識的な書き言葉の文化を重視し、それを安定させることを念頭に『英語辞典』を編纂した。それは、書き言葉による言語表現に口語性や視覚性、身体性といった観点から革新をもたらそうとしたスターンの挑戦とは異なる信念であった。しかし同時に、そうした書き言葉の安定をめざしたジョンソンの努力もまた、やはり挑戦と呼ぶべきものでもあったと言えよう。十七世紀の革命の時代を経て曲がりなりにも近代社会の相貌が見え始めた当時のイギリスにあって、書き手が氾濫しつつも、書き言葉自体の安定はそれほど自明のことではなかったからである。

現代においてこの二人の作品を、伝記的事情からいったん切り離して読み比べてみることの意義については、本章の冒頭で触れた通りである。読み比べてみた後、改めて両者の作品がほぼ同時期に生まれたということを勘案してみるとき、そこに見えてくるものは何だろうか。おそらく現代の読者の多くは、二人の作品に共通して、なぜこんなことを書くのか、とか、なぜここまで分かりにくい、あるいは回りくどい書き方をするのか、とか、さらには、結局何を言いたかったのか、といった、分かりにくさや疑問を感じるであろう。しかしながらおそらくは、現代の読者が感じるそうした違和感や疑問こそ、十八世紀イギリスの文人としてのジョンソンとスターンの決定的な共通点なのではあるまいか。というのも、その分かりにくさや違和感こそ、リアリズムや近代社会の常識的言語表現が、ある段階で捨象してしまった大きな課題と言うべきものにほかならないと考えられるからである。ジョンソンとスターンの作品世界は、基本的には対照的な立場から、しかし共通して、近代的言語表現が忘れてきてしまったものを豊かに示しているように思われる。

注

(1) ボスウェルからの引用は拙訳による。中野好之訳を参照させていただいた。

(2) 以後、『ヨリック氏説教集』、『トリストラム・シャンディ』、『センチメンタル・ジャーニー』をそれぞれ、『説教集』、『シャンディ』、『ジャーニー』と表記する。

(3) パーカーのスターン論は、特にParker 一九一―二三一頁を参照。

(4) ディブディンの原文では、「ジョンソン」ではなく「オリヴァー」となっているが、これはジョンソンの文壇での位置をオリヴァー・クロムウェルに準えたものである。

(5) 『トリストラム・シャンディ』からの引用は拙訳による。朱牟田夏雄訳を参照させていただいた。

(6) スターンは「博愛精神を推奨する」と題した説教において、「善意を示す場合、憐みの念からくる衝撃は急激で(中略)、つまりそのような気持ちを起こさせる心象が即座に生まれるので(中略)、善意が掻き立てた共感の内に思考はまったく受動的なものとなる」と述べ、善意を感じて慈善を施す際の瞬間性、あるいは論理的思考からの逸脱を指摘している(『説教集』二六)。同書の引用は拙訳による。なお「センチメント」の瞬間性とそれを小説的表現として描くことの難しさについては、原田、「『感受性』の小説作法」二六―二七を参照。

(7) 本章におけるジョンソン作品からの引用はすべて拙訳による。

(8) ジョンソンとその憂鬱病、および『ラセラス』についての分析は、特にWiltshire 一六五―九四頁などを参照。

(9) 『ジャーニー』からの引用は拙訳による。松村達雄訳を参照させていただいた。

(10) 十八世紀における書き言葉の文化への比重の変化とスターンの口承性や視覚性については、特にTadié 一一―一三、Gerald xiii-xvi頁などを参照。

(11) Swift 一六七―七四頁を参照。なお、王立協会における英語改革に関する議論との関係については、原田、『風刺文学の白眉』八九―九二頁を参照。

(12) 十八世紀前半のイギリスにおける書き言葉の氾濫を「作者の時代」と諷刺的に呼んだジョンソンと同様、ポープもまた、「紙が安くなって印刷屋が増え、その結果、作者が氾濫している」(*The Dunciad* 四九)としている。

(13) 例えば『ロビンソン・クルーソー』の主人公は、無人島からイギリスへ帰還した後、再び旅に出る。『ガリヴァー旅行記』は、ヤフーに似た人間が自分の前に姿を見せないでほしいという主人公の叫びのみをもって幕を閉じる。『パミラ』も、主人公の結婚で終わるわけではないし、『トム・ジョウンズ』も、ソファイアがトムの放縦をどこまで認めたのかは定かでない。『ハンフリー・クリンカー』の旅の行方も不明だ。このように、十八世紀イギリス小説の大半が、多かれ少なかれ非完結的な要素を色濃く有している。

(14) "No, sir."はジョンソンの常套句で、これを皮切りに相手の説に強烈な反駁を加えるのが彼の常であった、と一般に言われるが、例えば、デイヴィッド・ギャリックについてジョンソンは、ジョシュア・レノルズがその評価を尋ねた際には批判的でありながら、逆にエドワード・ギボンがギャリックを批判すると、むしろギャリックを擁護している(Croker 二四六—五六)。ギャリックが亡くなった際のジョンソンの弔辞も、彼の功績を高く評価したものであった(*The Lives of the Poets* 二・一七九)。このことからもうかがえるように、会話における彼の反論は、むしろ物事の両面を見る必要性を訴えるものであったと言えよう。

(15) 『シェイクスピア劇作集』(一七六五年)に付した有名な序文でも、ジョンソンは、「明快で科学的な原理によって成り立つ」ものではなく、文学のような場合、「作品への敬意がどれだけ長く持ったかということこそ、もっともよい判断基準になる」と述べている(*Johnson on Shakespeare* 七・五九—六〇)。

(16) 例えば、*Rasselas* 一七六、Sherburn 三八三—八四、Wharton 九四などを参照。

(17) 引用は、『人間の願望のむなしさ』の三四九—五〇行より拙訳による(*Poems* 一〇八)。

参考文献

Boswell, James. *The Life of Samuel Johnson, LL. D.*Ed. George Birkbeck Hill. Rev. L. F. Powell. 6 vols. Oxford: Clarendon, 1934-50.『サミュエル・ジョンソン伝』中野好之訳、全三巻、みすず書房、一九八二年。

Croker, J. W., ed. *Johnsoniana; Or, Supplement to Boswell.* London, 1836.

Gerard, W. B. *Laurence Sterne and the Visual Imagination.* 2006; London: Routledge, 2016.

原田範行　『風刺文学の白眉―「ガリバー旅行記」とその世界』ＮＨＫ出版、二〇一五年。

――.「『感受性』の小説作法―『パミラ』と『トリストラム・シャンディ』のある受容をめぐって」『英国小説研究』(『英国小説研究』同人編、英宝社、二〇一七年)、五―三一頁。

Howes, Alan B., ed. *Sterne: The Critical Heritage.* London: Routledge, 1974.

Johnson, Samuel. *A Dictionary of the English Language.* 2 vols. London, 1755-56.

――. *Johnson on Shakespeare.* Ed. Arthur Sherbo. The Yale Edition of the Works of Samuel Johnson 7 and 8. New Haven: Yale UP, 1968.

――. *Poems.* Ed. E. L. McAdam, Jr. and George Milne. The Yale Edition of the Works of Samuel Johnson 6. New Haven: Yale UP, 1964.

――. *Lives of the Poets.* Ed. Roger Lonsdale. 4 vols. Oxford: Clarendon, 2006.

――. *The Rambler.* Ed. W. J. Bate and Albrecht B. Strauss. The Yale Edition of the Works of Samuel Johnson 3, 4, and 5. New Haven: Yale UP, 1969.

――. *Rasselas and Other Tales.* Ed. Gwin J. Kolb. The Yale Edition of the Works of Samuel Johnson 16. New Haven: Yale UP, 1990.

――. *A Voyage to Abyssinia.* Ed. Joel J. Gold. The Yale Edition of the Works of Samuel Johnson 15. New Haven: Yale UP, 1985.

Pope, Alexander. *The Dunciad.* Ed. James Sutherland. The Twickenham Edition of the Works of Alexander Pope 5. London: Methuen, 1963.

Sherburn, George. "Rasselas Returns ― To What?" *Philological Quarterly* 38 (1959), 383-84.

Sterne, Laurence. *The Life and Opinions of Tristram Shandy, Gentleman.* Ed. Melvyn New and Joan New. London:

Penguin, 2003.『トリストラム・シャンディ』朱牟田夏雄訳、全三巻、岩波書店、一九六九年。
——. *A Sentimental Journey and Other Writings*. Ed. Ian Jack and Tim Parnell. Oxford: Oxford UP, 2003.『センチメンタル・ジャーニー』松村達雄訳、岩波書店、一九五二年。
——. *The Sermons*. Ed. Melvyn New. The Florida Edition of the Works of Laurence Sterne 4. Gainesville: UP of Florida, 1996.
Swift, Jonathan. *Gulliver's Travels*. Ed. Claude Rawson. Oxford World's Classics. Oxford: Oxford UP, 2005.
Parker, Fred. *Scepticism and Literature: An Essay on Pope, Hume, Sterne, and Johnson*. Oxford: Oxford UP, 2003.
Tadié, Alexis. *Sterne's Whimsical Theatres of Language*. London: Routledge, 2003.
Wharton, T. F. *Samuel Johnson and the Theme of Hope*. London: Macmillan, 1984.
Wiltshire, John. *Samuel Johnson and the Medical World: The Doctor and the Patient*. Cambridge: Cambridge UP, 1991.

第11章　スターンと十八世紀イギリス出版文化

井石哲也

1　戦略的「職業作家」スターン

『トリストラム・シャンディ』という作品の奇抜さは、そのテクストの内容のみならず。作品に散見されるさまざまな「非言語的」特徴からも強く印象づけられる。読者は、突如連続するダッシュやアステリスク、不可解な曲線、そして真っ黒に塗りつぶされたページやマーブル（大理石）模様のページの出現に驚かされる。「作家」スターンがその地位を確立し、今日的視点からも文学史上、稀有な存在となり得たのは、彼が、各種印刷技芸や製本技術に関する知識を駆使してその出世作に仕掛けたこれら様々な「装置」が、テクストの特異性と一体となってもたらす極めて強力な効果の故に他ならない。また、その背景には、大きな変動期を迎えていた十八世紀イギリス出版界の動向がある。ヨークシャー、コックスウォルドの牧師館に雌伏しつつ、スターンは同時代作家達の創作活動における各種の試みや、「貸本屋」（circulating library）の大流行による読者層の隆盛等、創作と出版とを取り巻く大きな時代の動きを注視していた。自作の持つ「モノ（メディア）」としての価値を最大化することを意図して、創作段階のみならず、出版・流通過程にまで積極的に関与し、それに成功したスターンは、極めて戦略的な「職業作家」だったのである。

本章では、一七六〇年（第一巻・第二巻）にはじまり、一七六七年の完成（第九巻）までの八年間におよぶ『シャンディ』の出版経緯を紹介し、同作で展開された実験的小説作法について、同時代作家からの影響も含めて詳細に検討する。また絶筆となった『センチメンタル・ジャーニー』刊行に際して導入された、独自の「予約出版」についても考察し、合わせて十八世紀イギリスの小説出版におけるスターンの先進性を明らかにしたい。

2　十八世紀イギリスの出版事情

スターンと出版界との関連にふれる前に、十八世紀イギリスの出版事情について概観しておきたい。まず当時の出版界の特色の一つに、「書籍商」（bookseller）の存在がある。彼らは商品としての本を、直接、客に売るだけの存在ではなかった。その職能は、作品の版権を獲得して印刷を専門業者に依頼、さらに完成した本を宣伝、かつ自分の書店で販売（小売り）と、多岐にわたっていた。一方「著作権法」（一七一〇）は、彼ら書籍商が作家からその版権（著作権）を買い取った作品を、法が規定する版権期間、自由に再販して利益を得る権利を保証した。いったん版権が買い取られると、作家側はその作品に関する全ての権利を失い、印税の要求は原則として認められなかった。

ただし「著作権法」において、版権の所有者に認められる版権期間は、十四年（施行後の出版物・著者が生存の場合は十四年の延長が可能）ないし二十一年（施行前の出版物）に制限されていた。これは「出版物事前検閲法」失効（一六九五年）以前には慣例的に許容されていた版権の永代所有を否定するものであり、書籍商たちに不安と結束の必要性を感じさせることとなった。彼らが結成した百名規模の同業者組織、「ロンドン書籍商組合」は市場を独占、時に一冊の版権を内部で分割所有して、出版に伴うリスクの低減を図った。その手法は、彼らに'Conger'（「アナゴ」、その旺盛な食欲から「貪欲な出版者」を表す）の別名を与えることとなったが、その背景には、「著作権法」施行に伴う書籍商らの経営不安があったといえる。

一方で法の適用範囲にも問題があった。当時、人気を博した本をリプリントして安価で販売する、いわゆる海賊版が横行し、「著作権法」はその取り締まりに効力を発揮する筈であった。ところが、同法では版権の効力はイングランドおよびスコットランドに限定され、アイルランドは法の適用範囲外であった。そのため、多くのダブリン書籍商が版権を持たない本を勝手に販売する事態を招き、ロンドン書籍商との間の確執を生む。ロンドンの書籍商たちは、ダブリン書籍商との版権争議を繰り返す一方で、「著作権法」による版権保護期間には満足せず、自らがいったん版権を買い取った書物についての永久版権を主張し続けていた。しかし、この問題は、一七七四年の「ドナルドソン対ベケット裁判」において決着をみることとなる。ジェイムズ・トムソンの詩『四季』の再出版をめぐり、著者トムソンの死後に争われたこの裁判では、「ロンドン書籍商組合」による版権の分割所有から閉め出されていたスコットランド書籍商ドナルドソンが同書の出版権を主張して勝訴、永久版権はここにおいて完全に否定された。(1) 以後、「著作権法」が保証する版権の有効期限が過ぎた著作はすべて公共の所有物となり、多数の書籍商が自由に出版できることとなる。(2)

このような「著作権法」を背景とした出版界の動向に伴い、作家やそれを取り巻く環境はどのように変化したのだろうか。作家にその地位と経済的利益を保証する印税制度が正式に導入されるのは十九世紀後半を待たねばならないが、それでも十八世紀の出版界は確実に変貌を遂げていく。

一七四〇年頃から流行した貸本屋は、大衆にとって、各種情報が得られる重要な情報インフラとなっていった。書籍が高価なために個人での購入が難しかった時代、貸本屋は小説一冊が数ペンスで借りられるシステムがうけて急成長、世紀末には英国内で千軒以上を数える。また道路の舗装と馬車のスピード化、運河の整備や鉄道の出現など、同時期に急速に発達した英国内の交通網も、地方の書店とロンドンの書籍商との取引を活性化し、全国規模の出版流通ネットワークが構築される大きな要因となった。十八世紀後半にはヘンリー・マッケンジーの『感情の人』（一七七一）に代表される「センチメンタル小説」の隆盛をみるが、その主たる読者は貸本屋で本を手にする中流階級の女性たちであった。貸本屋は時代感覚を敏感にとらえるバロメーターでもあったのである。

3　『トリストラム・シャンディ』と作家スターンの誕生
――「私は有名になるために書いた」

実は『シャンディ』の第一巻と第二巻については、二種類の初版（ヨーク版とロンドン版）が存在する。一七五九年当時、スターンは作家としてはほとんど無名で、単なる地方の一牧師にすぎなかった。彼の作家としての名声を確立することになる『シャンディ』は全九巻、最終巻を除いて二巻ずつ複数年にわたって出版される。第一巻と第二巻に関して、スターンは元々地元ヨークの書籍商シーザー・ウォードのもとで出版することを考えていた。だがウォードの死去（一七五九年四月二四日）に伴い、同じヨークの書籍商ジョン・ヒンクスマンの助言によって、スターン自らが費用を負担して、作品はウォードの未亡人アンが経営する印刷所で印刷され、ヒンクスマンの書店で販売されることとなる。

当時、新刊書の広告は新聞に掲載されるのが通例であった。『シャンディ』の最初の販売広告は出版地ヨーク

THE
LIFE
AND
OPINIONS
OF
TRISTRAM SHANDY,
GENTLEMAN.

Ταρασσει τὸς Ἀνθρώπες ὐ τὰ Πράγματα, αλλα τὰ περι τῶν Πραγμάτων, Δογματα.

VOL. I.

1760.

図版1　ヨーク版初版タイトルページ

ではなく、ロンドンの新聞、『ロンドン・クロニクル』に、①一七五九年十二月十八日〜二十日、②一七六〇年一月一日の二度にわたって掲載されている。発売日②の広告は以下の通りである。

> 本日発売。新活字で極上紙印刷、二巻本、価格5シリングで美麗装丁。『紳士トリストラム・シャンディの生涯と意見』。ヨーク、印刷・発売元はストーンゲイトの書籍商ジョン・ヒンクスマン（故ヒルドヤード氏の後継者）、ロンドンはペルメルのJ・ドッズリー、パタノスタロウのM・クーパー、および他のすべての書店にて発売。

一方、タイトルページ（図版1）には書籍商の名前は一切印刷されず、出版年のみが記されている。これはヨークという地方での出版に対する世間の偏見を懸念した結果であると想像される。印刷数は五百部程度で、約半数がロンドンの有名な書籍商ジェイムズ・ドッズリー（兄のロバート・ドッズリーは、一七五九年を期に引退した）のもとに送られた。十二折版（duodecimo）小型本二巻の値段は五シリングであった。[3]

一七五九年秋、スターンはヨークに来演した歌手、キャサリン・フォーマントルと知り合い、親しくなる。フォーマントルは演劇界の大物ディヴィッド・ギャリックの知人でもあった。スターンは彼女に、自ら書いた『シャンディ』の宣伝文を書き写して、ロンドンのギャリック宛に送るよう依頼している。フォーマントルがギャリックに宛てた一七六〇年一月一日付の手紙には「貴方はたぶんすでに作品をご覧のことと思いますが」とあり、スターンが、新刊書の動向にも明るいギャリックを意識し、そのプライドをくすぐるべく、周到に表現を選んでいることがわかる（『書簡集』四三）。またスターンは同書簡で、作品が発売後数日で二〇〇部売れた事実を伝えることも忘れてはいない。さらに一月二十七日には、スターン自ら、手紙と『シャンディ』初版をギャリックに送っている。こうしたスターンの計略は見事に功を奏し、ギャリックは作品を高く評価し、友人らに勧めた。このことは、三月に行われるドッズリーとのロンドン版出版交渉の、よい足がかりにもなったのである。

ヨーク版の成功をうけ、スターンは一月三十日付の書簡において、「私は食べるためにではなく、有名になるために書いた（'I wrote not [to] be fed, but to be famous'）」と誇らかに記している（『書簡集』四五）。そして一七六〇年三月、彼はいよいよロンドンへと赴いてドッズリーとの直接交渉をおこない、ついに仮契約にこぎつける。この交渉で、第一巻と第二巻の版権を二五〇ポンドでドッズリーに売ること、これから執筆予定の第三巻と第四巻については三八〇ポンド、また、すでに世に出ているヨーク版とダブリン版（第一巻・第二巻）の売り上げの利益はスターンのものとすることが取り決められたのであった。

こうして四月二日には『シャンディ』のロンドン初版が世に出ることとなる。口絵としてウイリアム・ホガース作の版画が使われ、政治家ウイリアム・ピットへの献辞も加えられて、作品の品質保証と権威付けとなる要素を備えた形での出版が、ついに実現した[4]（図版２）。作家スターンの誕生である。

この後、五月には、第一巻・第二巻に加え、すでに完成していた『ヨリック氏説教集』二巻の出版（版権二〇〇ポンド）を含めた契約が成立、合計八三〇ポンドという大金がスターンの許に入ることになった。ここで作品全体の出版経過をみておこう。

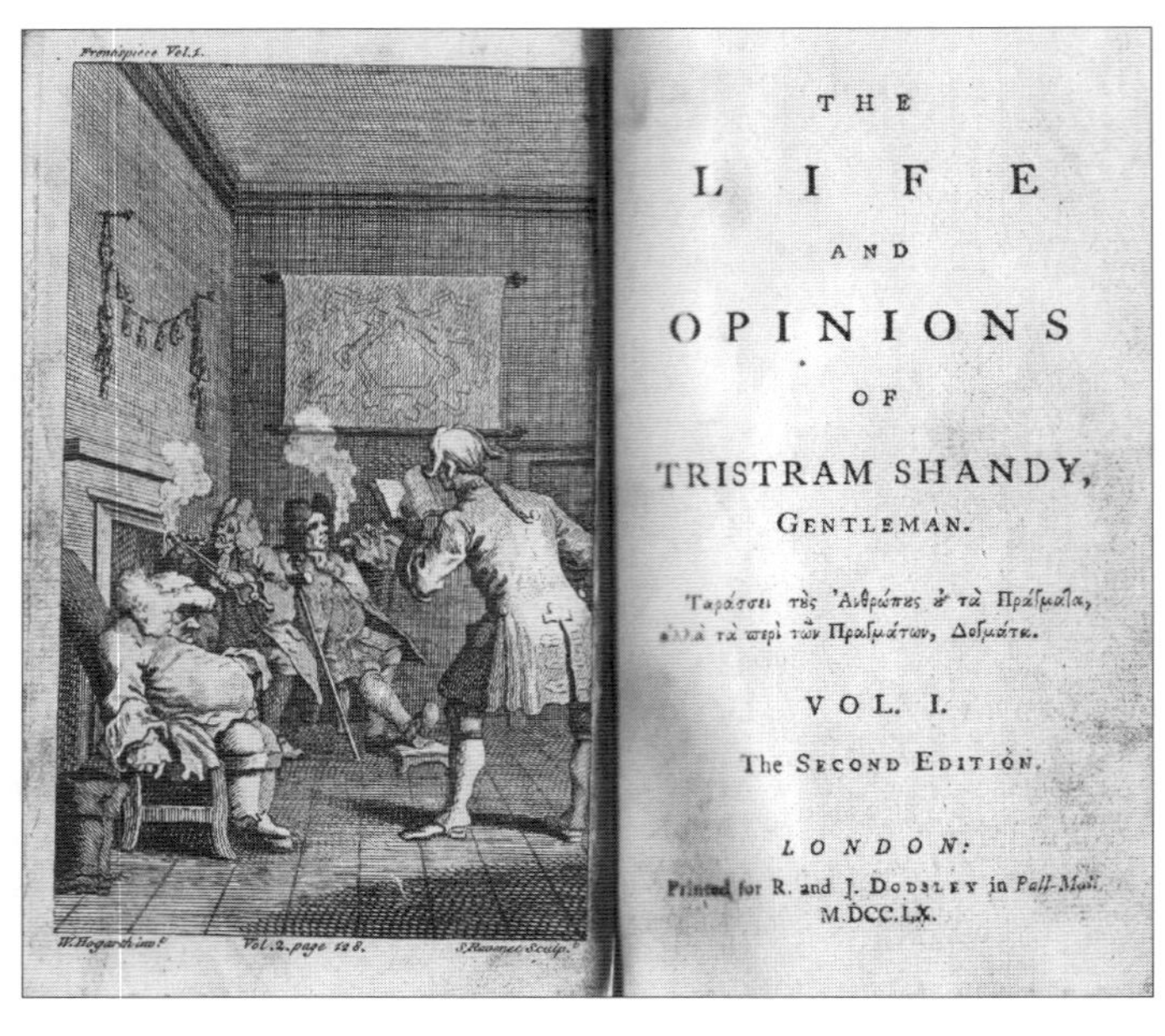

Frontispiece Vol. I.

W. Hogarth inv.t Vol. 2. page 128. S. Ravenet Sculp.

THE

LIFE

AND

OPINIONS

OF

TRISTRAM SHANDY,

GENTLEMAN.

Ταράσσει τοὺς Ἀνθρώπους οὐ τὰ Πράγματα,
ἀλλὰ τὰ περὶ τῶν Πραγμάτων, Δογμάτα.

VOL. I.

The SECOND EDITION.

LONDON:

Printed for R. and J. DODSLEY in Pall-Mall.
M.DCC.LX.

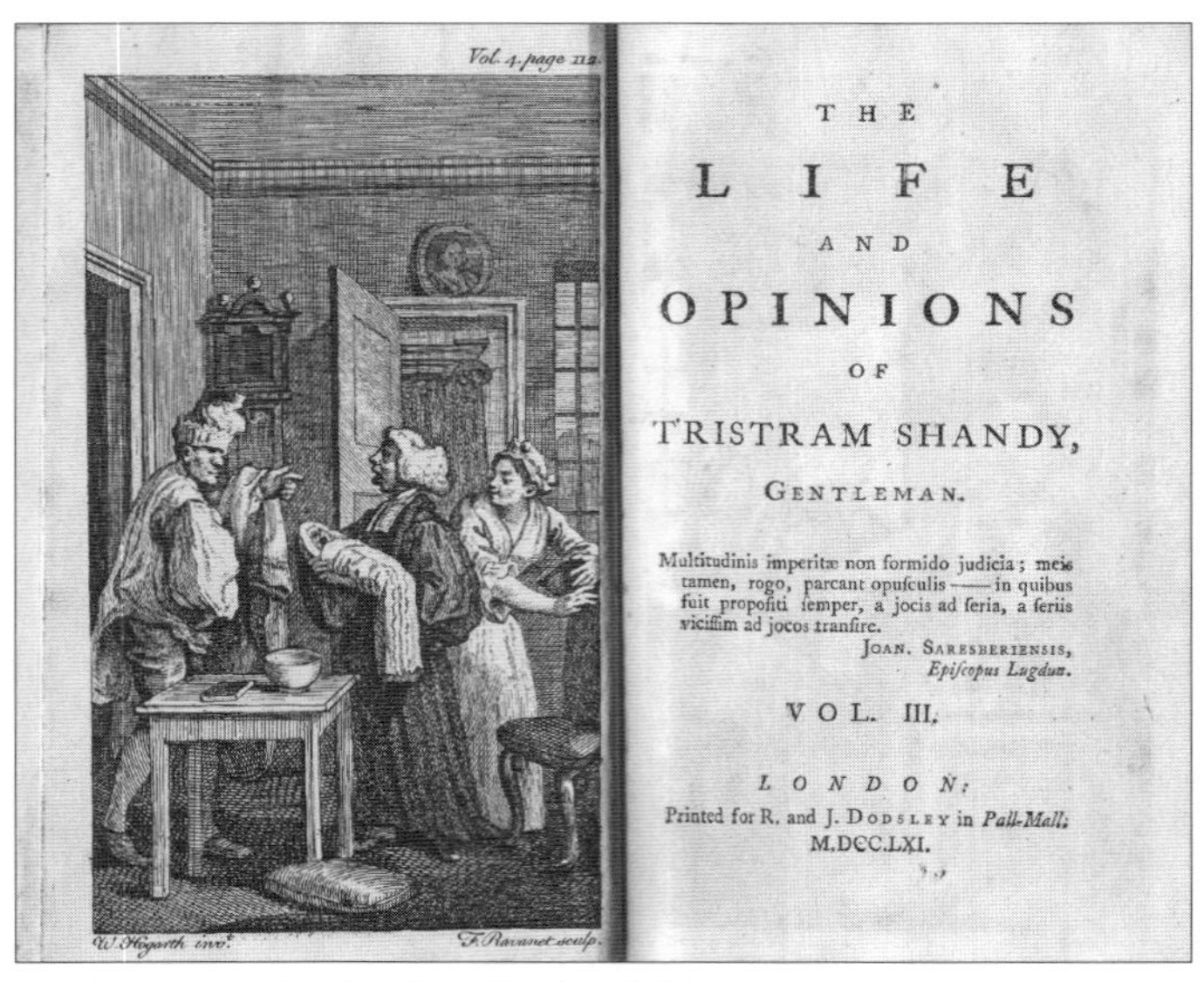

Vol. 4. page 112.

W. Hogarth inv.t F. Ravenet sculp.

THE

LIFE

AND

OPINIONS

OF

TRISTRAM SHANDY,

GENTLEMAN.

Multitudinis imperitæ non formido judicia; meis tamen, rogo, parcant opusculis —— in quibus fuit propositi semper, a jocis ad seria, a seriis vicissim ad jocos transire.

JOAN. SARESBERIENSIS,
Episcopus Lugdun.

VOL. III.

LONDON:

Printed for R. and J. DODSLEY in Pall-Mall.
M.DCC.LXI.

図版 2　ロンドン版初版（第一巻、第三巻）[5]

一七五九年一月一日　『トリストラム・シャンディ』（以下 *TS*）第一巻・第二巻（ヨーク初版）出版
　三月四〜八日　ロンドン着、ドッズリーと交渉。
一七六〇年四月二日　*TS* 第一巻・第二巻（第二版＝ロンドン初版）出版（同年中に第四版）
　五月八〜十九日　ドッズリーとの再交渉
一七六一年一月二十九日　*TS* 第三巻・第四巻出版（五月二十一日再版）（十一月ロンドンへ）
　十二月二十二日　*TS* 第五巻・第六巻出版
一七六三年四月　（*TS* 第五巻・第六巻の売り上げは百八十二部のみ）
一七六五年一月二十三日　*TS* 第七巻・第八巻出版
一七六七年一月三十日　*TS* 第九巻出版

第一巻から第四巻まではドッズリーのもとで出版された。二回目の刊行となる第三巻・第四巻の出版に際して、スターンは次のように述べている。

ロンドンの半数（の読者）が私の本を酷評しているというが、もう半分はそれと同じくらいに激賞している。要するに、けなしても作品を買っているということなのだから、このペースで二回目も、できるだけ早く出そうと思っているところだ。（『書簡集』六九）

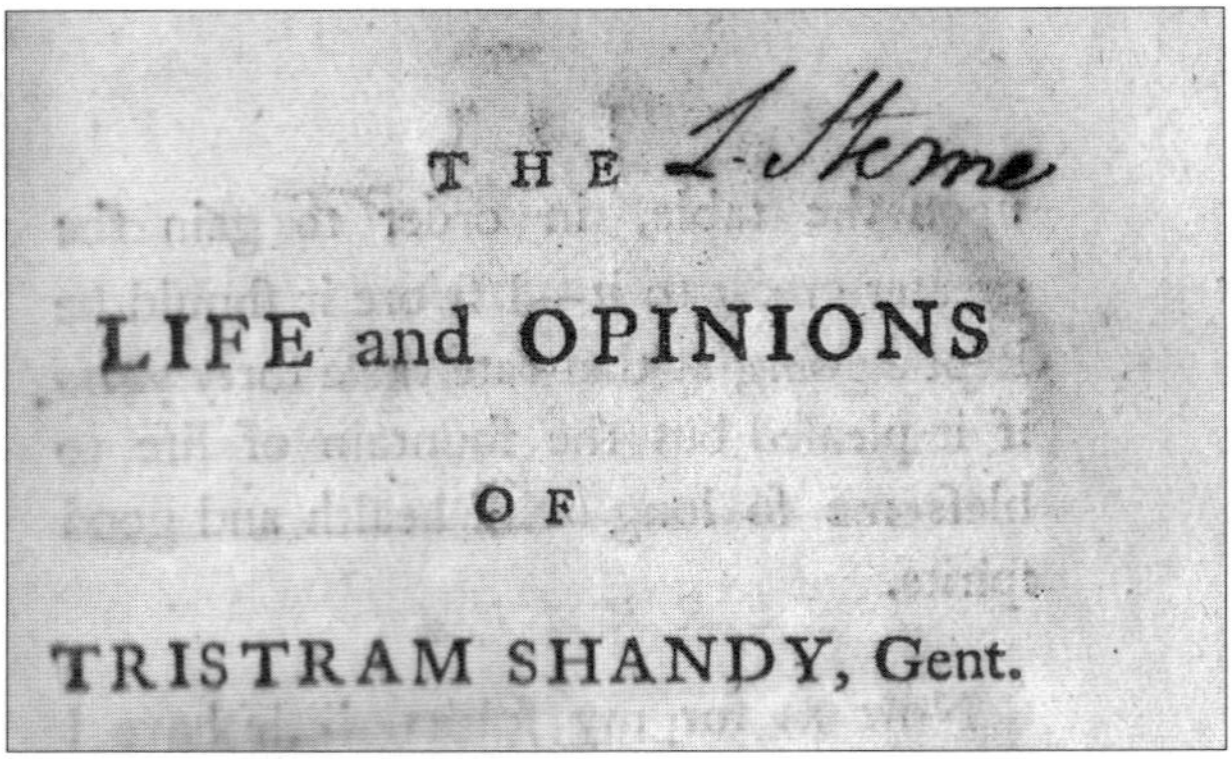

図版3　スターン署名（第七巻）

第五巻から第九巻まではロンドンの書籍商トマス・ベケットとピーター・エイブラハム・デホントによる共同出版の形で出版されている。第五巻以降、出版者が変更された理由は、おそらく続巻の版権に関して、より有利な条件を得るためと考えられる。先に述べたように、書籍商が原稿を著者から買い取った後は、出版された本がどれだけ売れても、著者には追加の収入は一切入ってこないというのが常であったが、ベケットはビジネスの成功を確信して、スターンによりよい条件を提示したものと思われる。一七六一年、第五巻・第六巻が新たな出版元より出版された。

　しかし一七六三年になると、第五巻・第六巻の売れ行きが落ちてくる。初版は四千部印刷されたが、再版が出たのは一七六七年になってからであった。自作の販売促進を狙ってスターンが打ち出した新機軸が、サイン本の販売である。第五巻、第七巻、第九巻の第一ページ目には、スターンの自署が記された（図版3）。安価を売りにする海賊本が横行する当時、作者自らの「サイン」は、正真正銘のオリジナルであることの証であり、また本を購入した読者にとっては、所蔵本の価値を上げることにもなった。これに対して一七六五年に出版された第七巻・第八巻については、第五巻・第六巻と同じく四千部印刷された初版の売れ行きがよく、これによりスターンは約四〇〇ポンドの利益を手にしたとされる。スターンは約六年間にわたり、実に、計一二二五〇冊もの自著にサインしているが、「品質保証と権威付け」によって付加価値を高めたプレミア本の提供が、強力な販売戦略として機能した証左といえるだろう[6]。

スターンは第九巻発刊の翌年、一七六八年三月一八日に死去するが、死後の版権は第一巻から第四巻まではドッズリーが所有、第五巻から第九巻は、それまでのベケット・デホントの共同所有からベケットによる単独所有となった。また、オリジナル全九巻の形での出版は一七七三年まで続き、以後はベケットによって六巻本に変更されている。

サミュエル・ジョンソンは、『シャンディ』について、「奇異なものは長続きしない」(一七七六)と評し、その価値を認めなかったが、現実的には、スターンは疑いなく、十八世紀の小説の書き手として初めて「作家」としての確固たる地位と名誉を勝ち得た人物といってよい。『シャンディ』は、刊行から十八世紀末に至るまで、貸本屋の小説分野において、常に貸出数のトップ・ファイブに入る人気本であり、一七八〇年には、全九巻を二巻におさめた文庫本も発売され、売り上げと貸出の両方で、その好評ぶりを示した[7]。

4　『トリストラム・シャンディ』におけるグラフィクスとタイポグラフィー

ピーター・デ・ヴォークトは、小説のテクストの中に見られる非言語的 (nonverbal) な要素の重要性を指摘し、スターンが『シャンディ』において多用する「脱線」がもたらすコミカルな効果に注目している (Voogd 一〇八)。これが特に際立っているのは、第六巻に登場する、語りの進行状況を示した「脱線曲線」で、スターンは作中で、これらは第一巻から第四巻までの語りを図式化したものだと、主人公トリストラム自身に語らせている[8] (図版4)。

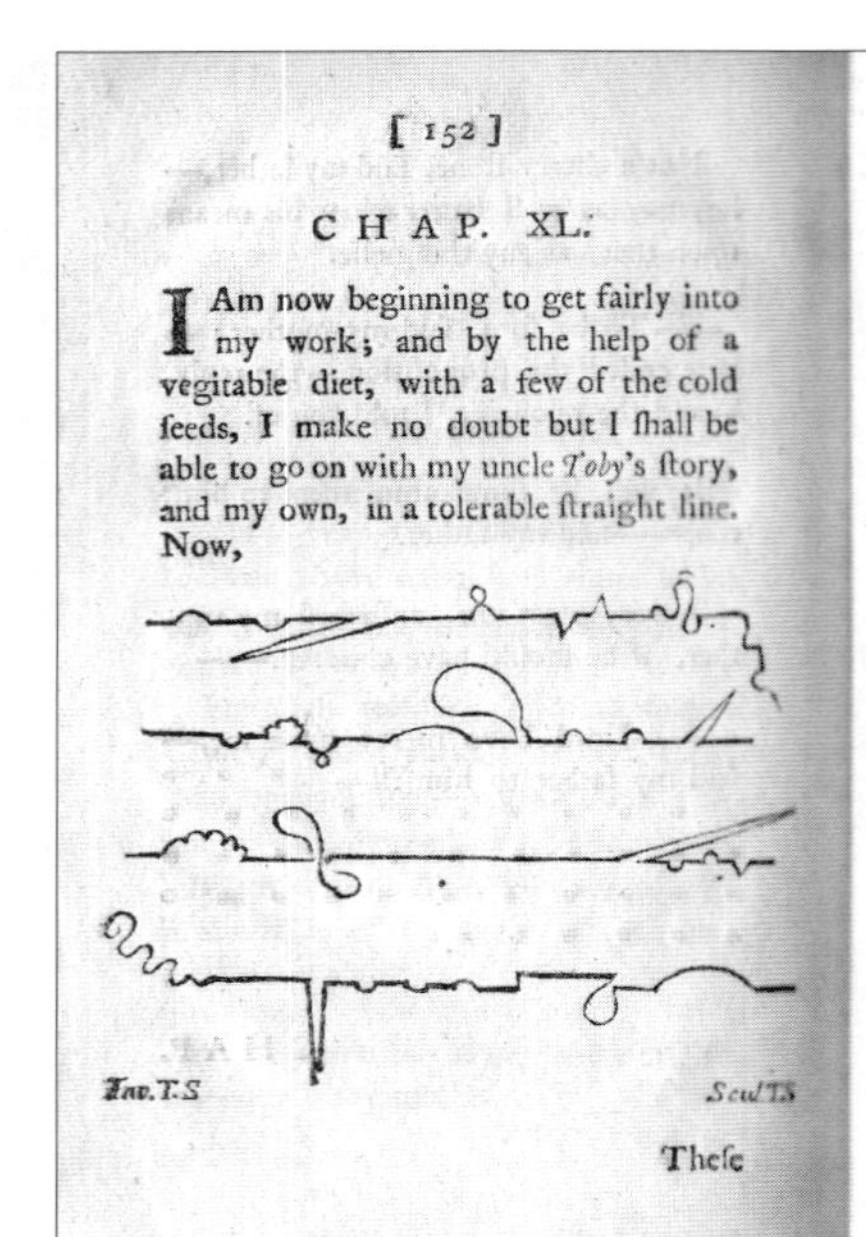

[152]

CHAP. XL.

I Am now beginning to get fairly into my work; and by the help of a vegitable diet, with a few of the cold ſeeds, I make no doubt but I ſhall be able to go on with my uncle *Toby*'s ſtory, and my own, in a tolerable ſtraight line. Now,

Theſe

[153]

Theſe were the four lines I moved in through my firſt, ſecond, third, and fourth volumes.——In the fifth volume I have been very good,——the preciſe line I have deſcribed in it being this :

By which it appears, that except at the curve, marked A. where I took a trip to *Navarre*,—and the indented curve B. which is the ſhort airing when I was there with the Lady *Bauſſiere* and her page,—I have not taken the leaſt friſk of a digreſſion, till *John de la Caſſe*'s devils led me the round you ſee marked D.—for as for *c c c c c* they are nothing but parentheſes, and the common *ins* and *outs* incident to the lives of the greateſt miniſters of ſtate ; and when compared

図版4 第六巻第四十章

読者を引きつけるため、スターンが『シャンディ』に仕掛けた視覚的装置は、しかし、前述の脱線曲線にとどまらない。ヴォークトが正しく指摘する通り、それらさまざまな「装置」は、テクスト自体が持つ新奇性と表裏一体の関係にあり、作品の本質に深く関与している。

今ではよく知られている「ブラックページ」(第一巻)や「マーブルページ」(第三巻)もまた、この小説のみにみられるグラフィック的特徴である。まず初めに、第一巻十二章での牧師ヨリックの死を巡る箇所を見てみよう(図版5)。

テクストでは七十一頁、ヨリックの突然の死が語られるとともに、彼の墓碑銘(かつ挽歌)たる「ああ、あわれヨリックよ!」という三語の表現が読者に示される。頁をめくると、見開き左頁の半ば、同様の三語がもう一度現れて、その章が締めくくられるが、続く右頁(七十三)は黒く塗りつぶされたブラックページとなっており、さらに頁をめくると、またしてもブラックページが出現する、という具合である。

ここで、ブラックページとともに効果的に用いられているのが「キャッチワード」である。これは、製本作業の都合上、各頁最終行の脇に、次頁の最初の単語が印刷されるもので、七十二頁には前述の三語の後の空白の下部、ページ最終行に、通常なら次頁での新たな章の始まりを告げる'CHAP（TER)'の語が置かれている。しかし実際には、読者の予想を裏切って、これも前述の通り、七十三頁、七十四頁とブラックページが続くのであり、さらに次ページ、見開き右側の七十五頁になってはじめて、ようやく新しい十三章が始まる。

このようにきわめて特徴的な紙面構成上の仕掛けは、最終巻となる第九巻においても顕著である。たとえば、第十七章の結尾（六十八頁）に続く「第十八章（六十九頁）」、「第十九章（七十頁）」（図版６）は、それぞれ第一

[70]

with *Sancho Pança*, that ſhould I recover, and " Mitres thereupon be ſuffer'd " to rain down from heaven as thick as " hail, not one of 'em would fit it."—— *Yorick*'s laſt breath was hanging upon his trembling lips ready to depart as he uttered this;—yet ſtill it was utter'd with ſomething of a *cervantick* tone;—and as he ſpoke it, *Eugenius* could perceive a ſtream of lambent fire lighted up for a moment in his eyes;—faint picture of thoſe flaſhes of his ſpirit, which (as *Shakeſpear* ſaid of his anceſtor) were wont to ſet the table in a roar!

Eugenius was convinced from this, that the heart of his friend was broke; he ſqueez'd his hand,——and then walk'd ſoftly out of the room, weeping as he walk'd. *Yorick* followed *Eugenius* with his eyes to the door,—he then cloſed

[71]

cloſed them,—and never opened them more.

He lies buried in a corner of his church-yard, in the pariſh of ———, under a plain marble ſlabb, which his friend *Eugenius*, by leave of his executors, laid upon his grave, with no more than theſe three words of inſcription ſerving both for his epitaph and elegy.

Alas, poor YORICK!

Ten times in a day has *Yorick*'s ghoſt the conſolation to hear his monumental inſcription read over with ſuch a variety of plaintive tones, as denote a general

E 4 pity

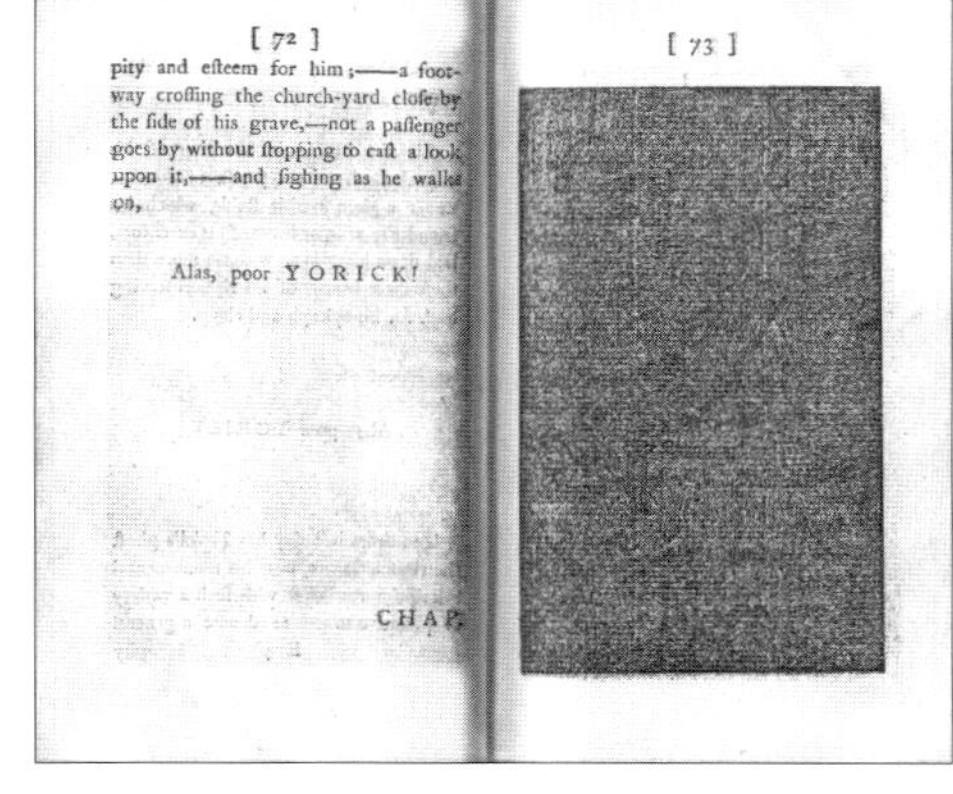

[72]

pity and eſteem for him;——a foot-way croſſing the church-yard cloſe by the ſide of his grave,—not a paſſenger goes by without ſtopping to caſt a look upon it,——and ſighing as he walks on,

Alas, poor YORICK!

CHAP.

[73]

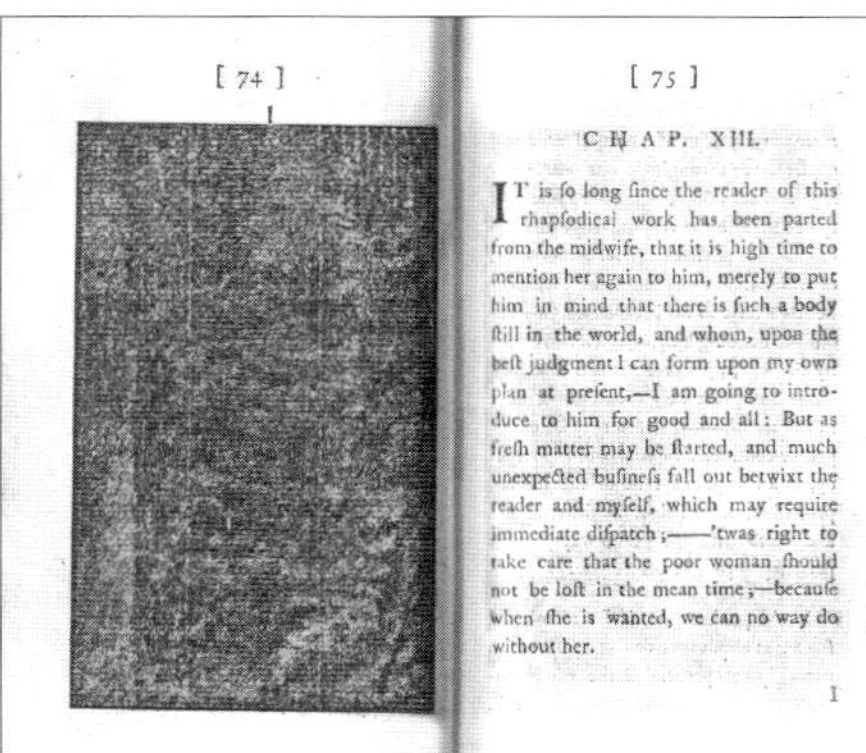

[74]

[75]

CHAP. XIII.

IT is ſo long ſince the reader of this rhapſodical work has been parted from the midwife, that it is high time to mention her again to him, merely to put him in mind that there is ſuch a body ſtill in the world, and whom, upon the beſt judgment I can form upon my own plan at preſent,—I am going to introduce to him for good and all: But as freſh matter may be ſtarted, and much unexpected buſineſs fall out betwixt the reader and myſelf, which may require immediate diſpatch;——'twas right to take care that the poor woman ſhould not be loſt in the mean time;—becauſe when ſhe is wanted, we can no way do without her.

I

図版５　第一巻十二章

行に章番号が記されただけで内容の記述は一切なく、頁をめくる動作を挟んで二頁（十七章結尾以降を含めれば二頁半）にわたる空白は、読者を驚かせるに十分である。記述が再開する第二十章（七十一頁）も、冒頭で伏せ字を思わせるダッシュとアステリスクが延々と連続し、読者を困惑させる。さらに、ダッシュが多用される後続パッセージは、読者のエロチックな連想を喚起する。(9)

ただし、『シャンディ』に用いられたタイポグラフィカルな要素は、すべてがスターン独自の発想というわけではない。ダッシュやアステリスクの使用や独特なパンクチュエーションの類は、たとえば、リチャードソンの『クラリッサ』（一七四七―四八）における、アステリスクの連続に、その先例をみることができる。(10)

しかし、読者を引きつけ、時に惑わす視覚的な仕掛けを用いて、『シャンディ』に最大の影響を与えたと考えられるのは、ジョン・キッドゲルの『カード』（一七五五）である。本作品はグランド・ツアーに赴く若者、アーチボルド・イーヴリンを主人公とする書簡体小説である。一方で『カード』が出版された一七五〇年代半ばは、「モノ語り（小説）」（it-narratives）という語りの形式がもっとも流行していた時期にあたっていた。「モノ語り」においては、さまざまな「物」や「動物」、すなわち"it"が主人公となり、物語を語る。『カード』のタイトルページを見てみよう（図版7）。

当時の読者は、作品タイトルと、クラブのジャックを描いた口絵（オリジナルはカラー）を目にして、この作品が典型的な「モノ語り」であると想像したと思われる。CARDの文字には装飾的なバロック体が用いられているが、当時、このフォントは児童書によく使われていた。(11)

このように、『カード』には、視覚的にあたかも当時流行の「モノ語り」であるかのように装うことで人々の興味を引き、本の販売促進に寄与することが意図されていたと考えられる。スターンが視覚的要素を戦略的「装置」として用いる上で、『カード』から多くを学んだことは、想像に難くない。(12)

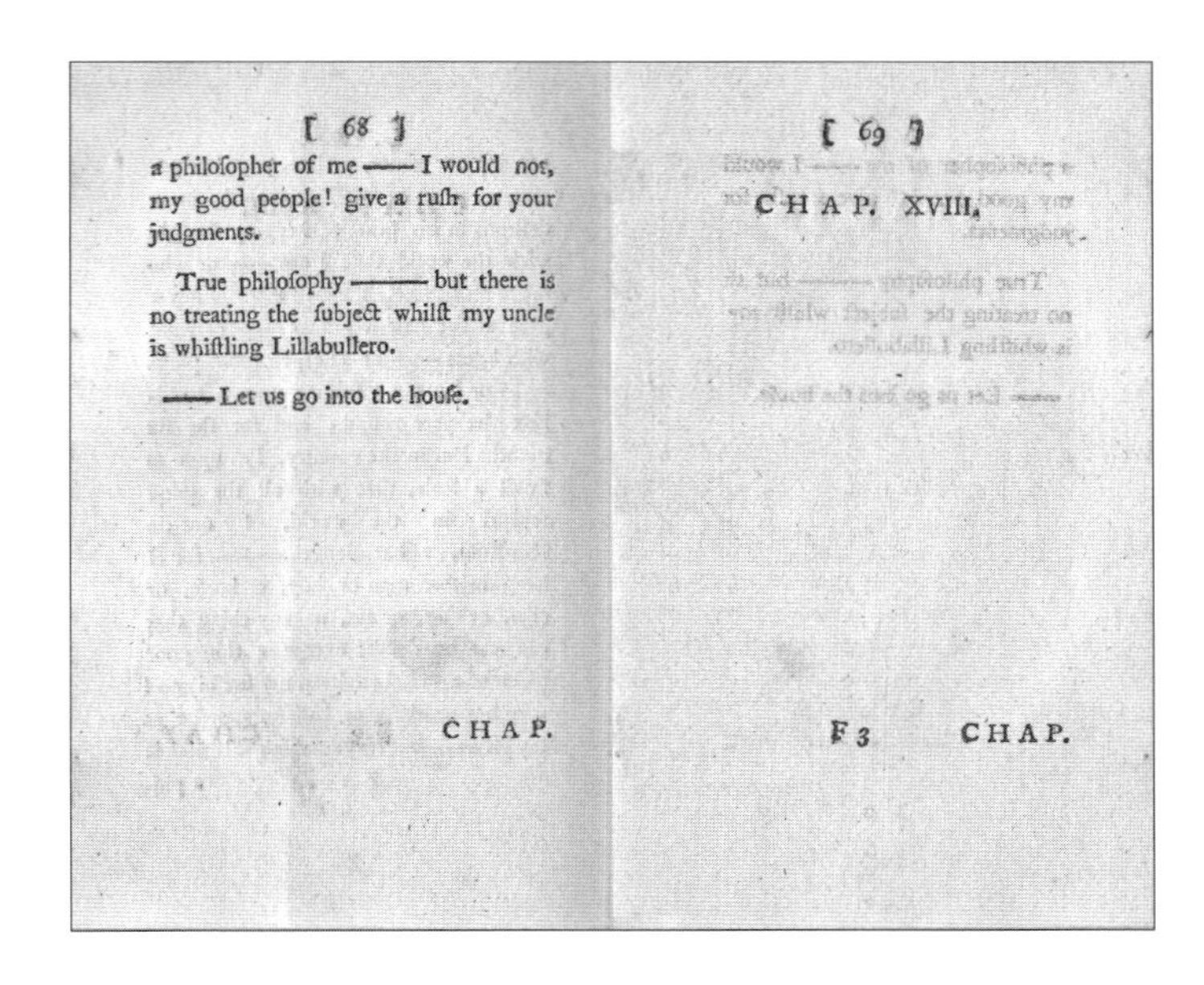

[68]

a philoſopher of me —— I would not, my good people! give a ruſh for your judgments.

True philoſophy —— but there is no treating the ſubject whilſt my uncle is whiſtling Lillabullero.

—— Let us go into the houſe.

CHAP.

[69]

CHAP. XVIII.

F 3 CHAP.

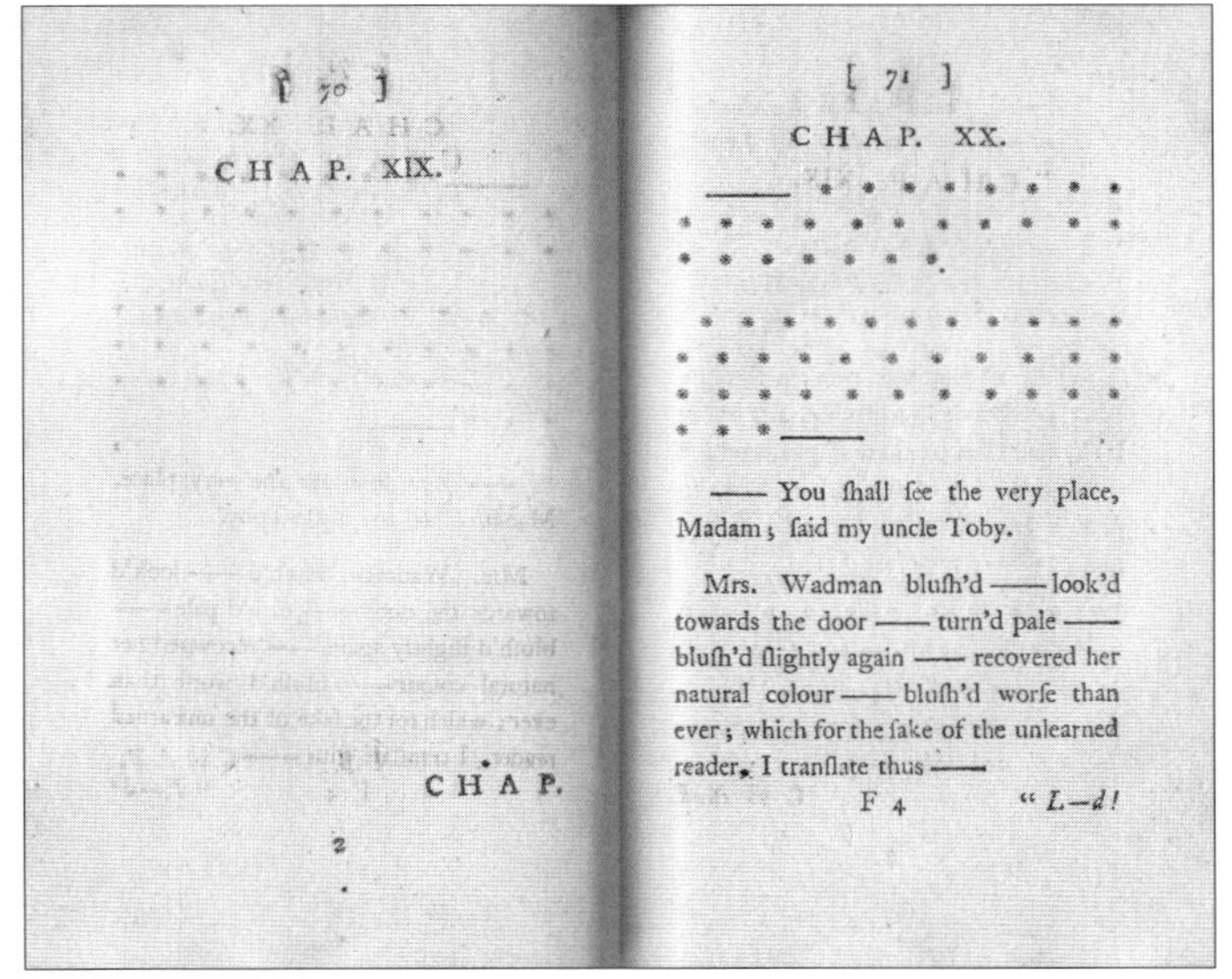

[70]

CHAP. XIX.

CHAP.

[71]

CHAP. XX.

—— * * * * * * * *
* * * * * * * * * * * *
* * * * * * * *.

* * * * * * * * * * * *
* * * * * * * * * * * *
* * * * * * * * * * * *
* * * ——

—— You ſhall ſee the very place, Madam; ſaid my uncle Toby.

Mrs. Wadman bluſh'd —— look'd towards the door —— turn'd pale —— bluſh'd ſlightly again —— recovered her natural colour —— bluſh'd worſe than ever; which for the ſake of the unlearned reader, I tranſlate thus ——

F 4 "*L—d!*

図版6　第九巻第十七章～第二十章

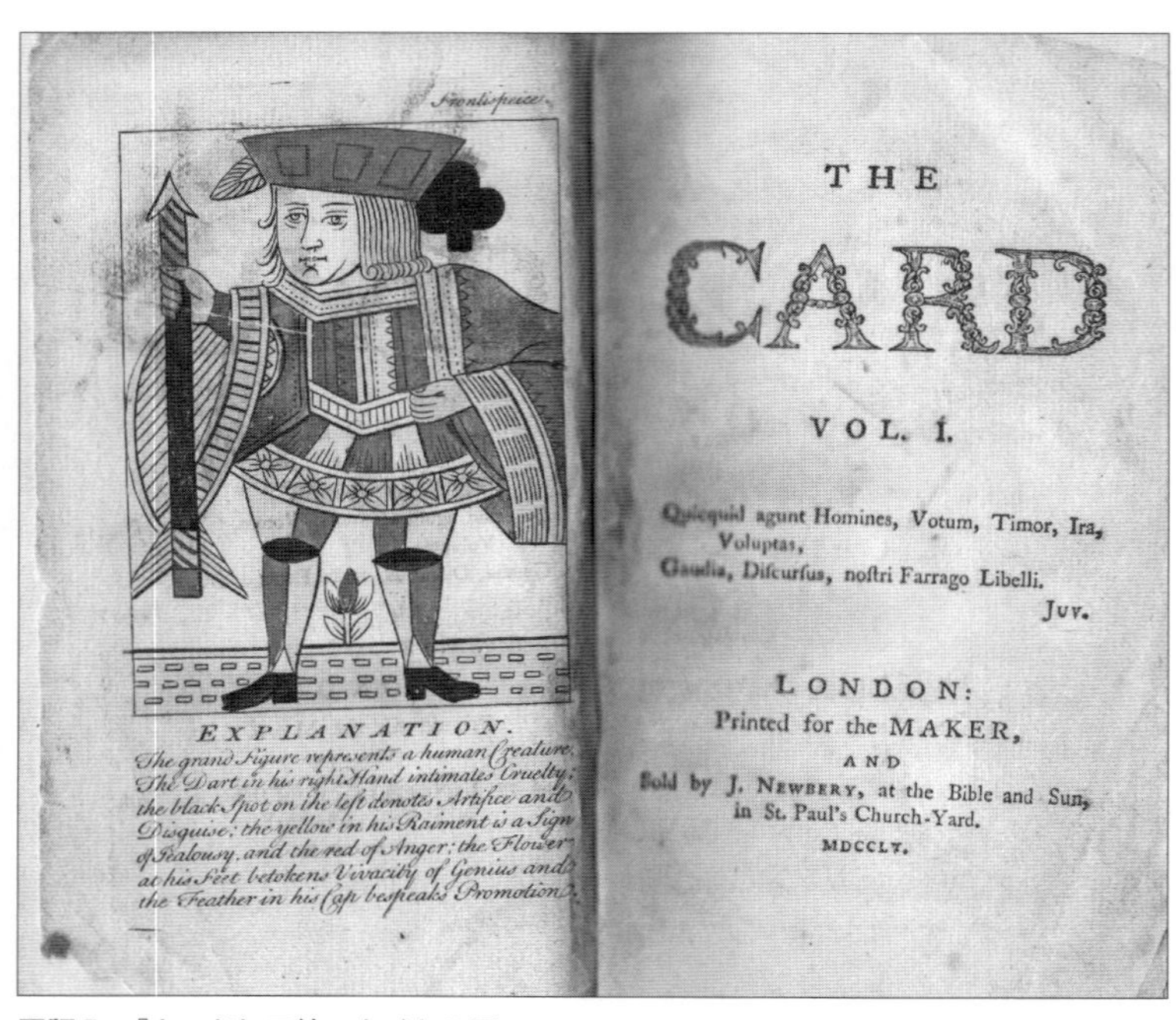
Frontispiece.

EXPLANATION.

The grand Figure represents a human Creature, The Dart in his right Hand intimates Cruelty; the black Spot on the left denotes Artifice and Disguise; the yellow in his Raiment is a Sign of Jealousy, and the red of Anger; the Flower at his Feet betokens Vivacity of Genius and the Feather in his Cap bespeaks Promotion.

THE

CARD

VOL. I.

Quicquid agunt Homines, Votum, Timor, Ira, Voluptas,
Gaudia, Discursus, nostri Farrago Libelli.
Juv.

LONDON:
Printed for the MAKER,
AND
Sold by J. NEWBERY, at the Bible and Sun, in St. Paul's Church-Yard.
MDCCLV.

図版7　『カード』口絵・タイトル頁

ここまで、スターンが創作に当たり、同時代の作家達の手法からも着想を得ていたことを見た。その一方で、視覚的効果を意図した印刷技芸上の工夫として、同時代の小説群とは異なる『シャンディ』の独自性を示すのは、一七六一年の二回目の刊行時、第三巻に挿入された二枚の「マーブルページ」（極彩色墨流し模様のページ）である（図版8）。

大理石のような模様をつくる「マーブリング」の最大の特徴は、手作業によって染められるページの模様と色が、一枚ごとにすべて異なるという点にある。マーブルページは、テクストのページとは別に製作され、製本時に該当箇所に挿入されるため、通常よりも、はるかに費用と手間がかかる。読者の注目を集める上で絶大な効果を持つとはいえ、スターンにとって、これほどのコストをかけてまで、この手法を採用する必然性はどこにあったのであろうか。この問いに答えるためには、作家スターンの「創

[168]

toby's mare!—Read, read, read, read, my unlearned reader! read,—or by the knowledge of the great ſaint *Paraleipomenon*—I tell you before-hand, you had better throw down the book at once; for without *much reading*, by which your reverence knows, I mean *much knowledge*, you will no more be able to penetrate the moral of the next marbled page (motly emblem of my work!) than the world with all its ſagacity has been able to unraval the many opinions, tranſactions and truths which ſtill lie myſtically hid under the dark veil of the black one.

C H A P.

[169]

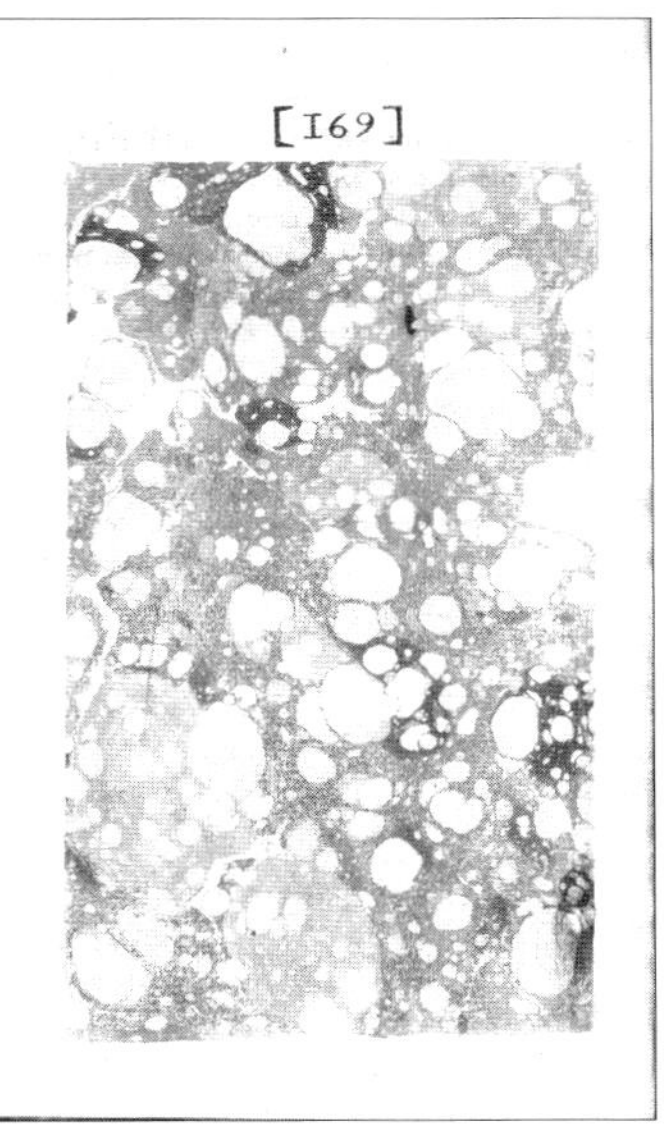

[170]

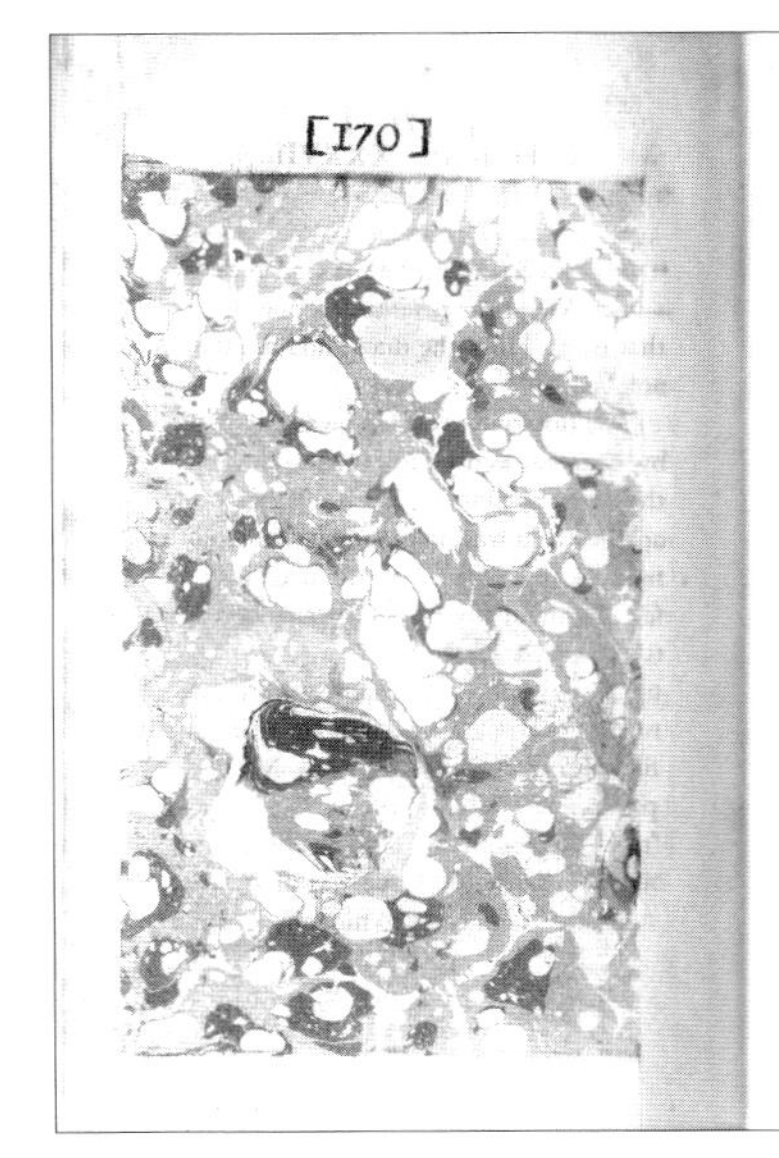

[171]

C H A P. XXXVII.

"*NIHIL me pœnitet hujus naſi,*" quoth *Pamphagus*;—that is,——"My noſe has been the making of me."——"*Nec eſt cur pœniteat,*" replies *Cocles*; that is, "How the duce ſhould ſuch a noſe fail?"

The doctrine, you ſee, was laid down by *Eraſmus*, as my father wiſhed it, with the utmoſt plainneſs; but my father's diſappointment was, in finding nothing more from ſo able a pen, but the bare fact itſelf; without any of that ſpeculative ſubtilty or ambidexterity of argumentation upon it, which heaven had beſtow'd upon man on purpoſe to inveſtigate truth and fight for her on all ſides. —— My father piſh'd and pugh'd at firſt moſt terribly,—'tis worth ſomething to have a good name. As the dialogue was of *Eraſmus*, my father ſoon came to himſelf, and read

it

図版 8　第三巻第三十六章

作」の本質に関わる議論が必要となる。

　読者を引きつけるための仕掛けを作者が作品に施すのは、もとより、スターンの小説に限った特徴ではない。たとえば、十八世紀中期以降の小説の約三分の一は、「書簡体」の形式で書かれた。書簡体小説においては、物語は登場人物の間の手紙のやり取り、すなわち一種の「会話」の形で進行するが、この形式は、読者が登場人物の内面に入り込み、共感し、同一化することを容易にする。それ故に、書簡体という形式は、十八世紀イギリスの読者に広く支持されていたといえよう。

　一方、スターンの小説においては、「会話」の概念は、その形式ではなく、内容・本質を語る上で極めて大きな意味を持つ。『シャンディ』第二巻において、スターンは、自らの作品の本質が作者と読者との「会話」性にあることを宣言している。


「ものを書くということは、適切にこれを行なえば（私が自分の場合をその好例と思っていることはおわかりのはずですが）、会話の別名に過ぎません。作法を心得た者が品のある人たちと同席した場合なら、何もかも一人でしゃべろうとする者はないように、──儀礼と教養の正しい限界を理解する作者なら、ひとりで何もかも考えるような差し出がましいことは致しません。読者の理解力にはらう誠の敬意とは、考えるべき問題を仲よく折半して、作者のみならず、読者のほうにも、想像を働かす余地を残しておくということなのです。」（第二巻第十一章）

先に述べた通り、『シャンディ』におけるキャッチワード、ダッシュにアステリスク、さらにはブラックページやマーブルページといった各種「装置」は、視覚的に驚きを与えて読者を引きつけ、同時に心理的にも作品世界へと誘引する上で、きわめて効果的に機能した。スターンにおいて、作者一人が全てを「語る」のではなく、テクストとタイポグラフィー双方によって構築される強烈な「イメージ」を、読者側の主体的「読み」の営為に委ねることは、自らと読者との「会話」を成立させるために不可欠だったのである。

5　小型本の採用――「八折版」から「十二折版」へ

スターンが、印刷技術に精通するとともに、当時の出版界全体の動向を熟知していたことは、『シャンディ』の出版時に、小型本すなわち十二折版のサイズを採用した事実にもよく表れている。

先にふれた通り、貸本屋の主たる読者層は、中流階級の若い女性たちであった。たとえば、シェリダンの演劇『恋敵』には、そのような女性たちの習慣が描かれている。以下の引用は、主人公のリディア・ラングイッシュとメイドのルーシーが、突然の男性の来客にびっくりして、部屋に散らかっていた貸本屋の小説本をあわてて片付けるという場面である。

「さあルーシー、ここにある本を隠してちょうだい。早く、急いで！『ペレグリン・ピクル』は化粧台の下へ、『ロデリック・ランダム』は戸棚の中に、『無垢な密通』は『人間の義務』の中に挟むのよ（中略）『感情の男』はあなたのポケットの中に入れて。それがすんだら『シャポーン夫人』を目のつくところに置いて、『フォーダイスの説教集』はテーブルの上に置くのよ。」（第一幕第二場　Sheridan 一・八四）

女中に借りてこさせた流行の通俗小説を読みふけっては、ロマンティックな恋愛に憧れるリディアは、当時の若い女性の典型として描かれている。貸本屋が貸し出すフィクションを読む行為は、特に若い女性にとっての「悪徳」とされ、貸本屋は劇中で、「邪悪な知識の常緑樹」(a circulating library in a town is as an evergreen tree of diabolical knowledge!)と揶揄されている(Sheridan 一・八四)。この場面で興味深いのは、散乱する貸本の中で、八折版サイズは化粧台の下や戸棚の中に、より小さい十二折版はポケットの中に隠そうとしている点である。

十八世紀前半からスターンの時代まで、小説本は八折本(Octavo)と呼ばれるサイズで出版されるのが一般的であった。「モノ」としての本の体裁や書式が、作品の価値や評価に及ぼす効果を強く認識していたスターンは、『シャンディ』に先立つ一九五九年に『ポリティカル・ロマンス』を出版した際に、書籍商に対して「私のロマンスについては、一語たりとも変更を加えたりしないこと、誤植はもちろんないように、カンマやタイトルは増やしたり減らしたりしないようにしてほしい」(『書簡集』六十八)と、厳しい注意を与えている。『シャンディ』を世に出すに当たり、スターンが、その主たる読者として想定したのは、貸本屋を介して本を手にするであろう若い女性達であった。そしてその印刷に関してスターンが指示したのが、十二折版の採用だったのである。

「しかし、物はすべてそれをいじっているわれわれの手の下で大きくなっていくものです——「さて、ひとつ、十二折版の本を書いてやろう」などとは、だれも口に出さぬがよろしい。」(第五巻第十六章)

堂々と借りて持ち歩くことが憚られる「悪徳の書」には、人目につかず、隠すことが容易な小型本こそがふさわしい。十二折版の採用によって、読者は、この奇異で時にエロチックな話題の小説『シャンディ』を、ポケット等に容易に忍ばせて自宅に持ち帰ることができたと想像できる。

THE
LADIES
COMPLETE
POCKET-BOOK,
FOR
The YEAR of our LORD 1762.
BEING
The Second after BISSEXTILE or LEAP-YEAR,
The Second of King GEORGE III
And the Eleventh of the New-Style uſed in Great-Britain
CONTAINING,

I. An Account of the ſeveral Feaſts, Faſts, and Holidays throughout the Year
II A methodical Memorandum-Book, for keeping a regular Account, with great Eaſe and Propriety of all Monies Receiv'd, Paid, Lent, or Expended, and of all Appointments, Engagements on Viſits, paid or receiv'd, and a ſeparate Column for occaſional Memorandums, &c
III Some neceſſary Obſervations on Exerciſe, Temperance, and Diet
IV Some uſeful Receipts in Confectionary, and other Arts, neceſſary for the Fair-Sex
V The Manner of Dreſſing in the Year 1761, with ſome Directions relating thereto By a Lady of Faſhion.
VI The favourite New Songs ſung at Vauxhall-Gardens, Ranelagh-Houſe, and other polite Concerts
VII An Addreſs to the Ladies of Great-Britain on the Subject of Gaming, with a Tale adapted thereto, intitled, Piquet, or Virtue ſacrifced
VIII. An Account of the Houſe of Meklenburg, from which her preſent Majeſty is deſcended To which is added, A Liſt of her Majeſty's Houſhold, and her Picture, curiouſly engraved from an original Painting, extremely like
IX Twenty-four Country Dances, for the Year 1762, Table of Stocks and transferable Annuities, Marketing Tables, Table of Expences and Wages, &c.

LONDON
Printed only for JOHN NEWBERY, in St Paul's Church Yard.
M. DCC. LXII [Continued annually]

図版 9 「ポケット・ブック」

十二折版が以後、特に小説本のサイズの主流になっていった背景には、もう一つ、当時の若い女性の間で流行した「ポケット・ブック」(Pocket Book) の存在がある (図版9)。ポケット・ブックは今日でいう、文庫本サイズの手帳のことで、主に貸本屋で販売されていた。大きさは、当時の十二折版とほぼ同じ、約十二センチ×七・五センチ、中身は、カレンダー形式の日記をはじめ、金銭出納欄、予定記入欄やメモ欄等のページを備え、実用性の高いアイテムとして毎年出されたポケットブックは、特に一七六〇年代以降に加速度的に流行、定着していく。

初版では八折版で出版され、人気の出た小説が、のちに十二折版でリプリントされることも一般的になっていった。たとえば一七六〇年出版のトバイアス・スモレットの小説『サー・ランスロット・グリーヴズ』は、一七八〇年には、貸本屋仕様として、十二折版二巻本で再版されている (注7参照)。さらに興味深いことに、この本には、十二折版新刊本の広告ページが挿入されており、ここにはスターンの『ジャーニー』のタイトルも見える。こうして十八世紀最後の四半世紀には、十二折版で出版される小説本が八折版にまさる数になった。その先駆けとなる『シャンディ』における十二折版の採用は、読者層、特に貸本屋を頻繁に利用する若い女性たちのニーズに応えるスターンの戦略が、見事成功をおさめたものといえるだろう。

6　スターンの販売戦略――『センチメンタル・ジャーニー』と予約出版

ここまでの議論では、『シャンディ』の執筆のみならず、その出版・流通過程にまで深く関与したスターンの戦略について述べた。『シャンディ』の成功以降も、その姿勢は変わることなく、スターンは遺作となった『センチメンタル・ジャーニー』に至るまで、自作を「売る」(すなわち、より多く流通させる)ため、さまざまな手法を試みている。

スターンが小説執筆に従事した十八世紀後半、貸本屋の流行による書籍流通形態の多様化を背景とした文学作品の流行があったことはすでに指摘した。先に引用したシェリダンの『恋敵』において、ロマンス指向の女性リディアのもとに、メイドのルーシーが貸本屋へのお使いから戻ってくるシーンは、当時の若い女性たちの間での読書ブームを象徴的に示している。

「ほら、お嬢様。(コートの下や、ポケットから本を取り出して)これが『難題』で、(中略)これが『感性の涙』と『ハンフリー・クリンカー』です。それから、『身分あるレディ自筆の回想録』と、『センチメンタル・ジャーニー』の第二巻でございます。」(第一幕第二場　Sheridan 一・八〇)

読書という行為の広がりと浸透の一方、出版界におけるもう一つの変化は、「職業批評家」の登場と批評誌の隆盛であった。当時の代表的な定期批評誌に『マンスリー・レヴュー』（『クラリッサ』出版直後の一七四九年創刊）と『クリティカル・レヴュー』（一七五六年創刊）があげられるが、これらの批評誌は、多様な出版物の中から読むべき本を選択する上での指針・基準として、当時の読書人たちに歓迎された。特に『クリティカル・レヴュー』は、作品の梗概を添えることで読者側に立った批評であることをアピールするなどしており、批評家と読者との間を取り持つ仲介者としての批評家・批評誌は、その存在の重みを増していったのである。

その中で、作家達もまた、読みの専門家としての批評家と、その一般読者への影響力を意識せざるをえなくなった。その顕著な例がスターンである。事実、『シャンディ』には批評家への言及が散見される。

①「あなた方、月評誌の記者諸君よ！　どうしてまあぁあなた方は、私の胴衣をああもこっぴどく切り刻む気になったんです？」（第三巻第四章）

②「大体、この世の中に、こうも大勢駄馬（訳注：批評家のこと）みたいな奴ばかりがいるとは、あなたはお考えでしたか？――あの小さな谷の底の小川を我々が渡った時、何とあの手合いは目ひき袖ひき、我々をジロジロと眺め回したことか！――そして我々があの丘を登り越えて、まさに奴らの視界から消え去ろうとした時、――何とまああのすごいいなき声を、奴らは口をそろえてあげたことか！」（第六巻第一章）

③「この説教集、薄汚い青い紙の半ぴらを巻き付けてあるのですが、その青い紙というのは、もとは何かの批評誌の表紙でもあったらしく、今日に至ってもなお、ものすごく、馬に飲ませる薬のにおいがしみこんでいるのです」（第六巻第十一章）

これらは、批評家を強く意識したスターンの姿勢を示しているが、同時に作者自身、批評家、そして読者の三者が、共にその構成員たる"literary public sphere"の存在を顕在化する効果を持っていた。このような箇所を読む時、読者は読書という行為を通して、「公共的言説空間」の一員としての資格が自らに与えられていることを自覚したはずである。同時に、「職業批評家」と公共的言説空間の存在を強く意識するとともに、作品の執筆、印刷・製本、流通の全ての段階に関与し、その販売戦略を練ったスターンこそは、極めて自覚的な「職業作家」であったといえる。

　スターンがとった販売戦略で特筆すべきは、独自の予約購読制度と予約者リストの公開である。スターンは、当時の著名人を自作の読者として特定することで、一般読者に対する宣伝効果を生むことを目論んだのである。さらに、予約者リストには、購読者名の掲載順序によって、ユルゲン・ハーバーマスのいう、より理想化された形としての（紙上の）公共圏を創出する可能性が秘められていた。

　いわゆる「予約出版」は、元々出版の資金調達のために十七世紀から行われてきた購読者先払いのシステムであったが、スターンにおいて、その目的が変化してゆく。時系列にそって実例をみてみよう。まずはじめに、『説教集』第一巻（一七六〇）の巻頭に掲載された予約者リストを挙げる（図版10）。このリストにおける掲載順序は、

SUBSCRIBERS.

A

THE Duke of Ancaſter
Earl of Aſhburnham
Lord Anſon
Lady Caroline Adair
Sir George Armitage
Sir Charles Aſgill, Knight and Alderman
Sir Edmund Anderſon
Reverend Mr. Robert Andrews
William Adams, Eſq;
Henry Alcraft, Eſq;
William Alexander, Eſq;
Robert Allen, Eſq;
C. Allanſon, Eſq;
Mrs. Allanſon
Mr. Allanſon, Fellow of J. C.
—— Allanſon, Eſq;
Mr. Richard Alnutt
William Ambler, Eſq;
Michael Anne, Eſq;
Mr. Anne
Francis Anneſley, Eſq; 4 Sets
—— Arthington, Eſq;
Mr. John J. Angerſtein
Doctor Atwell
Mr. Atterbury
Mr. Auſtin

a　B.

図版10　『説教集』第一巻予約者リスト

G.

The Marquis of Granby
Tho. Gilbert, Eſq.
David Garrick, Eſq.
Lord Groſvenor
VOL. III.　a

図版11　『説教集』第三巻予約者リスト（部分）

[ix]

Sir Charles Davers
Mrs. Draper, 3 *ſets* *
Mr. Dunbar *
Mr. J. Dillon *
Mr. Dillon *
Mr. H. Duncombe

[xvi]

Mr. Phipps
Mr. Pratt
R. Pigot, junior
Miſs Purling
Monſieur Le Compte de Paar
Lord Portmore
Lord Pembroke

[xiv]

Mr. Mannering
Lord Milton *
Mrs. Mountague
Mrs. Menyl
The Duke of Montague *
The Ducheſs of Montague *
The Marquis of Monthidmer *

[xx]

W

Mr. John Wonen *
Mr. Woodhouſe, 2 *ſets* *
Sir Cecil Wray
Sir Rowland Winn
Mr. Weddle

図版12 『ジャーニー』予約者リスト(部分)[13]

同じ姓の頭文字のアルファベット順、および身分の上下という従来の予約購読方式の原則に従っている。

次に、六年後に出された同じ『説教集』第三巻(一七六六)における予約者リスト(図版11)におけるスターンの友人でもある前述の俳優・劇作家ギャリックに注目してみると、従来の方式が崩れ、彼のステイタスが貴族レベル並に上がっていることに気づく。

この傾向がより顕著になるのは、さらに二年後の一七六八年に出された『ジャーニー』の予約リストにおいてである(図版12)。スターンがすでに名をなした後の晩年の作であるこの小説の場合、第一巻冒頭に掲載された予約者名リストには、中流階級の読者に、貴族や当時の著名人ら、およそ二百名にも及ぶ老若男女の名が列挙されている。ここでは、身分関係の順序がランダムになり、従来の原則が完全に崩れていることがわかる。

このリストは、予約出版というシステムの目的が、単なる資金集めというよりはむしろ、多くの著名人に読まれていることを世間に知らしめて自作を宣伝し、同時に作者のステイタスを誇示することに変化したことを示す好例といえる。

7　作家、作品、そして読者——小説が生み出す「親密圏」

『シャンディ』と『ジャーニー』において、スターンがとった執筆作法や出版戦略は、当時も、さらにその後の時代のイギリス出版界においても、その特異性と先進性が際立つ新機軸であった。そのもっとも画期的な戦略は、先にも述べた、女性読者への着目であったことにあらためて注目したい。彼女らは、当時の読者層の隆盛の中にあって、めざましく拡大・成長を遂げた言説消費者であった。同時に、女性達がスターンの作品を手に取るとき、その読書する行為は、あくまで閉じられた私的空間でなされた。そして作家スターンは、さまざまな創作・出版戦略を用いて、この私的読書空間への「侵入」を試みたのである。

女性達の隠された読書空間の特性を明らかにするために、前述した（紙上の）公共圏との中間的存在としての、家庭での読書風景と対比してみよう。説教集やリチャードソンの『パミラ』や『クラリッサ』のような道徳的小説が、社交の場としての家庭で「朗読」されたのに対し、スターンの小説はあくまで私室で「黙読」されなければならなかった。このような状況に対して、スターンがとったのが、本のサイズを八折版ではなく、より小さい十二折版にするという戦略であった。女性の隠れた楽しみとしての読書空間へ自作を侵入させるため、出版システムに積極的に関与したスターンの姿が、あらためて浮かび上がる。

本を小さくすることで女性の読書空間へ物理的に侵入すること以外に、スターンは、作品の内容においても、女性読者を獲得する方策を持っていた。すなわち、その作品を、作者スターン自らと読者との間の会話（の場）

であると規定し、その関係性の「親密さ」を強調することによって、読者との間に双方向的関係を結んだのである。先に引用した『シャンディ』からの引用（第二巻第十一章）を改めて見てみよう。

「ものを書くということは、適切にこれを行なえば（私が自分の場合をその好例と思っていることはおわかりのはずですが）、会話の別名に過ぎません。」

ここで強調されている作品の会話性すなわち「親密性」の第一の特性は、「経験の直接性」である。読者はその読書体験において、特に女性の隠れた密室的小説読書空間においては、テクスト、ひいては作者と自らとの間に、他者の介在のない、濃密な関係性を結ぶのである。ここにおいて、（女性）読者の閉じられた読書空間に、作者スターンは易々と侵入する。そして、この意味での読書の「親密性」は、次の引用にも明らかである。

「この書物が上記のように全世界に愛読されるというのは、あなただから申しますが、大英帝国の上品ぶる批評家先生方の数がどんなに多くとも、またその先生方がこの本の悪口をどれだけ筆に口にものされようとも、――それはもう、絶対にそうさせてみせると私は決めています。――ただし申すまでもないでしょうが、これはあなたにだけ内密で申し上げていることです。」（第一巻第十三章）

ここでは読書空間の私的性質がさらに強調されている。その作品の使命を道徳・公共の福祉の確立にではなく、センチメントの喚起に置くスターンにあって、読書する行為の「私」性は、その本来の目的と合致するものである。更に読書を「悪徳」とされ、隠れて読むことを余儀なくされていた女性読者にとっては、作者スターン自らがその正当性を保証してくれたことにもなる。小説の「公共的役割」と拡大する書籍の出版・流通システムを熟知していたスターンなればこそ、自作への非難までをも逆手にとって利用しえたとはいえないだろうか。

さらにスターンのいう小説の「会話性」=「親密性」の第二の特性として、参与者である読者の能動性が挙げられる。「親密」な読書において、読者は、テクストひいては作者との直接的関係性に基づいて、テクスト解釈における主体的自己を自覚する。そして手のひらサイズの小説本の世界で繰り広げられる、私的かつ濃密な会話空間を存分に楽しむことになる。ここに至って、私的読書空間は一種の「対抗公共圏」としての機能を獲得するのである。

親密な会話を演出するスターンの方略は、成長・拡大した出版業、言説の生産・流通システムにおける末端消費者としての読者、特に女性読者に、読みという行為における主体性を与える。そして公（おおやけ）からの非難から逃れた、私的で安全な空間において密やかに行われる読書は、その楽しみをいや増すこととなる。紙上の公共圏という基盤の上に、個々の読者との「新たな親密圏」を構築し、そのような親密圏の増殖により、（逆説的に）自作の生み出す公共圏の更なる拡大を図ったところにこそ、スターンの巧妙さがあったといえよう。

『シャンディ』と『ジャーニー』の成功は、本章で詳説したような小説作法の新機軸が、奇異なテクストの内容と相まって生み出す効果によるところが大きい。一七六〇年のロンドン初版刊行から二五〇年以上が経過した現在に至るまで、『シャンディ』は、百二十二の異なるエディションで出版されてきた。ただし、そのどれもが著者スターンが決定したオリジナル、十二折版サイズの印刷フォーマットとは異なっている。スターン独自のタイポグラフィーは、その作品がつねに読者の注意を引きつけ、時に暗示的な、時に明示的なメッセージを伝える能力を持つべく、スターンがこらした工夫の結果であり、その改変は、たとえアステリスク一つであっても、テクストの解釈に影響をおよぼす危険性をはらむと考えるべきである。筆者が、『シャンディ』がオリジナルのフォーマットでこそ読まれなければならないと確信する理由は、まさにここにある。出版文化の視点からみるスターンは、当時の印刷技術を駆使することで、より言語的にも、非言語的にも表現力に富む、豊穣な作品世界の構築を目指したという意味で、きわめて先進的な小説家であったといえるだろう。

注

(1) ドナルドソン対ベケット裁判の経緯については、コリンズ(一〇九―一一二)参照。

(2) 一六二〇年代には約六千タイトルであった出版物の数は、一七一〇年代には約二万一千、一七九〇年代までに五万六千を越えたとされる(Porter 七三)。

(3) 当時の一般的な本の値段は、二折本と四折本が十二~十四シリング、八折本が五~六シリング、十二折本が二シリング六ペンスから三シリングであった(清水 一九―二四)。

(4) ピットへの献辞は、作品を捧げる光栄を記す、献辞としてごく一般的なものであった。スターンは実際にはピットからの経済的支援を何ら受けておらず、この献辞は当代の有力政治家の名を記すことによる宣伝効果を狙ったものと思われる。一方で、『シャンディ』の本文中には、この当時すでにほとんど形骸化していたパトロン制を意識するかのような、献辞の習慣のパロディがみられる。「何とぞ、閣下、筆者のために上記の金額(五〇ギニー)をドッズリー氏の手もとに払い込むようご下命ください。さすれば、次の版からは、本章を削除して、閣下の称号、栄誉、紋章から善行の数々までを、前章の冒頭にさし加えさせるように配慮いたします。」(第一巻第九章)

(5) 口絵は、「水平面と八十五度半の角度をなすように前傾し」、説得力を持つように説教を朗読するトリム伍長(第二巻第十七章)を描いたもの。そして特に第三巻のイラストは、主人公トリストラムの誕生と命名の場面(第四巻第十四章)で、これは第一巻冒頭で、トリストラムが、両親が自分を仕込んだ時の無神経な振る舞いについて苦情を言うという、奇抜でセクシャルな箇所を、読者に改めて想起させる効果を生み出している。

(6) スターンは、第五巻:初版四千冊、第二版七百五十冊、第七巻:四千冊、第九巻:三千五百冊にサインしている

(Monkman 二・九〇七―九三八)。

(7) イギリスにおける文庫本の刊行については、拙稿「「借りるべきか、買うべきか、それが問題だ」―一八世紀イギリス出版文化の諸相」四四一―六〇参照。

(8) ホガースは作品に多大な影響を与えている。ホガースはその著、『美の分析』(一七五三)において、英国式風景庭園の園路や水路の曲線を蛇行(serpentine)と呼び、蛇のようにうねる線を「美の曲線」と名付けて理論化した。スターンはこれを『シャンディ』において脱線という形に応用してみせる。つまり物語は直線的なプロットから逸脱し、自由な曲線として読者に笑いを生じさせる脱線話を展開する。第二巻第九章には『美の解析』についての言及がみられる。

(9) スターンのダッシュ(シャンディアン・ダッシュ)使用は、全九巻(一五九四頁)で実に九千五百六十回におよび、読者は三行に一度の割合でダッシュに出くわすことになる(Voogd 一一五)。

(10) リチャードソンは『クラリッサ』初版のページに楽譜を折り込んでおり、これも小説出版にあっては新機軸といえるものである(Barchas 九二―九四)

(11) その認識において人・モノの境界が曖昧な、幼い子供を読者とする絵本の世界にあっては、(広義の)「モノ語り」は一般的手法である。実際、『カード』の出版元、ニューベリー社は、子ども向けの本を多数出版する、ロンドンで有名な書籍商であった。

(12) あるいは、『シャンディ』に最も近い時期のものとして、『トリストラム・ベイツの生活と回想』(*The Life and Memoirs of Mr. Ephraim Tristram Bates*. 1756)があるが、ここには同じ名前の主人公、同様のアステリスク使用が見られる。

(13) 予約者名のあとにつけられている〝*〟の印はImperial Paper、すなわち「上質紙」使用の表示。

参考文献

Barchas, Janine. *Graphic Design, Print Culture, and the Eighteenth-Century Novel*. Cambridge: Cambridge University Press, 2003.

Flint, Christopher. *The Appearance of Print in Eighteenth-Century Fiction*. Cambridge: University Press, 2011.

Forster, Antonia. *Review Journals and the Reading Public*. Ed. Isabel Rivers in *Books and their Readers in Eighteenth-Century England: New Essays*. p London: Continuum, 2001.

Keymer, Thomas, editor. *The Cambridge Companion to Laurence Sterne*. Cambridge UP, 2009.

Kidgell, John. *The Card*. 2 vols. London: J. Newbery, 1755.

Monkman, Kenneth. *Bibliographical Descriptions* in *The Florida Edition of the Works of Laurence Sterne* 2. Gainesville: UP of Florida Press, 1978.

Porter, Roy. *Enlightenment: Britain and the Creation of the Modern World*. Allen Lane: The Penguin Press, 2000.

Sheridan, Richard Brinsley. *The Rivals*, in *The Dramatic Works of Richard Brinsley Sheridan*. 2 vols. Oxford: Clarendon Press, 1973.

Sterne, Laurence. *The Life and Opinions of Tristram Shandy, Gentleman*. Ed. Melvyn New and Joan New. London: Penguin, 2003.『トリストラム・シャンディ』朱牟田夏雄訳、全三巻、岩波書店、一九六九年。

——. *A Sentimental Journey through France and Italy by Mr. Yorick*. 2vols. London: Printed for T. Becket and P. A. De Hondt, 1768. 筆者所蔵。

——. *A Sentimental Journey and Other writings*. Ed. Ian Jack and Tim Parnell. Oxford: Oxford UP, 2003.

——. *The Sermons of Mr. Yorick*. Vol. I. London: Printed for R. and J. Dodsley, 1760, Vol. III. London: Printed for T. Becket and P. A. De Hondt. 1766. 筆者所蔵。

——. *The Sermons*. Ed. Melvyn New. The Florida Edition of the Works of Laurence Sterne 4. Gainesville: UP of Florida Press, 1996.

Tadié, Alexis. *Sterne's Whimsical Theatres of Language: Orality, Gesture, Literacy*. London: Ashgate, 2003.

Voogd, Peter J. de. Ed. Thomas Keymer, 'Tristram Shandy as Aesthetic Object' in *Laurence Sterne's Tristram Shandy: A Casebook*. Oxford: Oxford University Press, 2006.

井石哲也 "Sterne, Graphics, and the Novel: *Tristram Shandy* and the 18th Century Print Culture"『活水論文集 文学部編』

五十九号、二〇一六年、一―十九頁。

――「18世紀英国の作家と書籍商――『トリストラム・シャンディ』の出版」『十八世紀イギリス文学研究［第2号］――文学と社会の諸相』日本ジョンソン協会編、開拓社、二〇〇二年、三〇五―二七頁。

――「「小説」が生み出す公共圏――「作者」と「読者」の会話空間」『十八世紀イギリス文学研究［第3号］――躍動する言語表象』日本ジョンソン協会編、開拓社、二〇〇六年、二五〇―六五頁。

――「出版文化史からみるLaurence Sterne」『英語青年』十四巻八号（二〇〇二年十一月号）、四九五頁。

――「「借りるべきか、買うべきか、それが問題だ」――一八世紀イギリス出版文化の諸相」『帝国と文化　シェイクスピアからアントニオ・ネグリまで』江藤秀一編、春風社、二〇一七年、四四一―六〇頁。

A・S・コリンズ『十八世紀イギリス出版文化史―作家・パトロン・書籍商・読者』青木健・榎本洋訳、彩流社、一九九四年。

清水一嘉『イギリス小説出版史　近代出版の展開』日本エディタースクール出版部、一九九四年。

ホガース、ウィリアム『美の解析―変遷する「趣味」の理念を定義する試論』一七五三年（*The Analysis of Beauty*, 1753）宮崎直子訳、中央公論美術出版、二〇〇七年。

第III部

スターンの受容とポップ・カルチャー

第12章　スターンと日本

落合一樹

日本において、スターンといえば夏目漱石である。いつまでもそれだけでいいのか、という問いは問われるべきだし、本章においても最後にその問いを提示したいのだが、まずは漱石という圧倒的なビッグ・ネームを避けてとおることはできない。「漱石に影響を与えた作家」「漱石のお気に入りの作家」として知られるようになった結果、日本において、スターンはつねに漱石というレンズをとおして見られてきたとさえいえるだろう。「スターンと日本」の関係について考察する本章は、書誌学的にスターン受容史を逐一たどるのでもなく（それに関しては、石井重光による入念きわまりない仕事がすでにあり、つけ加えることはなにもない。Ishii 参照）、また英文学研究アカデミアにおけるスターン研究の学説史を概説するのでもなく、日本文学史、あるいは日本の読書界においてスターンがどのように論じられてきたかを検証する。漱石という大作家の存在ゆえ、スターンは英文学研究という狭い世界の外でもしばしば言及され、論じられてきた。とはいえ、日本の文壇あるいは読書界においてどのようにスターンの名が流通し、彼の作品がいかにして論じられていたかをしらみつぶしに検証することは、紙幅の限界をはるかに超えている。それゆえ、本章では、夏目漱石と、とりわけその漱石論で名高い戦後日本を代表する二人の文芸評論家、江藤淳と柄谷行人のスターンへの言及を分析することで、日本においてスターンのイメージがいかに漱石と結びつけられ、またどのような側面において両者に共通点が見出されたのかを考察してみたい（そして最後に、漱石とは切り離されたスターンの可能性についても考えてみたい）。

1　夏目漱石

一八九七（明治三十）年、まだ漱石として小説を書きはじめる以前、一英文学者だった夏目金之助が『江湖文学』という雑誌に「トリストラム、シャンデー」と題された小文を寄せたことが、日本における最初のスターンの紹介となる。「今は昔し十八世紀の中頃英国に「ローレンス、スターン」という坊主住めり、最も坊主らしからざる人物にて、最も坊主らしからぬ小説を著はし、其小説の御蔭にて、百五十年後の今日に至るまで、文壇の一隅に余命を保ち、文学史の出る毎に一頁又は半頁の労力を著者に与へたるは、作家「スターン」の為に祝すべく、僧「スターン」の為に悲しむべきの運命なり」（六一）とはじまるこの小文は、本格的な文芸批評や分析というほどのものではない、ごく簡単な『トリストラム・シャンディ』の紹介文である。さすがは後の漱石らしい諧謔に溢れた表現が随所に見られる味わい深い文章ではあるが、今日の読者からすれば、内容についてはとりたてて注目すべき点もない、ありふれた『シャンディ』紹介のように思える。しかし、一八八七年の時点で、今日ではありふれているようなことを書いてしまったことは驚くべきことであり、その後の歴史が漱石の読解の方向に歩んできたということを示している。まず、日本において、スターンは『シャンディ』の著者として紹介された、ということを確認しておきたい。これは決して自明なことではない。十九世紀、ヴィクトリア朝のイギリスにおいては猥雑な『シャンディ』は決して高い評価を受けておらず、スターンが読まれるとすればその感傷性においてであり、ゆえに『センチメンタル・ジャーニー』、それ以上に『スターン美文集』によってであった。また世界各国におけるスターン受容史に着目したとき、彼の作品はつねにもとの出版の順序で、つまり『シャンディ』から紹介されたとは限らない。多くの国において、ロマン主義的な風土のなかで『ジャーニー』が先に輸入紹介され、イタリアやロシアなどのいくつかの国では、それはただの一冊のイギリス小説の輸入にとどまらず、翻訳をとおして新しい文学言語が生み出され、国民文学の形成において大きな役割を担った（de Voogd 参照）。ごく図式的な議論をするなら、ネーションと国民文学の形成における共感的想像力の重要性を考えた際、『ジャーニー』のほうがそれにふさわしい作品だったことが理由のひとつだろう。もうひとつ身も蓋もない事情として、『シャンディ』の英語は難しかった、という単純ながら英語が得意な文学史家たちにとっては盲点たりうる事実にも触れておきたい。明治三十年代にこの小説を読みこなしていた漱石の英語力は驚くべきものだし、事実、後に触れるように、日本で『シャンディ』が論じられるようになり、翻訳が刊行されるまでその後ずいぶんと時間がかかった。そうした事情を考慮したとき、もし漱石がこの小文で『シャンディ』を紹介していなければ、おそらく、たんに日本におけるスターンの受容が遅れたというだけでなく、スターンは『ジャーニー』の著者として紹介され、そのイメージは大きく異なったものになったかもしれない、ということが想像できるし、それは諸外国と比べたときに決して珍しい事態ではなかったのである（ちなみに、「トリストラム、シャンデー」執筆時点では、漱石は『ジャーニー』を読んでいなかったと思われる［坂本 二一］）。

漱石の先駆性は、ただ『トリストラム・シャンディ』を紹介したということに尽きない。彼の『シャンディ』への関心もまた先駆的なものであった。スターンについてその生臭坊主ぶりを批判する道徳的な言説が支配的だったヴィクトリア朝イギリスの批評の潮流に反して――彼自身の英文学研究のバックボーンはレズリー・スティーヴンをはじめとするヴィクトリア朝の伝統であり、「トリストラム、シャンデー」においても作家本人に対する道徳的な非難が紹介されているのだが――漱石が注目するのはあくまでテクストにおける技巧である。「単に主人公なきのみにあらず、又結構なし、無始無終なり、尾か頭か心元なき事海鼠の如し」(六三)と評されるこの小説の奇抜な諸特徴を、彼は逐一紹介していく――語りの絶え間なき脱線、事物の無意味な羅列、印刷上の実験、衒学的で雄弁な登場人物たち、等々。漱石がとりだすこうした技巧は、後に触れるように、今日ではミハイール・バフチンによるラブレー論をとおしてすっかり身近になった、メニッポス的諷刺に特徴的なものである。その点で、登場人物たちがみな「自家随意の空気中に生息」していて「恰も越人と秦人が隣り合わせに世帯を持ちたるが如く」である様を、道化の「色々の小片を継げ合わせたる衣装」にたとえ、「『シャンデー』は此道化者の服装にして、道化者自身は『スターン』なるべし」(六三)と評する一節は、バフチン的な道化・カーニヴァル的文学の伝統への言及だととらえることができる(高山 一〇〇九)。また、「彼の態度は如何に綿密なる筆を以て写し出されたるかを見よ」という言葉の後に、漱石は息子の鼻が潰されたと知って嘆き悲しむウォルターの姿勢の冗長なまでに綿密な描写を翻訳してみせるが(七六)、これは後にシクロフスキーが「異化」概念を論じる際に引用したのと同じ箇所である(江藤『その時代』一九―二〇。伊藤 五四)。

このように、「トリストラム、シャンデー」には、二〇世紀の文芸批評を先取りするかのような、漱石のフォルマリスト的ともいうべきスターンの技法への関心を見て取ることができる。とはいえ、漱石とスターンの関係がこの一文に尽きるのならば、たんにスターンはきわめて優秀な学者=小説家によって紹介された、という一挿話で終わってしまっただろう。この文章を発表した三年後の一九〇〇(明治三十三)年より三年間イギリスに留学し、帰国後東京大学の講師になった漱石は、十八世紀英文学についての講義を行う。今日『文芸評論』という題の書物となっているこの講義は、アディソンからはじまりスウィフト、ポープ、デフォーを論じていくのだが、スターンに至る前に漱石は大学講師の職を辞してしまう。スターンへの関心がふたたび前景化するのは、夏目漱石としての小説作品をとおしてのことである。彼のデビュー作『吾輩は猫である』（一九〇五―〇六／明治三十八―三十九）が、その脱線に満ちた語りをはじめ、『シャンディ』の深い影響下にあることはくり返し指摘されてきた。また、迷亭が金田鼻子について語る際、『シャンディ』に言及していることもよく知られている――「其後鼻に就て又研究をしたが、此頃トリストラム、シャンデーの中に鼻論があるのを発見した。金田の鼻杯もスターンに見せたら善い材料になつたろうに残念な事だ」（一七六）。それにしても、漱石はどういうつもりでここでスターンに言及したのだろうか。『シャンディ』の翻訳が岩波文庫で読める現代の読者ならば、ここにインターテクスチャリティへの言及（アリュージョン）を見出して知的な笑みなどを浮かべるかもしれないが、『吾輩は猫である』出版当時の日本の読書界でこれを理解できる者などいったいどれだけいただろう。迷亭の衒学的な性格からいっても、メニッポス的諷刺というジャンルに特徴的な百科全書的な無駄話の氾濫という技法からいっても、なんだかよくわからない固有名が次々と出てくることの効果が目的であって、読者がスターンとは誰なのかを理解する必要はないとはいえ（ちょうど私たちがフロリダ版の注釈をいちいち参照しなくても『シャンディ』を楽しむことができるように）、ここであえてスターンについて言及してみせる漱石の意図は、そのことが同時代の読者に与えた効果とともに、現代からでは想像しがたい。「トリストラム、シャンデー」は「『スターン』死して墓木已に拱す百五十年の後日本人某なる者あり其著作を批評して物数寄にも之を読書社会に紹介したりと聞かば彼は泣べきか将た笑ふ可きか」（七七）と締めくくられているが、はたして彼は、当時イギリスでさえ徐々に忘れられつつあった作家が、日本において将来どれほど知られ読まれるようになると想像していたのだろうか。

『シャンディ』との影響・類似関係が指摘されることの多い『吾輩は猫である』に比べて、『草枕』（一九〇六）でも『シャンディ』が言及されていることはあまり注目されていないように思われる。その一節を引用してみよう。

トリストラム、シャンデーと云ふ書物のなかに、此書物ほど神の御覚召に叶ふた書き方はないとある。最初の一句はともかく自力で綴る。あとは只管（ひたすら）に神に念じて、筆の動くに任せる。何をかくか自分には無論見当が付かぬ。かく者は自己であるが、かく事は神の事である。従つて責任は筆者にはないそうだ。余が散歩も亦此流儀を汲んだ、無責任の散歩である。只神を頼まぬ丈が一層の無責任である。スターンは自分の責任を免れると同時に之を在天の神に嫁した。引き受けて呉れる神を持たぬ余は遂に之を泥溝の中に棄てた。（一三〇）

ここでのスターンへの言及はただの衒学的な知識のひけらかし以上のものであり、主人公そして漱石の創作原理としてまじめに引用されているように思われる（「私はまず最初の一文を書きます——そしてそれにつづく第二の文章は、全能の神におまかせするのです」という朱牟田夏雄による訳文（下一一四）と比べてみると、ここでの漱石のまじめさが際立つだろう）。主人公の画工の「小説も非人情で読むから、筋なんかどうでもいゝんです」（一〇九）という言葉は、引用箇所でのシャンディズムと共鳴する。いかにも諷刺的でユーモラスな『吾輩は猫である』が『シャンディ』的であるとはわかりやすいことだが、漱石がみずから「小説界に於ける新らしい運動」である「俳句的小説」（「余が『草枕』」二二一—二二）と称する『草枕』もまた、『猫』とは別のかたちでのシャンディ的な実践だったのである。詳細な比較研究はここではできないし、日本文学史についての議論に立ち入ることもできないが、ごく簡潔に次のようにいえるだろう——漱石にとって、『シャンディ』は、当時すでに日本文壇で主流となっていたリアリズム的・自然主義的な小説に対する挑戦という文脈において機能していた、と。『猫』と『草枕』は似ていないが、いわゆる近代小説、「普通の」小説に対するアンチであったという点において共通する作品であり、その二つの作品がどちらも『シャンディ』に言及しているという事実は象徴的である。

2 江藤淳

もちろん、いくら夏目漱石が当時から人気作家であったとはいえ、彼の紹介や小説中での言及によりスターンの名が日本中に知れ渡ったわけではまったくない。「トリストラム、シャンデー」は小さな文芸誌にひっそりと発表されただけだし、『吾輩は猫である』や『草枕』を読んだ読者にとっても、先に述べたように、多くの場合、作家や作品の名前は「トチメンボー」と変わらない、よくわからない西洋の名前のひとつでしかなかっただろう。実際、スターン作品が翻訳され、日本語で読まれるようになるには、第二次世界大戦後まで待たなければならない。戦後、『センチメンタル・ジャーニー』の翻訳が、松村達雄訳（一九四七）、村上至孝訳（一九四七）、織田正信訳（一九四八）、山口孝子・渡辺万里訳（一九五二）と相次いで出版された。それに対して『トリストラム・シャンディ』がなかなか翻訳されなかったことは、その英語の複雑さ、圧倒的な情報量、そして作品の長さを考えれば不思議なことではないだろう。朱牟田夏雄による名訳が「筑摩世界文學大系」の一冊（リチャードソンの『パミラ』と合冊）として出版されるのが一九六六年のことだが、実はそれ以前にも『シャンディ』翻訳は試みられていた。一九四九年には中野好夫が『不死鳥』という雑誌に翻訳の連載をはじめるが、第一巻の九章で頓挫、次いで一九六一年から野島秀勝が『季刊批評』に連載をはじめるが、これも第二巻の最初までで中断、同じく一九六一年には野町静雄と西島正が『詩と散文』で翻訳を掲載するも、これまた第三巻の六章までで頓挫してしまうという——あたかも「ボヘミア王とその七つの城の話」のような——中断と再開がくり返された（Ishii 二〇—二二）。

一九五五年、慶應義塾大学在学中に『三田文學』に「夏目漱石論」を発表、翌年『夏目漱石』を出版して文芸評論家としてデビューし、卒業論文はスターン論（"The Life and Opinions of the Late Rev. Laurence Sterne"）だった江藤淳は、だから、『シャンディ』を原文で読んだ、当時はまだ特権的だったスターン読者のひとりであった。『三田文學』一九五七年三月号に掲載された「十八世紀英国小説の問題：散文の特質をめぐって」と題された論考は、その発表時期からして、彼の卒業論文をもとにしたものとおぼしい（江藤は一九五七年三月に卒業）。

この評論は、スターン自体を論じているというよりは、二〇世紀におけるスターン・リヴァイバルに大きな役割をはたした審美的な文学観を厳しく批判するものである。二〇世紀におけるスターン・リヴァイバルに大きな役割をはたしたことで名高いウルフの『ジャーニー』への序文（一九二四）は、スターンが「個人の心理のひだの奥底」まで精密かつ流麗に描いているのを称賛しているが、江藤によれば、『シャンディ』の目的はそのような心理主義的なものではない。そもそも、スターンにとって、あるいはリチャードソンやフィールディングといった他の十八世紀の作家とっても、「小説」に分類される芸術作品を書こうなどというつもりはなかった。「つまり彼らにとっては、本来最も様式や規則に拘束されることの少い散文の規則を活用して、物語を語る――より厳密にいうなら、何らかの積極的な他人への働きかけを行なう、ということに意味があったので、それが小説と呼ばれようが、呼ばれまいが、そのようなことはおそらく二の次の問題であった」（二六〇）。彼らにとって、小説あるいは散文形式はもっとも非文学的・非芸術的であり、だからこそ「伝達」という機能に奉仕し、「伝達というからには作家の前には他人がいる。他人がいるからには、彼らは何らかの意味で倫理的ならざるをえないのである」（二六一）。以降、江藤はここで提示した二分法に則って議論を進める。一方にはウルフやジョイスに代表される、「個人の心理」を美しく結晶化しようという、自己完結した芸術的な小説があり、もう一方には、十八世紀作家たちによる、詩的な言語や複雑な技法になどに頼ることのない、いわば剝き出しのままの散文があり、そこには血の通った人間がいるのである。「ここには芸術家はいないにしても、文学的問題よりもはるかに人間的問題に忠実であった、一人の男の、人間の宿命的な生活への積極的な姿勢がある」(二六六)。裕福なスティーヴン家に生まれたウルフのような「才女」には「生活」と呼ぶに値するものはなく、ただ「人生」や「愛」といった抽象的な言葉を「高価な絵具」として弄んでいただけなのに対し、スターンが描いているのは「具体的な、血と肉との匂いのあるもの」である(二六六)。スターンが評価されるのは、このように、他者と直面せざるをえない、倫理的な場に生き、そのような生の困難を描いているからにほかならない。

あたかもエラスムスのように、彼はこうして人間が自らをfoolとして讃えることを勧めているかのようである。この認識に到着した時、はじめてお互いの宿命的な孤立の悲惨さが理解されるであろう。彼が悲惨であるように、彼と全く別個の境遇を、趣味を、思想を、肉体を持った他人は悲惨である。伝達の可能性は、このどうすることも出来ぬ人間の条件をありありと認識した所から、逆に生じるであろう。つまりそれは、一人の悲惨な人間の、もう一人の同様に悲惨な人間への共感のような形で、はじめて可能なのである。スターンのセンチメンタリズムなるものは、大方この辺りから発生していると考えて間違いはない。それは明らかに倫理的な態度であり、一つの行為への参加を意味している。スターンにとって、人間相互の理解は、言語によるよりも、むしろ感情(フィーリング)によって可能なものであったが、この点において、彼はフィールディングやリチャードソンと同様の倫理的機能を有する小説の作者だったといい得る。ウルフの賛美した「心理的真実への偏執」の如きは、このようなスターンの倫理的反省の、いわば副産物にすぎなかったのである。(二六五)

こうしたスターンをはじめとする十八世紀の作家の「倫理的な」姿勢を評価する江藤にとって、それ以降の小説の歴史は、小説の堕落の歴史でしかない（二六七）。「個人」が閉じ込められた閉塞・孤立を打破するという「男らしい仕事」が忘れられ、「小説の女性化——倫理的な積極性や伝達の機能を小説から追放し、いわばそれを女性の小部屋である心理主義のわくの中に押し込んだこと」が進んだ（二七三）。現代の作家に向かって、忘れられてしまった倫理的な姿勢を訴えかけることで、この論考は閉じられている。「こうして求められなければならないのは「美」でも、「芸術」でもなく、それ以上に貴重な、人間相互の連帯感——人間の運命の啓示である」（二七七）。

ジョン・トローゴットの『トリストラム・シャンディの世界』（一九五四）の影響が色濃い、しかもその「実存主義的」なスターン像がさらに実存的になったと評すべき、なんとも息苦しく過酷なスターン読解である。これはただの推測だが、もし朱牟田夏雄による愉快で軽妙な日本語訳で『シャンディ』を読んでいれば、このようなスターンについての理解は生まれなかったのではないか。なにより驚くべきことは、江藤が『シャンディ』の読者がまず魅了されるであろう言葉遊びの側面に一切の評価を与えていない点だ。その後、スターンのみならずリチャードソンやフィールディングといった十八世紀半ばの作家たちがいかに新しい文学的言語や語りの技法を発明し洗練させたかの研究が進んだ結果、彼らが文学的趣向を凝らすことなく、彼らの目の前にあらかじめ存在していた日常的な言語で散文を綴ったと考えることはできないし、フェミニズムやポストコロニアリズムの見地からすれば、ウルフやジョイスの言語的実践が純粋に審美的・芸術的だったとみなすことも難しいだろう（ウルフにとって「女性の小部屋」をもつことがどのような意味をもったのか、文学の「女性化」を嘆くという優れて十八世紀英文学的な身ぶりを反復する江藤には考え及ばなかったかもしれない）。また、同時代フランスにおける、言語の形式こそが政治的闘争の場なのだというロラン・バルトによるサルトルへの批判によって開かれた新しい文学言語観からいっても、ここでの江藤の「芸術」対「生活」という図式は単純にすぎるようにも思われる。[1]その後の文芸批評・文学研究の関心をことごとく裏切るかのように今日の読者には見える、江藤によるきわめて倫理的なスターン読解がそれ自体として正しいのか否かを判断することは本章の関心ではない。ここで指摘しておきたいのは、江藤がこの評論で提示するスターンが、彼が論じる夏目漱石とよく似ている、ということだ。小宮豊隆ら漱石の弟子たちによって創られた「則天去私」神話を破壊したことで名高い『夏目漱石』で、江藤は、現実世界から解脱してしまってなどいない、「他者」のいる世界であがきまわる、倫理的で実存主義的な漱石を描き出した。それゆえ、不思議なようだが、江藤にとって『シャンディ』的な漱石の作品は『猫』や『草枕』よりもむしろ後期の作品ということになるだろう[2]――江藤はシャンディ夫妻について「夫婦の肉体は触れあっているが、その心は距離をこえた彼方に距てられている」(二六五)と評しているが、まさに『道草』や『明暗』の主人公夫婦を思わせる一節である。こうした倫理的・実存主義的という意味で漱石的なスターン読解が江藤の評論ゆえに日本で支配的になった、などということは一切ないだろうが、より喜劇的・バフチン的という意味で漱石的なスターン像が主流となった現在では顧みられないスターンの一面として興味深いものである。

3　柄谷行人

江藤淳的な倫理の問題を引き継ぎながら漱石を論じ、また『日本近代文学の起源』(一九八〇)で日本の批評史にいわば言語論的転回をもたらしたのが柄谷行人である。彼において、夏目漱石とスターンがとり結ぶ関係はどのようにとらえられたのだろうか。柄谷は『日本近代文学の起源』が英訳(一九九三)されるにあたり「ジャンルの消滅」という一章を加えた(日本語では、『定本 日本近代文学の起源』に収録)。また同時期に、新たな漱石論「漱石とジャンル」(一九九〇)と「漱石と「文」」(一九九二)を発表している。これらの仕事に共通して見られるのは、ミハイール・バフチン、とくにそのジャンル論の影響である。そこで漱石はスターンのジャンル意識――メニッポス的諷刺――を継承した作家として新たに理解されるようになる。いいかえれば、漱石は、ラブレーやセルバンテスといったカーニヴァル的文学という世界文学の伝統のなかに位置づけられた。

漱石作品、とりわけ『吾輩は猫である』をバフチンの理論を用いて分析すること、またそこでスターンとの関係をあらためて考察するという研究自体は新しいものではなかった。たとえば、綿密なテクスト分析にもとづいて『シャンディ』と『猫』をメニッポス的諷刺として比較検討した伊藤誓の「スターン、漱石、ルキアノス」は、そのもととなる学会発表が同時期の一九九〇年に行われている。柄谷の論の興味深い点は、漱石のジャンル意識を日本文学史に位置づけなおしたところにある。原本の『日本近代文学の起源』では、言文一致体の完成によって可能となった近代小説に対して、漱石は孤独に抵抗していたのだったが、バフチンを経た柄谷は、そこに「写生文」というジャンルによる「小説」への対抗、という図式をもたらす。「漱石がスターンに写生文に似た態度を見出したとき、それはたんなる比較文学の問題ではなかった。彼はそのとき「ジャンル」という世界史的な問題に最も深く触れていたのである。彼は英文学においてスターンを評価する一方、そのことを通して、友人の正岡子規がはじめた写生文にグローバルな視座を与えたのである」(『起源』二六九)。子規が提唱した「写生文」とは何なのか(漱石にとっての、と限定しても)、実のところよくわからない。「俳句から脱化して来たもの」であり「西洋の傑作として世にうたはるゝものゝうちに、此態度で文をやつたものは見当たらぬ」が、「多少此態度を得たる作品」として、ディケンズの『ピクウィック・ペーパー』、フィールディングの『トム・ジョウンズ』(スターンとの対比において「普通の」小説の代表扱いされることもあれば『シャンディ』の先駆扱いされることも多い、両義的な作品である)、セルバンテスの『ドン・キホーテ』などが挙げられている(「写生文」五五)。柄谷は「なぜか漱石はここで言及しなかったが、スターンの『トリストラム・シャンディ』や『センチメンタル・ジャーニー』に、写生文に最も近い「態度」が見出せることはいうまでもない」(『起源』二六九)と述べ、写生文とバフチンのいうカーニヴァル的文学を同一視するが、ここで漱石が写生文的な西洋文学としてスターンや(『文芸評論』では詳細に論じているにもかかわらず)スウィフトには触れていないこと、そして意外にもジェイン・オースティンがそこに含まれていることを考えれば、二つのジャンルをそのまま等号で結べるかはわからない。しかし、「ジャンルの消滅」を論じる柄谷の論点はそれでもなおぶれない。つまり、多彩な文学言語・ジャンルの可能性が消滅し、リアリズム的な「小説」の言語だけが残ったのが近代だとする文学史からすれば、その流れに抗うものとして多くのジャンルが存在したのであり、その内実が何であれ、カーニヴァル的文学も写生文も「小説」ではない他ジャンルの可能性としてあった、という点においては等しい。そして、スターンと漱石も、近代小説に抵抗したという文学史上の役割において一致する。柄谷は『シャンディ』についてこのように述べている。

小説を自己言及的に解体してしまうこの驚異的な小説が近代小説が確立されてまもなく書かれていることに注意すべきである。小説が新しいジャンルとして確立されたのは、リチャードソンの『パミラ』(一七四〇年)、フィールディングの『ジョゼフ・アンドリューズ』(一七四二年)においてだが、一七六〇年にはすでに、スターンの『トリストラム・シャンディ』の最初の二巻が出版されたのである。二十世紀に「意識の流れ」を書きはじめた前衛的な作家たちは、この作品の「前衛性」に驚く。しかし、実際のところ、それは驚くべきことではない。スターンにとっては、「近代小説」はなんら確固たるものには見えていなかったからだ。彼の前には、セルヴァンテスやラブレーがあった。(『漱石論集成』二九五—九六)

スターンが、リチャードソンやフィールディングといった同時代の小説を横目で見ながらも、ラブレーらの伝統に連なることでこの新興ジャンルに抗ったことと、漱石が国木田独歩や島崎藤村らによる言文一致体小説の完成を横目で見ながら、英文学の知識と写生文や漢文学、落語といったそれとは異なるジャンルの言語や技法を駆使することで抗ったことに、並行関係が見出されている。そしてもちろん、柄谷にとってそれはたんなる文学上の技法や文体の問題ではない。『日本近代文学の起源』で示された、「内面」をはじめとする近代的な諸価値はみな言文一致体という新しい書き言葉によってはじめて構築されたというテーゼに従うなら、ここで漱石がスターンとともに批判しているものは、近代そのものといってもいいだろう。

4　福沢諭吉

柄谷による文学史的な整理は非常に魅力的なものである。反‐近代、反‐小説という漱石的なスターン像のもっとも洗練されたものであることは間違いない。漱石にとって彼がどのような存在であったかを明確にすることで、日本においてスターンがただの英文学史上の一人の作家にとどまらず、その近代文学史に多大な影響を与えた重要な作家だったということを見事に描き出している。

とはいえ、「近代」対「反‐近代」という二項対立の図式に頼りすぎることの弊害も指摘しておきたい。ごく一般的にいって、両者の対立は決して単純なものではない。たとえば、高山宏もまた、「スターンが『トリストラム・シャンディ』を書いた同じ頃、ディドロ、ダランベール一味の『百科全書』編集が進行している。知と記号の合理化が急進展する中、人間そんなものだけじゃあ生きてはいけませんやというので書かれた小説なのである。同じことが明治三十年代の日本にも生じているというのがぼくの意見である」（二〇一二）と述べ、「近代」対「反‐近代」の図式においてスターンと漱石に、そして十八世紀西欧と明治日本に並行関係を見出している。この図式の説得力をまずは認めたうえで、たとえば、ここで近代的な知を体現する側の者として挙げられているディドロがきわめてシャンディ的な小説『運命論者ジャックとその主人』の著者でもあることをどう考えればいいだろうか。近代と反‐近代は二手に分かれて対峙しているのではなく、複雑に入り組み合っているのではないか。たとえば、トマス・キーマーが明らかにした、スターンは近代小説を全否定してラブレー・セルバンテス的な諷刺文学の伝統に連なることを選択したのではなく、むしろ、もっとも近代的＝当世風（modern）な作家として当時の文壇のメインストリームに君臨していた、という事実を考慮すれば（Keymer 参照）、スターンがたんに「反‐近代」の側に属していたと考えることはできない。さらに、もし柄谷が宣言したように、近代文学＝小説はもう終わったのだとすれば（『近代文学の終り』参照）、それに対抗した者としてスターンや漱石を称賛することは、いまや暖簾に腕押しになりかねない。もし、もはや近代文学＝小説があえて対抗するほどのものではないとして、それでもなお今日スターンを読むことに意味があるとすれば、それはどのようなものだろうか。

ここで注目したいのは、実は、漱石の「トリストラム、シャンデー」に先立って、スターンは日本に導入されていた、という事実である。一八七二（明治四）年、福沢諭吉はウィリアムとロバートのチェンバース兄弟による *The Moral Class-Book* (1873) という道徳譚集を翻訳し、『童蒙教草』という題で出版するが、そこに『シャンディ』のトウビーが蠅を逃がすエピソードが含まれているのだ。原書ではスターンの名が明記されていたものの、諭吉はこれを省き、ただ「ツビと蠅の事」としてこの美しいシーンを紹介している（Ishii 一二）。それゆえ読者にはこれがローレンス・スターンという作家による小説の一部だと知る由はなかったし、そもそもごく一部の紹介にすぎないのだから、これをもって『シャンディ』の本邦初紹介ということはできないだろうが、それにしてもこの史的事実は示唆的ではないか。近代小説への批判という消極的な役割しかもつことのできない漱石的スターンに対して、明治日本を代表する近代主義者・啓蒙主義者である福沢諭吉の名前と結びついた、諭吉的スターンなるものを想像してみること。それはそのまま、小説というジャンルを自明視する文学史観を脱して、まだ小説という制度が確立しておらず、さまざまな形式の物語（ナラティヴ）が跋扈していた啓蒙主義時代の文脈にスターンを位置づけなおす試みとなるはずである。いいかえれば、「デフォーやリチャードソンによるリアリズム小説」対「スターン」（あるいは「言文一致体による小説」対「夏目漱石」）といった対立さえも取り囲んでいた「近代文学」という枠組みを取り払い、あらゆる種類の言説が同等にせめぎあっていた言説空間を想像してみることである。そこでは、近代軍と古代軍が二手に分かれて争っているスウィフトの『書物戦争』よりも複雑な抗争や交渉がくり広げられているだろうし、そこでスターンが漱石と手を組むかは定かでない。

注

（1）もっとも、江藤は同時期に発表した『作家は行動する』（一九五九）で、作家の文体こそが行動であるとして議論を複雑化しているが、そこでもスターンをはじめとする十八世紀イギリス作家たちは行動的な文体として高く評価されている（二五、二二五―一六）。

（2）また『夏目漱石』では、「『猫』の粉本をスタァンの『トリストラム・シャンデイ』に求めようとするのは、いささか早計であるといわねばならぬ」（六〇）と述べ、『猫』と『シャンディ』の類似性を否定している。

参考文献

de Voogd, Peter and John Neubauer eds. *The Reception of Laurence Sterne in Europe.* Thoemmes Continuum, 2004.
Ishii, Shigemitsu. *Rorensu Sutahn*: Sterne in Japan. *The Shandean* 8 (1996): 8-40.
Keymer, Thomas. *Sterne, the Moderns, and the Novel.* Oxford UP, 2002.
伊藤誓『スターン文学のコンテクスト』法政大学出版局、一九九五年。
江藤淳『作家は行動する』講談社文芸文庫、二〇〇五年。

同「十八世紀英国小説の問題：散文の特質をめぐって」『江藤淳著作集4　西洋について』講談社、一九六七年、二五九―二七八頁。

同『漱石とその時代　第三部』新潮選書、一九九三年。

同『決定版　夏目漱石』新潮文庫、一九七九年。

柄谷行人『近代文学の終り』インスクリプト、二〇〇五年。

同『増補　漱石論集成』平凡社ライブラリー、二〇〇一年。

同『定本　日本近代文学の起源』岩波現代文庫、二〇〇八年。

坂本武「漱石のスターン論：『トリストラム、シャンデー』私注」『關西大學文學論集』四三（一九九三年）：一―二四頁。

スターン『トリストラム・シャンディ』朱牟田夏雄訳、岩波文庫、一九九〇年。

高山宏「明治三十年のシャンディズム」『ブック・カーニヴァル』自由国民社、一九九五年、一〇〇八―一三頁。

夏目漱石『草枕』『漱石全集　第三巻』岩波書店、一九九四年、一―一七一頁。

同「写生文」『漱石全集　第十六巻』岩波書店、一九九五年、四八―五六頁。

同「『トリストラム、シャンデー』」『漱石全集　第一三巻』岩波書店、一九九五年、六一―七七頁。

同「余が『草枕』」『漱石全集　第二五巻』岩波書店、一九九六年、二〇九―二一二頁。

同『吾輩は猫である』『漱石全集　第一巻』岩波書店、一九九三年。

第13章　ラノベ世代の『トリストラム・シャンディ』
――スターンと現代日本オタク文化

木戸好信

マーティ「こりゃヘビーだ」
ドク「また言ったな〝ヘビー〟って。未来ではそんなに物が重いのか？　重力に変化が起きているのか？」
――『バック・トゥ・ザ・フューチャー』

1　はじめに

二〇一六年七月に公開された庵野秀明（総監督・脚本）の空想特撮映画『シン・ゴジラ』は観客動員数五百五十万人を越え、「平成ゴジラシリーズ」において最高の記録をおさめ、アニメーション映画では同年八月公開の新海誠（監督・脚本・原作）の『君の名は。』が興行収入二百五十億円を突破して邦画興行成績歴代二位となり、クラウドファンディングによって製作された『この世界の片隅に』（原作こうの史代）は同年十一月の公開当初は僅か六十三館であった上映館が徐々に拡大し続け、累計三百八十館を超え、日本アカデミー賞最優秀アニメーション作品賞をはじめとする各賞を総なめにしたのは記憶に新しい。これだけのメガヒットを記録するにはこういったジャンルを偏愛するいわゆるオタクと呼ばれる層だけでなく、ありとあらゆる層の観客を獲得し、かつ数多くのリピーターを生み出さなければ不可能であることはこれら作品群のヒットを伝える各メディアによってことあるごとに指摘される常套句であるが、これはまた逆の真実をも伝えているのではないか。つまり、オタクコンテンツが一般受けするように稀釈されたり、カスタマイズされることによって大ヒットしたのではなく、むしろあらゆる層の観客が既にオタク的感性を共有するようになっているのではないか。昨今ではすっかりオタクとオタクたちの想像力は市民権を得たようだ。いやそれどころか、「ライトオタク」、「エセオタク」といった濃度の違いはあれど、日本国民一億総オタク化は着々と進行しているかのようだ。たとえこれが言い過ぎだとしても、アニメ好き、特撮好き、アイドル好き、ゲーム好き、ラノベ(ライトノベル)好きを公言することで奇異の眼に晒されることはかつてより格段に少なくなっているのは確かだろう。

本章ではスターンと現代日本オタク文化、そのオタク的感性や想像力との関係を探ってみたい。ただここでご考慮願いたいのは、現代日本オタク文化の起源はローレンス・スターンにあった、というようなことを主張したいわけではないことだ。片や十八世紀の英文学の代表作の一つ、片や現代日本オタク文化。この両者の影響関係を確定するのはこの限られた紙面では到底達成不可能である。本稿が示したいのは逆のベクトルからのアプローチ、すなわち、我らがスターンが現代日本のオタクコンテンツに既に精通していたのではないか、という仮説を立てることである。本書の序章の解説の言葉を借りるなら「妄想スターン派」的な読みの試み、具体的に言うならば、オタクやオタクコンテンツの分析が進んだ現代の観点からスターンの作品をラノベやゲームとして読み解いてみよう、というささやかな試みに他ならない。

2 キャラクター小説としての『トリストラム・シャンディ』

そもそもライトノベルとはどのようなものか。これに関しては大塚英志が『キャラクター小説の作り方』で示した大胆かつ適切な二つの定義が役に立つ。一つは「自然主義的リアリズムによる小説ではなく、アニメやコミックのような全く別種の原理の上に成立している」というもので、もう一つが「〈作者の反映としての私〉は存在せず、〈キャラクター〉という生身ではないものの中に〈私〉が宿っている」(二八)というものである。大塚によれば、ライトノベル以外の小説の大半は多かれ少なかれ文学からエンターテイメントまで、「自然主義」的な手法に基づいて書かれている、すなわち現実を「写生」し、これに対してライトノベルは「アニメやコミックという世界の中に存在する虚構を「写生」する」(二四)。しかも、「私小説」をその典型とする「自然主義」的な小説に特徴的な「私」という存在がライトノベルには存在しないと言う。すなわち、「「アニメのような小説」においては「写生」すべき「私」は存在しません。何しろそこにいるのは「私」や生身の身体を持つ人間ではなく、架空のキャラクターなのです」(二七)。そして、以上のことをふまえ大塚はライトノベルを「キャラクター小説」と呼ぶことを提案する。大塚の本書は「ワナビ」(ライトノベル作家志望者)向けの創作指南書という性質もあって、これらライトノベルの定義を何度も分かりやすい言葉でパラフレーズしている。「ぼくたちが書こうとするのはまんがのような、アニメのような、ゲームのような小説であり、その中心にいるのは「私」ではなく「キャラクター」です」。「あなたが書くのは「私」についての物語ではなく、「キャラクター」についての物語です。そしてあなたが描写するのは「現実」ではなく、アニメやまんがのようなもう一つの「仮想現実」なのだと、まず自分に言い聞かせて下さい」(二九―三〇)。

キャラクター小説としてのライトノベルについては以上の短い要約でおおよそ理解できたが、もう一つ忘れてはならないのは、このキャラクター小説のメタフィクション的要素である。新城カズマは『ライトノベル「超」入門』において、ラノベの特徴として、「ドラマの結論から人物が規定されるのではなく、キャラクターの性質がドラマ（の可能性の束）に優先してゆく」（一三五）という点を強調した。東浩紀はこの新城及び大塚のキャラクター論を補完する形で、「ライトノベルは、物語の媒体というより、むしろキャラクターの媒体としての性格の方が強い」こと、さらには「ライトノベルに限らず、オタクたちの文化一般を特徴づけるキャラクターの脱物語的あるいはメタ物語的な振る舞い」（三六）を指摘し、その本質が物語にではなく、キャラクターのデータベースというメタ物語的な環境にあるライトノベルというものが、ポストモダンな消費者に支持されるポストモダンの条件を体現した小説形式である（四九―五一）、と述べている。つまり、幾重にも重なる入れ子構造、繰り返される頓絶と脱線、創作過程への過剰なまでの注意喚起、予め読み込まれる読者と批評家、書くこと及び書物への偏執狂的関心と印刷術的遊戯といった特徴を備え、二十世紀の前衛小説家、小説理論家の愛読書であり、あらゆるメタフィクション、ポストモダン小説の母胎であると見なされてきた『トリストラム・シャンディ』（以後は『シャンディ』と表記）というテクストは、これまで概観したライトノベルの諸条件にもぴったりと符合するのではないか。それでは実際に以上のラノベの定義の議論をふまえ、『シャンディ』をキャラクター小説としてまずは読み解いて行こう。

『シャンディ』を一読してすぐに気づくのは、作品の中心がキャラクターたちの奇抜な行動、意見、思考過程の詳細な描写にあることだ。すなわち、スターンの創作においては物語の結論から人物が規定されるのではなく、キャラクターの性質が物語に優先している、言い換えれば、『シャンディ』という作品は物語の媒体というよりはトリストラムやウォルター、ヨリック、トウビーといったキャラクターの媒体としての性格が強いということだ。まず何よりも圧倒的な個性を発揮する語り手トリストラム、いわくその「脱線的にしてしかも前進的」（一巻二十二章）[1]な語り口は彼のキャラクターを色濃く反映するばかりか作品の内容と形式をほぼ規定している。すなわち、語るという行為及び小説の構造を極度に前景化することでメタ物語的性向を強化するのだ。この圧倒的なキャラクターを持つ語り手トリストラムをして、「シャンディ家というのは一人残らず奇抜な個性の持ち主です」（一巻二十一章）と、言わしめるとおり、作中のその他の登場人物たちもまたいずれ劣らぬ変人揃いである。

語り手トリストラムは各作家たちが彼らの著作において様々なキャラクターをどのように描写するのか、その方法論を列挙している。例えば、ある者は「すべての人物の性格を管楽器を使って描写」し、あるいはまた別の者は「人間の性格を描くのに、ほかには一切助けを借りないで、ただその人の排泄物のみの助けでそれをやり」、あるいはまた、絵画で「ペンタグラフ等の模写器」を使うのと同じように描写したり、あるいは、「暗箱の中で人の描写」をしようとする者、等々（一巻二十三章）。しかし、トリストラム自身は以上のような方法による性格描写はいっさい採用せず、その代わりに登場人物たちの「道楽馬（ホビーホース）」から彼らのキャラクターを描きってみせると述べ、これ以上に「人間の性格を描き出すのに好適な道具はない」（一巻二十四章）とまで断言するのだ。ここで興味深いのは、作品の中心が物語ではなくキャラクターの描写にあるというだけでなく、そのキャラクター造形が各登場人物たちの道楽馬というオタク趣味の紹介を通して行われていること、すなわち、『シャンディ』はキャラクター小説であるばかりでなく、その内容自体がオタクたちの生態の寓意にもなっているということだ。しかも、シャンディ館を中心とした直径数マイル内で繰り広げられるドタバタ劇の「終わりなき日常」は、まさにラノベ世代の「永遠に続く夏休み」や「いつまでも続く学園祭前日」の光景といったモチーフと同じくオタクたちの夢そのものの具現化でもあるのだ。

まず注目すべきは、主要登場人物であるシャンディ家の「残念」な男子たちである。「残念」とは「外見上のスペックと、性格や能力に大きなギャップがある状態」（飯田　五四）のことで、ライトノベル（特にラブコメ）のヒロインの典型として挙げられるものだ。例えば、ウォルターはトルコ相手の貿易業から引退し、金銭問題に煩わされることなく父祖伝来の屋敷で悠々自適な隠居生活を楽しんでいる。これだけ見れば、ウォルターは良き家長でありジェントルマンの鏡のような存在だが、実は、彼の道楽馬は鼻に関する古今東西のありとあらゆる書籍の収集で、常に珍妙な仮説を立ててその研究に没頭する癇癪持ちの哲学者であり理論家であり雄弁家である。また叔父のトウビーは、表向きは温厚で内気で気前のいい独身の元軍人というこれまた典型的なイギリス紳士だが、実際は屋敷のボーリング用芝生で巨大なミニチュア戦場作りに没頭し、部下のトリム伍長と日夜戦争ごっこに明け暮れる軍事オタクであり、しかも女性の好意に対する鈍感ぶりはラノベの男主人公顔負けという属性も持ち合わせている。そして主人公トリストラムは、先の二人に比べれば一見パッとしないごくごくフツーの草食系男子であり、主役になれないヒーローとして召喚されているが、彼こそが脱線と異形に満ちた本作の語り手であり、こと小説作法に関しては中二病的に肥大化した顕示欲を示し、自らを天才と称してはばからない、実は最もクセの強いマニアックなキャラクターである。しかもこのトリストラムが語る生涯はといえば、両親の種付け時の失敗、出生時の鉗子による鼻の破壊、上下開きの窓によるペニスの損傷事故といった思い出すだに恥ずかしい黒歴史のオンパレードである。まさに全編、間違って命名されたその名前（トリストラムは「悲しみ」や「憂鬱」を意味する）を体現するように「トリストラム・シャンディの憂鬱」状態なのだ。

　さらに、これらシャンディ家の面々及び館に出入りするヨリックやスロップ医師といったその他のオタクたちは様々な事象について喧喧囂囂と一家言を披瀝するのだが、こと自身の道楽馬に関係する限り彼らの議論は決して交わる余地がない。つまり、日々シャンディ館で繰り広げられる躁的でハイテンションな丁々発止のやり取りにも関わらず彼らはそれぞれが孤立しており、孤独である。言うならば「ぼっち」の集まりなのだ。この「ぼっち」たちはそれぞれのオタク趣味、すなわち道楽馬を持っているが、基本的に趣味を同じくするオタク仲間を求めていない。彼らは「ぼっち」であるということを通じてのみ繋がっており、互いの趣味には決して立ち入らないし理解しようともしないのだ。実際、ウォルターが次々と開陳する珍妙な仮説や蘊蓄（うんちく）をトリストラムの母やトウビーは全く理解できないし興味を示さない。彼女は絶対に夫ウォルターに質問などせず、良くて鸚鵡返しであり、トウビーの対応も口笛でリラブレロの曲を吹くか、軍事用語に関連した頓珍漢な応答を繰り出すのみである。一方、ウォルターもトウビーの築城術や発射体の研究やミニチュアでの模擬戦争といった道楽馬に対して全く理解を示さない。

孤独であること、「ぼっち」であることは彼らだけに限ったことではない。産科学、ことに自らが新しく考案した最先端の医療器具である鉗子を使った分娩に情熱（＝道楽馬）を傾ける「男産婆」スロップ医師のプロフィールは、ウォルターでさえ一目置く高スペックのスーパードクターである。しかし実際の彼は、トリストラムの母の陣痛が始まって館に駆けつけてみれば、分娩道具はすべて忘れて来る、ようやく届いた道具一式の入った袋の荷解きの際にナイフで自らの親指を切ってしまい役立たずになる、さらにはその新発明の鉗子でトウビーの両手とトリストラムの鼻までも潰してしまうといった失敗をひたすら繰り返す「残念」なキャラクターである。しかもシャンディ館では他の面々と常に意見が嚙み合わず、オバダイアーやスザナーといった館の使用人たちとさえ反りが合わず、かつ作品唯一のカトリックということも相まってその孤独感、「ぼっち」感は際立っている。

また、機智やユーモア、愚弄やからかいをふりまくのが道楽馬であり、これが原因で孤立無援のまま死んでしまうヨリックも「ぼっち」の象徴となっている。中でも究極の「ぼっち」はやはり語り手トリストラムである。例えば、彼が「可愛いジェニー」、「愛しのジェニー」と幾度となく繰り返し呼びかける女性を思い出してみよう。ジェニーとは一体何者なのか。事実分かっているのは、このジェニーなる人物が作品に登場することは決してないということだ。はっきり言ってしまえば実際には存在さえしていないトリストラムの架空の恋人として召喚されているだけである。平坂読（ひらさかよみ）の『僕は友達が少ない』には「エア友達」の「トモちゃん」という架空の友達と会話を楽しむ三日月夜空（みかづきよぞら）という頭脳明晰、容姿端麗な少女が登場するのだが、トリストラムのジェニーもまさにこの孤独なヒロインの「エア友達」と同じような存在、いわば「エア恋人」に他ならない。

興味深いのは、トリストラムがジェニーだけではなく、我々読者にも呼びかけ、しかも様々な指示を与えてくることだ。半日の余裕を与えるから書物を置いて理由を考えろとか（一巻十章）、十二、三遍、ベッドにドサッと体を投げ出してみろとか（四巻一章）、皆様のご謹聴を要求するかわりに好きなところを十ページばかり随意に選び眠って貰ってかまわないとか（五巻七章）、いちばん使い慣れたののしり言葉を記入しろとか（七巻三十七章）、さらには、ウォドマン未亡人の姿を自分の空想を満足させるようできるだけ自分の恋人に似せて描けといった指示まであり（六巻三十八章）、しかも、実際にテクストには空白の箇所や白紙のページが周到に用意されているのだ。さらに注目すべきは、語り手トリストラムが呼びかける相手が、本を実際に手にしている我々読者だけではなく、「批評家」、「評論家」、「あなた」、「奥さま」、「女性読者」、「旦那」、「閣下」等々といった様々な形で仮想されていることだ。しかもこれらの仮想された読者の中にはただ呼びかけられるだけではなく、逆にトリストラムに質問したり、ツッコミを入れたり、合いの手を入れたりと対話する登場人物としてテクストに組み込まれているのだが、もちろん、それらの対話すべてが、声色を使ったトリストラムの自作自演であること、先の表現で言うならばトリストラムの「エア読者」であるのはもはや説明の必要はないだろう。

3　ゲームと死

作品の中心が物語ではなくキャラクターの描写にあるということは、当然の結果としてキャラクターというものが本質的に脱物語的あるいはメタ物語的な存在であるということだ。つまり、キャラクターたちがその本来の作品を飛び出し、違う物語や異なった設定の中に放り込まれているにもかかわらず同じ人物として描かれるといった状態である。その典型的な例がヨリックとトリストラムだ。ヨリックは、『シャンディ』ではシャンディ家の相談役的役割を担わされた教区の牧師を演じ、『センチメンタル・ジャーニー』においてはフランスを旅し、次々出会う女性たちと恋愛ゲームを繰り広げる「センチメンタル・トラベラー」を、そして、『イライザへの日記』では闘病に苦しみながら人妻に一方的な思いを寄せるブラーミンを演じ、さらには自らの名前を冠にした『ヨリック氏説教集』といった著作まで実際に出版してしまう。一方、トリストラムという架空のキャラクターは作品を飛び出すばかりか、スターンの身体を媒体として三次元化さえする。それは、ロンドンに上京したジェイムズ・ボズウェルが「スターン博士、ヨリック牧師、トリストラム・シャンディへの書簡」というタイトルの詩を書き、またサミュエル・ジョンソンはスターンと初めて会った時のことを報告する際、スターンを「トリストラム・シャンディ」と呼び（Cash, *Later Years* 一〇九）、またパリの社交界においてはスターン自身もいつにも増して「シャンディズム」(Shandeism) を発揮し（Curtis 一五七）、さらには、スターンの娘リディアまでも、学校の女の子たちから「トリストラム嬢」、「シャンディー嬢」と呼ばれていた（Cash, *Early & Middle Years* 二九六）、といった様々なエピソードからも窺い知ることができるだろう。

かくして、キャラクターというものはキャラクターとして自立した瞬間に別の物語可能性を呼び寄せてしまうのだが、次ぎはこのキャラクターに備わるメタ物語性をゲームという観点から考察しよう。キャラクターたちの道楽馬に満ちた『シャンディ』を遊びやゲームという観点から分析する例は今までにもしばしばおこなわれてきたように決して突飛な考えではない(2)。ただここで二点付け加えるとすれば、ゲーム的であることがすなわちメタ物語的でもあること、そしてゲームと死の関係についてである。

これまで見てきたように『シャンディ』というテクストは小説形式をもてあそび、際限なくふざけたおした笑いに満ちた作品である。しかしながら、細部をよく見ると、「死」というものが作品全体を浸食している。確認すべきは、ル・フィーヴァー、トリストラムの兄ボビー、大伯母ダイナー、トリムの兄トムといったサブキャラだけではなく、主要キャラクターでさえ既にみんな死んでいるという事実である。トリストラムは、「父の遺骸にかけて」(一巻十九章)、「母はとうとうこの世界を去った」(六巻三十九章)、と述べ、トウビーについては「彼の棺」、「彼を弔う馬」、「彼の棺車」(六巻二十五章)と彼の葬儀を描写し、トリムについては、「伍長の亡骸の上はそーっと歩いてください」、「ああ、伍長君！　今、君が生きてさえいてくれたら」と在りし日を偲ぶ。そしてシャンディ家の唯一の生き残りであるトリストラム自身も死神に追いかけられている。

注目すべきは、彼らは既に死んでいるにもかかわらず、作品中に存在しているということだ。ゲームとは本質的に物語をリセット可能なものとして描くメディアであり、ゲームの中で展開される物語はそれがゲームである限りいくらでも「リセット」できる。したがって、ゲームのような小説である『シャンディ』においては、その中のキャラクターたちもまたいくらでも異なった物語を生き、いくらでも異なった死を経験することができる、すなわち、物語を複数化し生を複数化し、死をリセット可能なものにしてしまうのだ。ロールプレイングゲームのプレイヤーは、重要な選択肢や危険な場面の直前で「セーブ」して、自身が操作するキャラクターが「死」んだらそこに戻ってもう一度同じ場面をやり直せるし、シューティングゲームやアクションゲームのプレイヤーも、キャラクターが「死」んだら、最初の画面に戻ってもう一度同じ敵と戦い、ステージのクリアを目指すという作業を日常的に行っている。『シャンディ』において、このリセット可能な死をもっとも象徴的に示しているのは、言うまでもなく物語早々に死んでしまうヨリックである。しかも、「ああ、あわれ、ヨリック!」(一巻十二章)という枠囲みされた言葉の後、丸々二ページ全体が真っ黒に塗りつぶされ、あたかもそれは、コンピューターゲームの「ゲームオーバー」や「バッドエンド」の画面の様な、あるいは、これまでの物語及びプレイをリセットする画面の様な役割を果たしている。実際、親友ユージーニアスとの感動的な永遠の別れを演じるのだが、それに続くこの真っ暗なリセット画面の後、ヨリックは何事もなかったかのように何食わぬ顔で作中に生存し続けるのだ。そもそもヨリック自体がシェイクスピアの『ハムレット』からのリセットとリプレイによる再登場人物であることも忘れてはならないだろう。

複数の物語を生み出すメタ物語的なシステムとしてのゲーム、そして本質的にゲーム的でメタ物語的な存在であるキャラクターによって切り開かれるのは、たったひとつの「終わり」の解体である。スターンの『シャンディ』というテクストは、ひとつの始まりとひとつの終わりをもつ物語を語りながら、同時に、同じ物語の別のヴァージョン、別の展開、別のエンディングへの想像力に取り憑かれている。トリストラムは物語の早々から父と母がもっと慎重に自分の仕込みをしてくれたなら、「まるで違った姿をこの世にお示しすることになったろう」(一巻一章)、あるいは、「母の胎内にしこまれた事情や状況だけでなく、その時期も少し動かせたら! と切望するのみです」(一巻二十一章)と述べ、また別の箇所では、よりSFめいた表現で、「私はいっそ月の世界か、そうでなければどこでもよい、どれか惑星の一つに生まれたらよかったと思います」(一巻五章)と述べている。これらは単なる願望に留まらない。例えば次ぎの引用を見てみよう。

――さてさてこんなにもこんがらがった面倒な話というのはありますまい――と申すのはこの前の章で、少なくともオーゼールの町を通り抜けたところまでは、別々の二度の旅行の分をいっしょに合わせて進行して来ましたし、それを、ペンを同時に働かせて書いて来ました――つまり、今私が書いている今度の旅のほうでは、私はもう完全にオーゼールを後にしていますし、別の機会に書こうと思っているもうひとつの旅のほうでは、まだオーゼールを半分しか抜け出していないというわけです――およそ何事によらず、ものにはある程度を超えた完成ということはあり得ません。それを、そのある程度以上を無理にねらったばっかりに私は、今やいかなる旅人もかつて遭遇したことのない妙な羽目に身をおくことになってしまいました。と申すのは私はこの今の瞬間、父や叔父やトウビーとつれ立って、晩餐をとりにもどろうと、オーゼールの市場を横切りつつあります――と同時にやはりこの今の瞬間、馬車はバラバラにこわされて、リヨンの町にまさに入ろうともしています――それに加えてもう一つ、やはりこの今の瞬間この私は、ガロンヌ川の岸にかのドン・プリンヘロが建てて、スリニヤック氏が私に貸してくれた美しい別荘の中にいて、以上のような事どもを走馬燈のごとくに頭の中に考えめぐらしつつ、じっとすわってもいるのです。（七巻二十八章）

ここではトリストラムが死の追跡を逃れるために大陸へ出かけた旅と、それより二十年前にウォルター、トウビー、トリム、オバダイアーなどと大陸旅行をした事が重ね合わせられている。今現在の瞬間に、前者の旅ではオーゼールを後にし、後者の旅ではオーゼールにおり、さらに同じ瞬間に、時をかける語り手、トリストラムはトゥールーズの宿でこの小説を書いている。注目すべきは、語り手が単に過去の二つの旅を回想しているのではなく、三つの異なった時を現在の瞬間に同時に存在させ、同じ設定における別ヴァージョンのパラレルワールドを活写していることだ。様々な可能性を試みている人物としてのトリストラムの語り口、すなわちスターンのゲーム的なテクスト戦略は、リセットとリプレイの経験であると共に、ループ現象の経験でもあり、このような順列組み合せの体験が作品の至る所で言及されている。例えば、補助動詞を使えば「言いうるすべてを言い、書きうるすべてを書くことができ」(五巻四十二章)、「それがもとになって無数の観念、無数の結論が引き出されることになる」(五巻四十三章)、というウォルターのレトリックに関する蘊蓄を通して、複数の物語、別の展開の可能性についての理論的補強が行われているし、また、狂女マリアのエピソードに関しては、『シャンディ』という作品を飛び超えて、『センチメンタル・ジャーニー』でも同じ状況で細部が変更された別ヴァージョンが語られていたのを思い出してもいいだろう。

4　読者と不能性

キャラクター小説『シャンディ』はゲーム的存在である。この点についてさらに注目すべきは、アドベンチャーゲームやロールプレイングゲームには一般的にコンピューターによって制御され表示されるキャラクターとは別に、プレイヤーが操作しその分身となる特別なキャラクターが存在することである。そのようなキャラクターは「プレイヤーキャラクター」あるいは「視点キャラクター」と呼ばれ、小説でいう「一人称の語り手」や「視点人物」に相当する存在である。アドベンチャーゲームのプレイとは多くの場合その視点キャラクターの一人称で作品世界を経験し、選択肢を選んでシナリオを読み進み、物語を一定の方向に進める行為である。スターンは小説世界を物語の層とメタ物語の層に分割し、トリストラム以外の人物をすべて物語的なキャラクターとして描くなか、トリストラムだけをゲーム的な、すなわちメタ物語的なプレイヤーとして描いているということができるだろう（さらに補足するならヨリックはプレイヤーが選択できるもう一人の視点キャラクターと捉えることができる）。そのような二層化を導入することで、スターンはコンピューターゲームでプレイヤーが経験する物語のかたち、すなわち「リセット」と「リプレイ」の繰り返しではじめて得られるメタ物語的な経験を小説という表現形式に落とし込んでいるのだ。

語り手トリストラムはメタ物語的な経験を物語として描くためにキャラクターでありながらプレイヤーのように振る舞う両義的な主人公である。ということは、彼は語り手であると同時にプレイヤー、すなわち読者でもあるということだ。トリストラムは「だって最後の話と言えば、私がそれを語り終ってしまったら、そして読者がそれを読み通してしまわれたら、――それはまさしく私も読者方も、本をパタンと閉じてしまう時だということくらい、私にもよくわかっていますからね」（四巻一章）、さらには「私自身はと申せば、これはもう生を終えるまで、自分の書いた書物以外は絶対に何一つ読むまいと決心している次第です」（八巻五章）と述べ、自分こそが自著の何よりの読者であることを強調している。内田勝は「『トリストラム・シャンディ』の小説内世界が「ハイパーテキスト的」であり、「われわれ読者は、トリストラムにハイパーテキスト的読書のデモンストレーションを見せられているような印象を受ける。ときにはトリストラムがあるノードのリンクだけ張って実際には読まない（書かない）ということもある」（二一〇）、「読者は作者の定めた通りに冒頭から順番にページを繰ることで、トリストラムが行うスリリングな〈読み＝書き〉体験を追体験するのみである」（二一一）と指摘しているが、この表現に習うならば、まさに我々読者はトリストラムがプレイしたゲームを追体験していると言っていいだろう。

先に、「残念」な「ぼっち」主人公トリストラムが声色を使う「エア読者」の戦略について少し述べたが、その特徴的なプレイを一つ追体験してみよう。

――どうしてまあ奥さま、あなたはすぐ前の章をそんなにうわの空で読んでいらしたのです？　私の母はカトリック教徒ではなかったと、申上げたではありませんか。――カトリック教徒ですって！　そんなことはおっしゃらなかったわ！――失礼ですが奥さま、もう一度はっきり申し上げます。私はそのことを、すくなくともそこの言葉から直接推定できる程度にははっきりと、申上げておいたはずです。――それじゃ私、一ページほど抜かして読んだのかしら？――いいえ奥さま、一語だって抜かしてなんかいらっしゃいません。――じゃ眠っていたんだわ、きっと。――そんな逃げ口上は奥さま、私の自尊心がゆるせません。――それじゃ、そんなことは、一言だって記憶がなくってよ、本当のところ。――だからそれを、奥さま、奥さまの責任だと申すのです。そこでその罰として、今すぐ、ということはこの次ぎの文章の切れ目のところに辿り着き次第、もう一度前の章にもどって、十九章全体を読み返していただきます。（一巻二十章）

トリストラムは迂闊で不注意な読者代表というキャラクターを担わされたたびたび登場するお気に入りの「エア読者」である「奥さま」に前章をもう一度読み返せという指示を出している。注目すべきは、作品で繰り返されるリプレイやループのモチーフがここでは「再読」という形をとって繰り返されていることである。トリストラムの語りはこの「奥さま」のことを置き去りにしたまま引き続き読書論について一講釈を垂れるのだが、そうこうしているうちに再読を済ました「奥さま」が戻ってくる。このように作品における読者の役割を前景化した箇所は一見読者反応理論の格好のサンプルとなっている様に見えるかもしれない。しかし、キャラクターとして仮想された読者、すなわち「奥さま」のようにテクストに予め書き込まれている読者によって強調されるのは、語り手すなわち作者と読者のインタラクティブな関係などではなく、むしろ、実際の読者、すなわち我々読者の不能感である。事実、この箇所で取り残されているのは、再読を言いつけられる不注意な読者である「奥さま」ではなく我々の方なのだ。本来なら読者が占めるべき位置を、既にキャラクターとして書き込まれた読者が占めている。その予め読み込まれた読者と語り手のやり取りを我々読者はただ指をくわえて観ているしかない。しかもここでの「奥さま」は再読したにもかかわらず、一度目に読んだ時と彼女の理解度に何ら変わりがないことは以上の印象をより強化する。このような構造は、「エア読者」の「奥さま」とのトリストラムの一人芝居に限ったことではなく、本を手にする我々読者の参加を促すかに見えるその他の彼の呼びかけについても同様である。例えば、作品の星印で伏せ字になっている箇所の場合も、そこはすぐに推測可能な卑猥な言葉や台詞が伏せ字になっているだけで、読者が自由に想像して勝手に補うというような余地はもとより存在しない。さらに言うなら、語り手は我々読者に想像力を使って自由に白紙のページや空欄個所に絵や文章を挿入するようにたびたび促すが、実際に指示通り似顔絵を描いたり文章を記入する一般の読者がはたしてどれくらい存在するのかといえば、ほとんどいないのではないだろうか。

『シャンディ』には死が至る所にちりばめられていたように、シャンディ家は今や衰亡の危機にひんしている。それらはシャンディ一族の不能性、すなわち、生殖不能によってもたらされていた。トウビーはナミュールの包囲攻撃で受けた鼠蹊部の傷が原因となってウォドマン未亡人と結婚して子孫を残すこともなかったし、そもそも、トリストラムが語るのは、両親による彼の仕込みが中絶したことにはじまり、牡牛の不妊の話で終わるといったように、終始不能性をめぐる物語であった。そして上下開きの窓で象徴的去勢を受けたこのトリストラム自身も独身のまま今は死神に追いかけられている。頻繁に繰り返される頓絶と脱線及びリセットとリプレイという順列組み合せによって複数の物語の可能性を呼び込む戦略は、自らの死をどうにか先延ばしにしたい視点キャラクターであるトリストラムの精一杯のあがきであり、ひいては現状からの脱却を試みる結核に侵され吐血を繰り返す作家スターン自身の願望であったに違いない。しかも忘れてはならないのは、物語レベルで強調されているこの不毛性、不能性のテーマがメタ物語的構造を利用してプレイヤーの不在、読者の不在のテーマと重ね合わされている点である。すなわち、『シャンディ』で運命のなぶりものにされる無力な存在として退けられているのは、ゲームのデモンストレーションを見せるプレイヤーであるトリストラムというキャラクターだけでなく、その物語を読んでいるプレイヤーである我々読者自身でもあるのだ。

5 おわりに——セカイ・重力・身体

最後に、ライトノベル及びその周辺の作品群に形成されるいわゆる「セカイ系」と呼ばれる想像力と『シャンディ』との関係を見て本稿を締め括ろう。セカイ系と呼ばれる作品の特徴の一つとして、視点人物のまわりの小さな日常と、世界や死をめぐる抽象的な観念ばかりを描き、そのどちらでもない複雑な社会的現実をほとんど描写の対象にしないというものがある（東、前島を参照）。『シャンディ』においても主に描かれているのはこれら二つの事柄である。一つがシャンディ館の周辺数マイル、いやもっと言うなら、トリストラムの出生にまつわる家族や恋人などの親密な内々だけの幻想の世界。もう一つが、こういった幻想や夢を打ち壊す精子の小人（ホムンクルス）や動物精気、両親の中絶性交といった生殖に関する物質的な結びつきと滅び行くシャンディ家にまつわる不能性と死の物語。そして前者のドタバタと道楽馬に満ち足りた幻想の日常をただひたすら強化するために後者の非現実的な設定が利用されているのだが、一方、この想像力と現実を繋ぐ社会という中間項はほとんど描かれることがない。もちろん、家族というものは社会関係の基盤であり雛形であることを踏まえるならば、トリストラムの種付け、出産、名付け、教育といった事柄すべてを過剰なまでに統制、管理しようとする父ウォルターは超家父長的感性の持ち主であり社会の象徴でもある。しかし忘れてはならないのは、ウォルターはこれらの項目に関してすべて失敗し続けている「残念」な父親であり、おまけに肺病を患い、坐骨神経痛によるインポテンツも仄めかされ、先に見たように既に死亡している、いわば、反家父長的存在であり、「父の不在」という形を通してのみ存在しているという事実だ。実際、テクストにおける父親の権威と〈パパ―ママ―ボク〉の三角形といった幻想は、「お父さんは僕のお母さんと寝たんだから――ぼくだってお父さんのお母さんと寝てわるい法はないだろう?」というヨリックの「両刃論法」(四巻二十九章)のレトリックで骨抜きにされていたではないか。

また、社会の欠落、「父の不在」は作品の存在根拠への、すなわち作家スターンとトリストラムの関係、及びトリストラムの語りが抱えている自己矛盾への問いかけという形でも前景化される。「世界が最後の破滅を迎えるまで」、従来の、そして今後の如何なる伝記作家にも絶対にあてはまらず、ただ自分にだけ適用されている矛盾について次ぎのように告白する。

私は十二カ月前の今ころ、つまりこの著作にとりかかった時にくらべまして、ちょうどまるまる一カ年、年をとっております。そして、今、御覧の通り第四巻のほぼまん中近くまでさしかかっているわけですが――内容から申せば、まだ誕生第一日目を越えておりません――ということはとりも直さず、最初に私がこの仕事にとりかかった時に比べて、今日の時点において、これから書かねばならぬ伝記が三百六十四日分ふえているということです。従って私の場合は、今までせっせと骨を折って書き進めて来たことによって、普通の著作家のようにそれだけ仕事が進行したというのではなく――逆に、四巻書けばちょうど四巻分だけうしろに押しもどされたことになるのです――(中略)――そこで必然的に結論できることは、諸賢のおゆるしをいただいて申してしまえば、私が書き進めば書き進むほど、書かねばならぬことはそれだけふえてゆくということ――また当然諸賢のほうは、読み進めば読み進むほど、読まねばならぬことがそれだけふえてゆくということになります。(四巻十三章)

不可能な作業としてのトリストラムの語りの自己矛盾のカミングアウトだけではない。既に作家スターンとトリストラムやヨリックとの境界線が限りなく曖昧であることを確認したが、この箇所でも現実と虚構、小説の外部と内部が混ざり合いながら、作家であることと主人公であることとの存在根拠が問われ続けているのだ。右の引用の直後で、「私はここに書かれるこの私の生涯をもとに、立派な一つの生涯を送って見せるつもりです――ということは言いかえれば、立派な二つの生涯を共存させて見せるということなのです」と、トリストラムにリア充宣言させるとき、同時にスターンは書く行為の自己矛盾を臨界点まで押し進めることで、現実の世界と虚構の世界をともに融解させる「リア充爆発しろ」宣言を行っていたのではないだろうか。

また指摘しておかなければならないのは、トリストラムのまんが・アニメ的身体についてである。作品全体に取り憑く不能性と死、不可能な作業としてのトリストラムの語り、という「ヘビー」な内容にも関わらず、作品の調子が一貫して軽やかなのは、リセットとリプレイによって復活できるヨリックに象徴される登場人物たちの身体にその理由の一端があるのは間違いないだろう。中でも出生時に鼻を破壊され、五歳時には上下開きの窓によって陰部損傷という致命的な傷を負いながらも平然としている不死身の主人公トリストラムのまんが・アニメ的身体はシャンディ館のドタバタコメディーの基調となっている。このような痛めつけられ、損傷させられる身体に対するまんが・アニメ的な表現は、『蓄妾論』を書いたフュータトリアスの股間に熱い焼き栗が転げ落ち、何も知らない無邪気なヨリックが濡れ衣を着る抱腹絶倒のエピソード（四巻二十七章）や、ル・フィーヴァーの臨終の際の「生気はあっという間にふたたび引きはじめました――眼のもやも、もとにもどりました――脈がみだれました――とまりました――また打ちました――トントントンと打って――またとまりました――また打った――またとまった――もっと書き続けましょうか？――〈いえ、もう結構です〉」（六巻十章）といったコントのようなエピソードと例には事欠かない。何より、脱線に継ぐ脱線と百科事典的な蘊蓄三昧で散々引っ掻き回した後、突然、教区で種付けの為に飼っている牡牛の不妊の話が闖入され、これまでの話は「コック・アンド・ブル・ストーリー」（たわいもないでたらめ話）でしたと飄々と述べ、すべてをあっさりぶち壊して最後までてんやわんやの大騒ぎのまま幕を閉じるのだ（九巻三十三章）。

　そもそもライトノベルは従来の文学作品を「ヘビー」であると見なしてそれを回避し、ひたすら「軽さ」を志向する。『シャンディ』における語りや内容の軽快さやライト感（執筆行為を馬術用語で例えるスターン好みの表現を借りるなら「速足（トロット）」感）はこういったラノベの想像力に通じるものだ。これまで見てきたシャンディ家周辺の不幸や事故がすべて「重力（グラビティ）」に関連していたことを思い出して欲しい。「石の飛んで来た勢いよりも、主として石自体の重量による」（一巻二十五章）トウビーの鼠蹊部の傷しかり、上下窓事件しかり、焼き栗の股間への落下しかり。身体を持つことは重力の影響を受けることであり、トリストラムの鼻へのスティグマも母胎から重力のあるこの世界に産み落とされる時に刻印されたものだった。そして、こういった重力によってもたらされる「ヘビー」な状況を軽くいなしてしまうのが、まさに、まんが・アニメ的身体と「ライト」な語りである。そもそもヨリックが終生蛇蝎のごとく嫌っていたのが「糞まじめ（グラビティ）」（gravity）であったこと（一巻十一章）は決して偶然ではないし、トリムが独身者（＝「ぼっち」）の自由礼賛の象徴として指揮棒で空中に描く軌跡（九巻十章）は「ヘビー」であることをひたすら回避し、重力から解放されることを望む本作品の何よりの象徴でもあったのだ。以上、「速足（トロット）」で『シャンディ』をライトノベルの側から概観してきたが、ラノベ世代の読者諸君が本小説に少しでも興味を抱いていただければこの章の目的は達成されたと言ってよい。

注

（1）『トリストラム・シャンディ』からの引用は巻号と章番号を本文中に明記する。尚、『トリストラム・シャンディ』からの日本語での引用は朱牟田夏雄訳を用いたが、一部変更した箇所もある。

（2）Alter, Lanham 及び泉谷を参照のこと。

参考文献

Alter, Robert. "*Tristram Shandy* and the Game of Love." *American Scholar* 37 (1968), 316-323.

Cash, Arthur H. *Laurence Sterne: The Early and Middle Years*. London: Methuen, 1975.

——. *Laurence Sterne: The Later Years*. London: Methuen, 1986.

Curtis, Lewis Perry, ed. *Letters of Laurence Sterne*. Oxford: Clarendon Press, 1935.

Lanham, Richard A. *Tristram Shandy: The Games of Pleasure*. Berkeley: U of California P, 1973.

Sterne, Laurence. *The Florida Edition of the Works of Laurence Sterne*. Eds. Melvyn New, Joan New, W. G. Day, Peter de Voogd and W. B. Gerard, 9 vols. Gainsville: UP of Florida, 1978-2014.

——. *The Life and Opinions of Tristram Shandy, Gentleman*. Ed. Melvyn New and Joan New. London: Penguin, 2003.

東浩紀『ゲーム的リアリズムの誕生——動物化するポストモダン2』、講談社現代新書、二〇〇七年。

飯田一史『ベストセラー・ライトノベルのしくみ——キャラクター小説の競争戦略』、青土社、二〇一二年。

泉谷治『愚者と遊び——スターンの文学世界』、法政大学出版局、二〇〇三年。

内田勝「『トリストラム・シャンディ』はハイパーテキスト小説か」、『岐阜大学地域科学部研究報告』、第一号、一九九七年、二〇一—二一六頁。

大塚英志『キャラクター小説の作り方』、講談社現代新書、二〇〇三年。

新城カズマ『ライトノベル「超」入門』、ソフトバンク新書、二〇〇六年。

ローレンス・スターン『トリストラム・シャンディ』、朱牟田夏雄訳、全三巻、岩波文庫、一九六九年。

平坂読『僕は友達が少ない』、MJ文庫、二〇〇九年。
前島賢『セカイ系とは何か』、星海社文庫、二〇一四年。

第14章　漫画版および映画版の『トリストラム・シャンディ』

内田　勝

1　漫画版『トリストラム・シャンディ』の最初の数ページ

本章では、スターンの小説『トリストラム・シャンディ』（以後『シャンディ』と表記）を視覚化した二つの個性的なアダプテーション（翻案）を取り上げる。どちらの作品も原作の単純な視覚化ではなく、むしろ優れた『シャンディ』論になっている点が興味深い。前半ではイギリスの諷刺漫画家マーティン・ロウソンによる漫画版（一九九六年）を、後半ではイギリスの映画監督マイケル・ウィンターボトムによる映画版（二〇〇五年）を取り上げる。漫画版にも映画版にもページ番号はないので、この二作品については括弧内傍証を行わない。小説版『シャンディ』への言及にはすべて岩波書店の電子書籍版（朱牟田夏雄訳）を用い、括弧内傍証はスターンが定めた巻番号・章番号のみで行う。全三巻の岩波書店版ではスターンの一～三巻が上巻、四～六巻が中巻、七～九巻が下巻に収録されている。小説版『シャンディ』以外の資料の日本語訳は、すべて私によるものである。そ

図14-1　漫画版『トリストラム・シャンディ』の一場面．スロップ医師とトウビー・シャンディ．
（C） Martin Rowson, 1996. Courtesy of the Laurence Sterne Trust at Shandy Hall. Licensed under CC BY-SA 4.0 via Wikimedia Commons - https://commons.wikimedia.org/wiki/File:Tis_your_own_fault_-_Page_76_from_Tristram_Shandy_by_Martin_Rowson_CCWSH1200P76.jpg

れではさっそくロウソンの漫画版（Rowson, *Life*）を覗いてみよう。絵柄の特徴についてはインターネットで「rowson tristram shandy」を画像検索して確認していただきたい。

冒頭の場面では、十八世紀イタリアの画家ピラネージの版画集『幻想の牢獄』に収録された、古代ローマ風の建築の内部を描いた絵の中で、語り手トリストラム・シャンディが三人の聞き手＝読者を相手に、彼の自伝の冒頭を語り始める。「私めの切な願いは、今さらかなわぬことながら、私の父か母かどちらかが、と申すよりもこの場合は両方とも等しくそういう義務があったはずですから、なろうことなら父と母の双方が、この私というものをしこむときに、もっと自分たちのしていることに気を配ってくれたらなあ、ということなのです」（一巻一章）。語り手トリストラムは、イングランド国教会の聖職者でもあった原作者スターンを思わせる、黒い服を着た痩せこけた男だ。作者ロウソンによれば、この牢獄はトリストラムの父となるウォルター・シャンディの陰嚢の内部であり、十八世紀の衣装をまとった三人の読者のうち、鷲鼻の女性はヴァージニア・ウルフ、丸眼鏡をかけた男性はジェイムズ・ジョイスである。二人ともスターンの作品を愛した作家だ。もう一人の貧相な男性読者の正体は終盤まで明かされないが、彼はトリストラムを付け狙う死神である(Rowson, "Re" 九〇)。

牢獄の中には彼らの他にも、いずれトリストラムとなる精子の小人(一巻二章)がいる。丸裸の彼は紳士の鬘をかぶり、男根の形をした巨大な鼻を持っている。彼を護衛する動物精気たちは、十六世紀スイスの博物学者ゲスナーの『動物誌』に登場する象、犀、ライオンだ。一行は牢獄を出て、イタリア風の都市を流れる河をゴンドラで下るが、突然急流に巻き込まれて押し流される。ウォルターが射精したのだ。彼らはトリストラムの母となるエリザベス・シャンディの子宮内に放り出される。精子の小人の巨大な鼻は、子宮の床に衝突してぺちゃんこに潰れてしまう。すっかり弱ってしまった精子の小人と動物精気を子宮に残し、男性器と結合中の女性器の隙間から一行が外に出てみると、今しもトリストラムの両親はベッドの中で子作り作業の真っ最中である(一巻一章)。三人の読者たちはここまで、自分たちが聞かされているこの話のジャンルが博物学なのか解剖学なのか哲学なのかを論じ合っていたのだが、ここに至って三人目の貧相な読者が叫ぶ。「糞ッ! われわれは三人ともとんだ間抜けですよ、奥様。これはただの卑猥な茶番劇だ!」

一行は慌てて寝室を離れ、何もない真っ白な背景のみの空間に移動する。夫婦の寝室を描いた一つ前のコマが遠くに小さく見えている。後景を歩く一行を先導するトリストラムが語り続ける。「私は……私の身に起ったすべてを、ホラティウスの言葉を借りれば『卵のはじめから』たどってゆけることを、この上なくよろこぶものであります」(一巻四章)。前景では古代ローマの詩人ホラーティウスが卵を割って目玉焼きを作っており、その横では、おそらく「イギリス近代小説」を象徴する赤ん坊が産湯を使っている。赤ん坊の体の上に、スターンの先

図14-2 漫画版『トリストラム・シャンディ』の一場面．ジョン・ロックを道楽馬にして乗りこなすトリストラム．

輩作家サミュエル・リチャードソンの小説本『パミラ』（一七四〇年）が開いて伏せて置いてある。そこに近づいてきたトリストラムは、やおら産湯のたらいを持ち上げると、それをひっくり返して産湯も赤ん坊も『パミラ』もぶちまけ、高らかに宣言する。「私は謹んでホラティウス氏のおゆるしを乞わねばなりません。——と申すのも、私は、このすでに私が手をつけているものを書きすすめるにあたって、氏のさだめた規則にも、その他古往今来いかなる人のさだめた規則にも、自分の筆をしばりつける気持はないからのことです」（一巻四章）。そう言うトリストラムは、彼の道楽馬（hobby-horse, 棒の先に馬の頭部をかたどった飾りがついた玩具）にまたがっている。より正確には、道楽馬にまたがった憂い顔の哲学者ジョン・ロックにまたがっている。ロックこそがトリストラムの道楽馬、すなわち彼の行動原理を規定するマニアックな趣味なのだ。語り手の連想のおもむくまま、時系列も脈絡も無視して脱線する『シャンディ』の構成に、ロックの観念連合説が多大な影響を及ぼしていることの視覚的表現である。

——以上、最初の数ページを詳しく紹介してみた。おおよそどういう雰囲気の漫画であるかは、把握していただけたのではないだろうか。

2 漫画版『トリストラム・シャンディ』における犬の視点

ロウソンの漫画版は、基本的には原作の物語をほぼ忠実になぞりつつ、物語の展開に時には視覚的な注釈を付け、時には茶々を入れ、時には独自の幕間劇に脱線しながら進んでいく。その過程で古今の絵画の引用から、トウビー・シャンディのナミュール包囲戦体験に絡めて使われる『地獄の黙示録』（一九七九年）や『七月四日に生まれて』（一九八九年）といったベトナム戦争映画の引用まで、膨大な量の映像・音響イメージの断片がポストモダニズム的に散りばめられる。登場人物たちが漫画のコマの枠をよじ登ったり、コマの枠をドリルで破壊したり、他人の台詞の吹き出しを不審げに見つめたりノコギリで切ってみたりと、チャック・ジョーンズの実験的アニメ「カモにされたカモ」（一九五三年）を思わせる自己言及的な仕掛けも満載だ。

自己言及的な仕掛けの極みとして、漫画の「作者」自身も登場する。トリストラムがいつ生まれたかが語られ、話に一区切りがついたところで（一巻六章）、突如場面は転換し、画面いっぱいに広がった『トリストラム・シャンディ』という革装本の表紙を背景としてコマ割りされた空間に、十九世紀風のスモーキングハットをかぶった中年の男性漫画家と、二足歩行し人間の言葉を話す犬ピート（Pete）が現れるのだ。突然画面に現れてしまった犬のピートはうろたえる。「え！　聞いていいかな、俺たちは何？　どうして俺たちはここに存在してる？」。漫画家が答える。「わが忠犬よ、教えてやろう。俺たちは『作者』とその相棒で秘書役の犬なんだ。物語の小休止を利用して、重要な使命を持った俺たち自身の進行具合を見にきたわけさ」。こうして物語は、トリストラムの語りに読者たちが反応し、さらにそこに漫画家とピートがツッコミや茶々を入れるという三重構造になる。

漫画家がピートに語る、「これをただの漫画と思うなよ――むしろこれは、画像による論文なんだ」という言葉はもちろん冗談だが、『シャンディ』という作品の語りの構造やメタフィクション的な自己言及性がどういうものであるかは、この漫画の実践が、並の学術論文以上に雄弁に解説してくれるだろう。漫画家は世界文学の古典としての『シャンディ』を権威主義的に崇め奉る傾向があるが、犬のピートは常識的な現代人の目で、『シャンディ』という奇妙な作品や、この作品を神格化する変人たちを、外側から懐疑的に眺めている。ピートはこの漫画の実際の読者に一番近い存在なのだ。トリム伍長がヨリックの説教（実は作者スターン自身の説教）を朗読し始める場面（二巻十七章）では、あまりの退屈さにしびれを切らしたピートが「もう限界だ。俺は帰るぜ！」と言うと、漫画家が叫ぶ。「何だって！　これはヨリック牧師、すなわち原初的スターンの、良心についての説教なんだぞ！　この擬似小説の、センチメンタルに脈打つ心臓部だ！　シャンディ精神（Shandeanism）という、美しい人造宝石に飾られ、鍵のかかった宝箱を開けるための、文化的、美学的、心理学的な鍵じゃないか！」。スターンを神格化するあまり世間の感覚からずれてしまった研究者が、実際に言いそうな台詞である。本書の一章を割いてスターンの説教の重要性を熱く語ってしまった私としては耳の痛い話で、一般読者とスターン研究者との間の深い溝を改めて感じずにはいられない。

学者や批評家が自分たちの「道楽馬」である専門分野のマニアックな知識に溺れ、世間の常識とかけ離れた不毛な議論を繰り広げる様は、原作小説でもたびたび諷刺されている。小説版『シャンディ』四巻冒頭に挿入された「スラウケンベルギウスの物語」の終盤では、シュトラスブルク（現在のストラスブール）の町に現れた旅人の巨大な鼻が本物であるかどうかを学者たちが論じ合ううち、本来の目的を忘れ、各自の専門分野に関わるマニアックな論点にばかりこだわった挙句、旅人の鼻についての真相を知りたい一般市民を置き去りにして、不毛な議論の世界へと（比喩的に）船出してしまう。シュトラスブルク出身の諷刺作家ゼバスティアン・ブラントの『阿呆船』（一四九四年）を思わせる展開でもある。

ロウソンの漫画版には、阿呆船ならぬ「失われたさまよえる批評家たちの船」が登場する。船に閉じ込められた批評家たちは、決して噛み合わない不毛な議論を続けながら海を漂っているのだ。海で巨大な鯨に呑み込まれた漫画家と犬のピートは、同じく船ごと呑み込まれた批評家たちの学説をたっぷり聞かされることになる。本の前半でも同様の趣向があり、漫画家とピートが紛れ込む「国際シャンディアン研究学会」では、学者たちが以下のような珍説・奇説を唱えている。

トウビー・シャンディ大尉とトリム伍長はゲイ・マリッジの関係にある。「姉さん（トウビー自身のことに違いない）はね、察するところ男を近寄らせたくないのでしょうよ、自分の＊＊＊に」というフレーズは、その事実を否定することによって公表している。トウビーのジェンダー選択によって、言うのをはばかられる穴「＊＊＊」は女性器として実体化し、同性愛に目覚めたトウビーをめでたく生み落とすのだ。

第二巻冒頭、股間を負傷したトウビーの療養期間を記した箇所は、自慰の過程を表している。なぜならトウビーは砲弾＝睾丸（ボール）の軌道を研究する弾道学や、「射精液の虹」である放物線の研究に熱中することで、疲弊し衰弱するとともに、死＝オーガズムに限りなく近づくからである。

今や読者代表となった犬のピートは、繰り広げられる珍説・奇説に呆れるばかりである。彼の視点から眺められた学者たちは、馬鹿げた理論を糞真面目に振りかざす間抜けな連中と化す。ピートのおかげでこの漫画は、もともと原作の重要な要素だった衒学的な学者や批評家に対する諷刺を現代に蘇らせ、マニアックな知識をひけらかすわれわれ文学研究者たちに対する痛烈な諷刺となった。

ロウソンの漫画版についてはまだ語り足らないが、本章前半に割り当てられた紙幅が尽きてしまった。後半では、『ウェルカム・トゥ・サラエボ』（一九九七年）など社会派の作品で知られるイギリスの映画監督マイケル・ウィンターボトムによる、映画版『シャンディ』（二〇〇五年）を取り上げることにする。

3　映画版『トリストラム・シャンディ』の概要

かつて私は小説『シャンディ』についてこう書いたことがある。

この作品は、後世へと張られたリンクを通じて今なお増殖し続けるテキスト、と言えるかもしれません。さまざまな研究者がこの作品に付け加えた浩瀚な注釈も、ついでに私のサイトもそうした増殖の一環でしょうし、現在制作中のマイケル・ウィンターボトム監督による映画版『トリストラム・シャンディ』もやはり、この奇妙なテキストを映画化しようと悪戦苦闘する現代の監督や俳優たちを描くという形で、さらなる増殖を助長することになりそうです。（内田　五九三）

その後完成したウィンターボトムの映画『ア・コック・アンド・ブル・ストーリー』（Winterbottom 参照）は、日本では劇場未公開である。ただし映画専門チャンネルの「洋画★シネフィル・イマジカ」（現在の「イマジカBS」）で放映されたことがあり、その際の邦題は『トリストラム・シャンディの生涯と意見』であった[1]。

映画『ア・コック・アンド・ブル・ストーリー』は、前半で原作のほぼ忠実な映像化を二十分余り続けた後、突如カメラを十八世紀の物語から『シャンディ』映画版の制作現場に切り替える。その後の映画は、この映画に携わる人々が巻き込まれる滑稽な苦境を、二人の人気コメディアン、スティーヴ・クーガン（トリストラム及びウォルター役）とロブ・ブライドン（トウビー役）との主役の座をめぐる争いを中心にして喜劇的に描いていくことになる。映画の後半では、もっぱら原作とは関係のない、主演俳優スティーヴを主人公とする物語が延々と語られているように見える。

しかし実はウィンターボトム版『シャンディ』の真価は、一見原作とは何の関係もないように見える俳優や監督たちの「現実」を描いた場面に、ひねった形で原作のテーマやエピソードが映像化されているところにある。ウォルター及びトリストラムを演じている主演俳優スティーヴ・クーガンは、「現実」の場面でもウォルターやトリストラムの属性を引きずったまま行動しているし、その他の映画関係者も、しばしばまるで『シャンディ』の登場人物であるかのように、自らのマニアックな道楽に没頭して他者とのコミュニケーション不全を引き起こす。前半で少しだけ映像化された原作は、後半になっても影響力を維持し、「増殖するテキスト」として「現実」の場面に侵食しては、物語の進行を支配しているようなのだ[2]。

マイケル・ウィンターボトムは、「現実」と「虚構」の境目を意図的に混乱させる映像作家である。すでに『24アワー・パーティ・ピープル』（二〇〇二年）では、登場人物が自分が虚構の存在であることを意識していたり直接観客に語りかけたりするメタフィクション的な手法が用いられている。『9 SONGS ナイン・ソングス』（二〇〇四年）は、ある若い男女の性行為と彼らが聞くロック・ミュージックの変遷のみによって恋の終わりを抒情的に描いた作品だが、映っているのが俳優たちによる実際の性行為であることが物議を醸した。『ウェルカム・トゥ・サラエボ』など戦争を扱うドキュメンタリー調の作品では、演技する俳優たちを撮した映像と現実の戦争を撮影した悲惨なニュース映像とを敢えて混在させるため、こうした映画で死体が映るとき、それが俳優たちによる演技なのか本物のニュース映像なのかが分からず、観客は非常に気味の悪い思いをすることになる。そういう映画に関わってきたウィンターボトム監督は、現実と虚構の境目の曖昧さには人一倍敏感なはずで、それが彼に『シャンディ』というメタフィクション的な題材を選ばせた一因ではないかと私は思うのだ。

映画が少しひねった形で原作のエッセンスを取り入れている場面を指摘しておきたい。原作の語り手トリストラムは、何度か自分の「執筆中の現在」について、日付まで特定して克明に言及している。「私は今日一七六八年八月の十二日という日に、紫の胴着に黄色のスリッパというおかしな姿で、鬘も帽子もかぶらずつくねんとすわって……」（九巻一章）といった具合に。

映画でそれに対応するのは、ある場面で車の中にいる人物たちが黙り込むために、カーラジオから流れるニュースが部分的にくっきり聞えてくるところだ。この映画でほとんど唯一の、「撮影の現在」が特定できる場面である。

ニュースキャスター：［カーラジオの音声］今朝のヘッドラインです。――アメリカはイラクの武装勢力が一年前と同じ戦力を保っていることを認めました。――国内では、さらに数人の外国人テロ容疑者が、拘留の根拠となった法律の期限が切れるため、今日保釈される見込みです。――チャーチルはインドのことをどう見ていたのでしょうか、そしてインドはチャーチルのことをどう見ていたのでしょうか。――まずは今朝の最新ニュースを、シャーロット・グリーンがお伝えします。

シャーロット・グリーン：［カーラジオの音声］アメリカ軍の高官によると、イラク武装勢力の多国籍軍およびイラク政府軍に対する攻撃能力はまったく衰えていない模様です……。

番組はおそらくBBCラジオ4の朝のニュース番組「トゥデイ」である。ニュースの内容から考えて、この日は二〇〇五年三月（二〇〇一年の反テロリズム法の期限が切れた三月十四日ごろ）という設定のようだ。チャーチルとインドについての何やらポストコロニアリズム的な論評が行なわれるらしいことも興味深いが、それ以上に、撮影中にもイラクでは現実の戦争が続いていること、撮影現場を取り囲んでいるのが、九・一一同時多発テロ以降の、虚構の論理が現実に侵食したままテロや戦争が行なわれている世界であることをほのめかしている点に注目したい。

4　映画版『トリストラム・シャンディ』の遅延される戦闘シーン

実は戦争は、小説『シャンディ』においてもその映画版においても重要な構成要素である。『ア・コック・アンド・ブル・ストーリー』の中で、『シャンディ』を映画化しようとする監督のマークは、現役時代のトウビー・シャンディ大尉が活躍する一六九五年のナミュール包囲戦の戦闘シーンを撮影するが、予算不足のためエキストラが足らず、たいへん貧弱な戦闘シーンが出来上がってしまう。結局マークは渋る出資者たちを説得して多額の増資を引き出し、大量のエキストラを投入した大規模な戦闘シーンを撮り直すことを決定する。

戦闘シーンをできるだけリアルに再現したい、というのは、原作のトウビー・シャンディがつねに抱いている欲望に他ならない。ナミュール包囲戦で股間のあたりに重傷を負って退役を余儀なくされたトウビーは、屋敷のボーリング用芝生に巨大な城郭都市の模型を作り、当時進行していたスペイン継承戦争の戦況を伝える新聞記事に従って、部下のトリム伍長とともに戦争ごっこを行なっている。そうやってできる限りリアルに包囲戦を追体験するのを何よりの楽しみにしているのだ。しかし戦争が終結し、包囲戦を伝える新聞記事が途絶えたことで、現実の戦闘をリアルに追体験するというトウビーの道楽には最大の危機が訪れる。そのためトウビーは、兄のウォルターや教区牧師のヨリックの前で、戦争継続を願う自分を弁明する演説を行なうことになるのだった。

一体戦争とは、ヨリックどの、何でしょう? 少くともわれわれの従軍した戦争のように、「自由」の原理に基づき、「名誉」の原理に基づいて戦われるかぎりは——戦争とは本来静かさを愛する害意のない人たちが、野心家や不穏なやからをある埒内にとどめておくために、それぞれ剣をとって結集する以外の何ものでもないはずです。(六巻三十二章)

語り手トリストラムはトウビーの弁舌の巧みさを絶賛しているが、トウビーが戦争ごっこで再現していたスペイン継承戦争の性質を思えば、彼の弁明演説は論理がめちゃくちゃである。ある研究者はそこに、語り手トリストラムの陰に隠れた作者スターンの、トウビーに対する辛辣な諷刺を見ている。

「スペイン継承戦争の講和条約である」ユトレヒト条約が英国の優位を決定的にしたものである以上、当時マールバラ公やその亜流たちが行なったのが「野心家……をある埒内にとどめておく」ことだけであったとは信じがたい。ともに負傷して退役を余儀なくされたトウビーとトリムが、ボーリング用芝生に模型の城壁都市を作って包囲戦を行なうというバーチャルな形で模倣することで満足せざるを得なかったのは、防衛のためというよりは侵略のために行なわれたこの戦争であった。(Descargues 二四三)

そうした諷刺は、同時代の読者たちにも感じられていたものだった。この小説を、七年戦争に浮かれるイギリス国民への諷刺と理解した人々もいたのである。

また別のカテゴリーに属する読者たちは、政治や時の話題に目を向け、『トリストラム・シャンディ』を時事問題への諷刺として受け止めた。七年戦争(一七五六―六三)という公的な文脈の中でみれば、ヨーロッパおよび植民地で覇権を握るための戦争が、トウビーとトリムが演じる滑稽な戦争ごっこという形で戯画化され、茶化されている。一七六〇年六月四日―六日付『ロイズ・イヴニング・ポスト』紙に載ったある文章の書き手によれば、これは「時代の悪徳についての気の利いた諷刺作品」であり、「武器と軍隊による達成が人々を夢中にさせている」時代を諷刺するものなのだ。(Keymer 六)

トウビー・シャンディ大尉とトリム伍長が行なうのんきな戦争ごっこの背後には、現実に進行していた植民地戦争があった。そして一見無邪気なトウビーの戦争ごっこが隠蔽しているこうした凶暴さは、作者スターンと当時の読者の多くがともに感じ取っていたものらしいのだ。

さて、映画版『シャンディ』の戦闘シーンは最終的にどうなったのか。いよいよ戦闘シーンが撮り直された当日の模様は、まったく描かれていない。しかも映画の終盤、スタッフとキャストの前で上映された完成版からは、膨大な予算と大勢のエキストラを投入して撮影し直したはずの迫力満点の戦闘シーンが、ばっさりカットされていた。多額の増資を渋々認めた出資者のアニータとグレッグは、あまりのことに呆然としつつも、監督のマークに詰め寄って説明を求める。

アニータ：戦闘シーンは、どうなったの。
グレッグ：そう、戦闘シーンはどうなった。
マーク：［にっこり笑って］楽しくなかったから。

「期待させて、期待させて、結局はぐらかす」——ウィンターボトム監督は小説『シャンディ』の語りの基本リズムを、見事に自分のものにしていたのだった。

ところで、『シャンディ』の思想的背景には、ジョン・ロックの『人間知性論』、特に一七〇〇年の第四版で追加された「観念連合」に関する文章（二巻三十三章）があることがよく知られている。そもそも主人公トリストラムの運命を狂わせた諸悪の根源は、その母エリザベスの頭に生じた観念連合だったのだ。トリストラムの父ウォルターは、子作りの最中、射精の直前に妻のエリザベスから突然「あなた時計のネジは巻いた？」と聞かれて気が逸れたまま射精し、性交時の親の精神状態が子どもの性格に影響を及ぼすという当時の俗説に従って、何かと気の逸れる息子を作ってしまうことになる。エリザベスがそんな発言をしてしまった原因は、ウォルターが月に一度同じ日に大時計のねじを巻き、子作りの作業を行うことにあった。

本来お互いに何の脈絡もない観念同士の不運な連合の結果として、ついには私の母親は、上述の時計のまかれる音をきくと、不可避的にもう一つのことがヒョイと頭に浮かんで来ずにはいない、――その逆もまた同じ、ということになってしまったのです。――あの賢いロックは、明らかにこのようなことの本質を大概の人よりもよく理解していた人で、かかる不思議な観念の結合が、偏見を生み出すもとになる他のどのような源にもまさって、多くのねじれた行為を生み出していることを確言しております。（一巻四章）

ここで注目すべきは、滑稽な場面にさりげなく書き加えられた、観念連合こそが偏見を生み出す主要な要因であるという指摘である。トリストラムが言うように、これはロック自身が語っていることだ。ロックの言葉を引いてみよう。

このように本来お互いに何の関係もない観念がわれわれの頭の中で誤って結びつくことが、多大な影響を及ぼし、われわれの道徳的な行動や自然な行動、感情や推論、そして概念そのものを歪ませるうえで猛威を奮っている。（Locke 二巻三十三章九節）

おそらく人間の中に見いだせるたいていの共感や反感は、こうした観念連合のせいであると言って間違いはなかろう。そうした共感や反感は、まるで自然なものであるかのように、強力な作用を及ぼし、規則的な結果を生み出すのだ。（二巻三十三章七節）

ロックによれば、われわれが他者に共感を抱くのも、反感を抱くのも、観念連合のなせるわざなのだ。さらにロックは語っている。「こうした観念の誤った不自然な結びつきの中には、哲学や宗教の異なる派閥間に相容れない対立を生んでしまうものがあると分かるだろう……」(二巻三十三章十八節)。宗教対立をもたらす原因もまた、「坊主憎けりゃ袈裟まで憎い」式に憎しみの連鎖をとめどなく広げてゆく、観念連合に他ならないのだ。

『シャンディ』で宗教対立がもたらす悲惨な結果が描かれるのは、トウビーの部下のトリム伍長が、教区牧師ヨリックの説教の原稿を朗読する場面である。実はその説教はスターン自身が書いた説教「良心の濫用」に他ならないのだが、その説教には、カトリックの異端審問所が行なっている残酷な拷問を糾弾する箇所があった。トリムの兄は、ポルトガルでユダヤ人の後家と結婚したことが元で自宅から拉致されて異端審問所に送られ、今も監禁されていた。そのためトリムにとってこの説教は、涙なしには読めない痛ましい文章なのだった。

――「そこに見られるものは『宗教』が、『慈悲』と『正義』とを脚下の鎖につないで、――拷問台その他の責め道具にささえられつつ、不吉の判官席に物凄い形相ですわっている姿だ。ああ、聞える、聞える! 何といたましい呻き声だ!」〔この時トリムの顔は血の気を失って灰のようになりました〕「その呻きを発する憂鬱な男を見るがよい」――〔ここで涙が頰を伝わりはじめました〕「ただ、にせ裁判の苦しみを受けて、残忍さの念の入った体系が案出しえたこの上ない苦痛を堪え忍ぶためだけに、引張り出されて来た男なのだ」――〔えーい、みんな地獄に落ちるがよい、トリムが言います、顔色がまたもとに戻って、今度は血のように真赤になっています〕――「味方とてないこの哀れな犠牲者が、責め苦を与える者どもの手に引き渡される姿を見るがよい――悲しみと禁獄にすでに衰えはてたその肉体を」(二巻十七章)

この場面を読んだ後で、マイケル・ウィンターボトム監督が『ア・コック・アンド・ブル・ストーリー』の直後に撮った映画を見るとき、「現在」の描写に『シャンディ』のエッセンスを注ぎ込むというウィンターボトム監督の手法を確認した私としては、次の映画もまた『シャンディ』のある側面の映画化ではなかったかという思いに駆られてしまうのだ。

『グアンタナモ、僕達が見た真実』(二〇〇六年)は、のんきな若者たちがうっかり本物の戦場に足を踏み入れてしまったがために、彼らには予想もつかなかった戦争の異様な現実性の中へと否応なしに呑み込まれていく様を描いた、実話に基づく映画である。イングランドの小さな町に住む四人のパキスタン系イギリス人の若者は、その中の一人がパキスタンで結婚するため全員でパキスタンを訪れる。ある時モスクで、戦争の危機が迫る隣国アフガニスタンでボランティア活動を行なう要員を求めていることを聞いた彼らは、半ば冒険旅行気分でアフガニスタンへと向かう。カブールに入ったものの何のボランティア活動も求められず無為に日々を過ごした彼らは、パキスタンへ戻ることにするが、なぜかタリバンの拠点であったクンドゥズ州に連れて行かれてしまう。彼らはそこで米軍の空爆に巻き込まれ、北部同盟の攻撃を受けて捕虜となり、さらに国際テロリストとして米軍に引き渡され、キューバにある悪名高いグアンタナモ収容所で筆舌に尽くしがたい恐ろしい拷問を受けることになるのだった。

ウィンターボトムとマット・ホワイトクロスが共同監督した映画は、兵士になる気はまったくなかったという若者たちの主張がどこまで真実であるかはひとまず問題にせず、彼らの体験談をできる限りリアルに映像化することに専念している。映画の後半、グアンタナモでの拷問を描く一連のシーンは凄惨をきわめ、まるでヨリックの説教が描く十八世紀の異端審問所のようだ。また、映画の前半で米軍の空爆の中を夜通し逃げまどい、翌朝の死屍累々たる惨状を呆然と目の当たりにする若者たちの描写は、本物の戦場に紛れ込んでしまうことがどれほど恐ろしいかをまざまざと伝えている(Winterbottom and Whitecross 参照)。まさにこれは、『ア・コック・アンド・ブル・ストーリー』の中の映画監督マークが目指していたような「戦争が戦争らしく見える」戦闘シーンにほかならない。映画版『シャンディ』の遅延された戦闘シーンは、別の映画へと形を変えて撮り直されていたのだった。

『グアンタナモ、僕達が見た真実』のような映画を撮るマイケル・ウィンターボトム監督が、その直前に『シャンディ』を映画化したことは、スターン研究の立場から見ても非常に興味深い。もはや「読まれざる古典」になっていたのかもしれない『シャンディ』に、現在との意外な接点があることが明らかになったからだ。ウィンターボトム監督が、言わば原作の語り手トリストラムとの会話に参加してくれたおかげで、『シャンディ』のテキストの増殖には新たな広がりが加わったのだ。

付記　本章の後半（三節および四節）は、過去に私が発表した以下の論文を短縮して一部改訂したものである。内田勝「遅延される戦闘シーン――映画版『トリストラム・シャンディ』について」『岐阜大学地域科学部研究報告』二〇号（二〇〇七年二月）六九―八四頁。

注

（1）映画版『シャンディ』の詳しいあらすじや各エピソードの解説については、私のウェブサイト内にあるページ「映画“A Cock and Bull Story”（２００５年）の概要」(http://www1.gifu-u.ac.jp/~masaru/shandy-movie.html) を参照していただきたい。

（2）映画『ア・コック・アンド・ブル・ストーリー』を論じた文学研究者のヴォイツ＝ヴィルヒョウは、メディアやジャンルをまたいだアダプテーション（翻案）が行われる過程自体を前景化させるこのような作品を、「メタ」と「アダプテーション」を合わせた「メタダプテーション」(metadaptation) という言葉で呼んでいる。(Voigts-Virchow 一四六)

参考文献

Descargues, Madeleine. "*Tristram Shandy* and the Appositeness of War." Keymer, pp. 240–58.

Keymer, Thomas, editor. *Laurence Sterne's Tristram Shandy: A Casebook*. Oxford UP, 2006.

Locke, John. *An Essay Concerning Human Understanding*. 1689. Edited by Roger Woolhouse, Kindle ed., Penguin Books, 2004.

Rowson, Martin. *The Life and Opinions of Tristram Shandy, Gentleman*. London, Picador, 1996.

——. "Re Richter's Rowson." *The Shandean*, vol. 11, 1999–2000, pp. 90–91.

Sterne, Laurence. *The Life and Opinions of Tristram Shandy, Gentleman*. 1759–67. Edited by Melvyn New and Joan New, Kindle ed., Penguin Books, 2003.

Voigts-Virchow, Eckart. "Metadaptation: Adaptation and Intermediality — Cock and Bull." *Journal of Adaptation in Film and Performance*, vol. 2, no. 2, 2009, pp. 137–52.

Winterbottom, Michael, director. *A Cock and Bull Story*. 2005. DVD, Lions Gate UK, 2006.

Winterbottom, Michael and Mat Whitecross, directors. *The Road to Guantanamo*. 2006. DVD, Cinema Club, 2006.

内田勝「18世紀小説研究とインターネット」『英語青年』一五〇巻一〇号、二〇〇五年、五九二―九三頁。

スターン、ロレンス『トリストラム・シャンディ』朱牟田夏雄訳、キンドル版、岩波書店、二〇一二年、全三巻。

吉 村 優 子. "Sentimentalism, the Shandean Counterpart of Self-Enclosure: A Study of *A Sentimental Journey*."『同志社大学英語英文学研究』、39号、1985、pp. 68-94.
[センチメンタリズムの本質が妄想への自閉であることを喝破した論考.]
和田敏英.「『トリストラム・シャンディ』管見」.『イギリス十八世紀小説論——言葉とイメジャリをめぐって』、開文社、1987、pp. 191-217.
渡辺洋.「In Quest of Communication: *Tristram Shandy* 試論」.『The Northern Review』、北海道大学英語英米文学研究会、3号、1975、pp. 1-14.

松本啓.「『トリストラム・シャンディ』について」、「スターンの『センチメンタリズム』について」.『イギリス小説の知的背景』、中央大学出版部、2005、pp. 71-105.

松本節也.「ロレンス・スターンの『トリストラム・シャンディ』(1759～67)：作品世界を内側から崩す手法」.『18世紀英文学散歩――大胆な風刺、自由な表現、多様な手法を楽しむ』、本の泉社、2009、pp. 129-47.

三浦義章.「活字文化・小説・スターン」.『イギリス小説ノート』、8号、1993、pp. 15-28.

――.「書物・会話・説教――*Tristram Shandy* 第二巻における口頭表現と文字・活字表現」.『十八世紀イギリス文学研究』、日本ジョンソン協会編、雄松堂、1996、pp. 291-302.

――.「スターン：『イライザへの日記』」.『イギリス小説ノート』、6号、1987、pp. 1-11.

村上至孝.「"SENTIMENTAL JOURNEY" に就いて」.『英文学研究』、日本英文学会、15巻3号、1935、pp. 345-59.

――.「スターン」.『笑いの文学――スターンとスモレット』、研究社、1955、pp. 7-107.

森利夫.「ロレンス・スターン『紳士トリストラム・シャンディの生涯と意見』」.『國文學 解釈と教材の研究：幻想文学の手帖』、33巻4号（1988年3月臨時増刊号）、pp. 160-63.

山内暁彦.「『トリストラム・シャンディ』第1巻第20章中の原注のレイアウトについて」.『Hyperion』、徳島大学英語英文学会、55巻、2009、pp. 1-16.

梁南仁.「Laurence Sterne と Shandyism」.『The Albion』、京大英文学会、8号、1961、pp. 40-67.

由良君美.「メタフィクション論試稿」.『メタフィクションと脱構築』、文遊社、1995、pp. 9-119.

横内一雄.「『トリストラム・シャンディー』――18世紀の戦後文学を構想する」.『日本ジョンソン協会年報』、34号、2010、pp. 22-26.

吉田安雄.「*Tristram Shandy* の英語――築城の術語」.『イギリス小説研究――テキストの註釈と主題の解明』、研究社、1994、pp. 2-9.

能美龍雄.「スターンとダッシュ――『センチメンタル・ジャーニー』の場合」.『十八世紀イギリス文学研究』、日本ジョンソン協会編、雄松堂、1996、pp. 303-16.
野上豊一郎.「STERNE と BUTLER（批評紹介）」.『英文学研究』、日本英文学会、15巻1号、1935、pp. 118-21.
［岡倉由三郎『スターン』（1934）の書評．野上が『トリストラム・シャンディ』の翻訳を試みていたことが語られる.］
――.「スターンの『トリストラム・シャンディ』」.『ホーソーンの「緋文字」、スターンの「トリストラム・シャンディ」、ゴールドスミスの「ウェークフィールドの牧師」、ワイルドの「サロメ」（英語英文學講座）』、志賀勝他著、英語英文學刊行會、1934、pp. 17-40.
［スターンの人生および『トリストラム・シャンディ』のあらすじを紹介している.］
――.「漱石と STERNE」.『英文学研究』、日本英文学会、17巻1号、1937、pp. 106-16.
能口盾彦.「内田百閒とロレンス・スターン――『阿房列車』と『センティメンタル・ジャーニー』を中心に」.『言語文化』、同志社大学言語文化学会、2巻4号、2000、pp. 463-90.
野島秀勝.「『嗚呼、哀れヨーリック！』――ロレンス・スターン小論」.『近代文学の虚実――ロマンス・悲劇・道化の死』、南雲堂、1971、pp. 425-35.
橋本清一.「スターンの『センチメンタル・ジャーニー』：その執筆動機とテーマについて」.『英文学思潮』、青山学院大学英文学会、65号、1992、pp. 15-28.
原田範行.「『感受性』の小説作法――『パミラ』と『トリストラム・シャンディ』のある受容をめぐって」.『英国小説研究』、第26冊、2017、pp. 5-31.
平出昌嗣.「『トリストラム・シャンディ』の遊びの精神」.『千葉大学教育学部研究紀要』、62号、2014、pp. 249-53.
松村達雄.「十八世紀の異色作家――ローレンス・スターンの生涯と作品」.『十八世紀イギリス研究』、朱牟田夏雄編、研究社、1971、pp. 219-37.
――.「ローレンス・スターン」.『18-19世紀英米文学ハンドブック 作家作品資料事典〈増補版〉』、朱牟田夏雄・長谷川正平・齋藤光編、南雲堂、1977、pp. 64-73.
［スターンとその作品の簡潔な解説．初版は1966年．増補版には朱牟田夏雄による補遺（pp. 705-06）を掲載.］

ストラム・シャンディ』の入門者向け解説として最適.]
――.「明治三十年のシャンディズム」.『ブック・カーニヴァル』、自由国民社、1995、pp. 1008-13.
――.「ルーイニスタ、廃墟の設計者たち」.『カステロフィリア――記憶・建築・ピラネージ』、作品社、1996、pp. 141-258.
高山宏・神尾美津雄・榊澤雅子・榎本太.「第三部門：*Tristram Shandy* を読む（日本英文学会第55回大会報告）」.『英文学研究』、日本英文学会、60巻2号、1983、pp. 360-62.
武田将明.「小説の機能（4）『トリストラム・シャンディ』と留保される名前」.『群像』、70巻12号（2015年12月号）、pp. 72-111.
津川リリ子.「Sterne における外国文学の影響（その1）：*Tristram Shandy* の場合」.『英文学思潮』、青山学院大学英文学会、36号、1963、pp. 215-28.
寺井邦男.「スターンとスモレット」.『英国小説研究』、健文社、1934、pp. 135-54.
中川朗子.「Visual Text としての *Tristram Shandy*」.『人間文化研究科年報』、奈良女子大学大学院、24号、2009、pp. 1-13.
中島明彦.「ローレンス・スターンとゲーテの『遍歴時代』」.『横浜国立大学人文紀要 第二類 語学・文学』、40号、1993、pp. 158-49.
中村純男.「STERNE AS PUPPET OPERATOR」.『英文学研究』、日本英文学会、36巻1号、1959、pp. 31-45.
――.「最近の Sterne 研究から」.『英国小説研究』、第9冊、1969、pp. 88-98.
――.「作者と語り手と読者と――*Tristram Shandy* の場合」.『批評――文学と言語』、成田成寿教授還暦記念論文集編集委員会編、研究社、1971、pp. 65-75.
夏目漱石.「トリストラム、シヤンデー」. 1897.『漱石全集 第13巻 英文学研究』、岩波書店、1995、pp. 61-77.
成田英明.「メランコリーの系譜（II）」.『東京芸術大学音楽学部年誌』、12号、1986、pp. 27-50.
西山公樹.「芥川龍之介とロレンス・スターン：『藪の中』と『トリストラム・シャンディ』の影響関係について」.『Comparatio』、九州大学大学院比較社会文化学府比較文化研究会、5号、2001、pp. xl-lviii.
「日本英文學會第一囘大會概況」.『英文学研究』、日本英文学会、10巻1号、1930、pp. 149-53.
[1929年の日本英文学会第1回大会で、野上豊一郎が「Sterne の小説の digressionism」という発表を行なったことが報告されている.]

科学研究科、3号、2000、pp. 54-77.
朱牟田夏雄.「*Sentimental Journey* の譯三つ」.『英文学研究』、日本英文学会、25巻2号、1948、pp. 243-48.
——.「Sterne Conference に出席して」.『英語青年』、114巻12号(1968年12月号)、pp. 24-25.
——.「自分の翻訳体験から——『トリストラム・シャンディ』『エゴイスト』の翻訳をふまえて」.『文学』、岩波書店、48巻11号(1980年11月号)、pp. 181-90.
白鳥義博.「18世紀イギリス小説に描かれた事故の意味を考える:デフォー、フィールディング、そしてスターンを題材にして」.『異文化の諸相』、日本英語文化学会、31号、2011、pp. 37-47.
鈴木建三.「The World of *Tristram Shandy* Revisited」.『英語青年』、125巻9号(1979年12月号)、pp. 398-401.
——.「18世紀イギリス小説演習(4):*Tristram Shandy* の位置」.『英語青年』、127巻8号(1981年11月号)、pp. 492-94.
鈴木善三.「『トリストラム・シャンディ』の二重構造」.『東北大学文学部研究年報』、25号、1976、pp. 73-93.
——.「メニッポス的小説〈十八世紀〉」.『イギリス諷刺文学の系譜』、研究社、1996、pp. 155-83.
鈴木田研二.「イギリス小説からディドロが得たもの」.『フランス語フランス文学研究』、日本フランス語フランス文学会、57号、1990、pp. 1-10.
高野美千代.「Laurence Sterne の蔵書カタログにおける書籍商の方略」.『山梨国際研究:山梨県立大学国際政策学部紀要』、9号、2014、pp. 37-46.
高山宏.「円環知のデ-コンストラクション」.『パラダイム・ヒストリー』、河出書房新社、1987、pp. 8-45.
——.「蛇行と脱線——ピクチャレスクと見ることの快」.『近代文化史入門 超英文学講義』、講談社学術文庫、2007、pp. 138-81.
——.「『閉じたシステム』のエンド・ゲーム——ベケット/スターン/エンサイクロペディア」.『メデューサの知』、青土社、1987、pp. 243-67.
——.「肉体性の積分記号——スターン/ホガース/アラベスク」.『アリス狩り』、青土社、1981、pp. 169-95.
——.「もう結構な話——ロレンス・スターン『トリストラム・シャンディ』」.『新人文感覚1 風神の袋』、羽鳥書店、2011、pp. 74-77.
[初出は大岡信他編『世界文学のすすめ』(岩波文庫、1997)、pp. 111-18.『トリ

2008、pp. 15-26.
椈澤雅子.「Shandymoundを越えて——ジョイス、スターン、スウィフト」.『別冊 英語青年 特集：ジョイス』、1983、pp. 40-41.
——.「虚構と現実のあいだで——*Tristram Shandy*の読者」.『英語青年』、120巻9号（1974年12月号）、pp. 10-12.
——.「スターンと 'learned wit'」.『人文研究』、大阪市立大学大学院文学研究科、28巻11号、1976、pp. 770-81.
——.「ベケットと十八世紀の先祖たち」.『ユリイカ』、14巻11号（1982年11月号）、pp. 136-42.
剣持武彦.「夏目漱石『草枕』とロレンス・スターン『トリストラム・シャンディの生活と意見』」.『清泉女子大学紀要』、44号、1996、pp. 51-62.
近藤いね子.「その他の18世紀小説家達」.『イギリス小説論』、研究社、1952、pp. 34-54.
近藤耕人.「スターン『トリストラム・シャンディ』の頭」.『アイルランドの言葉と肉——スターンからベーコンへ』、水声社、2017、pp. 21-34.
坂本武.「Laurence Sterne, *Tristram Shandy*のゆるやかな環構造」.『文藝禮讃——イデアとロゴス』、内田能嗣教授傘寿記念論文集刊行委員会編、大阪教育図書、2016、pp. 11-25.
——.「スターンの村再訪」.『學鐙』、87巻1号、1990、pp. 26-29.
——.「『トリストラム・シャンディ』における語りの三つの枠組み」.『日本ジョンソン協会年報』、37号、2013、pp. 11-15.
坂本恵・須川亜紀子.「ローレンス・スターン『トリストラム・シャンディ』をどう読むか（第28回大会シンポジウムの記録）」.『New Perspective（新英米文学研究）』、新英米文学研究会、167号（29巻1号）、1998、pp. 53-59.
佐竹由帆.「*Tristram Shandy*における女性性：家父長制の権威を揺るがすもの」.『英文学思潮』、青山学院大学英文学会、76号、2003、pp. 61-72.
塩田勉.「『トリストラム・シャンディ』と『ドン・キホーテ』——比較文化・文学論的考察」.『New Perspective（新英米文学研究）』、新英米文学研究会、167号（29巻1号）、1998、pp. 34-41.
塩谷清人.「自在性を発揮する小説——『トリストラム・シャンディ』」.『十八世紀イギリス小説』、北星堂書店、2001、pp. 219-50.
島崎はつよ.「The Sentimental Traveller/Sterneの内的世界を探る：Smollettの*Travels*を手掛かりに」.『Ferris Wheel』、フェリス女学院大学大学院人文

――.「人間の孤独性と内的時間の構図――*Tristram Shandy* における Sterne の志向性」.『四国学院大学論集』、32号、1975、pp. 196-219.
海老池俊治.「スターン」.『第十八世紀英国小説研究』、研究社、1950、pp. 183-225.
荻野昌利.「〈鳥篭〉と〈牢獄〉――囚われの現象学」.『暗黒への旅立ち――西洋近代自我とその図像1750～1920』、名古屋大学出版会、1987、pp. 47-76.
加藤正人.「*Tristram Shandy* の登場人物を Head と Heart で分類する」.『学習院大学英文学会誌』、2014年度号、2015、pp. 59-71.
上石田麗子.「『トリストラム・シャンディ』における想念と言葉の増殖」.『國學院雜誌』、110巻10号、2009、pp. 1-12.
神尾美津雄.「言葉と狂気――ロレンス・スターン『トリストラム・シャンディ』」.『闇、飛翔、そして精神の奈落――イギリス古典主義からロマン主義へ』、英宝社、1989、pp. 3-29.
木戸好信.「エロス化される医療とスターン的頓絶法のエコノミー」.『主流』、同志社大学英文学会、74号、2012、pp. 21-40.
――.「スターンと病んだ身体：結核・メランコリー・狂気」.『主流』、73号、2011、pp. 1-28.
――.「『センチメンタル・ジャーニー』と血液循環説」.『主流』、66号、2005、pp. 37-64.
――.「『トリストラム・シャンディ』と畸形的独身者たちのスペルマ賛美」.『未分化の母体――十八世紀英文学論集』、仙葉豊・能口盾彦・干井洋一編、英宝社、2007、pp. 322-43.
木原善彦.「実験小説とは」.『実験する小説たち――物語るとは別の仕方で』、彩流社、2017、pp. 7-24.
君島邦守.「TRISTRAM SHANDY 試論：STERNE の密かな喜び」.『英文学研究』、日本英文学会、60巻1号、1983、pp. 31-46.
久代佐智子.「*Tristram Shandy* の構成について」.『The Albion』、京大英文学会、8号、1961、pp. 68-82.
久野陽一.「スターンと奴隷制度」.『愛知教育大学研究報告 人文・社会科学編』、59号、2010、pp. 71-76.
――.「古くて新しい Sterne 研究」.『英語青年』、149巻4号（2003年7月号）、p. 235.
熊懐祐樹.「*Tristram Shandy* の〈空白〉」.『英文学研究』、日本英文学会、85巻、

16 小説の方法 他』、新潮社、1973、pp. 233-36.
——.「物語りの発想」. 1948.『小説の方法』、岩波文庫、2015、pp. 139-63.
伊藤誓.「漱石とスターン」.『英語青年』、154巻6号（2008年9月号）、pp. 330-32.
——.「ロレンス・スターン『トリストラム・シャンディ』——自由な精神の残照」.『週刊 朝日百科 世界の文学』、朝日出版社、59号、2000、pp. I-274-I-277.
[わずか4ページに多彩な情報を詰め込んだ名解説. 貴重なカラー図版も豊富. 図書館向けのハードカバー版『朝日百科 世界の文学』（全13巻、2002）では第1巻『ヨーロッパI』に収録.]
内田勝.「『センチメンタル・ジャーニー』と表面——あるいは『センチメンタルな読み方』について」.『イギリス小説ノート』、9号、1994、pp. 17-28.
——.「つながりを捏造すること——スターン『ブラーミンの日記の続き』を読む」.『十八世紀イギリス文学研究［第4号］——交渉する文化と言語』、日本ジョンソン協会編、開拓社、2010、pp. 229-50.
——.「『トリストラム・シャンディ』はハイパーテキスト小説か」.『岐阜大学地域科学部研究報告』、1号、1997、pp. 201-16.
——.「『トリストラム・シャンディ』を売る——スターンと出版者たち」.『文化と風土の諸相』、末永豊・津田雅夫編、文理閣、2000、pp. 125-47.
江藤淳.「十八世紀英国小説の問題」. 1957.『江藤淳著作集4 西洋について』、講談社、1967、pp. 259-78.
[スターンを誤読するヴァージニア・ウルフを通して18世紀英国小説の倫理性を探る論考.]
榎本太.「Sterne における諷刺の問題——その展開について」.『英国小説研究』、第3冊、1957、pp. 61-80.
——.「*Tristram Shandy* から *A Sentimental Journey* へ」.『英国小説研究』、第4冊、1958、pp. 83-104.
——.「*Tristram Shandy* 試論」.『英国小説研究』、第2冊、1956、pp. 73-103.
[マニアとして現実離れした時空に遊ぶばかりで現実の問題に適応できないシャンディ兄弟のコミュニケーション不全を指摘した、日本のスターン研究史において画期的な論考.]
——.「*Tristram Shandy* のふたつの世界」.『初期イギリス小説の研究』、朝日出版社、1971、pp. 337-62.
榎本誠.「*Tristram Shandy* における時間と Sterne の意匠——マルチメディア的小説」.『麒麟』、神奈川大学経営学部17世紀文学研究会、5号、1996、pp. 17-31.

Yahav, Amit. "Sonorous Duration: *Tristram Shandy* and the Temporality of Novels." *PMLA*, vol. 128, 2013, pp. 872-87.

Zimmerman, Everett. "*Tristram Shandy* and Narrative Representation." *The Boundaries of Fiction: History and the Eighteenth-Century British Novel*, Cornell UP, 1996, pp. 179-204.

有馬哲夫.「電子メディアによる文学研究の新展開（2）：インタラクティヴ・フィクションと『トリストラム・シャンディ』」.『英語青年』、142巻12号（1997年3月号）、pp. 682-84.

安藤文人.「『自分』の語り方――『ベイツ伍長の生涯と回想』の場合」.『英文学』、早稲田大学英文学会、74号、1997、pp. 1-15.

[『トリストラム・シャンディ』の先行作品の一つ *The Life and Memoirs of Mr. Ephraim Tristram Bates*（1756）の解説.]

――.「ホビィ・ホースとリラブレロ――『トリストラム・シャンディ』の登場人物をめぐって」.『英文学』、早稲田大学英文学会、64号、1988、pp. 27-38.

飯島武久.「『吾輩は猫である』と『トリストラム・シャンディ』：類似的技法を中心として（その１）」.『山形大学紀要 人文科学』、９巻１号、1978、pp. 193-241.

石井重光.「Mrs Wadman と Toby の恋愛戦争：*Tristram Shandy* における sexuality の研究」.『主流』、同志社大学英文学会、53号、1992、pp. 35-53.

――. "Realism in Play-Fantasy: 'Fictional' and 'Factual' of Toby's War Play."『近畿大学語学教育部紀要』、９巻２号、2009、pp. 1-12.

――.「翻訳『マリヤ』：柳田泉のローレンス・スターン受容・理解と翻訳事情」.『近畿大学教養部紀要』、31巻２号、1999、pp. 37-52.

井石哲也. "Sterne, Graphics, and the Novel: *Tristram Shandy* and the 18th Century Print Culture."『活水論文集 文学部編』、59号、2016、pp. 1-19.

――.「18世紀英国の作家と書籍商――『トリストラム・シャンディ』の出版」.『十八世紀イギリス文学研究［第２号］――文学と社会の諸相』、日本ジョンソン協会編、開拓社、2002、pp. 305-27.

――.「出版文化史からみる Laurence Sterne」.『英語青年』、14巻８号（2002年11月号）、p. 495.

――.「書物史的視点からみる18世紀英国小説：作家と書籍商の関係から」.『活水論文集 英語学科・英語科編』、47号、2004、pp. 1-15.

伊藤整.「『トリストラム・シャンディイ』と『得能五郎』」. 1947.『伊藤整全集

Voogd, Peter de. "*Tristram Shandy* as Aesthetic Object." *Word & Image*, vol. 4, 1988, pp. 383–92.

Wagner, Darren N. "Body, Mind and Spirits: The Physiology of Sexuality in the Culture of Sensibility." *Journal for Eighteenth-Century Studies*, vol. 39, no. 3, 2016, pp. 335–58.

Warner, John M. "Mythic and Historic Plotting in Sterne." *Joyce's Grandfathers: Myth and History in Defoe, Smollett, Sterne, and Joyce*, U of Georgia P, 1993, pp. 57–88.

Watt, Ian. "The Comic Syntax of *Tristram Shandy*." *The Literal Imagination: Selected Essays*, U of Washington P, 2002, pp. 126–42.

——. "Realism and the Later Tradition: A Note." *The Rise of the Novel*, U of California P, 1957. pp. 290–302. 『小説の勃興』、藤田永祐訳、南雲堂、1999.

Wehrs, Donald R. "Sterne, Cervantes, Montaigne: Fideistic Skepticism and the Rhetoric of Desire." *Comparative Literature Studies*, vol. 25, 1988, pp. 127–51.

Weinstein, Arnold. "The Life as Book." *Fictions of the Self: 1550–1800*, Princeton UP, 1981, pp. 200–251.

Wells, H. G. "Of the Legendary Past." *Little Wars*, Frank Palmer, 1913, pp. 7–9.

[作家 H. G. ウェルズによる、おもちゃの兵隊やミニチュアの大砲を使って室内で遊ぶウォーゲームの指南書. ウォーゲームの前史としてトウビー・シャンディの戦争ごっこに触れている.]

Wiehe, Jarred. "No Penis? No Problem: Intersections of Queerness and Disability in Laurence Sterne's *The Life and Opinions of Tristram Shandy, Gentleman*." *The Eighteenth Century: Theory and Interpretation*, vol. 58, no. 2, 2017, pp. 177–193.

[トウビー・シャンディとトリム伍長が戦争ごっこを繰り広げるボーリング用芝生を、身体に障碍を持つ男性同士が充足した性的快楽を得られるクィアな空間としてエロチックに描き出した論考.]

Williams, Abigail. "Fictional Worlds." *The Social Life of Books: Reading Together in the Eighteenth-Century Home*, Yale UP, 2017, pp. 204–38.

[スターン作品を含む小説が、同時代の家庭でどのように読まれていたかを描いている.]

Woolf, Virginia. "The 'Sentimental Journey.'" *The Common Reader: Second Series*, Hogarth Press, 1932, pp. 78–85.

to Austen: A Critical History, Twayne, 1990, pp. 67–89.

Stewart, Carol. "The Anglicanism of *Tristram Shandy*: Latitudinarianism at the Limits." *British Journal for Eighteenth-Century Studies*, vol. 28, 2005, pp. 239–50.

"The Story of Le Fever" and "Maria." *The Reader, or Reciter; by the Assistance of Which Any Person May Teach Himself to Read or Recite English Prose with the Utmost Elegance and Effect*, London, T. Cadell jun. and W. Davies, 1799, pp. 75–102.

［18世紀末に出版された効果的な朗読法の独習書より、スターン作品の朗読法を解説した箇所.］

Stout, Gardner D., Jr. "Yorick's *Sentimental Journey*: A Comic 'Pilgrim's Progress' for the Man of Feeling." *ELH*, vol. 30, 1963, pp. 395–412.

Tave, Stuart M. "Humor and Pathos." *The Amiable Humorist: A Study in the Comic Theory and Criticism of the Eighteenth and Early Nineteenth Centuries*, U of Chicago P, 1960, pp. 221–43.

Terry, Richard. "Sterne: The Plagiarist as Genius." *The Plagiarism Allegation in English Literature from Butler to Sterne*, Palgrave Macmillan, 2010, pp. 152–68.

Thomas, Calvin. "*Tristram Shandy*'s Consent to Incompleteness: Discourse, Disavowal, Disruption." *Literature and Psychology*, vol. 36, 1990, pp. 44–62.

Turner, Katherine. "Sentimental Travels: 'So Much the *Ton*.'" *British Travel Writers in Europe, 1750–1800*, Ashgate, 2001, pp. 86–126.

Tuveson, Ernest. "Locke and Sterne." *Reason and Imagination: Studies in the History of Ideas, 1600–1800*, edited by J. A. Mazzeo, Columbia UP, 1962, pp. 255–77.

Van Ghent, Dorothy. "On *Tristram Shandy*." *The English Novel: Form and Function*, Rhinehart, 1953, pp. 83–98.

Van Sant, Ann Jessie. "Locating Experience in the Body: The Man of Feeling." *Eighteenth-Century Sensibility and the Novel: The Senses in Social Context*, Cambridge UP, 1993, pp. 98–115.

Voigts-Virchow, Eckart. "*Metadaptation*: Adaptation and Intermediality — Cock and Bull." *Journal of Adaptation in Film and Performance*, vol. 2, no. 2, 2009, pp. 137–52.

Seidel, Michael. "Gravity's Inheritable Line: Sterne's *Tristram Shandy*." *Satiric Inheritance, Rabelais to Sterne*, Princeton UP, 1979, pp. 250–62.
——. "Narrative Crossings: Sterne's *A Sentimental Journey*." *Genre*, vol. 18, 1985, pp. 1–22.
Schaeffer, Neil. "*Tristram Shandy*: A Comic Novel." *The Art of Laughter*, Columbia UP, 1981, pp. 81–119.
Shankman, Steven. "Participation and Reflective Distance: The End of Laurence Sterne's *A Sentimental Journey* and the Resistance to Doctrine." *Religion and Literature*, vol. 29, 1997, pp. 43–61.
Shklovsky, Viktor. 'The Novel as Parody: Sterne's *Tristram Shandy*." *Theory of Prose*, Dalkey Archive Press, 1991, pp. 147–70. 『散文の理論』、水野忠夫訳、せりか書房、1983.
Skinner, Gillian. "'Above Œconomy': *The History of Lady Barton, The Man of Feeling* and *A Sentimental Journey*." *Sensibility and Economics in the Novel, 1740–1800: The Price of a Tear*, Macmillan, 1999, pp. 91–116.
Smyth, John Vignaux. "Sterne: Rhetoric and Representation" and "Philosophy of the Nose." *A Question of Eros: Irony in Sterne, Kierkegaard, and Barthes*, UP of Florida, 1986, pp. 13–98.
Solomon, Alex. "The Novel and the Bowling Green: Toby Shandy's Diagrammatic Realism." *Philological Quarterly*, vol. 95, no. 2, 2016, pp. 269–91.
Spacks, Patricia Meyer. "The Beautiful Oblique: *Tristram Shandy*." *Imagining a Self: Autobiography and Novel in Eighteenth-Century England*, Harvard UP, 1976, pp. 127–57.
——. "*Tristram Shandy* and the Development of the Novel." *Novel Beginnings: Experiments in Eighteenth-Century English Fiction*, Yale UP, 2006, pp. 254–76.
Steele, Peter. "Sterne's Script: The Performing of *Tristram Shandy*." *Augustan Studies: Essays in Honor of Irvin Ehrenpreis*, edited by Douglas Lane Patey and Timothy Keegan, U of Delaware P, 1985, pp. 195–204.
Stevenson, John Allen. "Sterne: Comedian and Experimental Novelist." *The Columbia History of the British Novel*, edited by John Richetti et al., Columbia UP, 1994, pp. 154–80.
——. "*Tristram Shandy*: The Laughter of Feeling." *The British Novel, Defoe*

58.

Rogers, Pat. "Sterne and Smollett." *The Augustan Vision*, Weidenfeld & Nicolson, 1974, pp. 286–98.

——. "Ziggerzagger Shandy: Sterne and the Aesthetics of the Crooked Line." *English*, vol. 42, 1993, pp. 97–107.

Rosenblum, Michael. "The Sermon, the King of Bohemia, and the Art of Interpolation in *Tristram Shandy*." *Studies in Philology*, vol. 75, 1978, pp. 472–91.

Ross, Ian Campbell. "When Smelfungus Met Yorick: Sterne and Smollett in the South of France, 1763." *Tobias Smollett, Scotland's First Novelist: New Essays in Memory of Paul-Gabriel Boucé*, edited by O M Brack, U of Delaware P, 2007, pp. 74–93.

Rothstein, Eric. "*Tristram Shandy*." *Systems of Order and Inquiry in Later Eighteenth-Century Fiction*, U of California P, 1975, pp. 62–108.

Rowson, Martin. "A Comic Book Version of *Tristram Shandy*." *The Shandean*, vol. 14, 2003, pp. 104–21.

——. "Hyperboling Gravity's Ravelin: A Comic Book Version of *Tristram Shandy*." *The Shandean*, vol. 7, 1995, pp. 62–86.

Sagal, Anna K. "'An Hobby-Horse Well Worth Giving a Description Of': Disability, Trauma, and Language in *Tristram Shandy*." *The Idea of Disability in the Eighteenth Century*, edited by Chris Mounsey, Bucknell UP, 2014, pp. 105–34.

Sallé, Jean-Claude. "A State of Warfare: Some Aspects of Time and Chance in *Tristram Shandy*." *Quick Springs of Sense: Studies in the Eighteenth Century*, edited by Larry S. Champion, U of Georgia P, 1974.

Santovetti, Olivia. "Sterne, Calvino, and Digressions." *The Shandean*, vol. 25, 2014, pp. 147–58.

Sedgwick, Eve Kosofsky. "*A Sentimental Journey*: Sexualism and the Citizen of the World." *Between Men: English Literature and Male Homosocial Desire*, Columbia UP, 1985, pp. 67–82.『男同士の絆――イギリス文学とホモソーシャルな欲望』、上原早苗・亀澤美由紀訳、名古屋大学出版会、2001.

Seelig, Sharon Cadman. "Sterne, *Tristram Shandy*: The Deconstructive Text." *Generating Texts: The Progeny of Seventeenth-Century Prose*, U of Virginia P, 1996, pp. 128–54.

Order and Energy from Dryden to Blake, Doubleday, 1965, pp. 313-42.

Putney, Rufus. "The Evolution of *A Sentimental Journey*." *Philological Quarterly*, vol. 19, 1940, pp. 349-69.

——. "Laurence Sterne, Apostle of Laughter." *The Age of Johnson: Essays Presented to Chauncey Brewster Tinker*, edited by F. W. Hillers, Yale UP, 1949, pp. 159-70.

Rabb, Melinda Alliker. "Engendering Accounts in Sterne's *A Sentimental Journey*." *Johnson and His Age*, edited by James Engell, Harvard UP, 1984, pp. 531-58.

Rawson, Claude. "The Typographical Ego-Trip from 'Dryden' to Prufrock." *Swift and Others*, Cambridge UP, 2015, pp. 11-48.

Ray, William. "Ironizing History." *Story and History: Narrative, Authority and Social Identity in the Eighteenth-Century French and English Novel*, Basil Blackwell, 1990, pp. 270-94.

Read, Herbert. "Sterne." *The Sense of Glory: Essays in Criticism*, Cambridge UP, 1929, pp. 124-51.

Reed, Walter L. "*Tristram Shandy*: Displacement as Signification." *An Exemplary History of the Novel: The Quixotic versus the Picaresque*, U of Chicago P, 1981, pp. 137-61.

Regan, Shaun. "Novelizing Scriblerus: *Tristram Shandy* and (Post-) Scriblerian Satire." *The Shandean*, vol. 17, 2006, pp. 9-33.

——. "Print Culture in Transition: *Tristram Shandy*, the Reviewers, and the Consumable Text." *Eighteenth-Century Fiction*, vol. 14, 2002, pp. 289-309.

——. "Translating Rabelais: Sterne, Motteux, and the Culture of Politeness." *Translation and Literature*, vol. 10, 2001, pp. 174-99.

Richetti, John. "Sentimental Narrative: Philanthropy and Fiction." *The English Novel in History 1700-1780*, Routledge, 1999, pp. 243-81.

Richter, David H. "*The Life and Opinions of Tristram Shandy, Gent.* (1759-1767)." *Reading the Eighteenth-Century Novel*, Wiley Blackwell, 2017, pp. 100-16.

Rodgers, James. "Sensibility, Sympathy, Benevolence: Physiology and Moral Philosophy in *Tristram Shandy*." *Languages of Nature: Critical Essays on Science and Literature*, edited by L. J. Jordanova, Rutgers UP, 1986, pp. 117-

——. "Sterne's Fiction and the Mid-Century Novel: The 'Vast Empire of Biographical Freebooters' and the 'Crying Volume.'" *The Oxford Handbook of the Eighteenth-Century Novel*, edited by J. A. Downie, Oxford UP, 2016, pp. 264–81.
[スターン作品を同時代の流行小説の文脈の中で捉え直す重要な論考.]
——. "A Story Painted to the Heart? *Tristram Shandy* and Sentimentalism Reconsidered." *The Shandean*, vol. 9, 1997, pp. 122–35.
——. "Swift, Sterne, and the Skeptical Tradition." *Studies in Eighteenth-Century Culture*, vol. 23, 1994, pp. 220–42.
Patrick, Duncan. "Character and Chronology in *Tristram Shandy*: Four Papers and a Chronological Table." *The Shandean*, vol. 14, 2003, pp. 39–69; vol. 15, 2004, pp. 31–56.
——. "A Chronological Table for *Tristram Shandy*, with Notes on the 'Beds of Justice.'" *The Shandean*, vol. 14, 2003, between pp. 69–70.
Patterson, Diana. "Foliation Jokes in *Tristram Shandy*." *1650–1850: Ideas, Aesthetics, and Inquiries in the Early Modern Era*, vol. 6, 1999, pp. 163–83.
Perry, Ruth. "Words for Sex: The Verbal-Sexual Continuum in *Tristram Shandy*." *Studies in the Novel*, vol. 20, no. 1, 1988, pp. 27–42.
Petrakis, Byron. "Jester in the Pulpit: Sterne and Pulpit Eloquence." *Philological Quarterly*, vol. 51, 1972, pp. 430–47.
Phillips, Natalie M. "Scattered Attention: Distraction and the Rhythm of Cognitive Overload." *Distraction: Problems of Attention in Eighteenth-Century Literature*, Johns Hopkins UP, 2016, pp. 96–131.
Pinnegar, Fred C. "The Groin Wounds of Tristram and Uncle Toby." *The Shandean*, vol. 7, 1995, pp. 87–100.
Porter, Roy. "'The Whole Secret of Health': Mind, Body, and Medicine in *Tristram Shandy*." *Nature Transfigured: Science and Literature 1700–1900*, edited by John Christie and Sally Shuttleworth, Manchester UP, 1989, pp. 61–84.
Preston, John. "*Tristram Shandy* (i): The Reader as Author" and "*Tristram Shandy* (ii): The Author as Reader." *The Created Self: The Reader's Role in Eighteenth-Century Fiction*, Heinemann, 1970, pp. 133–95.
Price, Martin. "Sterne: Art and Nature." *To the Palace of Wisdom: Studies in

New, Melvyn. "The Dunce Revisited: Colley Cibber and *Tristram Shandy*." *South Atlantic Quarterly*, vol. 72, 1973, pp. 547–59.

——. "Proust's Influence on Sterne: A Remembrance of Things to Come." *Modern Language Notes*, vol. 103, no. 5, 1988, pp. 1031–55.

——. "Reading Sterne through Proust and Levinas." *Age of Johnson*, vol. 12, 2001, pp. 329–60.

——. "Sterne and the Narrative of Determinateness." *Eighteenth-Century Fiction*, vol. 4, 1992, pp. 315–29.

——. "Sterne's Bawdry: A Cautionary Tale." *The Review of English Studies*, vol. 62, 2011, pp. 80–89.

——. "Sterne, Warburton, and the Burden of Exuberant Wit." *Eighteenth-Century Studies*, vol. 15, 1982, pp. 245–74.

New, Melvyn, et al. "Scholia to the Florida Edition of the Works of Sterne, from the *Scriblerian* 1986–2005." *The Shandean*, vol. 15, 2004, pp. 135–64.

Newbould, M-C. "Wit and Humour for the Heart of Sensibility: The Beauties of Fielding and Sterne." *The Afterlives of Eighteenth-Century Fiction*, edited by Daniel Cook and Nicholas Seager, Cambridge UP, 2015, pp. 133–52.

Norton, Brian Michael. "The Moral in Phutatorius's Breeches: *Tristram Shandy* and the Limits of Stoic Ethics." *Eighteenth-Century Fiction*, vol. 18, 2006, pp. 405–23.

Nuttall, A. D. "*Tristram Shandy*." *A Common Sky: Philosophy and the Literary Imagination*, U of California P, 1974, pp. 45–91.

——. "*Tristram Shandy*." *Openings: Narrative Beginnings from the Epic to the Novel*, Oxford UP, 1992, pp. 151–70.

Ochiai, Kazuki. "Soseki Natsume: Or Sterne in the Japanese 'Rise of the Novel.'" *The Shandean*, vol. 24, 2013, pp. 127–34.

Ostovich, Helen. "Reader as Hobby-Horse in *Tristram Shandy*." *Philological Quarterly*, vol. 68, 1989, pp. 325–42.

Parker, Fred. "*Tristram Shandy*: Singularity and the Single Life." *Scepticism and Literature: An Essay on Pope, Hume, Sterne, and Johnson*, Oxford UP, 2003, pp. 190–231.

Parnell, Tim. "Laurence Sterne and the Problem of Belief." *The Shandean*, vol. 17, 2006, pp. 121–39; vol. 19, 2008, pp. 9–26.

[『トリストラム・シャンディ』は、中流・上流階級の男性読者が学校教育で身に付ける、文章を隅から隅まで読み通す学問的な読み方とは真逆の、面白そうな箇所だけ適当につまみ食いする読み方の楽しさを教える文学であると主張する論考.]

Mazella, David. "'Be Wary, Sir, When You Imitate Him': The Perils of Didacticism in *Tristram Shandy*." *Studies in the Novel*, vol. 31, no. 2, 1999, pp. 152–77.

Menely, Tobias. "Zoöphilpsychosis: Why Animals Are What's Wrong with Sentimentality." *Symplokē*, vol. 15, nos. 1–2, 2007, pp. 244–67.

Meyer, Herman. "Laurence Sterne, *Tristram Shandy*." *The Poetics of Quotation in the European Novel*, Princeton UP, 1968, pp. 72–94.

Miller, J. Hillis. "Narrative Middles: A Preliminary Outline." *Genre*, vol. 11, 1978, pp. 375–87.

Moglen, Helene. "(W)holes and Noses: The Indeterminacies of *Tristram Shandy*." *The Trauma of Gender: A Feminist Theory of the English Novel*, U of California P, 2001, pp. 87–108.

Molesworth, Jesse. "Humean Fictions: *Amelia*, *Tristram Shandy*, and the Problem of Induction." *Chance and the Eighteenth-Century Novel: Realism, Probability, Magic*, Cambridge UP, 2010, pp. 168–205.

Monkman, Kenneth. "The Bibliography of the Early Editions of *Tristram Shandy*." *The Library*, 5th series, vol. 25, 1970, pp. 11–39.

——. "Towards a Bibliography of Sterne's Sermons." *The Shandean*, vol. 5, 1993, pp. 32–109.

Moss, Roger B. "Sterne's Punctuation." *Eighteenth-Century Studies*, vol. 15, no. 2, 1981, pp. 179–200.

Mottolese, William C. "Tristram Cyborg and Toby Toolmaker: Body, Tools, and Hobbyhorse in *Tristram Shandy*." *SEL Studies in English Literature 1500–1900*, vol. 47, no. 3, 2007, pp. 679–701.

Mullan, John. "Laurence Sterne and the 'Sociality' of the Novel." *Sentiment and Sociability: The Language of Feeling in the Eighteenth Century*, Clarendon Press, 1988, pp. 147–200.

Nace, Nicholas D. "Unprinted Matter: Conceptual Writing and *Tristram Shandy*'s 'Chasm of Ten Pages.'" *The Shandean*, vol. 24, 2013, pp. 31–58.

Encyclopedists." *Eighteenth-Century Fiction*, vol. 13, 2000, pp. 1–17.
——. "*Tristram Shandy* and the Rise of the Novel; or, Unpopular Fiction after Richardson." *The Eighteenth-Century Novel*, vols. 6–7, 2009, pp. 359–77.
McCarthy, Tom. "*Tristram Shandy*: On Balls and Planes." *Typewriters, Bombs, Jellyfish: Essays*, Kindle ed., New York Review Books, 2017.
McGlynn, Paul D. "Sterne's Maria: Madness and Sentimentality." *Eighteenth-Century Life*, vol. 3, 1976, pp. 39–43.
MacKenzie, Scott R. "Homunculus Economicus: Laurence Sterne's Labour Theory of Literary Value." *Eighteenth-Century Fiction*, vol. 18, 2005, pp. 49–80.
McKillop, Alan Dugald. "Laurence Sterne." *The Early Masters of English Fiction*, U of Kansas P, 1956, pp. 182–219.
McMaster, Juliet. "'Uncrystalized Flesh and Blood': The Body in *Tristram Shandy*." *Reading the Body in the Eighteenth-Century Novel*, Palgrave Macmillan, 2004, pp. 25–41.
——. "Walter Shandy, Sterne, and Gender: A Feminist Foray." *English Studies in Canada*, vol. 15, 1989, pp. 441–58.
McMaster, Juliet and Rowland McMaster. "Experience to Expression in *Tristram Shandy*." *The Novel from Sterne to James: Essays on the Relation of Literature to Life*, Macmillan, 1981, pp. 1–18.
Madoff, Mark S. "'They Caught Fire at Each Other': Laurence Sterne's Journal of the Pulse of Sensibility." *Sensibility in Transformation: Creative Resistance to Sentiment from the Augustans to the Romantics: Essays in Honor of Jean H. Hagstrum*, edited by Syndy McMillen Conger, Associated UP, 1990, pp. 43–62.
Markley, Robert. "Sentimentality as Performance: Shaftesbury, Sterne, and the Theatrics of Virtue." *The New Eighteenth Century: Theory, Politics, English Literature*, edited by Felicity Nussbaum and Laura Brown, Methuen, 1987, pp. 210–30.
——. "*Tristram Shandy* and Narrative Middles: Hillis Miller and the Style of Deconstructive Criticism." *Genre*, vol. 17, 1984, pp. 179–90.
Matuozzi, Jessica. "Schoolhouse Follies: *Tristram Shandy* and the Male Reader's Tutelage." *ELH*, vol. 80, no. 2, 2013, pp. 489–518.

pp. 794-810.

——. "Sterne's Use of Montaigne." *Comparative Literature*, vol. 32, 1980, pp. 1-41.

Landa, Louis A. "The Shandean Homunculus: The Background of Sterne's 'Little Gentleman.'" *Essays in Eighteenth-Century English Literature*, Princeton UP, 1980, pp. 140-159.

Lanham, Richard A. "Pastoral War in *Tristram Shandy*." *Modern Essays on Eighteenth-Century Literature*, edited by Leopold Damrosch, Oxford UP, 1988, pp. 323-34.

Lavoie, Chantel. "*Tristram Shandy*, Boyhood, and Breeching." *Eighteenth-Century Fiction*, vol. 28, no. 1, 2015, pp. 85-107.

Lawlor, Clark. "Consuming Time: Narrative and Disease in *Tristram Shandy*." *Yearbook of English Studies*, vol. 30, 2000, pp. 46-59.

Loscocco, Paula. "Can't Live Without 'Em: Walter Shandy and the Woman Within." *The Eighteenth Century: Theory and Interpretation*, vol. 32, 1991, pp. 166-79.

Loveridge, Mark. "Stories of Cocks and Bulls: *The Ending of Tristram Shandy*." *Eighteenth-Century Fiction*, vol. 5, 1992, pp. 35-54.

Lovesey, Oliver. "Divine Enthusiasm and Love Melancholy: *Tristram Shandy* and Eighteenth-Century Narratives of Saint Errantry." *Eighteenth-Century Fiction*, vol. 16, 2004, pp. 373-99.

Lupton, Christina. "Giving Power to the Medium: Recovering the 1750s." *The Eighteenth Century: Theory and Interpretation*, vol. 52, nos. 3-4, 2011, pp. 289-302.

——. "Powerlessness as Entertainment." *Knowing Books: The Consciousness of Mediation in Eighteenth-Century Britain*, U of Pennsylvania P, 2012, pp. 21-46.

——. "*Tristram Shandy*, David Hume and Epistemological Fiction." *Philosophy and Literature*, vol. 27, 2003, pp. 98-115.

Lupton, Christina and Peter McDonald. "Reflexivity as Entertainment: Early Novels and Recent Video Games." *Mosaic*, vol. 43, no. 4, 2010, pp. 157-73.

Lynch, Deidre. "Personal Effects and Sentimental Fictions." *Eighteenth-Century Fiction*, vol. 12, nos. 2-3, 2000, pp. 345-68.

Lynch, Jack. "The Relicks of Learning: Sterne among the Renaissance

Kitson, Christopher. "Hobby-Horses and B-25s: War, Paradox and the Carnivalesque of Categories in *Tristram Shandy* and *Catch-22*." *The Shandean*, vol. 23, 2012, pp. 77–90.

［『トリストラム・シャンディ』の戦争ごっこと、ジョーゼフ・ヘラーが戦争の狂気を描いた小説『キャッチ＝22』（1961）を比較して、両者に共通するパラドクス性を指摘している.］

Konigsberg, Ira. "*Tristram Shandy*'s Anatomy of the Mind." *Narrative Technique in the English Novel: Defoe to Austen*, Archon Books, 1985, pp. 157–83.

Kraft, Elizabeth. "Laurence Sterne and the Ethics of Sexual Difference: Chiasmic Narration and Double Desire." *Christianity and Literature*, vol. 51, 2002, pp. 363–85.

——. "*Tristram Shandy* and the Parody of Consciousness." *Character and Consciousness in Eighteenth-Century Comic Fiction*, U of Georgia P, 1992, pp. 100–18.

Kramnick, Jonathan. "Presence of Mind: An Ecology of Perception in Eighteenth-Century England." *Mind, Body, Motion, Matter: Eighteenth-Century British and French Literary Perspectives*, edited by Mary Helen McMurran and Alison Conway, U of Toronto P, 2016, pp. 47–71.

Krieger, Murray. "The Human Inadequacy of Gulliver, Strephon, and Walter Shandy — and the Barnyard Alternative." *The Classic Vision: The Retreat from Extremity*, Johns Hopkins Press, 1971, pp. 255–85.

Laden, Marie-Paule. "*Tristram Shandy*: Imitation as Paradox and Joke." *Self-Imitation in the Eighteenth-Century Novel*, Princeton UP, 1987, pp. 128–155.

Lamb, Jonathan. "The Job Controversy, Sterne, and the Question of Allegory." *Eighteenth-Century Studies*, vol. 24, 1990, pp. 1–19.

——. "Language and Hartleian Associationism in *A Sentimental Journey*." *Eighteenth-Century Studies*, vol. 13, 1980, pp. 285–312.

——. "Sterne and Irregular Oratory." *The Cambridge Companion to the Eighteenth-Century Novel*, edited by John Richetti, Cambridge UP, 1996, pp. 153–74.

——. "Sterne, Sebald, and Siege Architecture." *Eighteenth-Century Fiction*, vol. 19, 2006, pp. 21–41.

——. "Sterne's System of Imitation." *Modern Language Review*, vol. 76, 1981,

声ポッドキャスト．参加者はJudith Hawley, John Mullan, M-C. Newbouldの3名.］

Ishii, Shigemitsu. "Medical Realism and Fantasy in *Tristram Shandy.*" *The Shandean*, vol. 18, 2007, pp. 124–29.

——. "Rorensu Sutahn: Sterne in Japan." *The Shandean*, vol. 8, 1996, pp. 8–40.

［日本におけるスターン受容史を知る上での必読文献.］

——. "Tokugawa Shogun's *Tristram Shandy.*" *The Shandean*, vol. 12, 2001, pp. 22–29.

Jefferson, D. W. "*Tristram Shandy* and the Tradition of Learned Wit." *Essays in Criticism*, vol. 1, 1951, pp. 225–48.

［『トリストラム・シャンディ』を過去の文学の伝統に結びつけた画期的な論文.］

Josipovici, Gabriel. "Escape Literature: *Tristram Shandy*'s Journey through France." *The Singer on the Shore, Essays 1991–2004*, Carcanet, 2006, pp. 104–18.

Karl, Frederick R. "*Tristram Shandy*, the Sentimental Novel, and Sentimentalists." *A Reader's Guide to the Development of the English Novel in the 18th Century*. Thames & Hudson, 1974, pp. 205–34.

Kay, Carol. "Sterne: Scenes of Play." *Political Constructions: Defoe, Richardson, and Sterne in Relation to Hobbes, Hume, and Burke*, Cornell UP, 1988, pp. 195–246.

Keenleyside, Heather. "The Animal: The Life Narrative as a Form of Life." *Animals and Other People: Literary Forms and Living Beings in the Long Eighteenth Century*, U of Pennsylvania P, 2016, pp. 126–162.

［ビュフォンとロックを通して『トリストラム・シャンディ』を読むことで、その生命観・人間観を探る試み.］

Keymer, Thomas. "Sterne and Romantic Autobiography." *The Cambridge Companion to English Literature from 1740 to 1830*, edited by Thomas Keymer and Jon Mee, Cambridge UP, 2004, pp. 173–93.

Kim, James. "'Good Cursed, Bouncing Losses': Masculinity, Sentimental Irony, and Exuberance in *Tristram Shandy.*" *The Eighteenth Century: Theory and Interpretation*, vol. 48, 2007, pp. 3–24.

King, Ross. "*Tristram Shandy* and the Wound of Language." *Studies in Philology*, vol. 92, 1995, pp. 291–310.

Volumes 1 and 2." *Reading 1759: Literary Culture in Mid-Eighteenth-Century Britain and France*, edited by Shaun Regan, Bucknell UP, 2012, pp. 169–85.

Hawes, Clement. "Leading History by the Nose: The Turn to the Eighteenth Century in *Midnight's Children*." *MFS: Modern Fiction Studies*, vol. 39, no. 1, 1993, pp. 147–68.

Hawley, Judith. "The Anatomy of *Tristram Shandy*." *Literature and Medicine during the Eighteenth Century*, edited by Marie Mulvey Roberts and Roy Porter, Routledge, 1993, pp. 84–100.

——. "'Hints and Documents': A Bibliography for *Tristram Shandy*." *The Shandean*, vol. 3, 1991, pp. 9–36; vol. 4, 1992, pp. 49–65.

——. "Yorick in the Pulpit." *Essays in Criticism*. vol. 48, no. 1, 1998, pp. 80–88.

Henry, Anne C. "Blank Emblems: the Vacant Page, the Interleaved Book and the Eighteenth-Century Novel." *Word & Image*, vol. 22, no. 4, 2006, pp. 363–71.

Holm, Melanie D. "Laughter, Skepticism, and the Pleasures of Being Misunderstood in Laurence Sterne's *The Life and Opinions of Tristram Shandy, Gentleman*." *The Eighteenth Century: Theory and Interpretation*, vol. 55, no. 4, 2014, pp. 355–75.

Hughes, Helen Sard, "A Precursor of *Tristram Shandy*." *The Journal of English and Germanic Philology*, vol. 17, no. 2, 1918, pp. 227–51.

Hunter, J. Paul. "Clocks, Calendars, and Names: The Troubles of Tristram and the Aesthetics of Uncertainty." *Rhetorics of Order/Ordering Rhetorics in English Neoclassical Literature*, edited by J. Douglas Canfield and J. Paul Hunter, U of Delaware P, 1989, pp. 173–98.

——. "From Typology to Type: Agents of Change in Eighteenth-Century English Texts." *Cultural Artifacts and the Production of Meaning: The Page, the Image, and the Body*, edited by Margaret J. M. Ezell and Katherine O'Brien O'Keefe, U of Michigan P, 1994, pp. 41–69.

——. "Response as Reformation: *Tristram Shandy* and the Art of Interruption." *Novel*, vol. 4, no. 2, 1971, pp. 132–46.

In Our Time: Tristram Shandy. Presented by Melvyn Bragg, BBC Radio 4, 24 Apr. 2014. Podcast, http://www.bbc.co.uk/programmes/b0418phf.

［スターン研究者たちによる『トリストラム・シャンディ』に関する座談会の音

Island Is an Island: Four Glances at English Literature in a World Perspective, Columbia UP, 2000, pp. 43-67.

Goodhue, Elizabeth K. "When Yorick Takes His Tea: Or, the Commerce of Consumptive Passions in the Case of Laurence Sterne." *Journal for Early Modern Cultural Studies*, vol. 6, no. 1, 2006, pp. 51-83.

Goring, Paul. "Thomas Weales's *The Christian Orator Delineated* (1778) and the Early Reception of Sterne's Sermons." *The Shandean*, vol. 13, 2002, pp. 87-97.

Gurr, Jens Martin. "Worshipping Cloacina in the Eighteenth Century: Functions of Scatology in Swift, Pope, Gay, and Sterne." *Taboo and Transgression in British Literature from the Renaissance to the Present*, edited by Stefan Horlacher, Stefan Glomb and Lars Heiler, Palgrave Macmillan, 2010, pp. 117-134.

Hagstrum, Jean H. "The Aftermath of Sensibility: Sterne, Goethe, and Austen." *Sex and Sensibility: Ideal and Erotic Love from Milton to Mozart*, U of Chicago P, 1980, pp. 247-77.

Hammond, Brean S., "Mid-Century English Quixotism and the Defence of the Novel." *Eighteenth-Century Fiction*, vol. 10, no. 3, 1998, pp. 247-68.

Hardin, Michael. "Is There a Straight Line in This Text?: The Homoerotics of *Tristram Shandy*." *Orbis Litterarum*, vol. 54, 1999, pp. 185-202.

Harries, Elizabeth W. "Sterne's Novels: Gathering Up the Fragments." *The Unfinished Manner: Essays on the Fragment in the Later Eighteenth Century*, UP of Virginia, 1994, pp. 41-55.

Harrison, Bernard. "Sterne and Sentimentalism." *What Is Fiction For?: Literary Humanism Restored*, Indiana UP, 2014, pp. 369-414.

Hartley, L. C. "The Sacred River: Stream of Consciousness: The Evolution of a Method." *The Sewanee Review*, vol. 39, no. 1, 1931, pp. 80-89.

Hartling, Shannon. "Inexpressible Sadness: Sterne's Sermons and the Moral Inadequacies of Politeness in *Tristram Shandy*." *Christianity and Literature*, vol. 55, no. 4, 2006, pp. 495-510.

Harvey, Karen. "The Manuscript History of *Tristram Shandy*." *The Review of English Studies*, new series, vol. 65, no. 269, 2014, pp. 281-301.

Haslett, Moyra. "Eccentricity, Originality, and the Novel: *Tristram Shandy*,

——. "Small Particles of Eloquence: Sterne and the Scriblerian Text." *Modern Philology*, vol. 100, 2003, pp. 360–92.

——. "'The Things Themselves': Origins and Originality in Sterne's Sermons." *The Eighteenth Century: Theory and Interpretation*, vol. 40, 1999, pp. 29–45.

——. "'This Fragment of Life': Sterne's Encyclopaedic Ethics." *The Shandean*, vol. 13, 2002, pp. 55–67.

Fawcett, Julia H. "The Canon of Print: Laurence Sterne and the Overexpression of Character." *Spectacular Disappearances: Celebrity and Privacy, 1696–1801*, U of Michigan P, 2016, pp. 98–135.

Festa, Lynn. "Sterne's Snuffbox." *Sentimental Figures of Empire in Eighteenth-Century Britain and France*, Johns Hopkins UP, 2006, pp. 67–110.

Flint, Christopher. "Disavowing Kinship, 1760–1798." *Family Fictions: Narrative and Domestic Relations in Britain, 1688–1798*, Stanford UP, 1998, pp. 249–304.

Flores, Ralph. "Changeling Fathering: *Tristram Shandy*." *The Rhetoric of Doubtful Authority: Deconstructive Readings of Self-Questioning Narratives, St. Augustine to Faulkner*, Cornell UP, 1984, pp. 116–44.

Fowler, Roger. "Discourse." *Linguistics and the Novel*, Methuen, 1977, pp. 71–122.

Friant-Kessler, Brigitte. "Visual Sterneana: Graphic Afterlives and a Sense of Infinite Mobility." *Journal for Eighteenth-Century Studies*, vol. 39, no. 4, 2016, pp. 643–62.

Frye, Northrop. "Rhetorical Criticism: Theory of Genres." *Anatomy of Criticism: Four Essays*, Princeton UP, 1957, pp. 243–337. 『批評の解剖』、海老根宏・中村健二・出淵博・山内久明訳、法政大学出版局、1980.

Furst, Lillian R. "Laurence Sterne: *Tristram Shandy*, 1760–67." *Fictions of Romantic Irony*, Harvard UP, 1984, pp. 189–223.

Gerard, W. B., and Brigitte Friant-Kessler. "Towards a Catalogue of Illustrated Laurence Sterne." *The Shandean*, vol. 16, 2005, pp. 19–70; vol. 17, 2006, pp. 35–79; vol. 18, 2007, pp. 56–87; vol. 19, 2008, pp. 90–130.

Gibson, Andrew. "*Tristram Shandy*." *Reading Narrative Discourse: Studies in the Novel from Cervantes to Beckett*, Macmillan, 1990, pp. 60–77.

Ginzburg, Carlo. "A Search for Origins: Re-reading *Tristram Shandy*." *No*

Novel: A Forum on Fiction, vol. 42, no. 2, 2009, pp. 337-42.

During, Simon. "Taking Liberties: Sterne, Wilkes and Warburton." *Libertine Enlightenment: Sex, Liberty and Licence in the Eighteenth Century*, edited by Peter Cryle and Lisa O'Connell, Palgrave Macmillan, 2004, pp. 15-33.

Dussinger, John A. "The Sensorium in the World of *A Sentimental Journey*." *Ariel*, vol. 13, 1982, pp. 3-16.

——. "*A Sentimental Journey*: 'A Sort of Knowingness.'" *The Discourse of the Mind in Eighteenth-Century Fiction*, Mouton Press, 1974, pp. 173-200.

——. "Yorick and the 'Eternal Fountain of Our Feelings.'" *Psychology and Literature in the Eighteenth Century*, edited by Christopher Fox, AMS Press, 1987, pp. 259-76.

Eagleton, Terry. "The Good-Natured Gael." *Crazy John and the Bishop, and Other Essays on Irish Culture*, Cork UP, 1998, pp. 68-139.

Ehlers, Leigh A. "Mrs. Shandy's 'Lint and Basilicon': The Importance of Women in *Tristram Shandy*." *South Atlantic Review*, vol. 46, 1981, pp. 61-75.

Ellis, Markman. "'The House of Bondage': Sentimentalism and the Problem of Slavery." *The Politics of Sensibility: Race, Gender, and Commerce in the Sentimental Novel*, Cambridge UP, 1996, pp. 49-86.

Engberg-Pedersen, Anders. "The Refraction of Geometry: *Tristram Shandy* and the Poetics of War, 1700-1800." *Representations*, vol. 123, no. 1, 2013, pp. 23-52.

Englert, Hilary. "'This Rhapsodical Work': Object-Narrators and the Figure of Sterne." *Studies in Eighteenth-Century Culture*, vol. 37, 2008, pp. 259-78.

Erickson, Robert A. "*Tristram Shandy* and the Womb of Speculation." *Mother Midnight: Birth, Sex, and Fate in Eighteenth-Century Fiction*, AMS Press, 1986, pp. 193-248.

Fairer, David. "Sentimental Translation in Mackenzie and Sterne." *Essays in Criticism*, vol. 49, 1999, pp. 132-51.

Fanning, Christopher. "On Sterne's Page: Spatial Layout, Spatial Form, and Social Spaces in *Tristram Shandy*." *Eighteenth-Century Fiction*, vol. 10, 1998, pp. 429-50.

——. "Sermons on Sermonizing: The Pulpit Rhetoric of Swift and of Sterne." *Philological Quarterly*, vol. 76, 1997, pp. 413-36.

the Vehicles of Memory." *Eighteenth-Century Fiction*, vol. 3, no. 2, 1991, pp. 125–52.

Christensen, Inger. "Laurence Sterne's *Tristram Shandy*: A Plea for Communication." *The Meaning of Metafiction: A Critical Study of Selected Novels by Sterne, Nabokov, Barth and Beckett*, Universitetsforlaget, 1981, pp. 15–36.

Colie, Rosalie L. "Literary Paradox." *Dictionary of the History of Ideas*, edited by Philip. P. Wiener, vol. 3, Scribner, 1973, pp. 76–81. 「文学のパラドクス」、高山宏訳、『西洋思想大事典』、第4巻、平凡社、1990、pp. 203–10.

Dale, Amelia. "Gendering the Quixote in Eighteenth-Century England." *Studies in Eighteenth-Century Culture*, vol. 46, 2017, pp. 5–19.

Day, W. G. "Sterne's Verse." *The Shandean*, vol. 14, 2003, pp. 9–37.

DeJean, Joan. "Vauban's Fortresses and the Defense of French Classicism." *Literary Fortifications: Rousseau, Laclos, Sade*, Princeton UP, 1984, pp. 20–75.

DePorte, Michael V. "Sterne: The Eccentric Journey." *Nightmares and Hobbyhorses: Swift, Sterne, and Augustan Ideas of Madness*, Huntington Library, 1974, pp. 107–35.

Descargues, Madeleine. "The Obstetrics of *Tristram Shandy*." *Études anglaises*, vol. 59, no. 4, 2006, pp. 401–13.

——. "*Tristram Shandy* and the Appositeness of War." *The Shandean*, vol. 12, 2001, pp. 63–77.

Donoghue, Frank. "'I Wrote Not to be Fed but to be Famous': Laurence Sterne." *The Fame Machine: Book Reviewing and Eighteenth-Century Literary Careers*, Stanford UP, 1998, pp. 56–85.

Donovan, Robert A. "Sterne and the Logos." *The Shaping Vision: Imagination in the English Novel from Defoe to Dickens*, Cornell UP, 1966, pp. 89–117.

Doody, Margaret A. "Shandyism, Or, the Novel in Its Assy Shape: African Apuleius, *The Golden Ass*, and Prose Fiction." *Eighteenth-Century Fiction*, vol. 12, nos. 2–3, 2000, pp. 435–57.

Downey, James. "*The Sermons of Mr. Yorick*: A Reassessment of Hammond." *English Studies in Canada*, vol. 4, 1978, pp. 193–211.

Drury, Joseph. "The Novel and the Machine in the Eighteenth Century."

Brown, Homer Obed. "Tristram to the Hebrews: Some Notes on the Institution of a Canonic Text." *Institutions of the English Novel: From Defoe to Scott*, U of Pennsylvania P, pp. 116–37.

Brown, Marshall. "Sterne's Stories." *Preromanticism*, Stanford UP, 1991, pp. 261–300.

Burckhardt, Sigurd. "*Tristram Shandy*'s Law of Gravity." *ELH*, vol. 28, 1961, pp. 70–88.

Butt, John, and Geoffrey Carnall. "Four Major Novelists." *The Age of Johnson 1740–1789*, The Oxford History of English Literature, vol. 8, Clarendon Press, 1990, pp. 384–448.

Caldwell, Roy C. "*Tristram Shandy*, Bachelor Machine." *The Eighteenth Century: Theory and Interpretation*, vol. 34, no. 2, 1993, pp. 103–14.

Carey, Brycchan. "Arguing in Prose: Abolitionist Letters and Novels." *British Abolitionism and the Rhetoric of Sensibility: Writing, Sentiment, and Slavery, 1760–1807*. Palgrave Macmillan, 2005, pp. 46–72.

Cash, Arthur H. "The Birth of Tristram Shandy: Sterne and Dr. Burton." *Studies in the Eighteenth Century*, edited by R. F. Brissenden, Australian National UP, 1968, pp. 133–54.

——. "The Sermon in *Tristram Shandy*." *ELH*, vol. 31, no. 4, 1964, pp. 395–417.

——. "Sterne as a Judge in the Spiritual Courts: The Groundwork of *A Political Romance*." *English Writers of the Eighteenth Century*, edited by John H. Middendorf, Columbia UP, 1971, pp. 17–36.

——. "Sterne, Hall, Libertinism, and *A Sentimental Journey*." *Age of Johnson*, vol. 12, 2001, pp. 291–327.

——. "Voices Sonorous and Cracked: Sterne's Pulpit Oratory." *Quick Springs of Sense: Studies in the Eighteenth Century*, edited by Larry S. Champion, U of Georgia P, 1974, pp. 197–209.

Chadwick, Joseph. "Infinite Jest: Interpretation in Sterne's *A Sentimental Journey*." *Eighteenth-Century Studies*, vol. 12, no. 2, 1978–79, pp. 190–205.

Chandler, James. "The Novelty of Laurence Sterne." *English and British Fiction 1750–1820*, edited by Peter Garside and Karen O'Brien, *The Oxford History of the Novel in English*, vol. 2, Oxford UP, 2015, pp. 109–28.

Chibka, Robert L. "The Hobby-Horse's Epitaph: *Tristram Shandy*, *Hamlet*, and

Hypertext, and the History of Writing, Laurence Erlbaum Associates, 1991, pp. 121–160. 『ライティング スペース——電子テキスト時代のエクリチュール』、黒崎政男・下野正俊・伊古田理訳、産業図書、1994.

Bowden, Martha F. "Guy Fawkes, Dr. Slop, and the Actions of Providence." *Philological Quarterly*, vol. 76, no. 4, 1997, pp. 437–53.

Bradbury, Malcolm. "Fielding, Sterne, and the Comic Modes of Fiction." *Possibilities: Essays on the State of the Novel*. Oxford UP, 1973, pp. 31–40.

Brady, Frank. "*Tristram Shandy*: Sexuality, Morality, and Sensibility." *Eighteenth-Century Studies*, vol. 4, 1970, pp. 41–56.

Bray, Joe. "Postmodernism and Its Precursors." *The Cambridge History of Postmodern Literature*, edited by Brian McHale and Len Platt, Cambridge UP, 2016, pp. 15–24.

Brewer, David A. "Shandyism and the Club of True Feelers." *The Afterlife of Character, 1726–1825*, U of Pennsylvania P, 2005, pp. 154–88.

Briggs, Peter. "Laurence Sterne and Literary Celebrity in 1760." *Age of Johnson*, vol. 4, 1991, pp. 251–80.

——. "Locke's *Essay* and the Tentativeness of *Tristram Shandy*." *Studies in Philology*, vol. 82, 1985, pp. 494–517.

Brissenden, R. F. "The Sentimental Comedy: *Tristram Shandy*." *Virtue in Distress: Studies in the Novel of Sentiment from Richardson to Sade*, Macmillan, 1974, pp. 187–217.

Brodey, Inger Sigrun. "Natsume Sôseki and Laurence Sterne: Cross-Cultural Discourse on Literary Linearity." *Comparative Literature*, vol. 50, no. 3, 1998, pp. 193–219.

Brooks-Davies, Douglas. "The Mythology of Love: Venerean (and Related) Iconography in Pope, Fielding, Cleland and Sterne." *Sexuality in Eighteenth-Century Britain*, edited by Paul-Gabriel Boucé, Manchester UP, 1982, pp. 176–97.

——. "Sterne: *Tristram Shandy*." *Number and Pattern in the Eighteenth-Century Novel: Defoe, Fielding, Smollett, and Sterne*, Routledge & Kegan Paul, 1973, pp. 160–82.

Brown, Herbert Ross. "Sterne and Sensibility." *The Sentimental Novel in America 1789–1860*, Pageant Books, 1959, pp. 74–99.

Essays, translated by Caryl Emerson and Michael Holquist, U of Texas P, 1981, pp. 259–422. 『小説の言葉』、伊東一郎訳、平凡社ライブラリー、1996.

Barker, Nicholas. "The Library Catalogue of Laurence Sterne." *The Shandean*, vol. 1, 1989, pp. 8–24.

Barker-Benfield, G. J. "A Culture of Reform." *The Culture of Sensibility: Sex and Society in Eighteenth-Century Britain*. U of Chicago P, 1992, pp. 215–86.

Batten, Charles L., Jr. "Narrative Conventions in Eighteenth-Century Nonfiction Travel Literature." *Pleasurable Instruction: Form and Convention in Eighteenth-Century Travel Literature*, U of California P, 1978, pp. 47–81.

Battestin, Martin C. "*A Sentimental Journey* and the Syntax of Things." *Augustan Worlds: New Essays in Eighteenth-Century Literature*, edited by J. C. Hilson, M. M. B. Jones, and J. R. Watson, Leicester UP, 1978, pp. 223–39.

——. "Sterne among the Philosophes: Body and Soul in *A Sentimental Journey*." *Eighteenth-Century Fiction*, vol. 7, 1994, pp. 17–36.

——. "Swift and Sterne: The Disturbance of Form." *The Providence of Wit: Aspects of Form in Augustan Literature and the Arts*, Oxford UP, 1974, pp. 215–72.

Bell, Michael. "Sterne: Sentiment as Feeling." *The Sentiment of Reality: Truth of Feeling in European Novel*, George Allen & Unwin, 1983, pp. 40–59.

Black, Scott. "*Tristram Shandy*'s Strange Loops of Reading." *ELH*, vol. 82, no. 3, 2015, pp. 869–96.

Blackwell, Bonnie. "*Tristram Shandy* and the Theater of the Mechanical Mother." *ELH*, vol. 68, no. 1, 2001, pp. 81–133.

Blackwell, Mark. "The It-Narrative in Eighteenth-Century England: Animals and Objects in Circulation." *Literature Compass*, vol. 1, no. 1, 2004.

Booth, Wayne C. "Did Sterne Complete *Tristram Shandy*?" *Modern Philology*, vol. 47, 1951, pp. 172–83.

——. "The Self-Conscious Narrator in Comic Fiction before *Tristram Shandy*." *PMLA*, vol. 67, 1952, pp. 163–85.

——. "Telling as Showing: Dramatized Narrators, Reliable and Unreliable." *The Rhetoric of Fiction*, 2nd, ed., U of Chicago P, 1983, pp. 211–42. 『フィクションの修辞学』、米本弘一・服部典之・渡辺克昭訳、書肆風の薔薇、1991.

Bolter, Jay David. "Interactive Fiction." *Writing Space: The Computer,*

Gerard, W. B., E. Derek Taylor, and Robert G. Walker, editors. *Swiftly Sterneward: Essays on Laurence Sterne and His Times in Honor of Melvyn New*. U of Delaware P, 2011.
Keymer, Thomas, editor. *The Cambridge Companion to Laurence Sterne*. Cambridge UP, 2009.
[現時点で最も充実したスターン入門書．本書の次に読む本として最適.]
Myer, Valerie Grosvenor, editor. *Laurence Sterne: Riddles and Mysteries*. Vision Press, 1984.
[重要な論文をいくつか含む名著.]
New, Melvyn, editor. *Approaches to Teaching Sterne's Tristram Shandy*. Modern Language Association, 1989.
New, Melvyn, Peter de Voogd, and Judith Hawley, editors. *Sterne, Tristram, Yorick: Tercentenary Essays on Laurence Sterne*. U of Delaware P, 2015.
Pierce, David, and Peter de Voogd, editors. *Laurence Sterne in Modernism and Postmodernism*. Rodopi, 1996.

5. スターンに関する論文・研究書の一部・エッセイなど

Allen, Dennis W. "Sexuality/Textuality in *Tristram Shandy*." *Studies in English Literature 1500–1900*, vol. 25, 1985, pp. 651–70.
Alryyes, Ala. "Uncle Toby and the Bullet's Story in Laurence Sterne's *Tristram Shandy*." *ELH*, vol. 82, no. 4, 2015, pp. 1109–1134.
Alter, Robert. "Sterne and the Nostalgia for Reality." *Partial Magic: The Novel as a Self-Conscious Genre*, U of California P, 1975, pp. 30–56.
——. "Tristram Shandy and the Game of Love." *Motives for Fiction*, Harvard UP, 1984, pp. 92–103.
Anderson, Howard. "Structure, Language, Experience in the Novels of Laurence Sterne." *The First English Novelists: Essays in Understanding*, edited by J. M. Armistead, U of Tennessee P, 1985, pp. 185–223.
Auty, Susan G. "Smollett and Sterne and Animal Spirits: *Tristram Shandy*." *The Comic Spirit of Eighteenth-Century Novels*, Kennikat Press, 1975, pp. 119–47.
Bakhtin, M. M. "Discourse in the Novel." *The Dialogic Imagination: Four*

して有益.］
能美龍雄.『ロレンス・スターンの文学』. 松柏社、1994.
松尾力雄.『ローレンス・スターン研究』. 晃洋書房、1990.

4. 論文集（スターン論だけを収めたもの）

［4.1　優れた既刊論文を選り抜いた論文集］

Bloom, Harold, editor. *Laurence Sterne's Tristram Shandy*. Chelsea House, 1987.

Keymer, Thomas, editor. *Laurence Sterne's Tristram Shandy: A Casebook*. Oxford UP, 2006.

［既刊論文を選り抜いた論文集の中では、現時点で最も入手しやすく内容も優れている.］

"Laurence Sterne." *Literature Criticism from 1400 to 1800*, vol. 48, edited by Marie Lazzari, Gale, 1999, pp. 243-386.

［1950-90年代の典型的なスターン論からの抜粋を集めた資料. 有料データベース Gale Literature Collections にも収録されている.］

New, Melvyn, editor. *Critical Essays on Laurence Sterne*. G. K. Hall, 1998.

［1980-90年代の重要なスターン論に書き下ろしを加えた論集.］

——, editor. *New Casebooks: The Life and Opinions of Tristram Shandy, Gentleman*. Macmillan, 1992.

［1950-80年代の重要なスターン論を集めた名著.］

Traugott, John, editor. *Laurence Sterne: A Collection of Critical Essays*. Prentice Hall, 1968.

Walsh, Marcus, editor. *Laurence Sterne*. Pearson Education, 2002.

［1980年代を中心とした重要なスターン論を集めていて便利.］

［4.2　新たに書き下ろされた論文集］

Bandry-Scubbi, Anne, and Peter de Voogd, editors. *Hilarion's Asse: Laurence Sterne and Humour*. Cambridge Scholars Publishing, 2013.

Cash, Arthur H., and John M. Stedmond, editors. *The Winged Skull: Papers from the Laurence Sterne Bicentenary Conference*. Methuen, 1971.

Gerard, W. B., editor. *Divine Rhetoric: Essays on the Sermons of Laurence Sterne*. U of Delaware P, 2010.

Innovation in Tristram Shandy and A Sentimental Journey. U of Toronto P, 1967.

Swearingen, James A. *Reflexivity in Tristram Shandy: An Essay in Phenomenological Criticism*. Yale UP, 1977.

Tadié, Alexis. *Sterne's Whimsical Theatres of Language: Orality, Gesture, Literacy*. Ashgate, 2003.

Thayer, Harvey Waterman. *Laurence Sterne in Germany: A Contribution to the Study of the Literary Relations of England and Germany in the Eighteenth Century*. 1905. AMS Press, 1966.

Traugott, John. *Tristram Shandy's World: Sterne's Philosophical Rhetoric*. U of California P, 1954.

Watts, Carol. *The Cultural Work of Empire: The Seven Years' War and the Imagining of the Shandean State*. Edinburgh UP, 2007.

Wetmore, Alex. *Men of Feeling in Eighteenth-Century Literature: Touching Fiction*. Palgrave Macmillan, 2013.

Whiskin, Margaux. *Narrative Structure and Philosophical Debates in Tristram Shandy and Jacques le fataliste*. Modern Humanities Research Association, 2014.

Whittaker, Ruth. *Tristram Shandy*. Open University P, 1988.

Wright, Arnold, and William Lutley Sclater. *Sterne's Eliza: Some Account of Her Life in India: With Her Letters Written between 1757 and 1774*. William Heinemann, 1922.

Yoseloff, Thomas. *Laurence Sterne: A Fellow of Infinite Jest*. Francis Aldor, 1948.

泉谷治.『愚者と遊び――スターンの文学世界』. 法政大学出版局、2003.

伊藤誓.『スターン文学のコンテクスト』. 法政大学出版局、1995.

[スターンとパラドックス文学の伝統、スターンとディドロとの関連、『トリストラム・シャンディ』のプロット図表化など、本書の次に読む一冊として有益な情報が豊富.]

岡倉由三郎.『スターン(研究社英米文学評伝叢書22)』. 研究社、1934.

坂本武.『ローレンス・スターン論集――創作原理としての感情』. 関西大学出版部、2000.

[全作品を扱っており、スターンの全貌を把握できる. やはり本書の次の一冊と

James, Overton Philip. *The Relation of Tristram Shandy to the Life of Sterne.* Mouton, 1966.

Jefferson, D. W. *Laurence Sterne.* Longmans, Green & Co., 1954. 『スターン』、山本利治訳、研究社、1971.

Keymer, Thomas. *Sterne, the Moderns, and the Novel.* Oxford UP, 2002.
[今世紀のスターン研究に最も大きな影響を与えたと言ってよい本.]

Kraft, Elizabeth. *Laurence Sterne Revisited.* Twayne, 1996.

Lamb, Jonathan. *Sterne's Fiction and the Double Principle.* Cambridge UP, 1989.

Lanham, Richard A. *Tristram Shandy: The Games of Pleasure.* U of California P, 1973.

Leewen, Eva C. van. *Sterne's "Journal to Eliza": A Semiological and Linguistic Approach to the Text.* Narr, 1981.

Loveridge, Mark. *Laurence Sterne and the Argument about Design.* Macmillan, 1982.

Matteo, Sante. *Textual Exile: The Reader in Sterne and Foscolo.* Peter Lang, 1985.

Moglen, Helene. *The Philosophical Irony of Laurence Sterne.* U of Florida P, 1975.

New, Melvyn. *Laurence Sterne as Satirist: A Reading of Tristram Shandy.* U of Florida P, 1969.

——. *Tristram Shandy: A Book for Free Spirits.* Twayne, 1994.

Newbould, M-C. *Adaptations of Laurence Sterne's Fiction: Sterneana, 1760–1840.* Ashgate, 2013.

Oakley, Warren L. *A Culture of Mimicry: Laurence Sterne, His Readers and the Art of Bodysnatching.* Routledge, 2009.

Oates, J. C. T. *Shandyism and Sentiment, 1760–1800.* Cambridge Bibliographical Society, 1968.

Pfister, Manfred. *Laurence Sterne.* Northcote House / British Council, 2001.

Piper, William B. *Laurence Sterne.* Twayne, 1965.

Seidel, Michael A. *The Satiric Inheritance: Rabelais to Sterne.* Princeton UP, 1979.

Stedmond, John M. *The Comic Art of Laurence Sterne: Convention and*

Continuum, 2008.

Bosch, René. *Labyrinth of Digressions: Tristram Shandy as Perceived and Influenced by Sterne's Early Imitators.* Rodopi, 2007.

Bowden, Martha F. *Yorick's Congregation: The Church of England in the Time of Laurence Sterne.* U of Delaware P, 2007.

Byrd, Max. *Tristram Shandy.* Unwin Hyman, 1985.

Campbell, Duncan. *The Beautiful Oblique: Conceptions of Temporality in Tristram Shandy.* Peter Lang, 2002.

Cash, Arthur Hill. *Sterne's Comedy of Moral Sentiments: The Ethical Dimension of the Journey.* Duquesne UP, 1966.

Conrad, Peter. *Shandyism: The Character of Romantic Irony.* Basil Blackwell, 1978.

Curtis, Lewis Perry. *The Politicks of Laurence Sterne.* Oxford UP, 1929.

De Froe, Arie. *Laurence Sterne and His Novels Studied in the Light of Modern Psychology.* P. Noordhoff, 1925.

De Porte, Michael V. *Nightmares and Hobbyhorses: Swift, Sterne, and Augustan Ideas of Madness.* Huntington Library, 1974.

Dilworth, Ernest Nevin. *The Unsentimental Journey of Laurence Sterne.* King's Crown Press, 1948.

Ferriar, John. *Illustrations of Sterne: With Other Essays and Verses.* London, 1798. Garland, 1971.

Fluchère, Henri. *Laurence Sterne: From Tristram to Yorick.* Translated and abridged by Barbara Bray, Oxford UP, 1965.

Fredman, Alice Green. *Diderot and Sterne.* Columbia UP, 1960.

Freedman, William. *Laurence Sterne and the Origins of the Musical Novel.* U of Georgia P, 1978.

Gerard, W. B. *Laurence Sterne and the Visual Imagination.* Ashgate, 2006.

Gysin, Fritz. *Model as Motif in Tristram Shandy.* Francke Verlag, 1983.

Hammond, Lansing Van der Heyden. *Laurence Sterne's Sermons of Mr. Yorick.* Yale UP, 1948.

Holtz, William V. *Image and Immortality: A Study of Tristram Shandy.* Brown UP, 1970.

Iser, Wolfgang. *Laurence Sterne: Tristram Shandy.* Cambridge UP, 1988.

て、スターンとその作品の顕彰活動を行なっている団体の公式サイト．シャンディ・ホールが所蔵するスターン関連の貴重なコレクションについての情報を提供している．]

Tristram Shandy Online. http://www1.gifu-u.ac.jp/~masaru/TS/contents.html
[私（内田）のサイト内にある、初版のレイアウトを再現した『トリストラム・シャンディ』の電子版．]

Tristram Shandy Web. http://www.tristramshandyweb.it/
[ミラノのIULM大学の文学研究者パトリツィア・ネロッツィ・ベルマン（Patrizia Nerozzi Bellman）らによって運営される英語サイト．*Tristram Shandy Online*（上掲）を発展させた『トリストラム・シャンディ』の電子版をはじめ、スターンに関する様々な情報を提供している．]

『電脳空間のローレンス・スターン』. http://www1.gifu-u.ac.jp/~masaru/Sterne-J.html
[私（内田）が運営する、インターネット上のスターン情報へのリンク集．]

3. 研究誌・研究書（スターンを中心に扱っているもの）

[3.1　スターン研究に特化した研究誌]

The Shandean.
[国際ローレンス・スターン協会が発行する、スターンとその作品を実証的に研究する学術誌．年1回の発行．学術論文を掲載するとともに、スターン研究の最新動向を伝えている．1989年の創刊時から2013年のvol. 24までは、スターンの牧師館「シャンディ・ホール」を拠点とするローレンス・スターン・トラスト（Laurence Sterne Trust）が発行していたが、国際ローレンス・スターン協会が発行を引き継いだ．2018年2月現在の最新刊はvol. 28（2017）．公式サイト（http://shandean.org/）では創刊以来の各巻の目次を閲覧することができる．]

『New Perspective（新英米文学研究）』．新英米文学研究会、167号（29巻1号）、1998.
[新英米文学研究会（現在の新英米文学会）の学会誌．この巻では日本の文学研究誌としては珍しく『トリストラム・シャンディ』を特集し、論文5篇とシンポジウム報告を掲載している．]

[3.2　スターン研究書]

Asfour, Lana. *Laurence Sterne in France: A Reception History, 1760-1800.*

［スターン研究文献に特化した書誌．それぞれの文献の書誌情報に簡潔なコメントを加えた、注釈付き書誌（annotated bibliography）になっている．］

——. *Laurence Sterne, 1965-1977: An Annotated Bibliography: With an Introductory Essay-Review of the Scholarship.* G. K. Hall, 1978.

［一つ前の書誌の続編．］

Lynch, Jack. *Tristram Shandy: An Annotated Bibliography.* http://andromeda.rutgers.edu/~jlynch/Biblio/shandy.html

［スターン研究者のジャック・リンチが自身のサイトで公開している『トリストラム・シャンディ』書誌．1977年までの文献を扱ったハートリー（Hartley）の注釈付き書誌を引き継ぐ形で書かれており、それぞれの文献に簡潔なコメントが付けられている．読むべき論文を探すのに大いに役立つウェブページ．このページには1990年代までの文献しか掲載されていないが、リンチが自身のサイトで語っているところによると、彼は1978年から現在に至るスターン研究文献の注釈付き書誌をほぼ完成させ、その出版準備を進めているそうである．］

Mazzeno, Laurence W. *The British Novel, 1680-1832: An Annotated Bibliography.* Scarecrow Press, 1997.

安藤勝編．『英米文学研究文献要覧1945-1964』．日外アソシエーツ、1994.

［日本における英米文学研究文献の一覧．スターン研究文献も掲載．同じシリーズ に『1975-1984』（1987）、『1985-1989』（1991）、『1990-1994』（1996）、『1995-1999』（2001）、『2000-2004』（2006）、『2005-2009』（2011）がある．］

宮崎芳三・榎本太・中川忠編．『日本における英国小説研究書誌 昭和43-47年』、風間書房、1974.

［注釈付き書誌．スターン研究文献も掲載．続編として『昭和48-52年』（1980）、『昭和53-56年』（1985）、『昭和57-60年』（1987）も出版された．またこれ以前に、昭和40（1965）—昭和42（1967）年分については『英国小説研究』第７冊（1966）、第８冊（1968）、第９冊（1969）に掲載された．］

［2.4　スターン関連ウェブサイト］

International Laurence Sterne Foundation. http://shandean.org/

［国際ローレンス・スターン協会の公式サイト．協会が発行するスターン研究誌『シャンディアン』（*The Shandean*）に関する情報と、協会が隔年で開催する国際学会に関する情報を掲載．］

Laurence Sterne Trust. http://www.laurencesternetrust.org.uk/

［晩年のスターンが住んだ牧師館シャンディ・ホール（Shandy Hall）を拠点とし

［スターンの人生と作品の要点を簡潔にまとめている．］

Ross, Ian Campbell. *Laurence Sterne: A Life*. Oxford UP, 2001.

伊藤誓．「スターン略伝」．『スターン文学のコンテクスト』、法政大学出版局、1995、pp. 289-329.

［2.2　批評史］

Howes, Alan B., editor. *Sterne: The Critical Heritage*. Routledge & Kegan Paul, 1974.

［同時代から1830年代までの多様な人物がスターンについて述べた文章を抜粋した資料集．］

——. *Yorick and the Critics: Sterne's Reputation in England, 1760-1868*. 1958. Archon Books, 1971.

［19世紀中葉までのスターン批評史．］

Molesworth, Jesse. "Sterne Studies on the Eve of the Tercentenary." *Literature Compass*, vol. 9, no. 7, July 2012, pp. 453-63.

［20世紀末から現在までのスターン研究を概観している．］

Voogd, Peter de. "Laurence Sterne." *The Encyclopedia of British Literature 1660-1789*, vol. 3, edited by Gary Day and Jack Lynch, Wiley Blackwell, 2015, pp. 1186-92.

［同時代から現在までのスターン批評史をごく簡潔にまとめている．］

Voogd, Peter de, and John Neubauer, editors. *The Reception of Laurence Sterne in Europe*. Continuum, 2004.

［同時代から現在までのヨーロッパ各国におけるスターン受容史を概観している．］

坂本武．「ローレンス・スターン研究の現在——序に代えて」．『ローレンス・スターン論集——創作原理としての感情』、関西大学出版部、2000、pp. v-xviii.

［2.3　書誌（冒頭に挙げた３つの書誌以外）］

ECCB: The Eighteenth Century Current Bibliography.

［学際的な18世紀研究文献レビュー誌．スターン研究文献も掲載される．刊行は対象年の数年後になるため、たとえば2010年の文献を対象とする vol. 36は2014年に出版されている．］

Hartley, Lodwick Charles. *Laurence Sterne in the Twentieth Century; an Essay and a Bibliography of Sternean Studies, 1900-1965*. U. of North Carolina P, 1966.

T38487）は、作者をウィリアム・クーム（William Combe）としている．晩年のスターンが恋した人妻イライザ・ドレイパー（Eliza Draper）がスターンに宛てて書いた手紙は発見されておらず、「イライザからスターンへの手紙」という触れ込みで出版されたものはすべて偽書である．］

MacNally, Leonard. *Tristram Shandy: A Sentimental, Shandean Bagatelle, in Two Acts.* London, S. Bladon, 1783.

［18世紀の演劇版『トリストラム・シャンディ』.］

Rowson, Martin. *The Life and Opinions of Tristram Shandy, Gentleman.* London, Picador, 1996.

［20世紀の漫画版『トリストラム・シャンディ』.］

Sterneiana. Garland, 1974–75. 22 vols.

［スターンの人気に便乗して大量に出版された、スターン作品の模倣作・パロディ・偽書といったアダプテーション作品群の一部を復刻したシリーズ．『トリストラム・シャンディ』3巻18章でほのめかされるパンフレット『時計屋よりトリストラムへの抗議』（*The Clockmakers Outcry against the Author of The Life and Opinions of Tristram Shandy*）は、このシリーズの vol. 3に収録されている．研究者たちが「スターニアーナ」（Sterneana または Sterneiana）と呼んでいるこうしたジャンルの出版物については、本書誌の項目3.2に挙げた Bosch および Newbould を参照．］

Winterbottom, Michael, director. *A Cock and Bull Story.* 2005.

［21世紀の映画版『トリストラム・シャンディ』.］

2. 伝記・批評史・書誌・ウェブサイト

［2.1　伝記］

Cash, Arthur H. *Laurence Sterne: The Early and Middle Years.* Methuen, 1975.

——. *Laurence Sterne: The Later Years.* Methuen, 1986.

［それぞれスターンの前半生・後半生を扱った、現時点で最も詳しい伝記.］

Cross, Wilbur L. *The Life and Times of Laurence Sterne.* 3rd ed., Yale UP, 1929.

New, Melvyn. "Sterne, Laurence (1713–1768)." *Oxford Dictionary of National Biography,* vol. 52, Oxford UP, 2004, pp. 534–41.

[『ポリティカル・ロマンス』の全訳. ただし作品の最後に付された2通の書簡は訳されていない.]
『センチメンタル・ジャーニー』. 松村達雄訳、1947. 岩波文庫、1952.
[1947年に養徳社から刊行された際の邦題は『感情旅行』.]
『センチメンタル・ジャーニー』. 山口孝子・渡邊萬里訳、新潮文庫、1952.
『センチメンタル・ジャーニイ』. 村上至孝訳、弘文堂(世界文庫)、1947.
『センチメンタル・ジャーニィ』. 小林亨訳、朝日出版社、1984.
[この邦訳については、駒澤大学外国語部編集・発行『外国語部論集』14巻(1981)—19巻(1984)連載時のものを、CiNii(サイニイ)経由で読むことができる.]
『風流漂泊』. 織田正信訳、新月社、1948.

[1.5 スターン作品の映画化・模倣作・パロディ・偽書などのアダプテーション]

Dworkin, Craig. *Chap. XXIV*. Red Butte Press, 2013.
[スターンの『トリストラム・シャンディ』からは欠落している4巻24章を補完するという設定で制作された実験的な書物. この作品については、本書誌の項目5に挙げたNace論文を参照.]
Eugenius. *Yorick's Sentimental Journey Continued: to Which Is Prefixed Some Account of the Life and Writings of Mr. Sterne*. London, S. Bladon, 1769. The Georgian Society, 1902.
[スターンの没後にトリストラム・シャンディの親友ユージーニアスを名乗る匿名作者によって書かれ、『センチメンタル・ジャーニー』の続編として出版された二次創作. スターン作品集に収録されたこともある.]
[Griffith, Richard.] *The Koran: or, The Life, Character, and Sentiments, of Tria Juncta in Uno, M. N. A. or Master of No Arts*. London, T. Becket and P. A. de Hondt, 1770. 2 vols.
[スターンの没後に出版された、リチャード・グリフィスによる偽書. スターン自身とおぼしき語り手が自らの人生を『トリストラム・シャンディ』風に語る. スターンの遺稿に見せかけるため、タイトルページの表題は *The Posthumous Works of a Late Celebrated Genius, Deceased* となっている. 18世紀末にはスターン作品集に収録され、19世紀にもスターンの作品と信じる人が多かった.]
Letters from Eliza to Yorick. London, 1775.
[匿名の作者による偽書. ESTCによるこの本の書誌情報(http://estc.bl.uk/

Broadview, 2010.
[背景資料の選択の的確さに定評があるブロードヴュー版らしく、感受性や旅行記に関する同時代の文章の抜粋が豊富に収録されている．教科書向きのペーパーバック．]
A Sentimental Journey through France and Italy. 岡倉由三郎注解、研究社英文学叢書、1931.
A Sentimental Journey through France and Italy and Continuation of the Bramine's Journal: With Related Texts. Edited by Melvyn New and W. G. Day. Hackett Publishing, 2006.
[フロリダ版の『センチメンタル・ジャーニー』および『イライザへの日記』に基づくペーパーバック．背景知識を与えるために、スターンの説教や書簡からの抜粋も掲載されている．]
A Sentimental Journey through France and Italy by Mr. Yorick. Edited by Gardner D. Stout, Jr., U of California P, 1967.
[フロリダ版以前に研究者が使っていた注釈版『センチメンタル・ジャーニー』.]
A Sentimental Journey through France and Italy by Mr. Yorick. Edited by Paul Goring, Penguin Classics, Penguin Books, 2005.
[ペンギン版のペーパーバック．]
Sterne's Memoires: A Hitherto Unrecorded Holograph Now Brought to Light in Facsimile. Introduction and Commentary by Kenneth Monkman, Laurence Sterne Trust, 1985.
[スターンが娘に書き遺した回想録．スターンによる手書き原稿のファクシミリ版．]
『エライザへの日記』. 小林亨訳、『外国語部論集』、駒澤大学外国語部、26巻、1987、pp. 231-41；27巻、1988、pp. 153-62；28巻2号、1989、pp. 139-60.
[スターン晩年の文章『イライザへの日記』の邦訳．1767年6月20日の日記までが訳されたが、連載が中断したため未完．]
『権争物語、あるいは夜番外套物語』. 坂本武訳、『ローレンス・スターン論集——創作原理としての感情』、関西大学出版部、2000、pp. 340-91.
[スターンの初期作品『ポリティカル・ロマンス』の抄訳．書誌的解題とともに掲載されている．]
『政治的小話』. 小林亨訳、『外国語部論集』、駒澤大学外国語部、6巻、1977、pp. 1-13；7巻、1978、pp. 51-64.

The Life and Opinions of Tristram Shandy, Gentleman. Edited by Ian Watt, Houghton Mifflin, 1965.

The Life and Opinions of Tristram Shandy, Gentleman. Edited by James Aiken Work, Odyssey Press, 1940.

［フロリダ版以前に研究者が使っていた注釈版『トリストラム・シャンディ』.］

Tristram Shandy. 朱牟田夏雄注解、研究社小英文叢書、1978.

「紳士トリストラム・シャンディ氏の生涯とその意見（1）」. 中野好夫訳、『不死鳥』、新月社、1号、1949、pp. 87–97.

［1巻1–9章のみの翻訳. 未完.］

『トリストラム・シャンディ』. 朱牟田夏雄訳、1966. 岩波文庫、全3巻、1969.

［現時点で最も入手しやすく評価の高い邦訳. 岩波文庫版ではスターンの原著の1–3巻が上巻、4–6巻が中巻、7–9巻が下巻に収録されている. 電子書籍版もある. 2009年の改版の際、9巻4章でトリム伍長の指揮杖が描く曲線の図版が誤って1ページ前に挿入されてしまったのが残念.］

『トリストラム・シャンディ氏の生活と意見』. 綱島窃訳、八潮出版社、1987.

［1.4　フロリダ版以外の『センチメンタル・ジャーニー』およびその他の作品］

A Facsimile Reproduction of A Unique Catalogue of Laurence Sterne. AMS Press, 1973.

［没後に刊行されたスターン蔵書目録（1768）の復刻版. Google Booksで原著の電子版が読める（http://books.google.com/books?id=CHpdAAAAcAAJ）. この蔵書カタログの意義については、本書誌の項目5に挙げたBarker論文および高野論文を参照.］

Letters of Laurence Sterne. Edited by Lewis Perry Curtis, Clarendon Press, 1935.

［フロリダ版以前に研究者が使っていた注釈版書簡集.］

A Political Romance, 1759. Edited by Kenneth Monkman, Scolar Press, 1971.

［スターンの初期作品『ポリティカル・ロマンス』の初版を復刻した版.］

A Sentimental Journey and Other Writings. Edited by Ian Jack and Tim Parnell, Oxford World's Classics, Oxford UP, 2003.

［表題作『センチメンタル・ジャーニー』の他、『イライザへの日記』、『ポリティカル・ロマンス』および説教5篇を収録. 入手しやすいペーパーバック.］

A Sentimental Journey through France and Italy. Edited by Katherine Turner,

The Works of Laurence Sterne, in Ten Volumes Complete. London, W. Strahan et al., 1780.
[偽書を排除し書簡を収録した、初の本格的なスターン全集. 1-4巻が『トリストラム・シャンディ』、5巻が『センチメンタル・ジャーニー』、6-8巻が説教、9巻が書簡、10巻が書簡および初期作品という構成. 1巻冒頭にスターンの回想録を収録. 私（内田）のサイト内のページ "The First Editions of *Tristram Shandy* (and Other Works by Sterne) Available as Digital Books" (http://www1.gifu-u.ac.jp/~masaru/first_editions.html) に電子版へのリンクがある.]

[1.3 フロリダ版以外の『トリストラム・シャンディ』]

The Life and Opinions of Tristram Shandy, Gentleman. Edited by Howard Anderson, Norton Critical Edition, W. W. Norton, 1980.
[『トリストラム・シャンディ』に関する同時代人の文章の抜粋や数篇の論文を収録しており、教科書として便利.]

The Life and Opinions of Tristram Shandy, Gentleman. Edited by Robert Folkenflik, Modern Library, 2004.

The Life and Opinions of Tristram Shandy, Gentleman. Edited by Melvyn New and Joan New, Penguin Classics, Penguin Books, 2003.
[フロリダ版『トリストラム・シャンディ』の編者たちによる、ペンギン版のペーパーバック.]

The Life and Opinions of Tristram Shandy, Gentleman. Edited by Tim Parnell, Everyman's Library, Alfred A. Knopf, 1991.

The Life and Opinions of Tristram Shandy, Gentleman. Edited by Ian Campbell Ross, Oxford World's Classics, Oxford UP, 2000.
[ペンギン版と並んで入手しやすいペーパーバック.]

The Life and Opinions of Tristram Shandy, Gentleman. Introduction by Will Self, Visual Editions, 2010.
[黒赤2色刷りを駆使して様々な視覚的演出を施した楽しいペーパーバック. 1巻4章でトリストラムが「扉をしめて下さい」と言うところでは、ページの上半分が折り返されて内側の文章が隠されており、4巻25章でトリストラムが直前の章のページを破り取った場面では、実際に10ページ分の紙葉が破り取られた痕跡が残っている. スターンが意図していないデザイナーたち自身の発想による視覚的演出も多く、一種のアダプテーション（本書誌の項目1.5を参照）とも解釈できる版.]

Edited by Melvyn New and W. G. Day, 2002.
Vol. 7. *The Letters of Laurence Sterne: Part One, 1739-1764.* Edited by Melvyn New and Peter de Voogd, 2008.
Vol. 8. *The Letters of Laurence Sterne: Part Two, 1765-1768.* Edited by Melvyn New and Peter de Voogd, 2008.
Vol. 9. *The Miscellaneous Writings and Sterne's Subscribers, an Identification List.* Edited by Melvyn New and W. B. Gerard, 2014.

[1.2　その他の全集・作品集]

The Beauties of Sterne. London, T. Davies et. al., 1782.
[スターンの全作品の中から卑猥さがない名文だけを抜粋して1冊にまとめた『スターン美文集』. 19世紀のイギリスではこの本を通じてスターンの文章に触れる読者が多かった. Internet Archive で"beauties of sterne"という文字列を検索すれば、様々な版の電子版が読める.]
Cross, Wilbur L., editor. *The Complete Works of Laurence Sterne.* 6vols. Clonmel Society, 1904. AMS Press, 1970.
[フロリダ版以前に研究者が使っていたスターン全集.]
The Works of Laurence Sterne. Shakespeare Head Edition, 7 vols. Basil Blackwell, 1926-27.
[やはり20世紀前半に読まれていたスターン全集.]
The Works of Laurence Stern, A. M. Prebendary of York and Vicar of Sutton on the Forest and of Stillington, near York. London, 1769. 5 vols.
[刊行年が最も早い5巻本の作品集. 作家の名前を綴り間違え、出版者名が記載されない怪しげな版. 1-2巻に『トリストラム・シャンディ』、3-4巻に説教、5巻に『センチメンタル・ジャーニー』とその偽の続編（本書誌の項目1.5参照）および『ポリティカル・ロマンス』を収録.]
The Works of Laurence Sterne, A. M. Prebendary of York, and Vicar of Sutton on the Forest, and of Stillington near York. London, 1775. 7 vols.
[出版者名が記載されない7巻本の作品集. 1-3巻に『トリストラム・シャンディ』、4-5巻に説教、6巻に偽書『コラーン』（本書誌の項目1.5参照）と『ポリティカル・ロマンス』、7巻に『センチメンタル・ジャーニー』とその偽の続編を収録. なおESTC（English Short Title Catalogue）には、この版より1年早い7巻本のダブリン版スターン作品集（http://estc.bl.uk/T14763）のデータが掲載されている.]

net/）では、各号の目次、すなわち取り上げられた文献の一覧を見ることができる. また『スクリブリーリアン』には、フロリダ版スターン全集に追加される注釈（scholia）も掲載され続けている.

その他、英語・英文学研究を対象とした論文レヴュー誌 *The Year's Work in English Studies* では、過去1年間の18世紀英文学研究を振り返る記事（"The Eighteenth Century"）を掲載しており、ほぼ毎年スターン研究の動向を取り上げている. また季刊の英文学研究誌 *SEL Studies in English Literature 1500–1900* でも、毎年夏号に同様の記事（"Recent Studies in the Restoration and Eighteenth Century"）を掲載しており、ここでスターン研究が取り上げられることもある.

スターンに関連する文献は膨大に存在しており、以下のリストは網羅的とは言い難い. Google Scholar や CiNii（サイニイ）といった論文データベースで検索すれば、最新の文献を含めて多種多様なスターン研究に出会うことができる. なお過去のスターン研究文献をまとめて紹介している資料については、この書誌の項目「2.3 書誌」を参照.

1. 作品とアダプテーション

［1.1 現時点での決定版全集（フロリダ版スターン全集）］

Sterne, Laurence. *The Florida Edition of the Works of Laurence Sterne*. General Editor, Melvyn New, U of Florida P, 1978–2014. 9 vols.
［書簡集（vols. 7–8）以外は有料データベース Oxford Scholarly Editions Online にも収録されている. 各巻の構成は以下の通り.］

Vol. 1. *The Life and Opinions of Tristram Shandy, Gentleman: The Text, Part One*. Edited by Melvyn New and Joan New, 1978.

Vol. 2. *The Life and Opinions of Tristram Shandy, Gentleman: The Text, Part Two*. Edited by Melvyn New and Joan New, 1978.

Vol. 3. *The Life and Opinions of Tristram Shandy, Gentleman: The Notes*. By Melvyn New, Richard A. Davies and W. G. Day, 1984.

Vol. 4. *The Sermons of Laurence Sterne: The Text*. Edited by Melvyn New, 1996.

Vol. 5. *The Sermons of Laurence Sterne: The Notes*. By Melvyn New, 1996.

Vol. 6. *A Sentimental Journey and Continuation of the Bramine's Journal*.

ローレンス・スターン書誌

内田 勝

この書誌は、以下の３つのスターン書誌に掲載された英語文献および日本語文献を統合し、さらに私が文献を追加する形で作成した.

“Further Reading.” *The Cambridge Companion to Laurence Sterne*, edited by Thomas Keymer, Cambridge UP, 2009, pp. 190-97.

伊藤誓.「スターン関連文献」.『スターン文学のコンテクスト』、法政大学出版局、1995、pp. (1)-(9).

坂本武.「精選参考書誌」.『ローレンス・スターン論集——創作原理としての感情』、関西大学出版部、2000、pp. 8-30.

分野ごとに、欧文著者名・表題のアルファベット順、和文著者名・表題のアイウエオ順で文献を並べてある. 書式は基本的に *MLA Handbook*, 8th ed. に従っているが、ウェブサイトのURLは冒頭の“http://”を省略していない. 出版社名に現れる“UP”は“University Press”の略である.

紙の文献の電子版については原則として言及しないが、掲載書籍には電子版が存在するものが多く、掲載論文には20世紀前半の古い文献も含めて電子版で読めるものも多い. 英語の論文についてはJSTOR（ジェイストア）など、日本語の論文についてはCiNii（サイニイ）、J-STAGEなどの論文データベースでタイトルを検索してみていただきたい. またスターン作品の初期の版など18～19世紀の書物については、Google Books、Internet Archive、HathiTrust Digital Libraryといったサイトを通じて電子版が読めるものも多い.

最新のスターン研究の動向は、学術誌『シャンディアン』（*The Shandean*）で伝えられている. また、17世紀末から18世紀中葉の英文学研究に特化した論文レヴュー誌『スクリブリーリアン』（*The Scriblerian and the Kit-Cats*）では、毎号「新着論文レヴュー」（Recent Articles）のコーナーでスターンに関する最新文献を簡潔に紹介している.『スクリブリーリアン』の公式サイト（http://www.scriblerian.

【マ行】

【ヤ行】

【ラ行】

【ナ行】

【ハ行】

【タ行】

【サ行】

【カ行】

索　引

【ア行】

第73号、2011）
「『トリストラム・シャンディ』と畸形的独身者たちのスペルマ賛美」（仙葉豊・能口盾彦・干井洋一編『未分化の母体――十八世紀英文学論集』、英宝社、2007）

武田将明（たけだ　まさあき）：「第7章」担当
1974年生まれ。東京大学大学院総合文化研究科准教授。
著書　『名誉革命とイギリス文学――新しい言説空間の誕生』（春風社、2014）（共著）
『「ガリヴァー旅行記」徹底注釈』（岩波書店、2013）（共著）
翻訳　ダニエル・デフォー『ペストの記憶』（研究社、2017）
ダニエル・デフォー『ロビンソン・クルーソー』（河出文庫、2011）

加藤正人（かとう　まさと）：「第8章」担当
1980年生まれ。東京外国語大学外国語学部ロシア・東欧課程（ロシア語）卒業。東京外国語大学大学院地域文化研究科博士前期課程言語文化コース（文学・文化学研究コース）修了。学習院大学大学院人文科学研究科英語英米文学専攻博士後期課程単位取得退学。
論文　「*Tristram Shandy* の登場人物を Head と Heart で分類する」（『学習院大学英文学会誌』2014年度号、2015）
「*Tristram Shandy* 再考」（『学習院大学英文学会誌』2013年度号、2014）

鈴木雅之（すずき　まさし）：「第9章」担当
1946年生まれ。宮城学院女子大学特命教授。
著書　『古典について、冷静に考えてみました』（岩波書店、2016）（共著）
『揺るぎなき信念――イギリス・ロマン主義論集』（彩流社、2012）（共編著）
The Reception of Blake in the Orient (Continuum, 2006)（共編著）
論文　"'Signal of solemn mourning': Los/Blake's Sandals and Ancient Israelite Custom" (*JEGP* 100.1, 2001)

原田範行（はらだ　のりゆき）：「第10章」担当
1963年生まれ。東京女子大学教授。
著書　*London and Literature, 1603-1901* (Cambridge Scholars Publishing, 2017)（共著）
『セクシュアリティとヴィクトリア朝文化』（彩流社、2016）（共編著）
論文　「『感受性』の小説作法――『パミラ』と『トリストラム・シャンディ』のある受容をめぐって」（『英国小説研究』、英宝社、2017）
翻訳　ジョナサン・スウィフト『召使心得他四篇』（平凡社、2015）

井石哲也（いせき　てつや）：「第11章」担当
1959年生まれ。福岡大学人文学部英語学科教授。
著書　『帝国と文化：シェイクスピアからアントニオ・ネグリまで』（春風社、2016）（共著）
論文　「情報がカネを産む　18世紀イギリスの貸本屋と出版文化の仕掛け人たち」（『英国小説研究』第25冊、英宝社、2015）
「「ポケット・ブック」にみる18世紀イギリス文化の諸相」（*Seijo* English Monographs, 2012）

＊執筆者紹介

（執筆順）

坂本　武（さかもと　たけし）：「はしがき」、「スターン略年譜」、「第１章」、「第２章」担当

1944年生まれ。関西大学名誉教授。*The Shandean* 誌編集顧問（1989～2013）、*The Scriblerian* 誌書評担当（1989～）。

著書　『ローレンス・スターン論集――創作原理としての感情』（関西大学出版部、2000）

論文　「Laurence Sterne, *Tristram Shandy* のゆるやかな環構造」（『文藝禮讃――イデアとロゴス――内田能嗣教授傘寿記念論文集』、大阪教育図書、2016）

「『トリストラム・シャンディ』における語りの三つの枠組み」（「日本ジョンソン協会年報」第37号、2013）

内田　勝（うちだ　まさる）：「序章」、「第４章」、「第14章」、「ローレンス・スターン書誌」担当

1962年生まれ。岐阜大学地域科学部教授。

著書　『文化と風土の諸相』（文理閣、2000）（共著）

論文　「『シャーロット・サマーズの物語』――『トム・ジョーンズ』と『トリストラム・シャンディ』とをつなぐ忘れられた小説」（『岐阜大学地域科学部研究報告』第38号、2016）

「モノが語る物語――『黒外套の冒険』とその他の it-narratives」（『岐阜大学地域科学部研究報告』第30号、2012）

「見下ろすことと見上げること――原民喜『ガリバー旅行記』について」（『岐阜大学地域科学部研究報告』第22号、2008）

落合一樹（おちあい　かずき）：「第３章」、「第12章」担当

1988年生まれ。ニューヨーク州立大学ビンガムトン校博士課程在学。

論文　「檣頭からずっと：『白鯨』における名前の問題」（『れにくさ』５、2014）

"Soseki Natsume: or Sterne in the Japanese 'Rise of the Novel'"（*The Shandean* 24, 2013）

翻訳　フランコ・モレッティ『遠読』（みすず書房、2016）（共訳）

久野陽一（くの　よういち）：「第５章」担当

1964年生まれ。青山学院大学文学部教授。

論文　「イグネイシアス・サンチョの静かな生活」（日本ジョンソン協会編『十八世紀イギリス文学研究［第４号］交渉する文化と言語』、開拓社、2010）

「「彼ら」と「あなたたち」の『興味深い物語』」（『英語青年』2005年１月号）

翻訳　オラウダ・イクイアーノ『アフリカ人、イクイアーノの生涯の興味深い物語』（研究社、2012）

ヘンリー・マッケンジー『感情の人』（音羽書房鶴見書店、2008）（共訳）

木戸好信（きど　よしのぶ）：「第６章」、「第13章」担当

1973年生まれ。同志社大学嘱託講師。

論文　「エロス化される医療とスターン的頓絶法のエコノミー」（同志社大学英文学会『主流』第74号、2012）

「スターンと病んだ身体――結核・メランコリー・狂気」（同志社大学英文学会『主流』

ローレンス・スターンの世界　（検印廃止）

2018年5月19日　初版発行

編著者　坂本　武
発行者　安居洋一
印刷・製本　創栄図書印刷

〒162-0065　東京都新宿区住吉町8-9
発行所　開文社出版株式会社
電話 03-3358-6288　FAX03-3358-6287
www.kaibunsha.cojp

ISBN 978-4-87571-093-6　C3098

The World of Laurence Sterne
Edited by Takeshi Sakamoto

CONTENTS